BUSCANDO UN DESTINO

© Hilda Rojas Correa, 2017

Diseño portada: Pamela Díaz Rivera
Imagen de portada: Istock / Pixabay
Corrección: Andrea Araya Valenzuela y Pamela Díaz Rivera

Primera edición, abril 2018
©Editorial Pamela Díaz Rivera E.I.R.L
San José de la Estrella 0610, La Granja
Santiago, Chile

Safe Creative 1708203322934
ISBN: 9789569752308

BUSCANDO UN *Destino*

Hilda Rojas Correa

Siempre se ha creído que existe algo que se llama destino, pero siempre se ha creído también que hay otra cosa que se llama albedrío. Lo que califica al hombre es el equilibrio de esa contradicción.

Gilbert Keith Chesterton

Prólogo

En un soleado y caluroso día de verano de enero de 1985, Carmen Lara, joven santiaguina proveniente de una populosa población de la periferia de la ciudad, se enfrentaba por primera vez al trabajo. Miraba el edificio con cierto asombro, y a la vez, con una punzada de envidia y un mal sabor de boca por lo injusto que era nacer en el lugar equivocado y en la familia equivocada.

Con diecisiete años, esta era su primera incursión en el mundo laboral, en su familia el sueldo no alcanzaba solo con el trabajo de su padre, debido a que su madre no se le permitía trabajar, ya que debía hacerse cargo de criar cuatro hermanos más. Así que a Carmen no le quedó otra opción que dejar sus estudios, y responder a un anuncio en el diario para trabajar como empleada doméstica, puertas adentro. De esa manera, podría aportar en su hogar sin la necesidad de generar un gasto a su familia y ahorrar dinero.

Con lo que no contó la dulce e inocente Carmen, fue que su nuevo patrón era un atractivo hombre de casi cuarenta años, de unos ojos verdes cautivadores, soltero y sin hijos, pero con una ajetreada vida social y laboral, por lo que necesitaba que alguien le cocinara y que mantuviera su departamento en Providencia siempre de punta en blanco.

Frederick Holt, era un buen hombre, justo y puntual pagando el sueldo, trataba bien y con respeto a Carmen, pero al fin y al cabo era humano y tenía sangre en las venas. La joven que dejaba su hogar impecable y cocinaba exquisiteces, también era hermosa, madura, inteligente, pero inculta e ignorante, mas su inocencia lo maravillaba y eclipsaba esa diferencia abismal entre sus dos mundos.

No pasaron muchos meses hasta que no soportó la tentación, y sucumbió al deseo que siempre sintió por Carmen, y ella, simplemente, no se resistió al encanto, y su corazón no pudo oponerse a ese enamoramiento colosal que sentía por su patrón. Frederick fue el primer y único hombre que la trató con dulzura, respeto y cariño, a diferencia de su padre, que era autoritario y sus muestras de amor eran mínimas.

Dieron rienda suelta a ese romance libre y sin restricciones entre esos fogosos meses de septiembre y octubre, hasta que la menstruación con precisión de reloj de Carmen se atrasó. Ella lo supo sin dudar, que esperaba un hijo de Frederick. Su primer impulso fue ocultarlo; su madre poco y nada le había dado educación sexual, y su padre solo amenazaba que *guachos*[1] en su casa no habrían. Con el tiempo Carmen se dio cuenta que era inútil seguir escondiendo su verdad, y cuando cumplió tres meses de embarazo, no soportó más y se lo confesó a Frederick, sabiendo que probablemente esa sería la última conversación que tendría con él... ¿Qué esperanza tenía de que el patrón se casara con ella? ¡Ninguna! Pero debía contárselo, necesitaba ayuda, saber qué hacer con ese hijo que ya amaba con todo su ser.

Sus miedos se cumplieron, esa fue la última conversación que tuvo con Frederick, pero no de la forma que esperaba. Al decir las palabras «estoy embarazada», él sonrió de una forma que solo describía dicha, y la abrazó y la besó profundo, sin importarle nada. Pero esa felicidad se borró de inmediato de su rostro por un dolor fulminante en el pecho que lo dejó inerte sobre el sofá.

Frederick murió ante sus ojos por un ataque al corazón.

Desesperanzada, desesperada, y con el alma hecha pedazos, Carmen llamó a carabineros y declaró que lo encontró muerto en medio del living. ¿Qué más podía hacer ella? Joven e ignorante, sin saber qué hacer o a quién recurrir. Lo más seguro era que los familiares nunca le iban a creer que el bebé que llevaba en sus entrañas era hijo de Frederick, ya conocía a la madre de él, la miraba con desidia como si fuera una leprosa que no debía respirar el mismo aire que su único hijo.

Carmen estaba de nuevo en un callejón sin salida. La felicidad solo le duró quince segundos, literalmente.

Volvió a su hogar, cargando su maleta, el pago por los últimos días trabajados, el corazón destrozado y un bebé creciendo en su vientre. Entró llorando y soltó la bomba a sus padres, ¡qué más daba!, no iba a ser peor que la muerte de Frederick —al menos eso ella pensaba—. Se ganó las recriminaciones de su madre, las bofetadas de su padre, y el mandato de que ese *guacho* no iba a ser mantenido por él y que no nacería fuera de un matrimonio; si no

---

1 *Guacho: dependiendo el contexto puede significar bastardo, huérfano de padre, madre, o ambos*

pasaba eso, tendría que abortarlo o por último abandonarlo en un hogar de menores.

Eso o se iba de la casa.

Dieciocho años recién cumplidos, embarazada, sin trabajo, apenas con educación y estudios… No tenía alternativas, pues deseaba que su hijo, lo único que conservaba de Frederick, estuviera con ella.

El embarazo empezó a ser evidente, y eso capturó la atención de Ramiro Barrios, vecino de los padres de Carmen. A él siempre le gustó la muchacha, la deseaba a niveles que rayaban la locura, pero sus acercamientos solo se traducían en rechazo. Vio una gran oportunidad de poseerla sin mayor esfuerzo para él siendo hombre. Y obsesionado, comenzó una larga y premeditada persuasión.

Ramiro le ofrecía a Carmen una salida, una unión, su «amor», un apellido para su hijo, el perdón de su familia a cambio de todo lo que conlleva un matrimonio. Uno sin amor por parte de ella, porque estaba segura de que nunca iba a amar a nadie más que a Frederick.

La desesperación, la presión familiar y el amor a su hijo, le hizo dar el sí.

Se casaron poco antes del nacimiento del pequeño en una ceremonia civil sencilla, pero que fue suficiente para las exigencias del padre de Carmen.

El 19 de Junio de 1986 nacía Yeison Esteban Barrios Lara. Carmen adoraba ese nombre en inglés y claro, pues era el segundo nombre de Frederick. Ramiro detestaba el nombre porque los prefería en español —nunca supo a ciencia cierta quién fue el progenitor del niño—, y fue un gran incordio cuando lo inscribieron en el registro civil. Finalmente como el crío era de ella, cedió con el nombre y exigió que le pusiera, al menos, uno «normal». Desafortunadamente Carmen no tenía idea de inglés —y al parecer el funcionario del registro civil tampoco—, y en vez de usar la correcta escritura en inglés, optaron por hacerlo como sonaba en español, sin imaginar que ese detalle iba a estigmatizar a su hijo para siempre.

Cuatro años transcurrieron, y Ramiro ya saciado de Carmen, empezó a hacer su vida aparte. No se molestaba en ocultar sus infidelidades, ni su carácter irascible y mucho menos su lenguaje soez ante la menor provocación. Durante ese tiempo, tuvieron dos hijos más, Bernardo y Lidia con una diferencia de dos años uno de otro. Carmen solo se dedicaba a limpiar la casa, a cocinar, a criar a sus hijos y a aguantar; aguantar esa vida que solo soportaba para que sus hijos tuvieran un techo, comida, y un poco de amor. Por lo menos a los dos hijos que tuvo con Ramiro se les dispensó el cariño necesario, pero para Yeison, al parecer, no alcanzaba... Pero no por parte de ella, Carmen adoraba a su hijo mayor, le recordaba tanto a ese amor truncado y que con el tiempo nunca murió, ese que se transformó en el fantasma que siempre se hacía presente en sus pensamientos para poder lidiar con el hecho de cumplir con sus deberes de esposa en el dormitorio.

A medida que Yeison crecía, lo hacían también los gritos, las peleas, los insultos; y el blanco principal era su madre y él. El muchacho no era tonto —era brillante, de hecho—, sabía que su padre era más benevolente con sus hermanos que con él. Ya con ocho años, notó que esos ojos verdes intensos, enmarcados en esas facciones de piel olivácea y que le devolvían la mirada en el espejo, no existían en ninguno de sus familiares, todos tenían ojos castaños, en los cuales siempre percibió el desdén —sobre todo de parte de su abuelo materno—. Solo reconocía en su madre el tono del color de su piel, y nada en su apariencia lo vinculaba a su padre o a sus hermanos. Pero nunca exigió explicaciones, ¿para qué?, por algo Ramiro era su padre y no quien lo engendró. Lo que no entendía eran las razones de por qué su madre soportaba esa vida... ni se atrevía a pedirlas. Se acobardaba al ver esos ojos tristes que lo miraban con un amor infinito al acariciar su rostro, con una sonrisa apenas dibujándose en su rostro.

La violencia trae más violencia. Yeison, cansado de siempre recibirla y ser el culpable de que su madre también fuera objetivo de las frustraciones de Ramiro, empezó a pasar más tiempo en la calle que en su casa. Sus amigos eran su nueva familia, y en una población marginal era fácil que lo llevaran poco a poco a ir probando el alcohol, el sexo, el cigarro, la marihuana... Lo hacía principalmente para encajar, para sentir que lo respetaban, para tener un lugar en ese grupo de muchachos que se hacían los valientes y que podían hacer lo que querían, y cuando querían. Pero en el fondo, lo hacía para evadir ese dolor de no pertenecer realmente a un lugar donde lo quisieran tal cual era, donde no importaba si su nombre estaba en inglés, en español, o en una absurda mezcla de ambos, donde eso no fuera motivo de burla y discriminación por parte de compañeros y profesores en la escuela.

Ya a los quince años el muchacho era un demonio incontrolable, irascible —al igual que Ramiro—, rebelde, con esos ojos verdes llenos de furia encerrada en un cuerpo delgado, y extremidades que eran más largas de lo normal, que cometía delitos menores en el centro de la capital y que había abandonado por completo los estudios que de mala gana Ramiro le brindaba, ¿para qué terminarlos?, si siempre le decía que era un estorbo inútil.

A simple vista, Yeison era un delincuente juvenil ordinario, uno que tuvo la gran suerte de ser más inteligente y rápido que el resto de sus amigos —y los carabineros—, por lo que nunca lo detuvieron, ni supo lo que era estar encerrado tras las rejas.

Así era su vida, al límite y a la vez vacua, que solo era llenada con la adrenalina de bailar al borde de un precipicio y jugarse el pellejo en ello.

Pero siempre, al final, sentía lo mismo, un gran vacío.

Cuando salía de los efectos de la marihuana; al terminar de fumarse un cigarrillo; al sentir la resaca partiéndole la cabeza en una casa desconocida o en la calle; al despertar al lado de una chiquilla sin saber su nombre; al volver a casa y escuchar los gritos. Nada, nada le podía llenar ese vacío que sentía en su corazón, y en su alma.

Ese vacío que le recordaba que nunca era suficiente para nadie, solo para su madre, pero que así y todo, no resistía la tristeza que reflejaban sus ojos al mirarlo fijo, ¿cómo era posible sentir tanto amor y melancolía a la vez?

La vida de Yeison iba a toda velocidad directo a un despeñadero y sin frenos, hasta que a sus amigos se les ocurrió la brillante idea de dar el siguiente paso, probar pasta base de cocaína. Esa basura que con el primer consumo los sumía en un estado de euforia y placer, tan intenso y fugaz que era necesaria otra dosis para no caer en la angustia y la depresión.

Potente, poderosa, destructiva…

El asignado para conseguir tal panacea fue él.

El único abastecedor de pasta base, era un sujeto que era conocido como «El Rucio», el cual tenía el monopolio de esa droga, pero a cambio, era la de mejor calidad en kilómetros a la redonda, por lo que era dueño de todo el territorio, y nadie podía competir con él. Era intocable.

Y ahí estaba Yeison en frente de la puerta de fierro, con ese incesante ruido en su inconsciencia juvenil y hormonal, que le gritaba que era una mala idea, una muy mala. Pero su orgullo le gritaba que podía hacer lo que se le antojara, él era el Yeison, no era un cobarde y perfectamente podía ir a comprar unos monos de pasta base.

Tocó el timbre de la casa donde vivía aquel mítico hombre, que pocos podían mirar fijo a los ojos y que siempre tenía un semblante severo. Decían que no podías deberle dinero o eras hombre muerto; decían que no podías ir a comprar con objetos robados para intercambiar una dosis; decían que si se enteraba que eras menor de edad, era capaz de dejarte bueno para nada hasta que lo fueras para poder comprarle.

Yeison tenía diecisiete, a punto de llegar a los dieciocho, no podía ser tan terrible.

—¿Qué quieres, mocoso? —interpeló el Rucio cuando salió a atender a su nuevo comprador.

«Así que este es el famoso Rucio», pensó Yeison, sintiendo que los nervios empezaban a apoderarse de su cuerpo, y ese ruido zumbando en su cerebro solo aumentaba.

El Rucio, era algo que nunca había adivinado encontrarse, era enorme, vestía como si fuera un ejecutivo, de esos que hacían nata en el centro y que les robaba los celulares cuando los pillaba distraídos. Hablaba de forma educada y modulada, solo con esa pregunta daba a entender que era un tipo culto y de mundo. No se parecía en nada a un narcotraficante. Él era un señor.

—Supongo que puedes contestar una simple pregunta si fuiste capaz de tocar el timbre. Contesta, mocoso —insistió con gesto adusto.

—¿*Tenís* monos[2]? —preguntó al fin, concentrándose en su objetivo.

—¿Cuántos años tienes? —interrogó con evidente desconfianza—. No le vendo a pendejos que no saben cómo limpiarse el culo sin manchar los calzoncillos.

—Dieciocho —mintió.

—Eres el hijo mayor de Carmencita y de Ramiro. —Una leve sonrisa curvó sus labios—. Lo primero que debes saber, mocoso, es que sé todo lo que pasa en esta población, y sé que no eres mayor de edad para consumir esa mierda.

Yeison estaba estupefacto, ¿cómo mierda sabía ese tipo?, ¿de dónde conocía a su madre?, si vivían bastante alejados de la casa del Rucio.

—La próxima semana cumplo los dieciocho —aseguró con vehemencia, si tenía suerte, le venderían. Unos días más, unos días menos, no eran gran cosa.

---

2 *Mono: dosis de pasta base de marihuana mezclada con tabaco.*

—Entonces, vuelve la próxima semana —decretó pragmático—. Y ven con tu puto carnet de identidad, no soporto a los mentirosos.

—*Eri'* bien maricón *pa'* ser narco, Rucio —replicó Yeison con altanería.

—Mi territorio, mis reglas. Si no te gustan, ve a otra parte —replicó ante la infantil y poco eficaz ofensa, al Rucio no le hacían mella los insultos y provocaciones.

—No venden en otra parte —rezongó Yeison, frustrado.

—Por algo es mi territorio. Ahora largo.

Yeison se fue con el rabo entre las patas, y odiaba esa sensación de derrota. Pero volvería, se plantaría de nuevo frente a la puerta del Rucio el día de su cumpleaños y con su puto carnet de identidad, solo para demostrarle que sí tenía los cojones para regresar, tocar el timbre y comprar.

*****

Siete días estuvo Yeison soportando estoico las incesantes burlas de sus «amigos» —a pesar de que ellos bien sabían que solo él, que era el mayor, era el único apto para comprarle al Rucio—. Él no era tonto, estaba consciente de que lo usaban para poder comprar droga, le molestaba esa sensación, pero la ignoraba, porque era mejor eso que soportar a Ramiro. Y cuando llegó el gran día —y con carnet de identidad en mano—, Yeison se presentó nuevamente en la casa del Rucio.

Ding, dong…

—Bien valiente salió el mocoso —saludó socarrón el Rucio—. ¿Qué quieres?

Yeison sacó de su bolsillo trasero su carnet de identidad y se lo entregó sin decir una palabra.

El Rucio observó la fotografía alzando una ceja y estudiando alternadamente entre el niño del carnet y el joven que tenía en frente. Esa identificación tenía al menos cinco años, en ella se observaban los mismos rasgos pero más inocentes, lo único que no cambiaba era esa mirada, que bien podía pertenecer al hijo de satanás.

Bien, el mocoso era legalmente un adulto.

—¿Cuánto quieres?

—Diez —contestó con aplomo.

—¡Diez! ¿No será demasiado para tu primer consumo?

—No me *vengai'* con mariconadas, soy mayor de *eda'*, así que dame la *hueá*[3] que te estoy pidiendo —exigió con el dinero en la mano, casi perdiendo la paciencia.

—Como quieras. —El Rucio tomó de un tirón el billete y se internó en su casa. Veinte segundos después, volvía con un paquetito que contenía diez papelillos de color blanco en su interior.

Yeison estiró la mano para recibir ese «certificado de adultez», pero el Rucio no hizo el intento de dárselo.

—Aquí tienes, mocoso. Feliz cumpleaños. —Le acercó el paquetito haciendo un amago de entregárselo logrando que Yeison solo atrapara aire—. Ah, ah... No es tan fácil, antes de darte esta basura, debo informarte que tengo tres reglas para mis clientes... y un desafío para ti.

—Ya *po'h*[4], dame la *hueá* —demandó con furia.

—No seas impaciente, mocoso, o te vas sin nada... —advirtió sin perder la compostura. El Rucio no gritaba, ni elevaba la voz. Su tono grave y seguro era suficiente para amedrentar una horda de drogadictos—. Regla número uno, no vendo más de una vez por día, así que asegura tu dosis diaria con tu compra. Regla número dos, odio que llamen después de las doce de la noche, por más que me grites, no abriré la puerta. Regla número tres, pide tu basura con educación o será la última vez que te venda.

—Ya, ya entendí la *hueá*. —Resopló frustrado, pero con curiosidad—. ¿De qué se trata el desafío?

—Cuando te termines de fumar esta mierda, y la angustia te esté comiendo vivo; si te das cuenta que no quieres volver a probarla, vuelve y te daré algo mejor.

—¿Y qué me *vai* a dar?

—Solo cuando vuelvas, sin ganas de fumar de nuevo. Si vuelves solo a comprar, habrás perdido el desafío.

Y sin más ceremonias, le entregó el paquetito a Yeison, dio media vuelta y cerró la puerta.

Yeison intrigado y eufórico a la vez, fue a ver a sus amigos con su trofeo. Lo recibieron como un héroe, celebraron con cerveza, y casi como si fuera un ritual, cada uno empezó a encender su papelillo y a aspirar la pasta base mezclada con tabaco. Yeison era el último, instintivamente fue retrasando su turno, hasta que no hubo nadie a quien cederle su lugar. Tenía miedo, sabía que no era lo mismo que la marihuana, la cual consumía socialmente. Estaba

---

3 *Hueá: Huevada, referirse a un asunto u objeto de manera peyorativa. Dicho o hecho que, dependiendo del contexto, puede ser algo irrelevante, erróneo o carente de interés.*

4 *Po'h: muletilla que significa pues, y es usada en Chile para dar énfasis a cualquier cosa que se diga.*

perfectamente consciente de que era peor, y que si daba ese paso, probablemente se iba a perder para siempre.

Encendió el *mono* y se quedó mirándolo fijo, con esa lucha interna que nunca pensó que iba a tener por un pequeño y simple papelillo.

No pasó mucho rato sin que los demás se dieran cuenta de que él todavía no le daba una calada, comenzaron a reírse fuerte y a provocarlo para que se hiciera hombre y no fuera un maricón.

Habitualmente era fácil azuzar a Yeison de esa manera, pero por algún motivo que ellos nunca pudieron comprender —ni en ese momento, ni nunca—, esa vez no resultó.

—¡Siempre tengo que andar a las *para'as* suyas, *giles*[5] *culiao's*[6]! —Yeison se alzó y pisoteó airado el papelillo ante la atónita mirada de sus amigos que ya estaban bajo el efecto de la pasta base—. ¡Me tienen *chato*[7] con la *hueá*! —estalló furibundo—. ¡Siempre tengo que andarles probando que soy hombre, a los *hueones*[8] maricones! ¡Váyanse a la *chucha*[9], *giles culiaos*! ¡Consigan a otro *hueón pa'* sus *hueás*, me voy!

Dio media vuelta y se fue a su casa. Pero ese día, al parecer, no era el mejor para haberse levantado de su cama. Yeison no esperaba a que lo recibieran con un pastel de cumpleaños y presentes, tampoco esperaba a que le dieran un abrazo o felicitaciones… En realidad, no esperaba nada de nadie, salvo el amor de su madre.

Entró a su casa y lo primero que vio —más bien sintió— fue un certero puñetazo bien dado por parte de su padrastro. Potente, duro, demasiado duro como para que haya sido solo con el puño.

—¿¡Así que ahora *eri* un *angustiao*[10], *gil re culiao*!? —vociferó Ramiro como bienvenida, sacudiendo su mano que estaba protegida con una manopla—. ¡Estoy cansado de mantener *guachos culiaos* borrachos y *angustiaos*! —bramó pateando las costillas de Yeison—. ¡Me *tení chato*, *culiao*!

De todas las palizas que le dio su padrastro en la vida, esa fue la peor para Yeison. La sangre manaba profusamente en su boca y el dolor era insoportable, tan insoportable como esa sensación de no poder respirar.

---

5 *Gil: sujeto que carece de inteligencia y entendimiento.*

6 *Culiao: proviene de culear, término muy vulgar en Chile para ofender, insinuando que el interlocutor es homosexual y que disfruta del sexo anal.*

7 *Chato: harto, hasta la coronilla.*

8 *Hueón: Huevón, estúpido, imbécil, tonto.*

9 *Chucha: genitales femeninos. La expresión de enviar a alguien a la chucha es para resaltar que se desea que se vaya lo más lejos posible.*

10 *Angustiado: adicto a la pasta base de cocaína*

—¡Ramiro, ¿qué *estai* haciéndole al Yeison?! —gritó Carmen, corriendo asustada al escuchar el escándalo de su esposo.

—¡No te *metai*, Carmen! —exclamó—. ¡Me aburrió tu crío! ¡Se va! ¡Ahora!

—¡No! ¡Te lo suplico! —chilló desesperada—. ¡Se va a enderezar, es la edad…!

—¡Cállate, mierda! —Abofeteó de revés a Carmen con la misma mano con la que golpeó a Yeison. Sin más, la mujer cayó inconsciente en el suelo.

Yeison se enajenó al ver el cuerpo inmóvil de Carmen; la adrenalina, la furia, el resentimiento, la sed de venganza se apoderó de la mente y el corazón del muchacho. Una ira ciega lo poseyó, convirtiéndolo en un animal salvaje, incontenible.

—¡¡¡Mamá!!! —rugió Yeison ignorando su dolor—¡¡Mamita!! Rojo, todo lo vio rojo…

Y todo sucedió en cuestión de segundos. Sin saber cómo, él estaba montado sobre el pecho de su padrastro, golpeándolo, hasta que empezaron a dolerle los nudillos, hasta que su sangre empezó a salpicarle la ropa, hasta que sus cuerdas vocales se rasgaron por expulsar toda esa furia en alaridos guturales.

Hasta que su hermano y su hermana gritando y llorando intentaban sujetarlo sin éxito.

Hasta que, de pronto, sintió un golpe seco en la cabeza y lo hundió en la más absoluta negrura.

*****

Yeison despertó con el cuerpo tenso y agarrotado, un fuerte dolor de cabeza y el sabor metálico de la sangre en su boca. La habitación estaba iluminada apenas con una lámpara que emitía una tenue luz, cosa que agradeció, la punzada que sentía en la mitad de su cerebro hacía que hasta parpadear fuera insoportable.

Definitivamente, ese lugar no era su casa…

No quiso conjeturar dónde estaba, se miró los nudillos, le ardían y tenían sangre seca. Lo último que recordaba eran los tirones de sus hermanos, los gritos, su madre inconsciente en el suelo, y la cara ensangrentada de Ramiro.

—Despertaste, mocoso. —Esa voz la conocía. Miró en dirección a la puerta, se recortaba la silueta de un hombre. Se le antojaba más imponente que la última vez que lo vio.

—¿Qué mierda pasó? —preguntó y al instante se tapó la boca, le dolía horrores, y el aliento se le colaba entre sus dientes.

Había perdido sus incisivos centrales superiores con el primer golpe que le asestó Ramiro.

—Bueno, llegué a tiempo de que mataras a tu viejo.

En ese momento a Yeison no le importó si su padrastro estaba vivo o muerto. Ahora sí no le cabía ninguna duda, Ramiro nunca jamás lo consideró un hijo.

Y ahí estaba ese vacío, de tener padre y no tenerlo de verdad… En ese momento todo se presentó con una claridad apabullante ante sus ojos. Si solo hubiera recibido amor, contención y disciplina, en vez de indiferencia, golpes e insultos, probablemente nada de lo que sucedió hubiera pasado. Un padre que nunca quiso serlo, era peor que no tenerlo.

Yeison dejó relegado a un rincón de su corazón ese sentimiento, a estas alturas era inútil, y era otra persona la que realmente le importaba.

—Ese *hueón* no es mi viejo… —aclaró con amargura—. ¿Mi mamita?…

—Tu mamá está bien, dentro de todo —aseguró—. Lamento informarte que ya no tienes casa. Le prometí a tu madre que me haría cargo de ti… Si es que aceptas, no te retendré en contra de tu voluntad.

Sin casa, sin amigos, sin familia…

Yeison cerró los ojos, sus fosas nasales se dilataron en un vano intento por retener las lágrimas, esas que se tragaba desde que tenía uso de razón, porque «llorar era de maricones». Sintió que se escurrían calientes por sus ojos hasta llegar a sus sienes. Se sentía huérfano, desamparado, una mierda. Su mera existencia solo le traía malos ratos a su madre. A veces ni él mismo entendía por qué era tan mal hijo con la única persona que lo amaba.

¿Por qué ese tipo lo ayudaba?

—¿Y dime, mi estimado Yeison? —interrumpió el Rucio sus pensamientos—. ¿La probaste?

Lentamente, Yeison negó con un gesto en silencio.

—¿Por qué? —interrogó el Rucio con interés ladeando ligeramente su cabeza.

—Me cansé de esos *hueones*. Me cansé de que *too* el mundo me dijera qué hacer, quién ser… de demostrar siempre si valgo alguna *hueá* o no —respondió con dolor, no solo físico, sino del alma.

Yeison estaba roto.

—Esa respuesta solo indica que te has convertido en un verdadero hombre.

—Si tú lo *decí* —replicó, haciendo como que no le importaban las palabras de ese sujeto. Sin embargo, sus lágrimas evidenciaban lo contrario.

—Descansarás un par de días. Después de ello trabajarás para mí. El techo y la comida se ganan, si no te gusta te largas. Es tu decisión —sentenció el Rucio firme. Tomó un bolso de viaje y lo arrojó al lado de la cama—. Aquí están tus cosas.

Yeison no respondió, se quedó mirando al techo. No tenía demasiadas opciones en ese momento de su vida. Decidió que lo más sano era empezar de cero y trabajar para el Rucio, total, no tenía nada que perder.

Porque, en realidad, no tenía nada.

*****

Yeison, empezó con trabajos pequeños, mantener la casa limpia, hacer mandados, tener siempre abastecida la despensa con alimentos. Aprendió a cocinar, a administrar los gastos básicos, dejó de beber alcohol, la marihuana. No tenía tiempo para esas cosas, el trabajo que tenía era a tiempo completo. El cigarro no podía dejarlo, pero era el único vicio que se permitía en la casa del Rucio.

A pesar de ser un hombre que siempre estaba serio, el Rucio era amable con Yeison. Cuando hacía algo mal, lo corregía con respeto y paciencia. Cuando hacía algo bien, lo halagaba y lo empujaba a mejorar o perfeccionar su resultado. Y cuando hacía algo perfecto, su mejor recompensa era la sensación de satisfacción que sentía al escuchar de la boca del Rucio «nadie puede hacer esto mejor que tú».

Los días, las semanas y los meses se fueron sucediendo. El trabajo se mezclaba con las lecciones de vida que le daba el Rucio. A Yeison le provocaba una profunda curiosidad saber cómo un hombre como él, pudo llegar a ser narco. Había historias, rumores, pero a medida que lo conocía, cada vez le sonaban más inverosímiles. Sabía que había algo más.

Cuando cumplió un año en casa del Rucio, era precisamente el día de su cumpleaños número diecinueve. Yeison casi no se dio cuenta de que 365 días pasaron. En todo ese tiempo no volvió a su casa, no visitó a su madre, ni a sus hermanos. Sabía que ella estaba bien, cuando la veía pasar por el frente de la casa, cuando la vigilaba a escondidas cuando compraba verduras en la feria, o cuando preguntaba por ella a algún conocido. Su mamá estaba mejor sin él, no dudaba del amor que ella le profesaba, pero vivir en la misma casa que ella, solo le traía problemas a la persona que más amaba. A veces, la demostración más grande de amor era dejar a la persona que amabas en paz, al menos eso tenía sentido para él.

Le sorprendió pensar de esa manera, miró hacia el pasado y se dio cuenta de que ya no era la misma persona. Era más responsable, más independiente, más maduro, podía controlar la rabia y la frustración. Le sorprendía que no sintiera la necesidad de hacerlo, podía manejarla tan bien como cualquier otro sentimiento.

Había crecido —no solo internamente, por fuera también era evidente su madurez—, ya no sentía ese deseo imperativo de demostrar a todos que valía, él sabía que era valioso y que podía lograr lo que se propusiera. Ese vacío negro e infinito se había ido cerrando de a poco, no del todo, pero ya no sentía esa necesidad acuciante de llenarlo con algo. Tal vez, esa sensación no era del todo mala, había vivido tantos años con ella, que solo debía dejarla estar. Ya no era tan horrible sobrellevarla.

—¿Por qué te quedas pegado en medio de la cocina sin hacer nada? —interpeló socarrón el Rucio.

—Ah, *naa… taba* pensando.

—Suelen pasar cosas buenas cuando haces eso. ¿Qué hay de almuerzo?

—Cazuela de carne y *ensalaá* de lechuga.

—Muy bien. —Se esculcó el bolsillo interno de la chaqueta y sacó un sobre abultado—. Acá está tu sueldo.

—¿Sueldo? —interrogó recibiendo atónito tanto dinero junto—. ¡Pero si nunca me *hai pagao* sueldo!

—Es momento de hacerlo, ahí está el pago por los últimos doce meses. Tenía que asegurarme de que te convirtieras en un ser humano civilizado —bromeó—. Feliz cumpleaños, mi estimado Yeison.

—Gracias, Rucio… —Sonrió con un dejo de timidez. Se quedó unos segundos en silencio—. ¿Por qué *hací too* esto? —preguntó al fin lo que más le intrigó el último año. El Rucio lo trataba como un igual, nunca lo miró en menos. No sabía a ciencia cierta cuantos años tenía ese hombre, pero para Yeison eso no era relevante, la sabiduría de él pertenecía a uno que ya había vivido unas cuantas vidas enteras.

—Mi abuela vive en la misma calle que tu madre. Por un tiempo fuimos vecinos, te conozco desde que estabas en kínder…

Pero bueno, el asunto es que antes de que te plantaras en mi puerta el año pasado, tu mamá me pidió echarte un ojo.

—¡Pero lo que *hai* hecho es *má'* que echarme un ojo! —exclamó sorprendido.

—Yo solo te di alternativas, estaba en ti sacar provecho de ello. En esta vida, mi estimado Yeison, las oportunidades se toman a la primera. Trabajaste duro un año, te superaste, te has convertido en un hombre de confianza, íntegro. No solo se trataba de que limpiaras la casa y cocinaras. Aquí está lleno de dinero y drogas, sabías donde estaba todo, pudiste tomarlo e irte. Pero no lo hiciste. Me probaste tu valía, y no solo a mí, sino que a ti mismo. Tu madre, de saberlo, estaría orgullosa de ti.

¿En serio él era todo eso que el Rucio decía?

A Yeison no le importó la vergüenza que sentía al reír y que le faltaran piezas dentales. Por primera vez en mucho tiempo sonreía de verdad. Estaba satisfecho consigo mismo, era jodidamente bueno sentirse así.

Al percibir el peso del sobre con dinero, lo primero que pensó fue en que debía ir al dentista para arreglarse el estropicio que tenía en la boca. Que le faltaran un par de dientes era el menor de sus problemas, la falta de higiene y la mala vida habían causado estragos y quería resolverlos.

Y le iba a costar un dineral.

La idea de empezar a preocuparse por sí mismo lo animó. Empezó a reír a carcajadas, fuertes, sonoras… Una catarsis.

Yeison en su cumpleaños diecinueve volvió a nacer.

*****

La vida siguió para Yeison, se convirtió en la mano derecha del Rucio, era su hombre de confianza, su amigo. La lealtad y el honor empezaron a ser parte de su canon de vida. Irónico para ser parte del hampa de la zona. El respeto que el Rucio inspiraba, se extendía hacia su persona.

Pero toda su realidad cambió al tiempo después de cumplir veintitrés de una manera brusca, inverosímil e inesperada.

Un viaje que hizo el Rucio al extranjero fue el comienzo de todo. Cuando su mentor volvió, era otra persona, algo había pasado. La respuesta no tardó en llegar, tan increíble como brutal.

El Rucio no era lo que todo el mundo suponía. Era todo lo contrario. Y a Yeison no le sorprendió, nadie conocía al Rucio como él.

Ángel Larenas, alias el Rucio, era un detective infiltrado de la Policía de Investigaciones de Chile.

De ese viaje volvió casado con una italiana y con un objetivo en mente. La jubilación de su carrera de narco y de infiltrado, y para ello necesitaba un sucesor que no levantase sospechas en el barrio.

Y sin que nadie lo planificara —ni siquiera el mismo Ángel—, Yeison era el candidato ideal, y él vio una oportunidad. Una que no dejó escapar.

Yeison entró a un programa especial secreto de la PDI[11], y a la vez terminó sus estudios medios. Así comenzó una carrera meteórica de formación profesional y académica con resultados impensados. Yeison era un diamante en bruto y que fue pulido a un nivel que nadie previó.

Ante todo el mundo en la población, él seguía siendo el mismo, pero fuera de ella era la antítesis de ello, Yeison era un camaleón, uno que muchas veces sorprendió a Ángel. Un día podía ser el *flaite*[12] más ignorante y marginal, y al siguiente, podía ser la fachada del socio comercial del narcotraficante más importante de la zona sur de la capital.

La jubilación del Rucio al fin llegó. Cinco largos años después, logró su objetivo. Fingió su muerte para borrar todo rastro de su antigua vida y se fue de Santiago con su familia a una parcela en Codegua, saldando cuentas pendientes con su hermano menor que toda su vida adulta lo odió por ser narcotraficante. Al fin vivía lo que siempre soñó. Una vida en paz y con su familia unida.

Yeison quedó como amo y señor del territorio y del cargo del puesto vacante dejado por Ángel en la PDI. Sus días se consumían manteniendo a raya el narcotráfico, e ir desbaratando redes delictuales más grandes. Pero todo tenía su costo, no podía llevar a cabo esa tarea solo, por lo que empezó a buscar arduamente a un hombre de confianza, y lo encontró, en un joven que le recordaba mucho a él mismo.

Pero nadie, nunca, iba a ser cómo él…

---

11 *PDI: Policía de Investigaciones de Chile.*

12 *Flaite: vulgarismo chileno equivalente a otros como cuma, punga, ladrón, poca clase, rasca, roto, o malandro. En un sentido estricto, este término se utiliza para denominar a personas de malas costumbres, pertenecientes al que presentan atributos vulgares y socialmente inadaptados, y en un sentido extenso, para referirse a este tipo de comportamiento en general, independiente del origen social de la persona.*

Capítulo 1

El aire frío de la noche se colaba por las fosas nasales de Yeison. A las tres de la madrugada, las calles estaban inmersas en un manto de densa neblina que humedecía el asfalto, otorgándole un halo de incertidumbre de no saber qué había veinte metros más adelante.

—Yeison, es hora, el *guatón*[13] Menares nos espera —indicó Danilo, expulsando el humo del cigarrillo que estaba fumando. Pisó la colilla y empezó a caminar.

—Ese *hueón* me tiene *aburrío* con sus *hueás*. —Yeison pateó una piedra y empezó a caminar con las manos en los bolsillos.

No solo estaba aburrido del *guatón* Menares, hacía rato que estaba aburrido de esa población, de ver la miseria, los círculos viciosos, de ver generaciones de jóvenes que se perdían en las drogas, el alcohol, la delincuencia. De trabajar incesantemente para mejorar esa parte del mundo, pero los resultados eran casi invisibles. Intentaba animarse a continuar con esa vida, recordándose a sí mismo que alguna vez fue uno de ellos, y que estuvo a punto de ser uno más del montón y de alguna estadística macabra. Debía ser paciente, constante...

Todos los días agradecía que Ángel hubiera intervenido en su vida, fue el padre que nunca tuvo, a pesar de ser solo seis años mayor que él. Desde aquel día, habían pasado doce años, y ya no quedaba casi nada del chiquillo rebelde e impulsivo que alguna vez fue.

Caminaron rápido para espantar el frío, el vaho salía tibio por sus bocas y narices. Yeison estaba inquieto, ese tipo, Menares, estaba jugando con fuego, sus hombres habían intentado hacerle quitadas de droga sin resultados favorables, y el ambiente en general, estaba caldeado desde hacía un par de días.

Se encontraron en una calle estrecha, pero iluminada, cosa que no tranquilizaba en absoluto a Yeison. Su instinto estaba alerta, apretó la mandíbula, y de manera discreta tanteó su arma.

13 *Guatón: gordo, barrigón.*

Todo estaba en su lugar. Pero eso tampoco sosegó esa sensación de que las piezas no encajaban del todo.

A medida que avanzaban se iba revelando la figura oronda de Menares. El tipo era grande de todos lados, era como un gorila obeso. Estaba solo, o al menos, eso parecía. La neblina podía ocultar a más hombres sin levantar sospechas.

Quedaron frente a frente, midiéndose con las miradas. A Yeison le aburrió el estúpido juego.

—¿*Pa'* qué me llamaste, Menares? —inquirió altanero, pero sin alzar la voz.

—Quería pedirte disculpas por lo que hicieron mis *cabros*[14] la otra vez.

—¿Ah sí? Agradece que no le di un *tunazo*[15] a uno de tus hijos *pa'* que amaneciera *pintao* en el suelo[16].

—Mira, sé que la *hueá* está *brígida*[17]. Por eso te llamé *po'h*, loco, *pa'* no seguir agrandando la *hueá*.

—¿Me *querí* ver las *hueas*[18] de *colore'*? —increpó harto de que lo tratara como si fuera estúpido—. Tus *cabros* hacen lo que *vo'h* les *mandai*. Hace rato que *vení* echándome el ojo. No soy *hueón*.

—Sí. Sí lo *eri*. —Sonrió Menares de una manera siniestra—. *Eri* entero *hueón, conchetumare*[19]...

Yeison solo escuchó el estruendo de tres disparos a sus espaldas y dolor. Trastabilló y cayó aparatosamente al suelo azotando su cabeza contra el pavimento.

No podía ser. Yeison estaba confundido, parpadeó con dificultad, todo era borroso. De inmediato notó que la cabeza le sangraba y formaba un charco tibio alrededor de ella. Sintió miedo, porque no quería morir en ese lugar. No así, ni siquiera había vivido su vida como él deseaba, sin máscaras.

Lo último que vio fue a Danilo, su mano derecha, apuntando una pistola humeante sobre su pecho diciendo:

—Chao, jefe.

Después de eso, se desvaneció, todo se fue a negro.

*****

---

14 *Cabro: muchacho.*

15 *Tunazo: balazo.*

16 *Pintao en el suelo: muerto, proviene de la creencia de marcar la silueta de los cuerpos en una escena del crimen.*

17 *Brígida: peligrosa*

18 *Hueas: huevas, huevos, testículos.*

19 *Conchetumare: concha de tu madre, insulto de grueso calibre que hace referencia de manera vulgar a los genitales de la madre del interlocutor*

La luz entraba a raudales incluso a través de sus párpados entornados. El olor aséptico entró directo a sus pulmones y le provocó mareos y nausea. Luego, fue consciente del sonido constante de un pitido que le dio a entender que su corazón aún latía. Le dolía todo el cuerpo, pero era soportable. Intentó moverse, mas sus extremidades no le obedecían. Llenó sus pulmones de aire, abrió los ojos, y lo primero que vio fue el techo blanco y los tubos fluorescentes apagados. Era de día.

—¡Yeison, mi niño! —Escuchó una voz femenina que era capaz de reconocer en cualquier parte.

—Mamita —susurró con voz pastosa, giró un poco su cabeza y posó su mirada en los ojos castaños de su madre.

Carmen lloraba aferrada a la mano de su hijo y le acariciaba el cabello y el rostro. Los doctores le habían asegurado de que Yeison estaba fuera de peligro y que dormía por los efectos de los calmantes. Pero ella era desconfiada, solo les daría la razón si lo veía despertar.

Y había despertado, después de dos días en que sintió que moriría de la pena.

—Ya te *vai* a poner bien, hijito —afirmó Carmen sollozando y limpiando sus lágrimas—. Allá *toos* creen que *estai* muerto.

A Yeison le pareció que eso era lo mejor que había escuchado en años. Ya no se sentía capaz de seguir por ese camino tan ingrato.

—Mamá, no voy a volver a la población —articuló con dificultad, la boca la sentía seca—. Dame agua, por favor. Tengo mucha sed —pidió sintiéndose todavía un poco atontado por haber dormido demasiado.

Carmen contempló estupefacta a su hijo. Era como ver un fantasma, hablaba igual que el amor de su vida, con buena dicción, sin saltarse ninguna letra, con un tono comedido y grave. Era la voz de Frederick, aquella que no escuchaba hacía más de treinta años.

—Mamita… —insistió Yeison sin entender la reacción de su madre.

—*Hablai* como Freddy —susurró sin salir de su asombro.

—¿Quién? —interrogó descolocado.

—Frederick… —De nuevo las lágrimas volvieron a emerger de los ojos de Carmen, y Yeison notó la melancolía y el dolor de su madre.

—¿Quién es Frederick, mamá? —insistió.

No hubo respuesta, en ese momento entró el médico a cargo haciendo su ronda por las habitaciones. Al ver despierto a Yeison, sonrió.

—Despertó antes, señor Barrios —señaló de buen humor—. Si me disculpa, señora, le haré un chequeo de rutina a su hijo.

Carmen, limpiándose las lágrimas, se apartó de la cama para permitir que el médico hiciera lo que había anunciado. Observaba a la distancia cómo le hacían preguntas a Yeison y cómo él las contestaba. Era impresionante el cambio de su hijo, no había hablado directamente con él desde que el Rucio se lo había llevado de su casa. Había perdido la cuenta de los años, se conformaba con verlo a lo lejos. Se sentía tan culpable por todo lo sucedido, si tan solo no se hubiera casado por desesperación… si tan solo se hubiera ido de casa y le hubiera puesto el pecho a las balas… si tan solo…

No podía llorar sobre la leche derramada.

—Bien, Yeison. —El médico empezó a escribir algunas notas en la ficha médica—. Tuviste mucha suerte, tres disparos fueron contenidos por el chaleco antibalas. —Alzó una ceja inquisidora como si estuviera preguntándole donde consiguió uno—, pero uno dio en tu brazo derecho, no hubo huesos astillados, fue una herida limpia. Lo de la cabeza fue otra cosa, no hubiera sido nada del otro mundo si no fuera por una piedra que acentuó la contusión y provocó un corte que te hizo perder bastante sangre y hubo que hacer una transfusión. Si se hubieran demorado veinte minutos más, tal vez estarías muerto. Unos días más de descanso y estarás como nuevo para darte el alta. ¿Sabes quién te disparó?

Yeison negó con la cabeza, delatar a Danilo sería un gran problema para su recién estrenado anonimato.

—¿Cuántos días llevo aquí, doctor? —preguntó sin saber qué día era.

—Dos días.

—¿Sabe quién me trajo?

—Esa información no la manejo. Pregúntele a su madre, tal vez ella pueda responderle.

Yeison se quedó en silencio e hizo un gesto afirmativo con la cabeza. El doctor anotó un par de cosas más, se despidió y se marchó.

El silencio reinó por un momento, pero fue suficiente para que Yeison empezara a recordar lo sucedido, a atar cabos, a ver con perspectiva en qué había fallado, si por algún error lo habían descubierto. Intentaba hallar respuestas, indicios.

Carmen se acercó al lado de su hijo, acarició nuevamente sus facciones. Había cambiado tanto, ya no era aquel chiquillo demasiado delgado y un tanto desproporcionado, ahora era un hombre hecho y derecho. Si antes se parecía a Frederick, ahora era su vivo retrato, pero con una barba a medio crecer, densa y descuidada. Sonrió y le besó la frente con ternura. Luego la expresión de Carmen cambió de manera brusca y se tornó seria.

—Como se supone que *estai* muerto —susurró en absoluto secretismo—, todos dicen que ese *cabro* amigo tuyo es el nuevo jefe y dividió el negocio con el *guatón* Menares, y los carabineros brillan por su ausencia. Está la escoba, balaceras por todas partes, ya no hay respeto.

Esa sencilla declaración le hizo atar cabos. No habían descubierto su fachada, solo se trataba de ambición, avaricia, sed de poder.

Danilo lo había traicionado. Yeison lo consideraba un gran amigo, ahora se daba cuenta que se había equivocado, tanto, tanto.

Una punzada de dolor en su cabeza se hizo presente. Yeison cerró los ojos, estaba cansado. Le vendrían bien esos días sin hacer nada…

—Mamá, me puedes ayudar a sentarme y darme agua, tengo mucha sed —solicitó con amabilidad. Para Carmen era tan extraño y tan familiar escuchar a su hijo hablando de esa manera tan… educado y culto. Hizo lo que su hijo le pidió, Yeison tomó un largo trago de agua, exhaló al sentirse saciado y se limpió la comisura de la boca con el dorso de su mano y dejó el vaso en la mesa de noche—. ¿Sabes quién me trajo? —interrogó susurrando.

—Don Chapa… Iba pasando por ahí cuando escuchó los balazos, y después vio como *toos* corrían y te encontró. Te subió a su furgoneta y te trajo. Luego me avisó. Es el único que sabe que *estai* bien.

Ahora todo tenía sentido, don Chapa era un viejo bonachón que de manera inocente lo proveía de información. Era dueño de un almacén de abarrotes y todo el mundo compraba en su local. Prácticamente había visto crecer al Rucio y luego a Yeison.

—Dile de mi parte que muchas gracias… Y mejor que todos crean que estoy muerto… Si te preguntan, tú solo di que no sabes nada, incluso a Ramiro… a él menos que nadie. Ya debe ser problemático para ti venir a visitarme. Gracias, mamita.

—Ay, hijo… No *digai* eso, ¿cómo es eso que quieres que crean que *estai* muerto? Te he *echao* tanto de menos, y ahora que de nuevo puedo hablar contigo, voy a tener que dejar de hacerlo otra vez. —Lo abrazó como pudo y empezó a sollozar con su rostro enterrado en el ancho pecho de su hijo.

—Mamá... —Yeison rodeó a su madre con su brazo bueno—. No puedo volver, no quiero hacerlo. Quiero hacer mi vida. No voy a desaparecer de nuevo para ti... Yo... yo no era narco de verdad. —Empezó a confesarle al oído—. Soy un *tira*[20] infiltrado, desde los veintitrés años soy detective de la PDI...

Carmen se incorporó en el acto, miró a su hijo con los ojos anegados sin poder creer lo que él decía, pero en el fondo le parecía lógico y explicaba los cambios en su hijo, sobre todo en su forma de expresarse. Yeison tenía un trabajo peligroso, pero no era lo que todos creían, incluso ella misma. Los había engañado a todos... hasta ahora.

Estaba orgullosa de su hijo. No necesitaba saber más en ese momento, algún día podría hablar con más tranquilad.

—Por eso me *hablai* así, tan diferente a mí o a cualquiera de la *pobla*. Hablas igualito como él...

—¿Frederick? —dedujo Yeison intuyendo lo que venía—. ¿Quién es, mamá?

—Era tu papá...

Entre sollozos, Carmen le reveló al fin la verdad a su hijo, consideró que era algo inútil de ocultar a esas alturas de su vida, ella ya no tenía dieciocho sino treinta años más.

Yeison no se esperaba esa historia, tampoco imaginó que él era el fruto de una relación en la que sí existió amor verdadero, y eso le dejó un sabor dulce en la boca, a pesar de su trágico e inesperado final. Él ya había asumido que su existencia se había originado en un descuido, pero nunca, nunca imaginó que hubo amor, cariño, y que su padre no lo había rechazado, al menos no en una primera instancia, pues era absurdo imaginar lo que hubiera pasado después.

Ahora entendía la fijación de su madre por su nombre, y comprendía esas miradas cargadas de felicidad y tristeza que le brindaba Carmen, y el desamor por parte de su padrastro, a quien nunca lo sintió como un verdadero padre, y que se lo confirmaba cuando le decía *guacho* y le recriminaba sus actos a su esposa. Desde pequeño siempre lo supo, siempre, siempre...

No pudo evitar llorar, la emoción de todos esos años lo embargó desde lo más profundo de su ser. Sentía que todo el universo

---

20 *Tira: detective de la PDI.*

le estaba gritando que debía cambiar su rumbo, que era hora de empezar otra etapa, de ir a buscar su destino y tomarlo con sus manos y alcanzar su propósito.

Para ello era imperativo cerrar ciclos, dejar el pasado atrás y emprender un nuevo rumbo.

—Mamá… ¿cómo están mis hermanos? —preguntó Yeison cuando logró controlar su llanto.

—Están bien. —Sonrió orgullosa de ellos—. Bernardo trabaja y estudia contabilidad, y tu hermana trabaja en una notaría. Les va bien… Fuiste un ejemplo de cómo no debían echar a perder sus vidas —bromeó. Ahora podía reír sobre eso, antes le provocaba una profunda pena, porque en cierto modo fue así.

—Qué bueno, me alegro mucho… Ellos me deben odiar… ¿lo hacen?

—Esa noche, cuando pasó *too*… Ellos se asustaron *caleta*[21]. No volvieron a hablar de ti, hasta hace un tiempo. Estábamos almorzando, Ramiro no estaba en la casa, de pronto, no sé por qué, empezamos a hablar de ti… Ellos se daban cuenta de que Ramiro hacía diferencias entre ellos y tú, que solo tú *recibíai* insultos y golpes junto conmigo. Pero eran *cabros* chicos, comprendían *too* a medias, y ahora de adultos, muchas cosas cobraron sentido, sobre todo por el hecho de que a pesar de ser narco, *teníai* principios… Nunca te odiaron, ni siquiera cuando casi mataste a Ramiro… Sé que si se animan a juntarse y hablar…

Yeison sintió algo parecido al alivio, él también era un adulto, y con los años entendió que mucho de sus resentimientos hacia su madre, sus hermanos y a Ramiro lo enceguecieron cuando era joven, y que le costó demasiado caro. Tal vez, más adelante.

Debía ir un paso a la vez.

*****

Una de las lecciones más importantes que aprendió Yeison de parte del Rucio, fue que ser infiltrado en el narcotráfico era un trabajo que, aparte de ser ingrato, era muy mal remunerado en relación al costo personal. No se podía jugar a ser héroe sin recibir nada a cambio, porque a pesar de sus muchas virtudes, Ángel y Yeison no eran precisamente santos.

Vivir del narcotráfico, durante doce años tuvo sus ventajas, le daba lo básico para vivir, y además, logró comprar un departa-

---

21 *Caleta:* mucho.

mento, nada ostentoso en el centro de Santiago. El sueldo que recibía por parte de la Policía de Investigaciones, no lo gastaba. Abrió una cuenta de ahorro y ahí fue a parar todo ese dinero que nunca utilizó, más algunos extras que le reportaba su actividad delictual.

No era lo más honesto, pero debía velar por su futuro. El «pago de Chile» no era necesariamente algo muy abundante.

Así pues, tenía muchos ahorros, pero tampoco se podía considerar millonario, solo tenía un buen piso para empezar su vida desde cero.

Cuando comunicó su retiro a su superior, a este no le sorprendió. Después de lo ocurrido, Yeison no podía volver al lugar donde, con el pasar de los días, se estaba convirtiendo en un campo de batalla, en que la lucha de poderes se estaba tornando incontrolable.

Sin ceremonias, sin despedidas, sin reconocimiento, Yeison se marchó, para no volver.

Al salir del edificio, inspiró profundo, sintiéndose libre, como si hubiera terminado de cumplir una condena para expiar sus pecados de juventud. El maldito invierno de ese año era más frío que el anterior. Estaba congelándose, pero eso no le impidió encender un cigarrillo. Aspiró profundo el humo del tabaco y luego exhaló.

No siguió fumando, asqueado tiró el cigarrillo al suelo y lo pisó.

—Ya no son como antes —masculló. Se metió las manos a los bolsillos y emprendió camino hacia la búsqueda de su destino.

Pero primero es lo primero, debía buscar consejo, con un viejo amigo.

Capítulo 2

Arturo Medina, hombre trabajador y emprendedor, poseía una pequeña librería en el centro de Santiago. No le iba mal, pero el dinero no le sobraba, y menos ahora, que había sufrido por tercera vez un asalto cuando iba camino a depositar al banco el dinero en efectivo ganado en la librería que él regentaba.

A esas alturas ya sabía que no era una mera coincidencia, pero, ¿cómo impedir que le volvieran a robar, o, quién le aseguraba que para la próxima él o los suyos no iban tener tanta suerte para salir ilesos?

Esas respuestas no las tenía. Si lo volvían a asaltar su negocio se iría a pique. Ya había pedido un préstamo al banco para solventar aquella pérdida. No podía permitirse el lujo de que su negocio se hundiera. Después de su hija, la librería era todo lo que poseía y amaba en esta vida.

Para problemas desesperados, medidas desesperadas, por lo que Arturo decidió buscar asesoría, y tal vez, protección para realizar las transacciones, y si encontraba a quienes estaban detrás de los robos, mejor aún.

Buscó, entonces, un detective privado en cuanto anuncio encontró por internet. Pero al momento de enfrentar la entrevista con quienes prestaban el servicio, no lo convencían. Arturo era un hombre de piel, que seguía sus instintos y corazonadas. Y hasta ese momento, nadie le daba confianza suficiente con la primera impresión.

Con el pasar de los días, la angustia empezó a torturarlo y a sumirlo en un estado depresivo. No estaba comiendo bien, y su hija empezó a mirarlo con preocupación, que se acentuaba todavía más cuando él respondía que estaba bien y su rostro evidenciaba todo lo contrario.

—¿Por qué no sales a dar una vuelta, papá? Te noto un poco pálido —propuso Ana, su única hija, tocándole la frente por si tenía fiebre—. Está flojo el horario, puedo arreglármelas con Joaco. Te hará bien respirar algo de aire primaveral.

Arturo esbozó una sonrisa. Ana era una bendición para él, estaba muy orgulloso de ella. Era idéntica a su esposa que falleció hacía ya quince años. Su mujer le había ayudado a continuar la tradición familiar de su amada librería, por eso no quería perderla. No era solo su esfuerzo, también lo era de ella. Fue muy duro para él lidiar con todo cuando quedó viudo, pero por su hija salió adelante.

Ana se había convertido en una linda mujer de veintiocho años. Su piel era blanca como el alabastro, y lo que más le gustaba, era la eterna y sedosa melena castaña que le llegaba a los hombros. No era muy vanidosa, y eso se notaba en su cabello revuelto y sus cejas que eran gruesas y pobladas pero muy definidas y que ella apenas perfilaba cuando se acordaba. La misma Ana decía que sabía perfectamente que no era una belleza arrebatadora y rompecorazones, y que debía compensar esa carencia con cerebro.

Ahhhh, su hija era todo un caso. Para él era la niña más bella de todas —y sobre todo cuando estaba contenta—. Ana apreciaba las pequeñas cosas de la vida. Era sencilla, humilde y sensata.

Arturo suspiró ante la propuesta de su hija, ella tenía razón. Asintió con la cabeza y aceptó salir de la librería a despejarse un poco.

—¿Te traigo un jugo de naranja? —ofreció Arturo con cariño.

—Uy sí, por favor —respondió casi con los ojos brillantes de la emoción—. Y un chocolatito —pidió como una niña.

En el centro de Santiago abundaban los carritos de vendedores ambulantes que exprimen las naranjas en frente del cliente, y por una módica suma de dinero se compraba el más fresco y natural jugo sin azúcar añadida. Nada mejor para comenzar el día.

Arturo sonrió un poco más, era tan fácil hacer feliz a su hija, a ella le bastaba con solo simples gestos y quedaba contenta. Enfiló sus pasos por la calle Huérfanos —donde se ubicaba la librería—, atravesó MacIver y siguió avanzando hacia el poniente, hasta llegar al carrito de jugos naturales. Compró dos y mientras pagaba, algo pegado a un poste del alumbrado público lo distrajo. Se acercó, era un anuncio, con el contacto impreso en varias tiritas de papel para arrancar y leyó:

DETECTIVE PRIVADO, GUARDAESPALDAS, ASESORÍAS, ESPIONAJE.

No llamar si desea cometer un ilícito, tales como: lavado de dinero, estafas, matar al amante de su esposa o ahogar gatitos.

El anuncio era precario, bastante original, pero efectivo en llamar la atención. A Arturo le arrancó una sonrisa espontánea y le mejoró el humor por unos instantes. Solo quedaba una tirita de papel. Se encogió de hombros, no perdía nada con intentar.

Con una carcajada, se llevó el último papelito.

*****

Arturo estaba nervioso, como siempre cuando se enfrentaba a hablar con un sujeto desconocido para que le ayudase a salvar su negocio. Y más aún, con aquel anuncio tan singular. Ya se estaba arrepintiendo de haber concertado esa reunión, fue su primer impulso apenas arrancó la tirita de papel. Pero ya estaba ahí, tampoco era de los que se echaba para atrás cuando tomaba una decisión.

Tomó un sorbo de café, ya estaba casi frío.

Ese mismo día, el hombre que entregaba los servicios indicados en el anuncio, y cuyo nombre era Jason Holt, lo citó en un conocido y emblemático local ubicado en el centro de Santiago, llamado Confitería Torres. Arturo miró su reloj de pulsera, faltaban cinco minutos para las ocho. Había llegado un poco temprano, estaba ansioso.

—¿Señor Medina? —Una voz masculina lo sacó de cuajo de su estado de ánimo, cambiando en el acto de la angustia a la expectación.

Arturo lo miró de arriba abajo, el aspecto del hombre no era para nada un reflejo de inusual anuncio. Vestía impecable, como si se tratara de una reunión de hombres de negocios millonarios. Lo único que enturbiaba su apariencia impoluta era la barba que ya estaba bastante crecida y le ensombrecía el rostro con notoriedad.

—Soy, yo… ¿Y usted? —respondió con desconfianza, a esas alturas estaba un tanto paranoico.

—Jason Holt —replicó el hombre mientras extendía su mano para saludar.

Arturo imitó aquel gesto y estrechó la mano del hombre. El apretón fue firme, seguro, pero medido.

Jason tomó asiento frente a Arturo, llamó al garzón con por su nombre, a lo que el aludido se hizo presente al instante. Pidió una porción de galletas de chocochip y un chocolate italiano. A Arturo no dejó de llamarle la atención aquel inusual pedido en un hombre ya adulto.

—Son mi debilidad —explicó Jason sin rastro de vergüenza—. ¿Le invito otro café? El suyo debe estar frío.

—No, muchas gracias —contestó con una sonrisa.

—Bien, cuénteme, ¿cuál es su problema?

—Como le comenté por teléfono, he sufrido en los últimos meses tres robos. Todo esto sucedió en el trayecto al banco para depositar el dinero en efectivo que ganamos semanalmente en la librería. Estos hechos han mermado mis finanzas, y mis escasos números azules se tornaron rojos.

—Ya veo, ¿ha sido el mismo asaltante?

—No lo sé, primero asaltaron a mi hija, que trabaja conmigo, luego a su novio que también trabaja con nosotros y la última vez fue a mí. Todo sucede en cuestión de segundos, y si te apuntan con una pistola en el pecho uno no puede oponer mucha resistencia.

En ese instante llegó el garzón, e interrumpió la entrevista. Sirvió con premura el pedido de Jason, quien sonrió como un niño en navidad. Sin desperdiciar un segundo más se zampó un par de galletas y tomó un sorbo de chocolate. Se tomó su tiempo en disfrutar aquella delicia degustándola a placer, y cuando terminó, se limpió la boca con la servilleta.

—Entonces el *modus operandi* es, básicamente, el mismo —continuó con su interrogatorio—. Usted o sus parientes salen a depositar, un tipo los asalta con un arma de fuego… ¿Siempre en el mismo lugar, no cambian rutas, horarios, día de depósito?

—Eso es lo extraño, para despistar hemos cambiado rutas, horarios… todo.

—Es sospechoso. Todo indica que alguien de su confianza está detrás de los delitos, debe ser alguien que conozca sus rutinas… —La cara de espanto de Arturo al decir tal cosa, le provocó un dejo de lástima. Jason sabía lo que era la traición de un cercano—. Tal vez un cliente frecuente, o asiduo a su negocio. También puede ser la competencia —rectificó dando un par de opciones más—. ¿Ha interpuesto alguna denuncia a las autoridades?

—Claro, pero en realidad es como denunciar a un fantasma.

Arturo tenía razón, sin mayores pruebas, aparte de las cámaras de seguridad de la calle, poco podían hacer los carabineros para impedir el robo o atrapar al ladrón que desaparecía en cuestión de segundos. Jason lo sabía, no había que ser un genio para robarle a una persona honesta.

—¿Cuánto dinero le han robado? En total —interrogó Jason, tanto para tener una idea de lo rentable que era el negocio, como para saber la seriedad del asunto.

—Siete millones.

Jason hizo las matemáticas, tres asaltos, siete millones, las ganancias semanales en dinero efectivo podían sobrepasar los dos millones de pesos.

—¡Caramba! Es todo un dineral.

—Lo suficiente para hacer tambalear mis finanzas. Me robaron lo ganado en semanas buenas, cuando es una semana mala puede ser una miseria —detalló para que no se hiciera una falsa imagen de lo rentable que era el negocio. Lo era, pero no se podía perder el delicado equilibrio.

—¿Y así y todo desea contratar mis servicios?

—Todavía no he decidido eso, estoy evaluándolo. Tampoco puedo pagar demasiado… ¿Tal vez en cuotas?

—Señor Medina, ¿cuál es su objetivo final?

—Proteger mi negocio, impedir que me sigan robando… Creo que sería demasiado ambicioso de mi parte esperar a recuperar el dinero perdido.

—Es sensato. ¿Cuánto está dispuesto a pagar por mis servicios? —interrogó ya trazando su plan. El desafío le gustaba, quería mantenerse ocupado. Trabajaba porque quería, podía permitirse no hacerlo.

Pero Jason odiaba el ocio.

—¿Qué es lo que me ofrece usted? —replicó para sopesar el asunto.

—De acuerdo a sus objetivos, investigaré a la gente en su negocio, la clientela, proveedores, la competencia. También puedo escoltar a la persona que sea la encargada de depositar el dinero en efectivo. Para ello, planificaré las rutas, los horarios, y si todo falla, brindaré protección. Tengo experiencia en artes marciales y defensa personal… No es una película de Hollywood, los civiles no podemos portar armas de fuego en la vía pública, pero si dispondremos de chalecos antibalas, y, créame, sé cómo reducir a un imbécil que me está amenazando con un arma. Sé que no es una gran garantía, pero voy a trabajar para que el delito no se produzca —respondió firme y sin perder el contacto visual—. Un servicio así tiene por lo menos un costo de un millón y medio de pesos mensuales. ¿Está dispuesto a pagarlos? —Arturo no pudo ocultar su sorpresa, ese precio estaba más allá de su presupuesto.

—Lo siento por haberle hecho perder su tiempo… —se lamentó con el ánimo por el suelo. El hombre era el único que le estaba dando algo de confianza y que le ofrecía un trabajo completo. Hizo el ademán de levantarse de su silla, pero…

—No he terminado, señor Medina —aclaró con tranquilidad—. Puedo ser muy flexible… En estos momentos estoy haciendo unas inversiones, y me interesa su negocio. A cambio de mis servicios puede darme como pago el 20% y seremos socios y como socios, podré inyectar capital para mantener a flore su librería —propuso una tentadora oferta con soltura. Pero para un hombre como Medina era difícil de aceptar, ya que se trataba de involucrar en el negocio familiar a un extraño—. Las librerías son lugares que no deben morir. Y en este momento, usted no se puede dar el lujo de gastar dinero… Digamos que trabajaré para usted para la protección de su negocio, tómelo como una inversión.

—Usted me está pidiendo involucrarlo en mi librería a cambio de su trabajo. ¿Quién me asegura que trabajará de verdad? —interrogó para ver su reacción y medir sus palabras. A pesar de tener un aspecto un tanto amenazador, el hombre, irónicamente, inspiraba confianza.

—Ese es un riesgo que debe tomar. Tiene mi palabra, créame, lo del anuncio es verdad. No tomo casos si sé que mi trabajo será usado para cometer un delito. Tengo ética y principios… Le propongo algo, si durante un año logro evitar que lo sigan asaltando, me dará ese 20%, si no, pues habré trabajado gratis para usted.

Esa sí era una oferta tentadora. Una que no podía rechazar.

—Trato hecho.

*****

Era la hora de almuerzo, para la librería era un buen horario de ventas, la gente que salía a comer, también salía a comprar libros. Sobre todo si se trataba de libros baratos, «La Chilena» se especializaba en traer saldos, por lo que podían vender libros de calidad a un precio bajo. Y como eran baratos, las personas se los llevaban de a tres y se volvían clientes habituales. También vendían *bestsellers*, pero el fuerte eran los descuentos.

El local no era muy grande, contaba con dos mesones de exhibición y los tradicionales libreros de pared a pared. Pero era suficiente para que un potencial comprador ocupara unos cinco a diez minutos en darle una repasada a los títulos.

Ana estaba con Joaquín, su eterno novio, atendiendo el local, Arturo había salido a comprar unos sándwich para que todos almorzaran. Ella estaba contenta, la última semana había mejorado mucho el ánimo de su padre. Estaba preocupada por él era, prácticamente, la única familia que tenía, y a sus veintiocho años, no le hacía gracia pensar que su padre podía enfermar. Era un hombre relativamente joven, le quedaba mucho por vivir.

Mientras atendía un cliente habitual, Ana notó que un hombre muy alto entraba al local. Le produjo una desconfianza monumental al instante. No le pasó desapercibida esa piel oscura que resaltaban esos ojos verdes y fríos, ni la excesiva producción en su cabello y el atuendo deportivo que ostentaba de pies a cabeza una conocida marca.

Era a todas luces un *flaite*. Los *flaites* no entran a las librerías. Nunca… A menos que tengan la intención de robar.

Disimuladamente observó a aquel hombre, que se paseaba entre los mesones, tomaba un libro, lo hojeaba y lo dejaba en su lugar. Pasó por los libreros de las paredes, tomó un ejemplar de «La guerra y la paz» y lo puso bajo el brazo. Ana alzó una ceja, ¿ese tipo pretendía comprar y leer a Tolstoi?

El sujeto pasó por la sección infantil y tomó varios libros didácticos con una sonrisa dibujada en la cara. Bueno, Ana debía reconocer que la sonrisa le hacía cambiar el aspecto, uno que se iba arruinar en cuanto él abriera la boca.

Una verdadera lástima, el hombre, a pesar de todo, estaba como quería.

Ana se reprendió mentalmente por pensar de ese modo, ella tenía novio. Miró de reojo a Joaquín, lo quería mucho, el tipo era casi un santo. Pasaba todo día trabajando junto con ella, y en cuanto llegaba a su departamento la llamaba por teléfono para saber si estaba bien. Ese era el único detalle romántico que tenía, pero para Ana era suficiente. Las declaraciones de amor eterno y la pasión desmedida solo eran parte de la ficción romántica… una que ella devoraba a escondidas de Joaquín, quien odiaba el género, por darles ideas equivocadas a la mujeres acerca del romance y los hombres.

Un golpe seco la sacó de sus cavilaciones y la hizo dar un respingo. Era el *flaite*... ¡Iba a comprar!

—Buenas tardes, señor.

—Hola. Voy a llevar esto —dijo el hombre indicando la pila de libros que dejó frente a ella.

Sin decir más, Ana escaneó los códigos de barra de los libros con eficiencia.

—¿*Tení* «Lo que el viento se llevó»? —interrogó el hombre.

—No disponemos de ese título, está descatalogado —respondió incrédula ante esa inesperada consulta.

—Ah... qué pena. A mi mamá le gusta mucho esa peli, quería regalarle el libro.

—Es un libro muy extenso —comentó Ana con cierto prejuicio—. Tal vez, demasiado...

—Mi mamá sabe leer, dama. Los *pobre'* también lo *hacemo'* —respondió a la defensiva ante el velado comentario displicente.

La culpabilidad se clavó como una punta de lanza, Ana sintió que era necesario disculparse. No sabía en qué momento había perdido la humildad.

—¿Hay algún problema, Ana? —intervino Joaquín mirando con desdén al *flaite*, como si fuera escoria humana.

—No hay ningún problema, amigo. No te *metai*. Solo estoy hablando con la dama —contestó el cliente que, a pesar de usar un lenguaje vulgar, no elevaba el tono de su voz.

Era extraño para Ana, si el tipo hubiera empezado a vociferar le hubiera dado miedo. Pero no lo hacía, él se mantenía sereno.

—No te preocupes, Joaquín. Solo conversamos —aseguró Ana—. La señora de allá necesita ayuda.

Joaquín se retiró de mala gana, no sin antes darle una mirada llena de desprecio al hombre que su novia atendía.

—Perdón, no debí hacer ese comentario —susurró Ana solo para el joven, mientras ponía los libros dentro de las bolsas con las mejillas coloradas—. Son veinticinco mil pesos, señor.

—No se preocupe, dama. No lo olvide, las apariencias engañan —declaró apreciando la sincera disculpa de la mujer. Eran pocas las personas que tenían la suficiente fortaleza para reconocer un error y resarcirlo—. Esto es más barato que un par de *tillas*[22] Nike —comentó con gusto de llevar tanto por tan poco—... Pago con tarjeta de débito.

---

22 *Tillas: zapatillas, calzado deportivo.*

Ana, esbozando una sonrisa, hizo la transacción y le entregó el teclado para que ingresara su clave. En ese instante llegó su padre y miró con asombro al joven. Ana era muy observadora, y claramente vio cómo el hombre le guiñaba el ojo a Arturo.

No entendía nada.

Desconcertada, entregó la boleta, los libros y el hombre dio las gracias para luego dirigirse directamente a Arturo y lo saludó estrechándole la mano. Salieron del local y conversaron animadamente, ambos hombres sonreían. Ana no podía imaginar de qué hablaban, lo único que le quedaba claro era que, sin duda, se conocían.

Luego de un rato de conversación se despidieron del mismo modo en que se saludaron. Arturo entró con una sonrisa en los labios.

—¿De dónde conoces a ese tipo, papá? —interrogó Ana en el acto.

—Por ahí, me está echando una mano en unos asuntos —respondió con una flagrante evasiva y le entregó su sándwich y un jugo de naranja.

—¿En serio? Papá, nosotros no vendemos libros piratas.

Arturo dio una risotada ante semejante insinuación.

—Por supuesto que no, hija. El joven me está asesorando con un par de cosas. A la tarde tendremos una reunión en la Confitería Torres. Si quieres, me acompañas.

El rostro de Ana solo reflejaba una profunda incredulidad, ¿cómo diablos un *flaite* podría dar asesoría de algo? A su mente volvió lo que el mismo *flaite* le dijo hace unos minutos atrás, «las apariencias engañan».

—Eso no deberías ni preguntarlo, papá. Te acompañaré

—Entonces, en la tarde lo veremos.

Capítulo 3

Ana y Arturo llegaron eso de las ocho de la tarde a la Confitería Torres. A Ana le pareció que su padre había cometido un desatino al citarse con ese sujeto en un lugar donde solo se podían ver personas que, al menos en apariencia, tenían más capital cultural y educacional que el susodicho asesor de su padre. Ya estaba pensando seriamente en que la insinuación de Joaquín tenía bases sólidas, su padre estaba perdiendo el juicio.

Al entrar, ambos buscaron con la mirada. Ana no encontró ningún tipo vestido con alguna llamativa tenida deportiva que desentonara con el lugar. Su padre empezó a internarse en el comedor caminando seguro hacia un rincón relativamente íntimo. Extrañada, siguió a Arturo hasta que se detuvo frente a una mesa donde había un hombre que leía un diario y les daba la espalda. Una espalda muy ancha cubierta en un ajustado traje oscuro.

—Buenas tardes, señor Holt —saludó Arturo con un tono familiar y un tanto socarrón.

El señor Holt, cerró el diario, lo dobló y se levantó de su silla para saludar a Arturo.

Dios, sí que era alto.

Si la mandíbula de Ana hubiera podido caerse hasta el suelo en ese mismo instante, lo habría hecho. Se salvó de dar un espectáculo solo porque ella pudo contener el impulso de abrirla. Pero la reacción que no pudo reprimir fue abrir los ojos de manera desmedida al observar una transformación prodigiosa.

El tipo era como sacado de una revista de *Men's Health* o *GQ*.

De sapo a príncipe. Sin cadenas evolutivas. Darwin estaría en extremo impresionado, el señor Holt sería objeto de estudio… uno muy, muy exhaustivo.

—Buenas tardes, Arturo —saludó con una sonrisa varonil y seductora ignorando a propósito a Ana. Para él fue evidente la monstruosa sorpresa de ella al verlo. Jason disfrutaba hacer esa jugarreta, le permitía medir a las personas.

Ana pasó la prueba por un pelo, Joaquín la reprobó estrepitosamente.

—Jason, te presento a Ana, mi hija y mano derecha. Ana, él es Jason Holt, detective privado.

A Ana le costó un par de segundos reaccionar. No podía quitarle los ojos de encima a Jason. No porque el infeliz se viera más atractivo que en la tarde, sino porque el cambio era abrumador. Desconcertante.

El condenado era hermoso.

Diablos, ella tenía novio. Los demás hombres no existían para ella, de hecho nunca nadie había existido antes. … Hasta ahora. Sí, Ana admitía que era capaz de apreciar de manera objetiva a un hombre atractivo, pero este en particular le provocaba una duda acuciante… un atisbo de deseo.

Debía ser ciega, no mirarlo directo… Esos ojos tan verdes… ¡No lo mires a los ojos!

—Buenas tardes, Ana. —Jason extendió su mano y Ana casi por inercia respondió—. Su padre me ha hablado mucho de usted —comentó para romper el hielo—. Un placer.

También debía ser sorda… La voz de él era como el terciopelo cuando hablaba como un hombre civilizado. En su faceta *flaite* usaba un tono nasal y se comía todas las «s», «d» y «r». Casi provocaba dolor de oído escucharlo de ese modo.

Pero ahora… sí era un placer también para ella.

—Buenas tardes —balbuceó lacónica, sintiéndose torpe por no poder hilar un saludo coherente.

Al parecer, había quedado muda también.

Ciega, sorda, muda. El hombre era una triple amenaza.

Internamente, Jason se estaba dando un festín con la evidente reacción de Ana. Ella era la personificación de todo lo inalcanzable para él en un período lejano de su vida. Una mujer natural, educada, inteligente, virtuosa, hermosa —él la consideraba así, tal vez a otros hombres no les gustan mucho las mujeres que tengan carácter y que ostenten cejas más gruesas de lo «normal»—. Sí, ella era de las que en su juventud solo podía mirar.

Y ahora… En realidad, desde que cumplió la mayoría de edad, Jason nunca tuvo tiempo para establecer relaciones duraderas con el sexo opuesto, salvo en aquellas contadas ocasiones en las que tuvo un polvo casual. Sonrió con ironía para sus adentros, incluso ahora, esa mujer era inalcanzable, y no por el simple hecho de que tuviera a un pelmazo estirado como noviecito. Era un inexperto en esas lides, con todas sus letras.

La vida normal, era difícil de sobrellevar.

Sin embargo, se regodeó del momento que le estaba haciendo pasar a la hija de su nuevo socio. Le gustaba taparles la boca a las personas que pensaban que un hombre de orígenes humildes no podía superarse y ser mejor que alguien que había nacido en cuna de oro. Sí, podía sonar como un resentido social, pero le gustaba dar lecciones de una manera lúdica… Un poco retorcida, pero lúdica al fin y al cabo, según su criterio.

Toda la situación pasó desapercibida para Arturo que era un tanto distraído y estaba ansioso por iniciar la reunión. Según dedujo Jason, la que tenía los sentidos agudos y llevaba las riendas del negocio era Ana. Él se preguntaba qué tan al tanto estaba ella de la real situación financiera de la librería.

—Por favor, tomen asiento —invitó Jason, y al mismo tiempo llamó a don Belisario, su garzón particular, quien llegó al cabo de unos segundos—. Belisario, lo de siempre para mí, y me podría facilitar la carta para el señor y la señorita, por favor —solicitó con amabilidad.

—En seguida, don Jason —respondió el garzón con prestancia. Tomó de una mesa cercana un par de cartas y las entregó a Arturo y a Ana, para luego salir raudo a realizar el servicio.

Jason miró a la pareja, Arturo sonreía. A Ana no la hacía reír aunque se disfrazara de payaso.

La ignoró por completo.

—Bien. —Decidió empezar la conversación de una vez y finiquitar el asunto—. Arturo, estuve investigando…

—¿Por qué contrataste un detective privado, papá? —interrumpió Ana con la voz crispada. Parecía que había recuperado el habla por arte de magia. Tal vez por no querer escuchar la voz de él.

Jason arqueó una ceja y miró a Arturo para que diera las explicaciones pertinentes a Ana.

Arturo tosió incómodo, pretendía explicar, pero no con su hija y sus nervios alterados de la nada.

—Anita… Contraté los servicios de Jason porque la situación es complicada… No solo te asaltaron a ti y a Joaquín. —Tosió de nuevo—. A mí también, hace cuatro semanas —confesó como si fuera un niño que hizo una travesura… de las graves.

—Por eso no has ido al banco a depositar, ni has dejado que nadie más vaya. —Ana entrecerró los ojos—. Hay algo más que eso, ¿cierto?

—La última vez me robaron dos millones y medio —admitió ya entregado a su suerte—. Tuve que pedir un préstamo al banco para tapar el hoyo financiero. No me está alcanzando para mantener a flote la librería por demasiado tiempo… Si nos vuelve a pasar, todo se irá a pique.

Con esa declaración, a Jason le quedó más que claro que Ana ignoraba acerca de todo lo concerniente a las finanzas. Ella tomaba otro tipo de decisiones en el negocio…

—¿No te alcanza para pagar las deudas, pero sí tienes para contratar… a este señor? —recriminó lo que para ella era obvio—. ¿Y, usted, aceptó el caso sabiendo todo esto? —increpó disparando sus dardos contra Jason.

Arturo miró suplicante a su socio, rogándole que calmara el mal genio de su hija.

—Señorita Medina…

—Tengo nombre, así que úselo —declaró altanera.

—Ana —rectificó firme y empezando a sentir que la ira lo carcomía—. Le agradeceré mucho si tiene la amabilidad de no interrumpir hasta que haya terminado de explicar la situación global. ¿Está de acuerdo?

—Okey —accedió con sequedad.

—Okey —confirmó del mismo modo—. Ya sabe que la situación financiera es compleja. Mis servicios son investigar quién está detrás de estos eventos, porque todo indica que no son una simple coincidencia. Puede ser alguien de la librería… —Ana abrió la boca dispuesta a replicar, pero el rostro de Jason se tornó muy serio y le frunció el ceño, reprendiéndola como si fuera una niña— … O alguien que frecuente el lugar —continuó—, puede ser incluso la competencia. Mientras investigo, también los voy a escoltar para hacer los depósitos bancarios para repeler cualquier intento de robo en caso de que sea necesario. No les garantizo recuperar el dinero que ya han perdido a causa de los delitos anteriores, pero lo que sí les puedo prometer es que haré todo lo humanamente posible para que no vuelvan a perderlo.

—Pero obviamente no hará el trabajo gratis —puntualizó Ana suspicaz.

—Evidentemente. Mi pago será el 20% de la librería —informó en un tono monocorde.

—¡El 20%! ¡Papá, este cretino te está estafando! —reclamó airada y harta de estar callada demasiado tiempo.

—Anita, por favor, tranquilízate —rogó Arturo tomándole la mano.

—Ana, en ningún momento le he faltado el respeto, yo no la he insultado —espetó Jason con serenidad. Ana lo fulminó con la mirada—. Exijo lo mismo para mí, o el trato se acaba.

—¿Pero tú crees que no me doy cuenta? No insultes mi inteligencia —replicó hecha una furia—. Estás embaucando a mi papá, es evidente. Esto no lo voy a permitir.

Jason se levantó con tranquilidad, pero hirviendo de rabia por dentro. Le estaba costando un esfuerzo descomunal no zamarrear a esa mocosa para que comprendiera —por muy bonita e inteligente que fuera—. De hecho, entendía que desconfiara, pero estaba pasando a llevar el criterio y las decisiones de Arturo, y tampoco lo había dejado terminar de hablar.

—Arturo. Yo llego hasta acá. Si ella no colabora, no podré hacer mi trabajo… ¡Ah! —Tomó una bolsa que estaba en el suelo y la dejó sobre la mesa—. Casi lo olvido, acá están los libros que hurtó el señor con facha de intelectual, mientras la señorita Medina estaba pendiente de este *flaite*. No serán muy caros, pero no se pueden permitir pérdidas de ningún tipo. Buenas noches. Arturo, considera mis servicios de esta semana como una cortesía.

Se dirigió hacia Belisario, que traía la bandeja con el pedido. Habló uno segundos con él y pagó sin esperar el cambio y se retiró.

Arturo miró enojado a su hija. Estaba muy molesto por la inusual actitud beligerante de Ana. Ella nunca se comportaba de esa manera, siempre era amable, comprensiva.

—Jason iba a trabajar gratis por un año. —Terminó de explicar Arturo intentando contener el enojo—. Si evitaba robos durante ese período, ahí recién le iba a pagar el 20%. ¿Sabes lo que es trabajar sin recibir dinero por un año, Ana? —preguntó sabiendo que no le iba a dar una respuesta—. Él iba a invertir, a inyectar capital, aparte de trabajar. ¡Y tú y tu actitud infantil han enterrado todas mis esperanzas por conservar la librería! Lo único que tengo para dejarte cuando me muera. Has hundido mi trabajo, el de tu madre, el de tus antepasados… —Se levantó decepcionado de su hija, le dolía sentir aquello. Sentía que no la conocía—. Me voy a caminar un rato. Nos vemos en la casa.

Ana se quedó sin habla ante las sentidas palabras de su padre. Por segunda vez en el día sentía que debía dar una disculpa —irónicamente a la misma persona—. Con la cara llena de vergüenza, se quedó sentada dejando ir a Arturo. Debía, al menos, concederle lo que pedía y darle espacio.

Se acercó Belisario en silencio y dejó frente a ella una taza de chocolate italiano caliente y una porción de galletas de chocochip.

—Perdón, yo no pedí esto —dijo Ana al mesero que estaba a punto de retirarse.

—Don Jason invita. Para que pase el mal rato. —«Y se le quite lo amarga a esa chiquilla levantada de raja[23], debería agradecer que tiene un padre como Arturo», omitió con sabiduría lo otro que dijo Jason.

Ana adoraba el chocolate en todas sus formas. A pesar de sentirse miserable, se le hizo agua la boca. No pudo resistirlo y tampoco se sintió con el ánimo de rechazar la cortesía de Jason a pesar de haberse comportado como una verdadera arpía.

Aquella taza chocolate y galletas, fueron lo más amargo que ella había probado en toda su vida.

*****

Arturo no le habló a su hija, ni cuando volvió a casa a eso de la medianoche, ni tampoco a la mañana siguiente. Ana comprendió que su error había sido monumental —si resultaba cierto lo que su padre le dijo—. Pero ¿cómo asegurarse de que aquel sujeto no era un timador?

No soportó demasiadas horas esa ley del hielo impuesta por su padre y que inundaba el ambiente en una tensión tan densa que podía cortarse con cuchillo. Ana no se atrevía a hablarle, ni siquiera para pedirle el contacto telefónico de Jason. Nunca antes Arturo había actuado de esa manera. Y Joaquín no entendía nada la situación, y por más explicaciones que pidió, solo obtuvo por parte de ella un «cuando pueda te lo cuento».

Apenas cerraron el local, a las siete y media de la tarde, Ana tomó su pequeña cartera y salió a buscar respuestas.

Lo primero que se le ocurrió fue ir a la Confitería Torres, dado que el señor Holt —si es que así se llamaba— era cliente habitual.

---

23 *Levantada de raja: engreída, soberbia.*

Entró al local y pidió hablar con don Belisario. El hombre un tanto extrañado fue a su encuentro. Ana hizo su interrogatorio explicando sus motivos, y el garzón, con amabilidad, le comentó que don Jason frecuentaba el lugar desde hacía unos tres meses aproximadamente y se reunía ahí asiduamente con otras personas. Lo calificaba de amable, correcto, daba buenas propinas, todo el mundo en ese lugar sabía que era detective privado, probablemente un ex PDI. Aparte de ello, nada más.

Desanimada, agradeció la ayuda de don Belisario. Un rugido en su estómago la alertó de que no había probado bocado en todo el día, y ya que estaba ahí decidió comer y saciar su hambre. En una de esas también coincidía con Jason.

Pidió una cena ligera. La Confitería Torres, aparte de tener exquisiteces de pastelería y café, también contaban en el menú con ricos platos para la hora de almuerzo y cena.

Según lo que pudo averiguar Ana, Jason era un animal de costumbres. Siempre elegía la misma mesa y si estaba ocupada, optaba por otra en el mismo sector, también pedía siempre lo mismo. Así que decidió sentarse en la misma mesa donde tuvieron la entrevista el día anterior.

Cada vez que escuchaba que alguien entraba al local, ella levantaba la vista, y luego venía una profunda decepción. El hombre justamente no iba a visitar aquel lugar ese día. Terminó su plato de comida, y dando una generosa propina salió en dirección a su casa para hablar con su padre e intentar arreglar las cosas.

Desalentada, caminó lento por la Alameda en dirección al metro Moneda, ella vivía con su padre en un departamento antiguo de Providencia, en la calle Manuel Montt. Pasó de largo por la estación, no se sentía preparada para volver a casa.

Siguió caminando, lento, analizando, poniendo las cosas en su lugar y determinando por qué Jason le provocaba una aversión casi irracional. El paisaje iba cambiando, inexorablemente, al mismo tiempo que seguía pensando. Era normal ser desconfiada, pero había sido el colmo de su parte no dejarle terminar de hablar, no dejar que la convenciera.

Sus pasos se detuvieron en seco, comprendió que tenía un miedo atroz a que él la convenciera, pero ¿por qué? Porque ese hombre era hábil, la había engañado con una simple charada, aunque no entendía por qué se había disfrazado de *flaite* para entrar a la librería a comprar unos cuantos ejemplares en oferta.

Claro que no lo entendía, si no lo había dejado hablar.

Y con eso volvía al meollo del asunto, por qué le daba miedo que él la convenciera...

Y lo vio, caminando en dirección contraria a la suya, iba a paso relajado con las manos en los bolsillos. Esta vez no vestía formal ni como *flaite*. Iba normal, jeans negros, camiseta gris, zapatillas negras, cada maldita prenda se ajustaba al cuerpo del condenado como segunda piel...

Los pasos de él se detuvieron a cinco metros de ella y clavó sus ojos verdes en los suyos.

Ana sintió alivio... y terror.

Había encontrado a Jason, y en ese mismo instante comprendió por qué sentía miedo.

Él era una tentación.

Capítulo 4

Jason siguió con su camino, decidió ignorar la sorpresa en los ojos de ella que eran castaños como avellanas y que resaltaban en esa piel blanca que pronto se tostaría levemente según avanzara la primavera. Desvió unos centímetros su trayectoria y avanzó hasta pasar por el lado de ella como si fuera una extraña.

—Jason. —Escuchó esa voz sin ningún rastro de altanería y le hizo detenerse al instante. Se dio media vuelta al mismo tiempo que Ana lo hacía—. Te estaba buscando… —declaró vacilante.

—Para eso existen los teléfonos —señaló con arrogancia.

Ana contó hasta diez para no responderle de mal modo.

—Es complicado… ¿Podemos conversar?

—¿Ahora quieres conversar? —replicó sintiendo que el enojo se apoderaba de su cerebro. Inspiró profundo para aplacar ese sentimiento—. Okey, conversemos —accedió. Y le dio el beneficio de la duda, uno que ella le había negado la noche anterior.

—Gracias… —Sonrió Ana con sinceridad—. ¿Podemos ir a algún lugar menos ruidoso que la Alameda?

—Iba camino a mi departamento. Si quieres podemos conversar ahí, llama a Arturo y avísale. Dale mi dirección —propuso ya más relajado. Ana era una persona desconfiada por naturaleza y había que estarle dando constantemente pruebas para que cediera.

En este caso, el mensaje implícito era «te doy mi dirección para probarte que no soy un sicópata violador y que tu padre sabe en todo momento donde estás». Mensaje que el inconsciente de Ana captó al instante y no dio a pie a conjeturas que le provocaran recelos.

—Le voy a enviar un *WhatsApp* mejor. —Sacó su celular de su cartera y empezó a escribir—. Mi papá está enojado conmigo y no me habla.

Jason levantó las cejas un tanto sorprendido ante aquella inesperada revelación, y cuando la atención de ella volvió hacia él, puso su mejor cara de «aquí no pasa nada».

—¿La dirección? —inquirió Ana para continuar escribiendo.

—Nataniel Cox 135, departamento 203 —respondió con un dejo de indiferencia.

—Estamos muy cerca —comentó mientras redactaba el mensaje—. Listo. —Volvió a sonreír al notar que le llegó al instante la notificación de que su padre había recibido y leído el mensaje. Pero sin respuesta. Arturo seguía con su ley del hielo, de todos modos, tan solo el hecho de saber que su padre no la ignoraba del todo la animaba a continuar—. ¿Vamos?

—Vamos.

Enfilaron sus pasos rumbo al edificio donde vivía Jason. Lo hicieron en silencio, Ana no quería rellenarlo con conversación insustancial. Tampoco quería escucharlo demasiado, su voz la ponía nerviosa. Era una estupidez, lo sabía, pero no estaba acostumbrada a oír ese tono de voz, profundo, lento, mesurado. Como si Jason se tomara todo el tiempo del mundo para pensar cada palabra que salía de su boca. Esa maldita boca, se sentía hasta infiel con tan solo mirar esos labios que eran perfectos. Cada veinte segundos se reprendía por tener esos pensamientos tan ajenos a su voluntad.

Ella no era así, no se fijaba en los hombres, nadie le llamaba la atención salvo Joaquín.

Su novio.

Su novio por los últimos siete años.

Y que al parecer, nunca iban a dar el último gran paso.

Y ahí estaba de nuevo el miedo a ser tentada. Y ni siquiera el hombre en cuestión tenía la intención de hacerlo. No la miraba de un modo prometedor, ni jugaba con las palabras, ni se movía como pantera para provocarla. Nada, era una blanca paloma.

Entraron al edificio, Jason saludó al conserje y subió por las escaleras. Vivía en un segundo piso, no había razón de usar el ascensor. En tan solo segundos ya estaban frente a la puerta del departamento que él abría.

—Las damas primero —invitó con un gesto.

—Gracias.

Era un departamento sencillo. Un recibidor coronado con un florero rebosante de lirios blancos daba la bienvenida con su particular aroma. Ese detalle la sorprendió, se preguntó qué clase de hombre tiene flores en su santuario masculino. Una fugaz punzada de decepción se hizo presente al pensar que posiblemente él era homosexual. Ajeno a las elucubraciones de Ana, Jason dejó las llaves y su billetera con indolencia al lado del florero.

Ana se internó en el hogar de ese hombre tan singular. A mano derecha había una pequeña cocina americana muy bien equipada y funcional, con taburetes del otro lado del mesón. Todo era un espacio abierto, menos el baño y los dormitorios. A simple vista, podía verse la sala de estar donde había un gran y mullido sofá azul cobalto, un mueble de madera caoba donde reinaba una enorme pantalla LED, y a cada lado de este centro de entretenimiento, un par de estanterías largas y angostas abarrotadas de libros, el amoblado terminaba con una mesita de centro a juego donde estaban los libros que él había comprado el día anterior.

Sin embargo, la atención de Ana se fue directa a las blancas murallas que estaban salpicadas por cuadros de animación japonesa enmarcados como si fueran joyas artísticas. Y sí lo eran en cierto modo, colores vibrantes, imágenes casi con movimiento. Abarcaban diferentes temáticas y estilos: deportivas, de robots, samuráis, monstruos y luchadores de artes marciales.

Jason tenía alma de niño, sin duda alguna. Las piezas graficas eran exhibidas con orgullo.

—¿Deseas algo para beber? ¿Un té, café, jugo? —ofreció Jason llamando su atención desde la cocina americana.

—Un té, por favor… Interesante decoración. —Ana no pudo evitar hacer el comentario respecto a las inusuales piezas de arte.

—Me gustan, aunque digan que son solo para niños. Siempre tienen un mensaje, una enseñanza… Como todo en la vida —respondió distraído al tiempo que ponía hervir el agua y ponía un par de tazones. Estaba relajado, en su terreno, podía dejar a un lado su sensación de tener que estar a la defensiva frente a esa mujer.

Ana tomó asiento en uno de los taburetes y comenzó a tamborilear con sus uñas sobre la cubierta del mesón, luego dejó de hacerlo bruscamente cuando Jason le dio la espalda buscando, quizás, qué cosa en la despensa que estaba frente a ella. Ana hubiera podido jurar que vio cada músculo moverse mientras él se estiraba y se formaba el triángulo invertido de la muerte. Ese mismo que aparecía en cada novela romántica o erótica que leía a escondidas de su novio, y que sus amigas del grupo de *WhatsApp* soñaban con ver en un hombre real en vivo, en directo, en ultra mega alta definición y a escasos metros —exceptuando a los bailarines exóticos de los locales que algunas de ellas frecuentaban—.

Entornó los ojos con fuerza, «enfócate, Ana, enfócate. Resuelve el entuerto que dejaste y lárgate», pensaba una y otra vez como si se tratara de alguna plegaria.

—¿Ceylán, verde, *berries*, naranja maracuyá? —Jason volvió a ofrecer. Ana alzó las cejas, pensando en que realmente él era *gay*. Los hombres apenas tomaban una clase de té, Ceylán.

—Voy a probar el de naranja maracuyá.

—Debo reconocer que es rico.

Jason puso un par de bolsitas y sirvió el agua caliente. De inmediato el ambiente se impregnó del aroma de la naranja mezclada con el maracuyá, una combinación exótica, dulce.

—Gracias —dijo Ana al recibir el tazón, le echó un par de cucharadas de azúcar y revolvió. Jason hizo lo mismo.

—De nada. —Jason rodeó el mesón y se sentó al lado de Ana, acercando su tazón—… Y bien, ¿de qué quieres hablar? — preguntó y luego tomó un sorbo de té sin dejar de mirarla.

Ana suspiró y se dio ánimo, de pronto se sentía nerviosa. Tomó un poco de té y el sabor y el calor de la infusión la reconfortó.

—Antes que nada quiero pedirte disculpas por lo de ayer. Me extralimité —declaró intentando imprimir en su tono de voz lo realmente arrepentida que estaba. Muy a su pesar lo miró directo a los ojos y por un segundo se perdió en ellos, en esas vetas doradas que moteaban el iris verde.

—¿Y qué te hizo cambiar de parecer? Ayer te vi muy segura cuando dijiste que era un estafador. —A Jason le costaba claudicar. Una parte de él quería, sin más, aceptar las disculpas, pero la otra, esa que era orgullosa y rebelde deseaba castigarla por no ver más allá de las apariencias. Él no era una mala persona.

—Cometí un error, pasé a llevar la decisión de mi papá — respondió parpadeando para no evidenciar sus lágrimas que de la nada querían salir de sus ojos. Tosió para aclarar su garganta y deshacer ese nudo que atrapaba su voz—. Después de que te fuiste, mi papá me explicó de qué se trataba el acuerdo del 20%... —Se quedó unos segundos en silencio y no pudo evitar preguntar—: ¿De verdad pretendes invertir en la librería?

—Por supuesto, ya le dije a tu padre, una librería no debe morir —confirmó seguro, porque así lo creía de verdad.

Sin embargo, esa pregunta no era la única que tenía. Ana deseaba saberlo todo. Si ese hombre iba a estar presente en su vida, era lo mínimo, confiar en él y en su trabajo.

—Y si no es mucha la indiscreción, ¿cómo le harás para vivir un año sin recibir ningún pago por el trabajo que ofreces? —interrogó lo que más le causaba incredulidad acerca del altruismo de Jason.

—Es una pregunta muy buena, pero es muy personal —respondió alzando levemente una ceja, le causaba gracia la pregunta que evidenciaba las reticencias de Ana—. Sin embargo y como prueba de mi honestidad, puedo decir que me puedo permitir hacer eso. Tu padre no es mi único cliente. Los otros casos que veo son fáciles de resolver —aseguró impasible.

—Bueno, supongo que es así, no conozco de cerca el rubro de la investigación privada —razonó en voz alta, aceptando las explicaciones de Jason.

—Es usted muy suspicaz, señorita Ana. Pero creo que es más natural y sabio desconfiar en una primera instancia. —Una leve sonrisa se dibujó en sus labios al notar que ella cedía—. De todas formas, disculpas aceptadas.

—Entonces empecemos de cero, Jason Holt. —Extendió su mano derecha para cerrar el trato.

—Hecho, Ana Medina —aceptó estrechando la mano de ella. El apretón fue breve y firme, pero cargado de significado para ambos.

—¿Y qué fue lo que investigaste? —interrogó más relajada y más abierta. Tomó un poco más de té que ya estaba empezando a tener una temperatura perfecta.

Jason también hizo lo mismo. Era hora de trabajar.

—Bien, tu padre me puso en antecedentes de los lugares y horas en que fueron asaltados cada uno de ustedes. —Jason comenzó con su relato, el tono de voz que usaba era el de un profesional, no había vacilación ni nerviosismo. Él era la seguridad personificada—. Visité cada sitio con el fin de verificar si había cámaras de seguridad privada, municipal o de carabineros. Descubrí que al menos hay de privados. El sujeto (suponiendo que es solo uno) se tomó la molestia de hacer los asaltos en lugares muy específicos. En todo caso, estoy a la espera de que me den respuestas respecto a la existencia de registros en lo que respecta a las cámaras de privados. Como los atracos sucedieron hace un par meses atrás, dudo que posean grabaciones, al menos, del que fuiste víctima.

Ana no podía negar que estaba impresionada. No se le había ocurrido pensar en esa alternativa.

—Esperemos que tengan el registro de cuando asaltaron a Joaquín —señaló optimista—. ¿Por qué fuiste a la librería disfrazado? —interpeló con profunda curiosidad. Se lo preguntaba cada vez que lo miraba, casi no podía creer ambos hombres eran el mismo.

—Disfrazado, no es un término que usaría… Los *flaites* —subrayó—, no somos todos delincuentes. La mayoría de nosotros somos un producto de la misma sociedad que ha optado por apartar en la periferia a quienes tienen menos recursos. Bien lejos, donde no moleste a la vista… Si todos viviéramos juntos y revueltos la cosa sería más homogénea. La diferencia no sería tan abismal, me atrevería a decir que si fuera así no existiríamos los *flaites* como tal

—Hablas como si tú fueras uno de ellos, no pareces precisamente un *flaite*.

—Soy la prueba viviente de que se puede mejorar si se desea. Pero tampoco olvido mis raíces, sería darle la espalda a una parte importante de mi vida. Además, me sirve para mi trabajo, las personas cambian su comportamiento frente a ellos. ¿O me equivoco, dama? —preguntó socarrón usando el acento nasal de *flaite*.

—No lo voy a negar —admitió desconcertada, era impresionante lo natural que salía ese acento en él, era un verdadero camaleón—. Pero sigo sin entender por qué usaste ese recurso con nosotros.

—Venía de otro trabajo, estaba escoltando a otro cliente para que realizara un depósito bancario —explicó—. Los *flaites*, los que son delincuentes, no suelen asaltarse entre ellos. La mayoría de las veces, buscan al que es visiblemente de otro estrato social mucho más elevado, al *cuico*[24] que vive de Plaza Italia para arriba. Saben que una persona adinerada ante un asalto primero se va a paralizar y le facilitará la tarea. Pero ante un igual, bueno, es una ruleta rusa que es mejor no girar.

—Tiene sentido. —Ana pensó en que su padre, su novio y ella misma tenían la apariencia de ser blancos fáciles a pesar de no ser precisamente adinerados… Sobre todo Joaquín, debía reconocer que tenía la forma de hablar propia de un *cuico*, cuando en realidad no lo era.

—Pasé por la librería vestido y comportándome de esa manera solo como una jugarreta —reconoció—, y de pasada, necesitaba ver el funcionamiento del local como un cliente más. Si el negocio está siendo vigilado de cerca, cualquier cliente es un potencial delincuente que está tasando el local. Durante los diez minutos que estuve ahí pude calcular que vendieron al menos cien mil pesos entre el efectivo y tarjetas bancarias.

---

24 *Cuico: Persona de estrato social alto.*

Otra vez Ana estaba impresionada, indiscutiblemente durante ese rato se recaudó una cantidad similar de dinero. Jason era muy observador… y un muy buen actor. Nunca hubiera imaginado que estaba atento a todos esos detalles mientras compraba. Sin olvidar que detectó un robo de libros y los recuperó.

—La hora de almuerzo, por lo general, es nuestra hora punta. Sobre todo en las fechas de pago —ratificó los dichos de Jason—. No todos los días vendemos esa cantidad de dinero.

—Por eso mismo, cuando se sabe cuándo es la hora punta, se puede calcular en varias visitas un valor promedio de ganancias… tal como lo hice yo.

»Una de mis hipótesis es, aparte de tener alguien dentro de la librería que esté detrás de los atracos como cómplice, es que sean blancos de alguna organización que se dedique a realizar robos de este tipo. No me sorprendería, pero tampoco descarto del todo la otra. Me queda solo un sospechoso y, aunque no les guste a ti o a tu padre, todavía tengo a tu novio en la mira.

—Pero ¿por qué una librería?, tampoco recaudamos millones y millones como cualquier otro rubro más rentable —cuestionó Ana, le parecía un tanto inverosímil ser el objetivo de alguna organización que se tomaba demasiadas molestias para robar. Era casi como una película gringa.

—Por la seguridad. Si tú fueras una ladrona, ¿le robarías al tipo que transporta grandes cantidades de dinero custodiado por una gran empresa privada de seguridad?, ¿o tener dinero constante a costa del tipo que deposita semanalmente una cantidad que puede dejarte con dinero suficiente para unos días?… Porque probablemente ustedes no serían los únicos. Muchas veces varios golpes pequeños son mejores que hacer uno enorme y de alto riesgo.

—Vaya, no lo había pensado de esa manera.

—Un asalto puede ser mala suerte, dos, puede ser una cruel casualidad, ¿pero tres? Es más que sospechoso.

—Bueno, ¿y qué haremos?

—Para eso los había citado ayer. Aparte de poner al día a tu padre acerca de mis avances, quería proponer hacer dos cosas. Primero, depositar el dinero que tienen acumulado en el local para no ser un pez más gordo, y segundo, tomar un rol más activo y hacerme pasar por un trabajador que esté reemplazando a tu padre para observar a los clientes y comprobar mis hipótesis. Quiero instalar unas cámaras ocultas también para poder tener más ojos en lugares estratégicos. Pero principalmente debo estar *in situ*.

In situ...

La parte lógica de Ana encontraba totalmente aceptable el plan de Jason. Él no podía investigar a los clientes por unos minutos al día o fuera del local. Tenía que ser constante para poder establecer un patrón, encontrar sospechosos, y proteger los depósitos.

Pero la parte irracional, emocional, —y últimamente desquiciada— de Ana estaba aterrada. Porque ella no se movería del local, y Joaquín que ya *per se* siente aversión por cualquier persona que signifique una amenaza. Lo conocía, y cuando alguien le caía mal, era terrible. Ya se estaba haciendo la idea de que debería comportarse como un maldito árbitro entre ellos dos porque, evidentemente, Jason no era de los que se dejaba pasar a llevar. Eso estaba más que claro.

Y también, estaba esa vocecilla que Ana intentaba acallar, y que le gritaba que estaba en peligro. Estar tantas horas cerca de la tentación solo la iba a llevar por un camino. Uno muy malo.

Ana se envaró sin darse cuenta de que estaba haciendo ese gesto. Le ordenó a esa insidiosa vocecilla insurrecta que guardara silencio de una vez.

La vocecilla, obediente, cesó su murmullo acusador.

—¿Pasa algo malo? ¿No apruebas el plan? —interrogó Jason al percibir la súbita e inexplicable tensión de ella.

—Por supuesto que no, me parece perfecto —aseguró con una sonrisa que no llegaba a sus ojos.

Y al terminar de decir esas palabras, Ana no pudo evitar sentir que acababa de firmar su sentencia de muerte.

Capítulo 5

Jason cerró la puerta de su departamento, acababa de dejar a Ana en el metro, ya era de noche. Estaba cansado. Apenas podía creer que Ana se había disculpado y aceptado el plan que ofrecía para ayudar a que la librería no se hundiera.

Ella lo confundía, el día anterior le pareció que lo odiaba con el alma. Incluso se sintió mal por haber hecho esa jugarreta de ir como *flaite* y haber puesto en riesgo la continuidad del caso.

Pero eso ya daba lo mismo. Ana y él habían limado asperezas y llegaron a un acuerdo. Uno que en cualquier otra circunstancia no habría sido nada del otro mundo, pero en esta oportunidad en particular, iba a ser difícil para él. Pese a todo lo sucedido, la mujer le gustaba.

Jason rió, parecía ser la historia de su vida, todo lo que le gustaba era inalcanzable. Le hubiera gustado tener un padre que lo quisiera; le hubiera gustado tener una vida relativamente ordinaria; le hubiera gustado que su madre no se hubiera sacrificado por él y, en muchas otras ocasiones, le hubiera gustado ser otra persona, en otro lugar, no un chiquillo metido en una población marginal.

Su destino nunca estuvo en sus manos, hasta ahora.

Había cambiado, por medio de tribunales, su nombre con la escritura correcta y su apellido que le correspondía por sangre, solo por honrar a ese hombre que al menos demostró por quince segundos que fue feliz por saber que él existía. Daba lo mismo que Ramiro todavía figurara como su padre en los papeles, devolvió aquél apellido que les costó tanto a su madre y a él.

Empezó de cero, Ángel, su amigo y mentor, le aconsejó que siguiera su corazón e hiciera lo que él deseara. Se dio cuenta de que la investigación le apasionaba, pero no deseaba seguir perteneciendo a la PDI. Eligió trabajar por cuenta propia.

Eligió seguir en Santiago y vivir en el departamento que había comprado hacía tres años, el que poco y nada había usado.

Eligió invertir en pequeñas propiedades que administraba Rossana, la esposa de Ángel. Aquella mujer había sido una especie de madre putativa para él durante los últimos siete años e irónicamente tenían la misma edad. La adoraba.

Eligió vivir tranquilo, el dinero llegaba casi solo y no era necesario trabajar tan duro como antes, cuando se sentía dividido por lo que era y lo que deseaba ser.

Eligió ayudar a Arturo, porque simplemente el hombre le simpatizó y honraba la tradición familiar de la librería.

Y ahora le gustaría elegir retractarse, pero no podía. Ya había dado su palabra y por mucho que le gustara esa mujer que casi no confiaba en él, debía seguir adelante.

Y él consideraba, que su palabra era lo más valioso que tenía. Era lo que lo definía como persona.

Resopló mirando de soslayo los dos tazones que quedaron encima del mesón. Los tomó y los lavó. El tazón que ella usó estaba manchado con su lápiz labial rosa y había dejado impresa su huella. Jason la emborronó con su pulgar y fantaseó con hacer eso sobre el labio de ella.

—Idiota —se reprendió en voz alta—. No sé qué le ves a esa *mina*[25], es flacuchenta, blancuchita, apenas se peina y si Dios es grande, conoce de vista las pinzas para las cejas. Y más encima, con suerte te traga porque eres *flaite*. —Lavó el tazón de ella con brío hasta borrar todo rastro del labial—. Las mujeres que usan el cerebro no se fijan en *flaites*, y peor aún, cuando tienen un *pololi*[26] rubiecito, *cuiquito* al peo, salido del Verbo Divino a duras penas —refunfuñó resentido, de lo estúpidamente injusta que era la vida, al mismo tiempo que terminaba de lavar el tazón que usó él—. Un imbécil de pies a cabeza, que fue incapaz de terminar su carrera universitaria... Ni que su viejo cagara la plata, típico de mal agradecido clase media *levantao* de raja.

Lo investigó, lo siguió. Porque para Jason Joaquín era el sospechoso número uno, y aunque no había encontrado nada que lo incriminara, seguía teniéndolo en la mira. Lo sabía, desde sus entrañas que el tipo ocultaba algo sucio. No solo quería investigar a los clientes de cerca, al tarado también.

—Limítate a hacer tu *pega*[27], Jason, y luego, cuando termines, te viras. Chao. Y todos felices y contentos.

---

25 *Mina: Mujer.*
26 *Pololi: variante de pololo, novio.*
27 *Pega: trabajo.*

Negó con la cabeza, apoyó sus manos en el borde del la-
vaplatos e inspiró hondo. Necesitaba despejarse unos segundos,
pensar en otra cosa, quizás en alguien más que no fuera él mismo.

Se secó las manos, tomó su celular y llamó a su mamá para
desearle buenas noches. Escucharla y saber todos los días que estaba bien, lo animaba, lo centraba y lo distraía. Le había pedido que
se fuera a vivir con él, pero Carmen se rehusaba, necesitaba preparar a los hermanos de Jason. Para ella, romper con una cadena que
la había mantenido atada por treinta años a un matrimonio infeliz
era algo difícil de hacer.

Por primera vez su madre quería hacer algo a su manera, y
él no se lo iba a impedir.

—Hola, hijito —saludó su madre del otro lado de la línea—.
¿Cómo *estai*?

—Hola, mamita… —Sonrió de inmediato a escuchar su
voz—. Estoy bien, ¿y tú?

—Bien, mi niño… ¿Pasa algo? Por lo general tú no *llamái* a
esta hora.

—¿Qué hora es? —preguntó desconcertado.

—Las once, hijo.

—No me di cuenta de la hora, lo siento, no debí llamar —se
disculpó con sinceridad, había perdido la noción del tiempo y no
deseaba provocarle problemas a su madre.

—No te *preocupí* —tranquilizó con cariño.

—Claro que me preocupo, ¿no está Ramiro por ahí?

—Está roncando de lo lindo en la cama, llegó *emparafinao*[28].

—Pero, mamá…

—Hijo, ya te dije, no te *preocupí*… —interrumpió con ese
tono que ella sabía usar tan bien—. Hace años que no me toca… de
ningún modo. Mientras la casa esté limpia y la comida servida, no
se enoja —justificó, y era casi cierto. Ramiro se cobraba cada seis
meses los deberes sexuales de su esposa. Pero para ella, aquello no
era relevante, solo dejaba su mente en blanco hasta que él terminara en cuestión de un minuto.

—Y desde que no existo también —agregó Jason con culpa.

—No *digai* eso, por favor —rogó Carmen, le dolía lo evidente.

—Pero es verdad, todo cambió cuando me fui a la casa del
Rucio —replicó con calma, en ningún momento para reprochárse-
lo a Carmen. Había sido lo mejor.

---

28 *Emparafinao: borracho.*

—Nunca dejaste de existir *pa'* mí. Nunca —sentenció firme, como solo una madre puede hacerlo.

—Lo sé, mamita... —Jason sonrió al sentir la fuerza de esa mujer. La admiraba, a pesar de no tener educación, logros académicos o un trabajo de categoría. La admiraba por su fortaleza, por enfrentar el duro día a día, por sacar a tres niños adelante y hacer lo mejor posible, aunque uno se le había descarriado en el camino. La admiraba por haber sacrificado tanto por él... y todos los días lo agradecía—. Lo sé... Mejor te dejo, descansa.

—Tú también, hijo mío.

—Oye... —dijo antes de dar por terminada la comunicación—. Te amo.

—Yo también, mi niño bello. Con toda mi alma.

Jason cortó y se quedó mirando el aparato con una sonrisa. Su madre siempre le decía que lo amaba, él había aprendido a decirlo solo hace poco. Se le llenaba el corazón cuando le decía esas palabras a su madre, casi podía ver como los ojos de ella se llenaban de felicidad.

*****

Faltaban cinco minutos para las nueve de la mañana. Jason estaba cargando su pesada mochila esperando la llegada de Arturo y Ana en el frontis de la librería que tenía la cortina metálica cerrada. Había acordado con Ana, que todos —a excepción de Joaquín— llegarían una hora antes de la apertura, para afinar algunos detalles que se llevarían a cabo durante el día.

La mañana estaba fresca. Así que decidió ir informal y usar una chaqueta de cuero negra, camiseta azul, jeans negros y zapatillas del mismo color. Simple, anodino... Según él.

Jason escuchaba música en sus audífonos a volumen bajo, para estar pendiente de todo. Su placer culpable era escuchar música en japonés que descubrió gracias a la animación del país del sol naciente. Consideraba que las letras de las canciones eran mucho mejor que las en español o inglés. Para ser una cultura bastante formal y conservadora con respecto a la occidental, transmitían muchos sentimientos con sus líricas.

Hablaban muchas veces del amor de una forma desgarradora que él no conocía... Sabía lo que decían esas canciones, se había tomado la molestia de buscar las traducciones en español. Pero para cualquier otra persona, solo eran sílabas violentas sin ton ni son. Intentó aprender algo del idioma, pero había que tener demasiado tiempo y dedicación para hacerlo a la perfección, y a él, el tiempo se le escurría como el agua entre los dedos, por lo que se conformaba con saber qué decían esas canciones y lo básico de aquella cultura.

Ana y su padre llegaron diez minutos después, iban sonrientes tomados del brazo. Jason se alegró de que Arturo haya perdonado a su hija, y que Ana hubiera hecho lo correcto. A todas luces habían hecho las paces.

Jason se concentró y se metió en su papel. Lo importante era no dejar que les volvieran a robar para que la librería no cerrara. Era hora de trabajar duro.

Arturo saludó a Jason, estrechando su mano, y le palmeó el brazo de forma paternal. Ana lo saludó con un fugaz beso en la mejilla, cosa que sorprendió un poco a Jason. Pero se convenció de que, así es la gente normal cuando entra en confianza. El saludo de beso en la mejilla de una mujer es tan normal como el estrechar las manos entre los hombres.

Arturo levantó la cortina metálica con ayuda de Jason solo hasta la mitad, señal de que el local aún estaba cerrado e ingresaron todos al interior que estaba en penumbras. Ana fue tras el mesón donde estaban los libros más costosos y la caja, y encendió las luces iluminando todo el lugar. A Jason le pareció que súbitamente la librería había cobrado vida.

Arturo se acercó al mesón y Jason lo imitó. Ana quedó del otro lado, imponiendo una barrera en sentido literal y figurativo.

—Okey —inició la conversación Jason—. Arturo, supongo que Ana te puso al día.

—Así es, estoy de acuerdo en todo y entiendo el punto de alejarme una temporada para que tomes mi lugar —respondió Arturo, relajado.

—Bien, me interesa que les quede claro que ustedes están descartados como sospechosos por distintos motivos, que me reservo. Pero a la única persona que no conozco es a Joaquín, por ende, no puedo descartarlo solo por el hecho de que sea novio de Ana y trabaje aquí desde hace un par de años. Necesito que les quede claro que no es algo personal, sino todo lo contrario.

—No hay problema —aseguró Ana—. Si es inocente, no tardarás nada en descubrirlo —declaró tajante, lanzando un velado desafío a Jason.

—Exacto —afirmó mirándola a los ojos aceptando el reto—. Ahora, debemos tener una explicación coherente para que Arturo deje su puesto y yo lo reemplace —señaló rompiendo el contacto visual y dirigiéndose a ambos indistintamente.

—Stress —propuso Ana—. Galopante —enfatizó alzando las cejas—. Por los problemas económicos que provocó el tercer atraco. Hoy le revelaremos esa información. Papá lleva semanas con el ánimo bajo, cosa que le he comentado a Joaquín en varias ocasiones.

—Eso suena convincente —manifestó Jason—. ¿Y cómo entro yo?

—Eres el hijo de un amigo que está sin trabajo —respondió Arturo al instante.

—Entonces la historia es esta, como Arturo está tan estresado, Ana le propone que se tome unas semanas libres para descansar. Arturo se acuerda del hijo de su amigo que está cesante, o sea yo, y me llama para que lo reemplace de manera temporal. Hoy harás ese anuncio y te quedas para enseñarme lo que debo hacer. ¿Suena convincente?

—A mí me suena bien —aprobó Ana—, Joaquín no conoce a los amigos de papá, que son pocos. Lo demás se justifica por sí solo.

—No tengo objeciones —sentenció Arturo.

—¿No creen que me reconocerá? —Jason cuestionó el único detalle en la historia que los podía delatar.

—No, Joaquín es muy mal fisionomista —aseveró Ana con convicción—. Además, ese día hablaste muy diferente, estabas afeitado, y tenías otro estilo de vestir y de peinarte. Te crece muy rápido la barba —observó Ana con ligereza—. Te cambia la cara al instante.

«Y Joaquín odia a los *flaites* con su alma. Ni siquiera debió tomarse la molestia de mirarte por más de dos segundos», pensó Ana. Pero omitió ese comentario, no quería herir los sentimientos de Jason, que, a pesar de ser un hombre muy educado, se seguía considerando un *flaite*.

—Al final del día, quiero que nos quedemos un rato más —demandó Jason con amabilidad, intentando pasar por alto el comentario de Ana respecto a su barba y de lo mucho que se había fijado en su apariencia—. Necesito que Joaquín se vaya primero.

—No tienes que decirlo, él siempre hace eso —manifestó Arturo, con un leve tono de ironía que a Jason no le pasó desapercibido.

—Mejor todavía. Instalaré las microcámaras de seguridad inalámbricas cuando él se vaya. Con ellas iré registrando la actividad del local en el computador que tengo en casa. Asumo que tienen internet.

—Por supuesto —confirmaron padre e hija al unísono.

—Perfecto. Entonces, ¿quedamos claros? ¿Alguna pregunta?

—Ninguna —respondieron nuevamente al mismo tiempo.

Se quedaron en silencio, por un segundo.

—¿Alguien quiere desayuno? —preguntó Arturo con entusiasmo.

—¡Yo! —contestó Ana contagiada por el estado de ánimo de su padre—. ¿Me traes un *mocaccino* y un chocolate? Estoy antojada.

—¿Y tú, Jason? —consultó solícito.

—Nada, Arturo. Desayuné en casa. Gracias de todas formas.

—Voy y vuelvo, entonces. —Arturo salió del local en busca del desayuno con una sonrisa iluminando su rostro.

Otra vez el silencio se cernió entre ellos. Pero ahora era denso y tangible como el mesón que los separaba.

—Tienen buenos libros —comentó Jason para llenar el vacío, señalando los libreros que tenía al frente.

—Sí, aparte de los *bestsellers*, lo que más vendemos son los saldos de romántica. Tenemos varias clientas frecuentes que compran todas las semanas —respondió Ana animadamente. Había sido todo un acierto traer novelas de ese género.

—Yo no leía novelas románticas, pero tengo un amigo que es escritor, y aparte de las policiales, tiene un par de novelas de ese género. Debo admitir que me gustaron mucho —reconoció distraído viendo las portadas de las novelas que mencionaba Ana. No pudo ver la cara de sorpresa de ella al mencionar que le gustaban las novelas románticas.

«Definitivamente es *gay*», pensó ella, volviendo a sentir esa punzada de decepción. «¿Por qué todos los buenotes son *gay*?», interrogó su inconsciente rebelde que la instaba a ir por el mal camino.

—¿En serio? ¿Quién es? Tal vez tenemos sus libros acá, ¿de qué editorial es? —acribilló con preguntas para acallar su mente, esa traidora que le jugaba malas pasadas desde que Jason Holt se hizo presente días atrás en ese mismo lugar.

—Miguel Trapetti —respondió hojeando un libro de Lisa Kleypas—. No tiene editorial, él es independiente, pero le va bien. —Lo dejó en su lugar y volvió su atención a Ana.

—Podría traer algunos de sus libros acá y venderlos si le parece bien —propuso resuelta—. Empezamos a traer libros románticos cuando salió el *boom* de novela erótica por ahí por el 2013. Y cada vez compran más o piden títulos. Los lectores están mucho más informados que nosotros.

—Tienen su gracia, además de las de Miguel, he leído un par por ahí. No me vuelven loco, pero me distraen cuando leo demasiada novela negra. Son interesantes. Me llama la atención en como desmenuzan los sentimientos. Los hombres somos más... brutos —comentó ya más relajado. Hablar cosas triviales era fácil con ella. Aunque si se ponía a pensar, era raro hablar trivialidades con alguien del sexo opuesto, porque sus relaciones eran nulas, salvo sus amistades—. Sí, somos mega brutos.

—Ni que lo digas —concordó Ana.

Ambos rieron por motivos diferentes. Ella pensando en lo absurda que era esa cosa que sentía por ese hombre 100% *gay*. Y él, por lo ridículo que se sentía darse cuenta de que no tenía idea del romance... salvo por aquellas novelas que leía a veces.

Una tos masculina interrumpió las risas. Ana y Jason de inmediato miraron hacia la entrada donde estaba Joaquín con cara de pocos amigos. Ana se tensó e irguió su espalda, como si la hubieran pillado *in fraganti* cometiendo algún delito grave. Jason, por su parte, esbozó una sonrisa fingiendo amabilidad.

—Hola, Joaco —saludó Ana absurdamente nerviosa.

—Tú debes ser Joaquín. — Jason se acercó hacia él con una sonrisa que desconcertó el mal semblante del novio de Ana—. Soy Jason Holt, mucho gusto. Arturo y Ana me han hablado mucho de ti. —Le ofreció la mano de manera amistosa y Joaquín respondió el gesto con un agarre flojo, pero mirando de soslayo a Ana como si estuviera pidiendo explicaciones.

—Hola, Jason... Bourne —intentó bromear con sorna.

—Holt —corrigió severo. Se mordió la lengua de decir «Holt, colabora imbécil. Estoy siendo amable, tarado».

—Me suena tu apellido, ¿no estudiaste en el Verbo Divino? —interrogó con interés. Cuando conocía a alguien, Joaquín siempre tenía la mala costumbre de preguntar de manera indirecta en qué colegio había estudiado su interlocutor, para medir el status.

—No. Mi mamá nunca me hubiera puesto en un colegio católico. Es atea —mintió a medias con un tono jocoso. Un colegio católico era un privilegio prohibitivo para el escaso presupuesto de los Barrios-Lara.

—Ah.

—Hola, Joaquín —saludó Arturo entrando al local con el café y el chocolate para su hija, y un jugo de naranja para él—. Ya veo que has conocido a Jason.

—Sí, estábamos conversando —respondió Joaquín presintiendo que algo malo sucedía. Centró su atención en Arturo.

—Tenemos que contarte algo…

Arturo se hizo cargo de la situación contando los hechos de principio a fin, los asaltos, el remesón financiero, el stress que provocó en él y la presencia de Jason. Lo hizo de manera convincente, sin titubear. Joaquín estaba en silencio y solo hacía preguntas ocasionales evidenciando preocupación por su suegro.

Se tragó toda la historia, porque él mismo lo había visto desanimado, ojeroso, e incluso el día anterior, Arturo había estado callado y de mal humor.

—¿Y qué pasa con ese tipejo que te iba asesorar? —preguntó Joaquín con curiosidad.

Ana y Jason no imaginaron que Joaquín había escuchado esa parte de la conversación casual que sostuvo Ana y su padre respecto al *flaite* del otro día. Al mismo tiempo aguantaron la respiración.

Estaba todo a punto de irse al carajo.

—Ah, él. Me iba a averiguar con la gente que conoce si da con los ladrones —respondió Arturo de inmediato—. Pero ya sabes, no es nada seguro.

—¿Y de dónde lo conociste? —interrogó con suspicacia, ¿cómo era posible que Arturo conociera a un *flaite*?

—Se llama Kevin. Es un vendedor ambulante que me ayudó cuando me asaltaron.

Ana estaba sorprendida con la capacidad y rapidez mental que tenía su padre para inventar excusas creíbles. Jason, internamente, lo aplaudía de pie.

—Bueno. Creo que tienes razones suficientes como para estar un tiempo de vacaciones, las mereces, Arturo —dijo Joaquín con un tono de perdonavidas que a Jason le provocaron ganas de ahorcarlo.

—Sí, necesito descansar. Todo se solucionará mientras no perdamos más dinero. Ana estará a cargo de todo. Las decisiones las tomará ella, Jason será el apoyo de ustedes en mi ausencia. Así que hoy le mostraré el funcionamiento de la librería, y ya de mañana en adelante aprenderá de ustedes —sentenció Arturo con autoridad, pero actuando de manera magistral su cansancio y pesar.

Ana no podía salir de su asombro, pero su rostro no revelaba nada.

—Bueno, no me queda más que darte la bienvenida Jason —expresó Joaquín animado, pero sin dejar de usar ese tono de voz que enervaba a Jason, y hacía que Ana rodara sus ojos para sus adentros.

Esa era una de las cosas que a ella no le gustaba de Joaquín. Usualmente no usaba ese tono de superioridad, solo lo hacía cuando se sentía amenazado.

Lamentablemente para ella, lo iba a escuchar durante todo el maldito día.

Capítulo 6

—¿Ana, te parece si vamos al cine después del trabajo? —propuso Joaquín de manera casual.

—¿Hoy? —replicó inquieta, intentando buscar una respuesta. Se suponía que debía quedarse con su padre y Jason para que instalara las cámaras—. No lo sé… ¿Qué películas están dando?

—Mmmm, «El hogar de *miss* Peregrine», «Los siete magníficos», «El bebé de Bridget Jones»… —mencionó la cartelera que informaba el sitio web.

Jason y Arturo estaban ordenando los libros del mesón infantil, que estaba frente al mesón principal y caja. Ambos se miraron al escuchar la conversación de Joaquín y Ana, que no era para nada discreta.

Sin duda alguna, Joaquín marcaba territorio, pues rara vez invitaba a Ana al cine. Eso lo sabía solo Arturo, pero justo esa noche tenían otros planes.

—¿Qué hacemos? —murmuró Arturo preocupado—. ¿Es necesario que esté Ana esta noche mientras haces la instalación?

—Supongo que no, pero mañana deberá venir más temprano para enseñarle dónde están y cómo se lleva a cabo el registro —respondió con apenas un susurro grave.

—Bueno, se lo digo… Anita, ven por favor —llamó en voz alta, interrumpiendo a tiempo la conversación que llevaba a cabo su hija con su novio.

—*Altiro*[29], papá… —Sonrió a Joaquín—. Dame un segundo, Joaco. —Le besó breve en los labios, para aplacar cualquier suspicacia por parte de él, y fue al lado de su padre—. ¿Qué necesitas?

—Si quieres ir, anda. Jason y yo nos la apañamos solos —informó y luego en un tono más bajo agregó—: Pero mañana debes venir a la misma hora que hoy, para que Jason te muestre todo.

Ana suspiró. En realidad, se sentía indecisa, quería ir, pero a la vez no. Pero no tenía muchas alternativas si no quería levantar sospechas respecto a la presencia de Jason.

---

29 *Altiro: de inmediato.*

—Vale, iré.

—Debemos ir al banco ahora —intervino Jason manteniendo el secretismo—. Es mediodía. Tomaremos la ruta directa —ordenó.

—Ve con Ana. Yo me quedo a cargo —decidió Arturo.

—Vale. Prepararé todo —anunció Ana y se marchó a la bodega del local para sacar el dinero de la caja fuerte.

—Vigila a Joaquín mientras depositamos, Arturo —indicó Jason con seriedad.

—No te preocupes, lo haré.

Cinco minutos después Ana salía de la bodega con una bolsa negra plástica con una considerable cantidad de dinero en efectivo, la cual metió en una colorida bolsa de regalo, con cinta y todo. Un perfecto e improvisado camuflaje.

—Estoy lista, papá. Voy al banco —avisó con ligereza.

—¿Te acompaño? —ofreció Jason con naturalidad—. Voy a comprar algo de comer. Soy como niño de kínder, al mediodía siempre me da hambre —argumentó palmeándose el abdomen—. ¿Joaquín, Arturo, quieren encargar algo?

—No, gracias. Yo almuerzo más tarde con Ana —declinó el ofrecimiento Joaquín, volviendo a marcar territorio.

Definitivamente el novio de Ana consideraba a Jason una amenaza. Joaquín estaba harto, era cosa de ver cómo las clientas se comían con la mirada a ese imbécil, que se hacía el amable y les alcanzaba los libros más altos con una sonrisa que les derretía los calzones. Ya lo quería ver encerrado durante dos años en ese sucucho pasado a papel viejo. Solo seguía ahí porque no iba a perder tiempo buscando otro trabajo.

—No te preocupes, Jason. Soy de almuerzos tardíos —rechazó Arturo con amabilidad.

Jason se encogió de hombros y miró a Ana.

—¿Vamos?

—Vamos.

Salieron de la librería que estaba en el paseo Huérfanos, casi al llegar a la intersección con la calle Mac Iver.

—Nos vamos derecho por aquí, hasta llegar al paseo Ahumada. Sin desvíos —indicó al llegar al semáforo que estaba en rojo—. Pon la bolsa frente a ti, te voy a abrazar, fingiremos que somos una pareja caminando. Un ladrón busca un blanco vulnerable y, ojalá, distraído y solo.

Sin esperar la aprobación de Ana, Jason la abrazó por la cintura y la acercó a él. Ana automáticamente puso la bolsa frente a ella y se tensó con el contacto.

Cálido, duro.

—¿Es necesario todo esto? —cuestionó con rebeldía.

—Absolutamente. Relájate, se supone que estamos juntos y tranquilos. —Se inclinó y se acercó a su cuello, simulando una conversación íntima—. Si nos están observando no pensarán que estamos camino a depositar, sino que probablemente aprovecharemos el momento para ponerle los cuernos a tu novio.

A Ana se le erizó la piel, sintió la necesidad de alejarse y a la vez no quería. Las palabras de Jason se anclaron pesadas en su conciencia.

—No soy infiel —aseveró como si Jason la estuviera acusando.

—No estoy diciendo que lo seas. —Sonrió sin dejar ese contacto cercano—. Solo estamos dando distracción. El ser humano es morboso. Cuando estemos dentro del banco será demasiado tarde para ellos… En el caso hipotético que nos estén vigilando ahora. —Le besó la coronilla y Ana sintió un escalofrío que le recorrió cada poro de su piel.

—No te pases para la punta —advirtió a la defensiva con una sonrisa falsa e intentando sacudirse la sensación del cuerpo. Aunque para ser honesta, la advertencia era para ella misma más que para su acompañante.

—No pienso hacerlo. Es solo lo necesario para tener una fachada convincente. Rodéame con tu brazo libre como si estuvieras disfrutándolo de verdad —ordenó con suavidad y ella obedeció un tanto vacilante anclando su mano sobre el costado de él—. Vamos, tenemos luz verde.

Jason impuso un ritmo relajado, lento y sincronizado con los pasos de ella, sin soltar la esbelta cintura de Ana que podía cubrir con su mano.

Caminaron recto por Huérfanos, hasta llegar a Ahumada. Jason iba atento, con casi todos sus sentidos pendientes en el ambiente; su vista se posaba en los demás transeúntes; su oído en los sonidos sospechosos, tales como silbidos o llamados a lo lejos que se confundían con el tráfico y conversaciones casuales; su olfato estaba traicionándolo al sentir el leve aroma del cabello de Ana; y su tacto estaba enloqueciendo con cada movimiento de ella.

Su otra mano libre estaba húmeda dentro de su bolsillo. Solo deseaba desprenderse del contacto y ser él de nuevo para tomar el control de sí mismo.

Ana solo sostenía con fuerza las asas de la bolsa, apenas podía relajarse. Entendía la estrategia y era razonable, no era nada del otro mundo. Pero estaba incómoda por estar tan cerca de él, fingía una sonrisa para sostener la farsa, pero por dentro, solo deseaba caminar más rápido para llegar a su destino y terminar con esa tortura.

Esa tortura, alta, de piel olivácea, cabello negro e intensos ojos verdes, con un maldito cuerpo que desprendía un calor abrasador. Podía sentir cómo se movía cada músculo, duro y flexible… ¡Y con cada paso que daba lo estaba empezando a disfrutar más y más!

Se sentía nerviosa, dividida, cuestionándose por qué actuaba de esa manera, tan, tan… zorra. Y para colmo de males, le deleitaba dar ese paseo con un espécimen de macho que a todas luces era *gay*. Y esa certeza no aliviaba para nada su estado de ánimo.

Estaba perdida en sus atribulados y contradictorios pensamientos. Ahora más que nunca, sentía que estaba siendo mala con Joaquín. Pero por otra parte, necesitaba castigar a su novio. Por ser imbécil, por hacerle preguntas fuera de lugar a Jason, por mirarlo con desdén. Por esbozar sonrisas burlonas cuando cometía una torpeza y había que explicarle el sistema de pago electrónico una y otra vez, o cuando se le desfondó una caja de libros dejando varios repartidos por el suelo.

Se estaba portando como un papanatas inseguro. ¿Por qué no le ofrecía ayuda a Jason? Solo le pegaba codazos a ella para que se sentara junto a él en primera fila, para que los dos se mofaran en secreto de él.

Y como guinda de la torta, su novio estaba marcando territorio a cada rato como si ella se tratara de una cosa. No es que le molestara una pequeña demostración de celos, pero Joaquín en medio día había hecho la cuota de siete años.

—Llegamos… Cuidado con el…

Ana tropezó, pero no cayó. En fracción de segundo se vio encima de Jason y rodeada fuertemente por sus brazos. Sintió cada milímetro de ese cuerpo masculino bajo ella con aquellos ojos penetrando en los de ella sin compasión.

—¿Estás bien? ¿Te duele algo? —preguntó preocupado, paralizado. Ella no contestaba, estaba muda—. Ana —la llamó severo.

—Estoy bien. Lo siento. —Parpadeó. Se empezó a levantar y a separarse de él con premura—. ¿Estás bien? ¿No te hiciste daño?

—Me golpeé la espalda con el peldaño, no te preocupes. Solo fue un accidente. —Se incorporó y se sacudió el polvo de las piernas y el trasero.

«¡Dios, le vi el trasero!», gritó para sus adentros mortificada, porque se quedó mirándolo fijo por dos segundos mientras él se palmeaba.

Maldito, hasta esa parte era… admirable.

—Después de ti —invitó Jason, ignorante del escrutinio de Ana que empezó a adelantarlo, y como autómata, subió los escalones hasta internarse en la seguridad del añoso edificio bancario.

*****

—¿Cuál quieres ver? —interrogó Joaquín mirando los afiches de las películas en exhibición.

—Doctor Strange —eligió Ana apuntando un afiche promocional. Quería algo ligero, divertirse… y ver a Benedict Cumberbatch con barba.

—Qué lástima —dijo Joaquín en un tono burlón—, todavía no se estrena. Mejor veamos «Neruda». Se ve mejor que esa película para ñoños —intentó convencerla, menoscabando la elección de ella.

—Quería ver la de Marvel, pero ni modo, ¿no puede ser «Los siete magníficos»? »Neruda» es una buena película, pero no me tinca verlo ahora. Ya leí la biografía, las películas basadas en libros nunca los superan —rebatió con una buena justificación.

—Lo mismo pasa con los comics —ironizó.

—Pero cuando lo hacen película se trata de una reinterpretación de los comics, un universo alterno… —argumentó su punto de vista—. ¿Para qué vinimos al cine, si nunca nos ponemos de acuerdo? —cuestionó—. La última vez te dormiste viendo «El hombre de acero».

—Era soporífera esa película, solo mostraban los músculos de Superman.

«Era lo mejor de la película, los músculos de Henrycito Cavill», pensó Ana con picardía. Nunca concordaban, por más que trataban de ver una película juntos era como tratar de mezclar agua y aceite.

No siempre fue así, pero en algún momento en esos siete años habían cambiado sus preferencias. Sobre todo los de él, a ella siempre le gustaron las películas de acción, súper héroes, e incluso terror.

—¿Y si vamos a mi departamento? —sugirió Joaquín sonriendo seductor.

Sí, eso era una mejor idea que tratar de congeniar por una película.

Ana asintió sonriendo también. Hacía bastante tiempo que no tenían intimidad, el trabajo, el estar todo el día los dos juntos… Estaba insensibilizada por la constante presencia de Joaquín, necesitaba conectar de nuevo con su novio.

Su conciencia estaba callada, en un inquietante mutismo, que solo provocaba un ruido sordo e insistente que necesitaba llenar con lujuria.

Lo miró a conciencia, su cabello rubio, ojos azules, y un cuerpo delgado pero fibroso, era como un ángel, ¿a quién no excitaría?

«Bello».

Eso pensó ella la primera vez que lo vio cuando él entró en la librería. Siempre le gustó, Joaquín era un cliente frecuente que admiraba a la distancia, hasta que un día él la invitó a salir.

Desde ese entonces nunca más se separaron, Joaquín trabajaba con su padre en su emergente local de pastelería fina, ayudándole a administrar el negocio. Eso fue hasta hace dos años, cuando Joaquín tuvo una gran pelea con su padre y se fue de la casa y del trabajo.

Arturo lo acogió, le dio trabajo, y por un tiempo, alojamiento, hasta que pudiera arrendar uno por su cuenta.

Y logró independizarse, pero nunca le pidió a Ana vivir con él, o casarse. Pero ilusamente ella supuso que finalmente darían el paso. A esas alturas, Ana pensaba que con cinco años de relación era suficiente para, al fin, tener una vida en común.

Pero Joaquín nunca insinuó nada, ni de broma. Y cuando ella puso el tema sobre la mesa, él le pidió tiempo hasta que ambos pudieran tener un mejor pasar económico.

Porque para él no era suficiente con arrendar un costoso departamento en Las Condes. Debía comprar una casa en Huechuraba, tener un automóvil del año, la casa amoblada, para llegar y vivir tranquilamente.

Ambicionaba más de lo que podía alcanzar.

Pero tampoco luchaba por lograr sus ambiciones.

El tiempo corría y no llegaban a ninguna parte.

Pero esa relación era cómoda para ambos.

Antes de Joaquín, Ana solo había tenido una breve relación que acabó antes de que se cimentara en algo más profundo. Joaquín fue lo primero sólido, seguro, confiable. Siempre fue atento, tierno en la intimidad, pero frío el resto del tiempo. Era su manera de ser, Ana lo quería así… aceptaba sus defectos, como él aceptaba los de ella. Se sentía a gusto con él, podían conversar durante horas, debatiendo, porque pensaban muy diferente y a ambos les gustaba eso.

Pensaban tan diferente, tenían gustos tan diferentes, tenían aspiraciones tan diferentes, que Ana no sabía cómo diablos estaban juntos todavía.

Pero lo estaban, por alguna razón, sus corazones seguían unidos.

Ana y Joaquín caminaron de la mano todo el trayecto hasta que llegaron al departamento de él. Apenas cerraron la puerta fueron directo al dormitorio, desnudándose en el camino. Pero la mente de Ana la estaba traicionando de nuevo, no la conectaba con el momento, con él, con su cuerpo.

Joaquín no la estaba excitando. Sus caricias apuradas entre sus piernas, sus besos desesperados e invasivos, su silencio, su ausencia de ternura, su cuerpo que lo sentía extraño.

La consciencia de ella salió de su mutismo para solo gritar, «así no, sé suave», «¿qué te pasa, Joaquín?», «mi cuerpo es más que mi clítoris», «tócame, susúrrame, háblame, estoy aquí»…

Pero él, al parecer, estaba en otra parte.

—Esto no está resultando, Joaquín —susurró Ana, pero él la ignoró—. Joaquín, para.

—¿Qué pasa, Anita? ¿No te gusta? —La penetró con un dedo, y a pesar de su humedad, le provocó dolor.

—¡Ay! —Ana gimió. Joaquín se separó al instante al ver el gesto de ella—. No puedo, no sé lo que me pasa —mintió, porque no podía decirle la verdad. Él no la excitaba, de pronto se había convertido en un hombre desconocido, y como tal rechazaba su contacto—. Lo siento mucho —se disculpó apenada.

Era horrible, lo conocía y a la vez no. Porque no solo ese día Joaquín era otro. Desde hacía meses que él era otro.

Se había equivocado en tratar de salvar la situación con el sexo, intentó convencerse de que podía hacerlo, que nada había cambiado.

Pero había cambiado todo, sin darse cuenta... El amor, ese que fue constante y sosegado, en algún punto murió. Y ella no se atrevía a reconocer, que tal vez, ella también había cambiado.

¿Qué debía hacer? ¿Terminar esos siete años? ¿Intentar re-encantarse de Joaquín? ¿Empezar de cero?

Necesitaba huir, escapar... hablar con alguien, y no necesariamente con su pololo.

—¿Hice algo mal? —preguntó él evidenciando su molestia—. ¿Hace semanas que no te toco y tú te pones así? —recriminó dolido en su orgullo, en su masculinidad—. ¿Qué te pasa, Ana? ¿Ya no te caliento? —increpó con dureza.

—¡No lo sé! —replicó mientras empezaba a vestirse apurada con las prendas que iba encontrando en el suelo.

Sentía vergüenza. Pánico. Dolor. Confusión.

Una crisis que nunca vio venir.

Porque nunca antes la tentación había irrumpido en su vida del modo violento en que se hizo presente en los últimos días...

Y lo peor de todo era que, sucumbir ante la tentación, era algo imposible.

Él era inalcanzable.

Capítulo 7

Al llegar Ana al día siguiente, se encontró con la misma escena que el día anterior. Jason había llegado primero, estaba cargando su mochila y escuchando música parado al frente de la librería.

Ella no había dormido en toda la noche. Su fallido encuentro con Joaquín la había sumido en una vorágine de sentimientos tal, que le costaba poner todo en su lugar.

¿Qué hacía?, ¿cómo iba a enfrentar a Joaquín el día de hoy? ¿Se estaba convirtiendo en una mala mujer por sentir atracción hacia otra persona que no fuera su novio? ¿Por qué ahora? Solo deseaba meterse en un hoyo y no salir por los próximos cien años.

Pero había un negocio que levantar, hacerlo prosperar y protegerlo. Y ahí, tan ajeno a todo, esperaba el hombre que estaba ayudando a no permitir que el sueño familiar, y el de ella misma se hundiera.

El mismo hombre que cada día le hacía cuestionar su propia naturaleza.

Jason la miró, como si hubiera percibido su presencia, pero su expresión tranquila y relajada cambió en tres segundos a la preocupación.

—Hola, Ana —saludó—. ¿Estás bien?

—Solo dormí mal —respondió con la voz rasposa—. Gracias por preguntar, ¿cómo les fue anoche? —interrogó para centrar la conversación en cualquier otra cosa menos en su apariencia. Sacó sus llaves y empezó a abrir los candados de la cortina metálica.

—Nos fue bien, solo me falta hacer un par de pruebas más al cierre. Terminamos bastante tarde y estábamos cansados. ¿Será mucho pedir que nos quedemos hoy una media hora más? —interrogó con amabilidad—. Espera, yo la levanto.

Jason alzó hasta la mitad la cortina metálica y Ana susurrando un «gracias», abrió la cerradura de la puerta principal. Ambos entraron en silencio.

—No hay problema, si quieres haces las pruebas cuando Joaquín se vaya. —Decir su nombre en voz alta le dolía; mirar a Jason, dolía; pensar en todo lo sucedido, dolía. Pero se tragó sus lágrimas, en vez de llorar, inspiró profundo y se hizo la idea de que debía hacer las cosas bien.

—Gracias… ¿Te muestro dónde están instaladas las cámaras?

—Sí, claro.

Durante los siguientes cuarenta minutos Jason le indicó la posición, el método de captura, donde se guardaban los registros, y los aspectos técnicos. Había seis diminutas cámaras ocultas estratégicamente en el local.

Ana escuchaba con atención, y agradeció la distracción que le brindaba Jason en ese momento. Necesitaba concentrarse bien en entender lo que él le explicaba porque algunas cosas eran muy específicas y técnicas.

—Estaré monitoreando con el computador que tengo en casa, que hará de servidor. Solo afinaré detalles a la tarde.

—Muy bien, no te preocupes.

—¿En serio estás bien? —insistió Jason de nuevo, cambiando el tema de la conversación bruscamente—. De verdad, tienes muy mala cara. —Le tocó la frente sin permiso para comprobar si estaba afiebrada, pero no, la piel la tenía bastante tibia.

—Solo es falta de sueño —repitió su respuesta anterior mirando cómo la mano de Jason le tocaba la frente y la observaba con el ceño fruncido—, lo que pasa es que apenas uso maquillaje, las bases y correctores no son amigos míos.

—Entonces esa es solo tu cara desvelada sin arreglines femeninos —bromeó. De verdad, le provocaba inquietud verla de esa manera.

—Es lo que hay —Se encogió de hombros.

Jason la imitó de una forma más exagerada y haciendo una mueca.

—«Es lo que hay» —remedó agudizando su voz intentando llegar al tono de Ana—. Voy y vuelvo.

Y sin más, Jason salió de la librería. Ana esbozó una sonrisa, si Jason hubiera tenido un espejo probablemente se habría reído de sí mismo por la cara que puso.

Era como un niño. Ana negó con su cabeza, y una leve carcajada afloró de sus cuerdas vocales, pero rápidamente esa risa enmudeció con el sonido de una notificación de su celular.

Era un mensaje de *WhatsApp* de Joaquín. El corazón se le detuvo por un segundo, antes de leer...

«Hoy no voy a la librería. No puedo. Necesito pensar»

Eso era todo. Así como siempre, frío. Y aunque ella sabía que él era de esa manera, le dieron ganas de llorar y de lanzar con rabia el aparato para que se estrellara contra el suelo.

Se estaban perdiendo, en vez de conversar, de abrazarse, de buscar una solución. Joaquín la apartaba, le reprochaba. Ana pensó que tal vez merecía esa respuesta como castigo solo por el hecho de no sentir ese amor con suficiente fuerza para luchar.

Ana no sabía qué pensar, ni podía definir con claridad lo que sentía. Pesar, culpa, resentimiento y alivio, confluían en su alma al mismo tiempo.

Quería gritar, quería patear lo primero que se atravesara en su camino, necesitaba que la consolaran, no sentirse miserable.

—Toma... —Ana sintió una mano enorme en su hombro y frente a sus ojos, un vaso con café *mocaccino*—. A ver si entras en calor, pareciera que estuvieras con la pálida[30].

—Gracias —murmuró—. Eres muy amable.

—No hay de qué... Toma esto también. —Con brusquedad le dio un chocolatito—. Para que te cambie la cara.

Ana esbozó una sonrisa, estaba agradecida por el detalle, pero no le debía extrañar, viniendo de una persona como Jason, que debe estar más conectado con su «lado femenino».

Suspiró, al menos él intentaba subirle el ánimo, y ella no iba a despreciar ese gesto. Aparte de su padre, Jason era el segundo hombre que le regalaba chocolates. Joaquín lo consideraba cursi y decía que si le daba dulces con frecuencia ella iba a engordar.

Sí que era un imbécil.

—¿Cómo está Arturo? —Jason preguntó casual.

—No quise despertarlo, hace mucho que no se levanta tarde —confesó—. Espero que le sirva este descanso.

—Sí, le hará bien. A veces uno debe detenerse. Descansar, el ocio también es bueno... Pero no en exceso, te vuelve estúpido.

—Hoy tampoco viene Joaquín —informó—. Recién me envió un mensaje.

«Hablando de estúpidos», ironizó para sus adentros Jason, y al mismo tiempo, le recorrió toda la espina dorsal la sensación de

---

30 *La pálida: desvanecimiento por ingesta excesiva de alcohol o drogas.*

que algo olía a podrido. No sabía los motivos por los que el imbécil había decidido no ir, pero no le gustaba para nada esa «coincidencia».

—¿No será problemático para nosotros? Apenas llevo un día acá —manifestó Jason un tanto preocupado.

—No lo sé. —Tomó un sorbo de su *mocaccino* y el dulzor era perfecto. Él ni siquiera le había preguntado cuanta azúcar ella le echaba, ¿cómo lo supo? No le dio más vueltas, era un nuevo día de trabajo—. Pero no hay de otra, solo nos queda apechugar.

—Voy a subir toda la cortina, entonces —decretó, Jason no pedía permiso. Solo hacía las cosas…

Por eso mismo dejó la PDI.

—Dale… gracias —concordó Ana—. A mal paso, darle prisa —murmuró y abrió su chocolate.

—De nada, Ana.

*****

El transcurso de ese día se dio con mucha actividad. Era viernes y estaban a principios del mes de octubre, por lo que muchos de los clientes habituales fueron a comprar libros. En especial, mujeres que, al notar la presencia del nuevo dependiente, sonreían con solo verlo y, de pasada, coqueteaban sin malicia.

Jason metido de lleno en su rol, atendía amable y sonriente cada consulta y petición. Pero también pendiente ante cualquier cosa que le llamara la atención, por muy trivial que fuera.

Pero todo era la mar de la normalidad.

Para Ana fue lo mejor que pudo pasarle, estaba tan ocupada que no tuvo tiempo para pensar en Joaquín y las últimas veinticuatro reveladoras horas en la que su mundo cambió de eje.

A la hora de almuerzo solo comieron un sándwich a la rápida y siguieron con la actividad que a esa hora se volvía más intensa.

Pero a eso de las tres de la tarde, la afluencia de clientes bajó de golpe, y la librería estaba vacía. Al fin, Jason pudo sentarse un rato a descansar, ya que no estaba acostumbrado a estar tantas horas de pie y le dolía la espalda por el golpe de la caída del día anterior. Cada vez que sentía la punzada de dolor recordaba el cuerpo de Ana sobre el suyo y todo el acopio de fuerza de voluntad que tuvo que hacer para no apretarla más contra él y darle un beso bien dado.

Malditos fueran esos labios, eran lo único que ella maquillaba y solo los volvía más tentadores.

El ocio lo volvía estúpido. Rogó al cielo por una distracción, y, como caída del cielo, llegó.

Su móvil sonó y el contacto decía «Galería». Contestó en el acto.

Era Ximena Montes, una de las locatarias de la Galería España, lugar donde asaltaron a Joaquín. El motivo del llamado era que poseían un registro del día y la hora del atraco. Y que podía ir a buscar la información en ese mismo instante si quería.

Jason se llenó de euforia. Necesitaba desesperadamente avanzar con el caso, y nada mejor que contar con nuevas pistas. Concluyó el llamado comprometiéndose a ir en ese mismo instante y que se haría presente en diez minutos más.

—Ana, me llamaron de uno de los lugares donde hay registro visual del asalto de Joaquín. ¿Puedes estar sola unos veinte minutos para ir a buscar el disco?

Ana que, aprovechando esa baja de público, estaba leyendo una novela para distraerse, asintió con la cabeza y autorizó la salida de Jason. Se alegró un poco, al fin había una pista, un hilo del cual tirar para desentrañar el misterio y descubrir a los culpables.

Jason partió raudo a buscar las pruebas y en menos de veinte minutos ya estaba de vuelta con el disco compacto que contenía la grabación. La librería seguía vacía, por lo que Jason dio vuelta el letrero de «abierto», y cerró el local de manera temporal para no tener interrupciones indeseadas. Sacó de su mochila su laptop y la puso encima del mesón donde Ana se encontraba, e introdujo el disco.

Al dar reproducir al único archivo que contenía, empezó a verse el video de forma no tan nítida, sin audio, pero con fluidez. Ambos observaban el video con mucha atención a los detalles. Al cabo de dos minutos de reproducción, se veía que Joaquín entraba en la grabación. Se detenía frente a una joyería con una bolsa de una tienda de *retail* que usaron en esa ocasión para camuflar el dinero. Se quedó ahí, inmóvil, para desconcierto de Ana.

No pasó más de un minuto y una escultural mujer de raza negra se le acercaba y se colgaba de su cuello. Joaquín respondió al saludo besándola con pasión, y claramente apretó su trasero. Con ambas manos.

Ana ahogó un grito y se tapó la boca. Empezó a sudar frío y todo el cuerpo le temblaba al ver la reveladora secuencia. Estaba total y absolutamente perturbada. El corazón se le aceleró, podía sentir como le retumbaba el pecho. Pero se obligó a seguir mirando…

Jason no se atrevió a desviar sus ojos hacia Ana, sintió una profunda compasión por ella, y una ira irrefrenable hacia ese desgraciado. Él hubiera dado cualquier cosa por haber tenido a alguien como Ana y ese cretino la engañaba de la manera más baja y cruel.

Nunca había sido testigo de cómo se le hacía añicos el corazón y el amor propio a una persona. Incluso, él podía sentir las estocadas de la traición atravesando su pecho. Era horrible y desolador.

El video seguía reproduciéndose, Joaquín se separó de la voluptuosa desconocida y le entregó la bolsa. La mujer al ver su contenido, se abalanzó sobre él y lo volvió a besar con ardor.

Sin duda, estaban dando un buen espectáculo. Uno que no terminaba nunca. Era dolorosamente eterno.

Luego de un par de minutos más de arrumacos subidos de tono, se despidieron —a duras penas— y tomaron caminos separados.

El video continuó reproduciéndose, pero ya no era relevante lo que seguía. Todo estaba lacrado y sacramentado.

Jason, sin decir nada, detuvo el video y quedó la pantalla en negro.

El silencio se cernió denso. Jason cerró los ojos, tomó aire y los abrió. Sabía que debía hacer algo, decir algo, pero se sentía tan inútil e impotente ante esa situación. No obstante, alzó la vista y la miró.

Ana estaba paralizada, las mudas lágrimas surcaban su rostro demudado, y sus ojos no se despegaban de la pantalla de la laptop. No podía creer lo que acababa de ver.

Si ella pensaba que era la única culpable del inevitable quiebre, ahora estaba más que convencida que no era así. Eran los dos, pero sin duda alguna, la balanza se cargaba flagrante hacia Joaquín. Ahora la verdad se manifestaba tan clara. Quizás por cuanto tiempo, aquel que fue su novio, jugaba a tener una doble vida.

No lo conocía. Joaquín era capaz de engañar y mentir de una manera escalofriante. Nunca le robaron, se apropió del esfuerzo de todos y lo usó a su antojo. A Ana le dolía todo, su corazón se desangraba por la traición a su amor que alguna vez sintió, a la relación que sostenían, a la confianza, a su familia, al esfuerzo que era mantener un negocio familiar.

Jason no soportó más segundos siendo un espectador. Las palabras eran inútiles, ¿qué se le dice a una persona con el alma hecha pedazos?

Rodeó el mesón e invadió el espacio personal de Ana. La tomó de los hombros y, con toda la delicadeza que pudo imprimir en sus movimientos, la giró para rodearla con sus brazos para que dejara de ver la pantalla.

Y sin más Ana se desbordó, enterró su cara en el pecho de Jason y lloró con rabia, pena, frustración. Gimió aferrándose a la camiseta de él para ahogar ese lamento desgarrador y vaciar su corazón, para no sentir nada.

Jason no sabía qué otra cosa hacer… Ni siquiera sabía si lo que había hecho era lo correcto. Pero ahí estaba abrazando a Ana en su peor momento, sintiendo cómo el frágil cuerpo de ella se convulsionaba por el llanto.

Y el llanto era contagioso. Jason tragó saliva para deshacer ese nudo que le obstruía la garganta y controlar ese sufrimiento que ella le transmitía. Porque a pesar de todo, él no era de piedra, era humano y su corazón era tan blando como el de esa mujer que tenía entre sus brazos. Inspiró profundo, una, dos veces, para que el oxígeno entrara en sus pulmones. Espiró y volvió a inspirar hondo varias veces más, hasta que pudo contener el impulso de llorar. Sin embargo, no fue capaz de evitar que un poco de humedad se hiciera presente en sus ojos.

Los minutos se sucedían uno tras otro con lentitud, Jason podía sentir la tibia humedad de las lágrimas de ella impregnando su camiseta, pero poco le importaba, lo que de verdad le importaba era que Ana no colapsara, ni sucumbiera a la histeria. Acarició su espalda con suavidad para que se serenara, e instintivamente comenzó a mecerse, a darle ese vaivén que puede aplacar cualquier tormenta interior. Y así, de a poco, despacio, ese clamor que estallaba en la mente, el corazón, y la voz de Ana, empezó a apagarse, hasta convertirse en un débil sollozo entrecortado.

Las emociones se habían templado. Jason sabía que pronto Ana sentiría aquella tranquilidad y cansancio que invadía el cuerpo después de un buen llanto. Era bueno que eso sucediera, lo había vivido antes en carne propia, lo reconfortante que era botar todo a través de las lágrimas. Pero él, la mayoría de las veces, se reprimía. Todos esos años que Ramiro le inculcó a base de golpes e insultos de que «llorar es de maricones», hacían que no se sintiera del todo cómodo con sus propias lágrimas. Su corazón le decía que no tenía nada de malo, pero su cerebro se negaba a aceptar con libertad esa reacción natural.

Ana enjugó el resto de sus lágrimas con el dorso de sus manos. Desde que su madre había muerto, nunca había llorado de esa manera, y agradeció desde lo más hondo de su alma que Jason la hubiera sostenido en silencio. Era lo único que necesitaba en ese momento. Calor, consuelo, empatía… humanidad.

—Lo siento… —se disculpó Ana con timidez.

—No pasa nada… está bien. —No sabía qué más decir. Inspiró hondo, buscando las palabras—… Lo siento, Ana, no tenía idea de lo que tenía la grabación. De haber sabido, yo…

—Me habrías dicho la verdad, Jason… —interrumpió Ana—. Tarde o temprano, lo habrías hecho. Lo sé.

Jason asintió. Sí, habría sido más temprano que tarde. Él no consideraba que Ana fuera débil, le habría revelado el contenido de la grabación, sí o sí.

—Pero no te hubiera permitido ver… eso. No hubiera sido tan desalmado para que vieras a ese… a ese… ¡Grandísimo hijo de prostituta re *culiá* que lo mal parió!, ¡detesto a ese *conchesumadre* infeliz *levantao* de raja con toda mi alma! ¡Voy a castrar a ese *gil* re *culiao*, y le voy a meter las bolas por el…! —Jason se autocensuró la obscena perorata que estaba lanzando a diestra y siniestra, exponiendo todo su léxico barriobajero ante la atónita mirada de Ana—. Perdón, lo siento mucho… cuando yo… es que… —Se quedó un par de segundos en silencio, sabía que si seguía hablando la iba a cagar más. Sintió que la cara se le calentaba. Menos mal que su piel era muy morena y no era fácil evidenciar cuando se le ponía roja de vergüenza, apenas se le coloreaban los pómulos—. Perdón, se me pasó la mano. —Fue lo último que dijo y enmudeció.

Ana apretaba los labios para no estallar en carcajadas, pero el rostro mortificado de Jason se lo hacía muy difícil. Y lo más gracioso de todo, era que no habían roto el contacto, todavía estaban abrazados, y Ana no aguantó más. Estalló en una sonora carcajada que, al igual que su llanto, no podía refrenar. Era surreal ver a Jason, el señor «controlo cada mosca que vuela en el aire», siendo un animal verbal. Era como si de pronto hubiera sido poseído por el dios de los improperios malsonantes, y se le escuchaban tan jocosos, era un lenguaje mitad educado, mitad carcelario.

Una mezcla difícil de igualar.

Ana reía, reía sin parar, y Jason enrojecía cada vez más.

—Ya, *po'h*. Deja de reírte —rogó Jason con timidez—. En serio…

Pero Ana no podía… y tal como el llanto y la pena, la risa también era contagiosa. Y Jason también empezó a reír, dejando de lado la vergüenza por su exabrupto coloquial, secundando a Ana en esa especie de ritual de purificación de aquel mal trago que les tocó beber al mismo tiempo.

—Es que no…. Es que no puedoooo… —Y volvía a carcajearse, ebria de risa—. Eres muy… chisto…. —No, no podía, la situación era más poderosa. Lo miraba y era un cuento de nunca acabar.

Siguieron en ese trance ruidoso y jovial, hasta que sus cuerpos no dieron más, hasta que el cansancio los arropó y sus músculos laxos apenas respondían.

Y después, cuando Ana ya pudo respirar con normalidad, entre los brazos de Jason, y al fin esa bruma que nublaba su mente se disipó, tuvo una sola certeza en ese minuto de su existencia.

Después de exigir el dinero que Joaquín robó, esperaba no verlo nunca más en la vida.

Capítulo 8

—¿Estás mejor, Ana? —susurró Jason con voz serena, una vez que se separaron.

Ambos sintieron frío, a pesar de que la temperatura del ambiente era agradable. A Ana le pareció que aquel contacto había sido tan natural, cálido y espontáneo, que le daban ganas de volver a abrazarlo. Pero debía contenerse, no era correcto, su libertad era demasiado reciente.

—Sí, muchísimo mejor… gracias. —Suspiró profundo y sonrió con sinceridad—. Si no fuera por ti, nunca hubiera sabido la verdad… Es liberador, ¿sabes?

—Sí que lo sé. —«No tienes idea de cuánto», pensó Jason. Cuando la verdad salía a la luz era dolorosa pero a la vez sanadora—. Debemos informar a Arturo, y decidir qué acciones tomar respecto al robo.

—Quiero que lo devuelva. Todo. Y no verlo nunca más, se acabó —resolvió Ana con frialdad—. No me interesa cómo va a devolver más de dos millones, pero ese infeliz lo va a pagar sea como sea.

Jason alzó una ceja, el término «no me interesa cómo» acompañado en la misma oración que «sea como sea» era muy amplio, y esbozó una sonrisa maliciosa.

—Crimen y castigo —sentenció—. ¿Lo quieres por la vía legal, o algo menos ortodoxo?

Ana tardó unos segundos en procesar la pregunta de Jason, y abrió la boca sorprendida. Él era literal.

—¿A qué te refieres con «menos ortodoxo? —interpeló intuyendo lo que Jason quería decir.

—Primero voy a exponer mi argumento. Si ese tarado fue tan osado como para robar dos millones de pesos y fracción, es porque no tiene la capacidad de generar ese dinero por sí solo —especuló Jason—. ¿Cuánto ganaba aquí?

—Seiscientos mil —respondió sin entender para donde iba con esa pregunta.

—Bueno, si lo despiden por la vía legal, pueden dejarlo sin indemnización por haber cometido un delito, se ahorran al menos un millón doscientos como costo... Pero todavía quedan ochocientos mil por compensar... Podríamos persuadirlo de algún modo para que se vaya sin cobrar el sueldo de este mes, ni las vacaciones...

—Con eso cubre el monto del robo... —concluyó Ana. La idea era muy seductora. Despedir por la vía legal a Joaquín era costoso y no pretendía, para más inri, esperar a que él pagara lo robado. Era absurdo—. Pero lo conozco, lo va a negar hasta la muerte, y probablemente, nos demandará a la inspección del trabajo si no lo indemnizamos y le pagamos el sueldo de este mes y el proporcional de las vacaciones.

—Tenemos el video como prueba del robo... Y tengo mis métodos para convencerlo de que no haga una estupidez y que se largue sin más.

Ahí confirmaba la parte de «menos ortodoxo».

—¿Lo vas a golpear? —interrogó incrédula.

—Solo un poco —reconoció sin culpa—. Así se convence más rápido.

—¡Pero, Jason! —espetó Ana. Su lado bueno se horrorizaba, el malo se estaba sobando las manos ante la expectativa de castigar a Joaquín.

—¡Se lo merece el pinga[31] loca ese!... Por engañarte, por hacerte llorar y traicionar la confianza de tu viejo... —argumentó. Ana lo miró desaprobando la idea aunque los motivos fueran suficientes para ejecutarla—. Ya, lo admito, sangrará y le va a doler, aunque preferiría patearle las pelotas para que no se le pare durante un año... —Se quedó un par de segundos pensando, encadenando causa y efecto a toda velocidad, y con esa misma velocidad soltó—: te aconsejo que vayas al médico por si te ha pegado alguna...

Tacto y discreción no existían en el vocabulario de Jason.

—¡Jason, basta! Eso es... ¡Arrrgh! Es personal. No me puedes decir algo así.

—Ya lo dije. Por Dios, Ana, somos adultos... Yo que tú, no me confiaría de si usó protección o no con la mulata, y no sabemos si la mulata será una señorita de la calle o una pobre inocente y...

—¡Ya entendí! No es necesario que seas tan explícito. —Resopló, porque no había pensado en ese pequeño gran detalle. Ese

31 *Pinga: pene.*

hombre era todo un caso, la exasperaba su falta de delicadeza. Pero sabía que sus intenciones eran buenas. Era todo un detalle decirle que probablemente su ex novio la pudo contagiar de una enfermedad de transmisión sexual—. Mira, no sé si tus métodos no ortodoxos serán los mejores, pero no estamos en condiciones de pagarle a ese imbécil si más encima nos ha robado. Tengo que consultarlo con mi papá.

—Vamos entonces y le preguntamos. Aunque sé que su respuesta será hacer todo por la vía legal. Es demasiado bueno Arturo. —«Llegando a ser hueón», pensó, pero Jason se guardó el comentario.

Era verdad, Ana conocía a su padre y él era un hombre que actuaba, ante todo, con rectitud.

Su lado bueno, le decía que le contaran a Arturo y que él decidiera qué hacer. Su lado malo, le decía que no debían perder tiempo, si al fin y al cabo ella estaba a cargo.

Su lado bueno decía que no era correcto convencer a Joaquín a punta de golpes para que se fuera sin más. Su lado malo decía que él se merecía que le bailaran flamenco sobre sus gónadas.

Necesitaba equilibrio.

—¡Ah! ¡No sé qué hacer!

Jason miró al cielo buscando una respuesta. Debía reconocer que los métodos no ortodoxos no eran del todo aplicables fuera del mundo del hampa.

—Ya, Ana. Cálmate. —La tomó de los hombros y la miró a los ojos—. Mira, lo que podemos hacer es ir a la casa de ese estúpido y conversar como seres civilizados. Y si no resulta, lo golpeo hasta que jure que no volverá. ¿Contenta?

¡Qué más da! Ana se cansó de ser la mujer buenita y sensata que solo desea amor y paz. Quería ser el karma de Joaquín devolviéndole todo el mal que había provocado de manera inmediata.

—Vamos —decidió, sintiéndose inusualmente eufórica por estar actuando por impulso.

—¿En serio? —interrogó incrédulo alzando sus cejas.

—Ya dije. Vamos, Jason…

Tomaron sus pertenencias, cerraron la librería y tomaron rumbo hacia el departamento de Joaquín.

*****

—¿Estás lista? —preguntó Jason a Ana, que estaba expectante ante la puerta del departamento de Joaquín.

—Sí. Terminemos con esto de una buena vez. —Sacó la copia de las llaves que tenía, y que pocas veces usó, y abrió la puerta intentando no hacer ruido.

Si Ana no hubiera visto el video esa misma tarde donde se descubría su engaño, se habría paralizado, y estaría impactada ante la imagen de encontrarse con Joaquín follando con furia a una mulata contra el vidrio del ventanal de la sala de estar, totalmente ajeno a la inesperada visita que los observaba.

En cambio, lo único que sintió Ana fue una sed de venganza, y esa culpa que sentía por sentirse atraída por Jason, se desvaneció por arte de magia. Ese amor que alguna vez sintió la había abandonado sin dejar huella. Joaquín no merecía ninguna consideración... ni misericordia.

Jason apretó los puños y hubiera interrumpido la escena *hardcore* de pornografía interracial, de no ser por el leve toque de Ana en su brazo. Ella estaba al mando, lo vio en su semblante determinado y severo.

Se adelantó un par de pasos, y Ana empezó a aplaudir, Joaquín se congeló.

—¡Bravo! ¡¡Bravísimo, Joaquín!! —satirizó Ana sin dejar de aplaudir—. No te reprimas, Joaquito, sigue con tu asunto, y cuando termines, te vistes que tengo que conversar contigo. Me voy a sentar aquí con mi nuevo amigo para esperarte... —anunció mientras se sentaba en un sofá—. Ven acá, Jason —dio una palmadita al lado de ella señalando que se sentara ahí—. Veamos como siguen follando, es la primera vez que veo porno en vivo, el voyerismo tiene su encanto...

Jason obedeció. Interiormente estaba orgulloso de Ana por tomarse la situación con humor negro y no montar un escándalo de teleserie mexicana.

Se sentó al lado de Ana y en silencio observaron cómo la pareja se vestía. La mujer no mostraba ningún remilgo ni vergüenza, y con cierta altanería exhibió su... pene aún erecto, y le sonrió con lascivia a Jason, que fingió una sonrisa de simpatía y en medio segundo se tornó serio.

Ana no notó ese intercambio y no dijo nada respecto a la perturbadora situación, a esas alturas nada le sorprendía. Sin duda alguna, iría a primera hora al ginecólogo para hacerse todos los exámenes habidos y por haber para saber si le habían contagiado algo.

Se sintió asqueada.

—Joaquincito tiene gustos exóticos —susurró Jason al oído de Ana—. ¿Esto enseñan en el Verbo Divino? —interrogó en voz alta para que lo escuchara Joaquín.

El aludido lo fulminó con la mirada mientras se subía el cierre del pantalón. No se explicaba por qué Ana y ese hombre estaban ahí, todo era un despelote. Pero lo que más lo tenía desconcertado era la frialdad de Ana. Estaba transformada, era una arpía. Nunca hubiera imaginado verla actuar de esa manera.

La mulata «multisexual» sin decir nada, se encerró en el dormitorio, ella no estaba haciendo nada malo, así que no iba a salir arrancando como criminal.

—¿Sabes, Joaquín?, me has facilitado toda la tarea —sentenció Ana cuando sintió que la puerta del dormitorio se había cerrado—. Supongo que asumes que no volverás a poner un pie en la librería y que nuestra relación se acabó.

—Mañana iré a buscar mi finiquito —anunció resuelto, no había nada que decir, ni defender, solo iba a negociar lo que le correspondía por derecho.

—Me temo que no —replicó Ana.

—Ana, una cosa son los asuntos personales. No voy a renunciar por esto, me vas a tener que despedir —advirtió sentándose en un sitial que estaba frente al sofá donde estaban los inesperados visitantes. No iba a irse con las manos vacías.

De todas maneras iba a terminar con Ana, estaba aburrido de su relación, y había descubierto que tenía gustos mucho más diversos que su ex pareja no suplía.

Como tener pene y tetas.

Ana sonrió con malicia.

—No va a ser ni lo uno, ni lo otro, Joaquincito. No vuelves y punto, no cobrarás un puto peso —decretó firme, serena.

—Ana, tu sabes que eso es ilegal, puedo ir a la inspección del trabajo y…

—¿Sabes por qué vine con Jason? —interrumpió la amenaza de Joaquín.

—Supongo que él va a ser con quien te vas a desquitar, ayer no le quitabas los ojos de encima —acusó con sorna.

—Me encantaría desquitarme con él como si fuéramos animales, pero eso no es de tu incumbencia —admitió sabiendo que era un imposible, pero ella quería herir su orgullo. Jason alzó una ceja, y esbozó una leve sonrisa—. Primero tengo que ver si no me has pegado sífilis, gonorrea, o cualquier otra asquerosidad… Pero ese no es el punto. Jason es un detective privado, lleva más de una semana investigando los robos de los que fuimos víctima. ¿Y a que no sabes qué descubrió?

Joaquín palideció.

—Tengo en mi poder un video de la galería España, ¿te suena? —continuó Ana—. En ese registro se observa claramente como le entregas a la «señorita»—subrayó haciendo un gesto de comillas con los dedos—, que está en tu dormitorio, la bolsa con el dinero que ibas a depositar. No pagarte será una forma de compensar tu robo. Te vas sin un peso y yo no tendré que denunciarte a carabineros. Porque pruebas tengo. A tu papito no le gustará que, aparte de ser un fracasado con complejo de superioridad, le saliste rarito y ladrón. Seguro que con eso traspasa a tu hermana todas sus propiedades y el negocio que ha levantado con tanto esfuerzo, para no dejarte nada.

Silencio.

Cuando Ana se lo proponía, lograba ser una infame sin corazón.

—Cuando te peleaste con tu papá y renunciaste a seguir en su pastelería, él le pidió a mi papá que te diera trabajo… Nunca he sabido a ciencia cierta porqué se pelearon, pero sé que él se preocupaba de ti… No me provoques y no hablaré para que no te dé la espalda del todo. Yo que tú, intentaría volver con el rabo entre las patas si quieres seguir viviendo en este departamento que te cuesta casi todo tu sueldo solventar.

Joaquín estaba en un callejón sin salida. No era capaz de decir nada.

Cobarde.

—Todo esto ha sido demasiado fácil, Ana —intervino Jason harto de lo pusilánime que era Joaquín. Ya no quedaba rastro de su desdén. Ana lo había humillado a más no poder—. ¿Cómo sabemos que no está detrás de los otros dos robos?

Jason se levantó del sillón, y amenazante, se acercó a Joaquín haciendo crujir sus nudillos y prepararlos para dar un efectivo incentivo.

—Confiesa. ¿Mandaste a robar a Ana y a Arturo? —interrogó cuando llegó frente a él

Joaquín intentó ponerse de pie y escapar, pero Jason no lo permitió presionando su hombro en un punto de su clavícula que era doloroso y le arrancó un chillido nada varonil.

—No te muevas o dolerá más —advirtió con dureza, y su rostro solo reflejaba que cumplía lo que prometía—. Confiesa.

—No, yo... yo... no tuve nada que ver... —aseguró hiper-ventilando y sudando como cerdo en baño sauna. Jason apretó más fuerte, Joaquín dio un alarido—. ¡Te lo juro! ¡¡Yo no fui!! ¡¡Lo juro!! —sollozó—. Por favor...

—No te creo, imbécil. —Jason volvió a apretar hasta que le tembló la mano, Joaquín chillaba como si los estuvieran desollan-do vivo. Intentó moverse, zafarse, pero el dolor era más intenso aún.

—¡¡¡¡¡Yo no fui!!!!! ¡¡¡Lo jurooooo!!! —gritó desgañitando su garganta.

Ana se levantó con frialdad y se acercó para mirarlo a los ojos.

—No te quiero cerca de la librería, ni de mí, ni que andes reclamando dinero que no te corresponde. Si no, ya sabes las con-secuencias. Porque puedo hacer que Jason te encuentre y te dé lo que realmente mereces. —Miró de soslayo a Jason, su nuevo mejor amigo, y esbozando una perversa sonrisa volvió su atención a Joa-quín—. El dolor que acabas de sufrir es ínfimo al lado de lo que él puede hacerte sentir en realidad. Y no desearás haber nacido.

Jason volvió a presionar mucho más fuerte todavía, ente-rrando sus dedos en la carne de Joaquín, haciendo que diera un alarido rasposo, y asintió temblando. Un hedor extraño invadió las fosas nasales de Ana y Jason, seguido de un sonido de líquido cayendo.

Ana desvió la mirada al suelo, una poza de orina sobre el reluciente piso de madera.

—Jason, vámonos —decretó volviendo su mirada a Joa-quín—. Agradece que todavía me queda algo de humanidad, por-que ganas de que te den una paliza no me faltan. Tómalo como una cortesía por los viejos tiempos.

Jason soltó a Joaquín con brusquedad, la orina era prueba irrefutable de que él no estaba detrás de los otros robos. Pero se-guía sintiendo que el castigo era demasiado benevolente para su gusto. No obstante, no iba a mover un dedo. En ese momento, Ana era la que mandaba, y no iba a arruinar su actuación magistral frente a Joaquín haciendo algo que ella no había ordenado.

—Hasta nunca, Joaquín... Aquí están tus llaves. —Se las lanzó sobre el regazo y se dio media vuelta—. Vamos.

Ambos salieron del departamento, en cuanto Ana cerró la puerta tras de sí, todo el cuerpo le empezó a temblar.

La adrenalina había abandonado su torrente sanguíneo y sus piernas flaquearon. Jason la sostuvo, ella apenas podía caminar, pero sus manos se aferraron a él con fuerza.

—¿Estás bien, Ana? —preguntó, ella negó con la cabeza—. Debemos salir de aquí, sé fuerte. Eres fuerte —afirmó mientras la instaba a que avanzara y se acercaron al ascensor—. Lo hiciste muy bien. —Pulsó el botón de llamado sin soltarla—. Vamos, Anita. Hablaremos con tu papá. Ya pasó todo… —Sin pensar le besó la coronilla. Las puertas se abrieron y entraron.

—Gracias, Jason… Haces más de lo que deberías.

—Me gusta mi trabajo. —«Y tú», pensó. Y sonrió.

Jason se dio cuenta de que le gustaba Ana más en ese instante que en la mañana. Ser testigo de sus facetas le mostraron un cuadro de su personalidad difícil de reproducir; verla decaída al empezar el día, asumir con entereza el trabajo sin desquitarse con nadie, ser vulnerable. Ante la pena se permitió llorar, y sin culpa se permitió reír, decidió hacer justicia con sus propias manos, porque era humana y quería vengarse por la traición de aquella persona que fue su pareja por tanto tiempo. Era una buena hija, y adoraba a su padre, defendía lo suyo con uñas y dientes… Todo lo hacía con pasión.

En apenas un día ella, sin querer, había capturado su corazón. Y él no quería aceptarlo, porque si lo hacía, la realidad lo alcanzaría como siempre pasaba en su vida.

No importaba lo que ella había insinuado minutos atrás, todo era parte de su actuación. No era prueba suficiente de que Ana lo mirara con otros ojos.

—Parece que te gusta demasiado tu trabajo —ironizó Ana un poco más repuesta apoyada sobre el pecho de él

—Más de lo que quisiera —respondió con cierto pesar.

Era extraño, tener a Ana entre sus brazos le recordaba lo solo que estaba. Su memoria vagó entre los recuerdos, nunca había tenido pareja, sí compañeras de cama, por un par de noches, y porque a ellas les daba estatus follarse a un narco. Pero nunca nadie que estuviera a su lado, que conectara con él en todos los sentidos posibles.

—Entonces tengo suerte. Gracias. —Sin previo aviso Ana se alzó sobre la punta de sus pies, y le besó la mejilla áspera por la barba que cada día era más espesa y larga—. Pica. —Y sonrió.

El ascensor abrió sus puertas, Ana ya estaba recuperada, y sentía que podía caminar con normalidad y sostener su peso, solo sentía frío.

No quiso separarse de Jason.

Jason no la soltó.

Capítulo 9

Jason acompañó a Ana al departamento que ella compartía con su padre. No hablaron durante todo el trayecto hacia el metro. No obstante, estaban fundidos en un abrazo cómodo y reconfortante que solo fue interrumpido cuando cada uno pasó por los torniquetes de metro, y al entrar al vagón.

Ana disfrutaba de aquel contacto, pero con cierto pesar, porque de Jason, solo podía aspirar a besos inocentes y abrazos fraternales de parte de él. De momento se conformaba con eso, solo necesitaba algo sincero, y esas muestras de cariño, eran lo suficientemente honestas para ella.

Tenía la esperanza de que con el tiempo se le pasara esa fascinación que sentía por él.

Era una lástima que fuera *gay*. Debía reconocer que lo primero que le llamó la atención fueron esos ojos verdes, y lo atractivo que era. Pero para ella no era suficiente el envoltorio. Era cosa de ver a Joaquín, que era un hombre físicamente hermoso, pero finalmente su interior estaba podrido. Su inexperiencia, la rutina, e incluso la inocencia de pensar que él y su relación podía cambiar, le jugaron una mala pasada. Las personas no cambian, ahora lo tenía más que claro.

Y también tenía muy claro, que la manera de ser de Jason era lo que más la intrigaba. Profesionalmente era un hombre muy seguro de sí mismo, correcto, ingenioso e inteligente, y eso le encantaba. Pero cuando Jason Holt era solo un hombre, era tosco, no pedía permiso, no preguntaba, no era delicado, llegaba y decía lo primero que se le atravesaba por la cabeza sin importar nada, y sin embargo, sus detalles delataban su calidad humana. Eran cosas simples, sencillas, que muchas veces pasan desapercibidas, pero que para ella significaban algo mucho más profundo.

Jason era un buen hombre.

Y *gay*.

Ana se castigó mentalmente con un sopapo por su «buen criterio» para fijarse en los hombres.

—¿En qué estación debemos bajar? —preguntó Jason interrumpiendo los pensamientos de Ana.

—Manuel Montt —respondió—. Perdón, estoy algo distraída, ¿dónde estamos? —interrogó al ver que estaban al interior del oscuro túnel.

—Acabamos de salir de Pedro de Valdivia —señaló—. En la próxima bajamos, ¿no?

Ana asintió y luego suspiró.

—Estoy cansada. Pondré la cabeza en la almohada y moriré.

—Lo mismo digo, estoy agotado… Pero ya queda poco, y lo mejor de todo que hoy es viernes. Mañana dormiré hasta tarde.

—Yo también. Leeré todo el día, hasta quedar ciega.

Ambos rieron, y la luz del andén invadió el vagón, el tren se detuvo paulatinamente y las puertas se abrieron.

Al cabo de diez minutos Ana ya estaba abriendo la puerta de su hogar. Al entrar, saludó a Arturo que estaba viendo una película en el cable y al notar que estaba acompañada de Jason supo que algo importante había sucedido.

Ana con entereza le relató lo sucedido a su padre. No lloró en ningún momento. Ya había vaciado todas sus lágrimas en el pecho de Jason, pero ese detalle lo omitió.

El rostro de Arturo era serio, pero evidenciaba la indignación por el actuar de Joaquín. El muchacho no era santo de su devoción, pero era el novio de su hija, y no le quedaba más remedio que apoyarla. Nunca imaginó hasta donde podía llegar el egoísmo y la maldad de su ex yerno y aprobó la inmediata medida que tomó Ana, porque de todos modos ya estaba hecho.

No era muy ortodoxo, pero Joaquín no merecía consideraciones de su parte.

Agradeció a Jason por todo lo que hizo, que iba más allá del deber, otra persona solo habría entregado el video de prueba y que Ana se las arreglara sola. Jason hizo todo lo contrario.

—Solo nos queda un punto que resolver —indicó Jason metido en su rol profesional—. La hipótesis de que la librería fuera el blanco de una organización criminal, pierde fuerza con el robo de Joaquín. Puede que haya sido solo algo fortuito, lo cual no significa que dejaré de investigar. Pero si no hallo nada durante un mes, bueno, no habrá mucho que hacer. Lo que sí haré será escoltarlos para hacer los depósitos de dinero efectivo.

—Tienes razón, ojalá todo haya sido una mala coincidencia —concordó Arturo—. Muchas gracias por todo, Jason.

—No hay de qué, Arturo. Es lo que cualquier persona haría —respondió con modestia. Para él era normal hacer lo que creía que era lo correcto. Podía tener muchos defectos, pero tenía un sentido de la justicia que pocos podían ostentar.

—Me temo que no muchas personas harían eso, hombre. Al mundo le faltan más «Jasons» —afirmó Arturo, contento. Porque veía la luz al final del túnel.

—Sí, claro —ironizó alzando las cejas a tiempo que su frente se surcaba—. Bien, me retiro —anunció al tiempo que se levantaba del sofá—. Espero que tengan un buen fin de semana, y cualquier cosa, no duden en llamar o ir a mi departamento. —Estrechó la mano de Arturo como despedida—. Nos vemos el lunes.

—Nos vemos, muchacho —se despidió agradecido.

—Te acompaño a la salida —intervino Ana levantándose de su asiento. Jason le respondió guiñando un ojo.

A Ana se le aceleró un poco el corazón con ese gesto, pero lo ignoró. Mientras caminaba hacia la puerta, Jason iba tras de ella contemplando el delicado movimiento de sus caderas.

Ana abrió la puerta intentando tranquilizar su repentina taquicardia, Jason cruzó el umbral.

—Gracias, por todo.

—De nada… Ya no sigan, por favor —espetó por tanta demostración de gratitud—. No es para tanto escándalo.

Ana negó con la cabeza, ese era Jason, el hombre.

—Nos vemos el lunes. —Se empinó sobre la punta de sus pies y Jason se inclinó de manera natural para recibir aquel beso que sintió que se demoró un segundo más de lo normal—. Descansa.

—Tú también. Adiós.

Jason se fue caminando relajado con las manos en los bolsillos. No tomó el ascensor, bajó por las escaleras. Cuando se perdió de vista, Ana suspiró y cerró la puerta.

*****

—¡Concéntrate, Jason! —ordenó el maestro de karate—. ¡No bajes la guardia!

Por un pelo esquivó una patada en la cabeza.

Pero no vio la siguiente, era doble.

Trastabilló y cayó a la lona.

—¡*Stop time*! —decretó el maestro—. ¿Estás bien? —interrogó a Jason que se levantaba.

Jason asintió con brío, meneó la cabeza y miró fijo a su contrincante. Golpeó sus puños enfundados con guantes y dio unos saltos.

—¡Isidora, controla tu fuerza! —reprendió el maestro frunciéndole el ceño, pero internamente reía a carcajadas. Ella era incorregible—. ¡*Point*! —Dio el punto bueno a Isidora—. ¡*Two points*! —indicó para Jason—. ¡*Four points*! —Era el marcador de ella.

La mujer se puso en guardia. Jason también

—¿Listos? ¡*Fight*!

Jason se metió de lleno en el combate, esquivó un derechazo y aprovechando un espacio libre en la guardia de ella, asestó con el puño izquierdo. Pero erró.

Patada en el abdomen y besó la lona de nuevo.

Un «uuuuuuuuuhhhh» de los presentes se escuchó como un coro.

Jason se levantó lo más rápido que pudo, intentando respirar. El maestro le dio la victoria a Isidora y alzó su brazo. Ambos contrincantes se inclinaron saludando a su maestro, luego a ellos mismos, chocaron sus puños y se abrazaron.

No existía el resentimiento.

—Andas en la luna, *cabrito* —acusó Isidora mientras se quitaba el cabezal—. Usualmente te gano por menos —señaló con suficiencia.

Isidora era una de las amigas de Jason. Cinturón negro de karate, forense de la PDI, madre de gemelas y casada con un bombero que tenía la particularidad de tener el mismo tono de voz que Elvis Presley. La conocía desde hacía un año. Y disfrutaba de sus entrenamientos que eran esporádicos dada la reciente maternidad de ella.

—Eres una engreída —replicó también quitándose las protecciones—. Te he ganado varias veces.

—No las recuerdo —negó con descaro, destapó una botella de agua mineral y tomó un buen trago.

Jaso entrecerró los ojos y resopló.

—¿Y Manolito? ¿Cómo les va con las gemelas? Recuerdo que él tenía unas ojeras que eran la envidia de un panda, cuando los vi en el bautizo de la hija de Sandro y Libertad. —Extendió su mano exigiendo la botella—. Dame agua, por favor.

—La noche anterior durmió poco. —Sonrió ladina, le entregó la botella y Jason se bebió todo el resto—. Y no por culpa de las niñas.

Jason hizo un gesto con su rostro como si estuviera diciendo «esa información no me incumbe», mas solo dijo un elocuente...

—Ah.

Ambos se sentaron en el suelo mientras miraban distraídos otros combates de karate de los alumnos regulares.

—En realidad Estela y Eliana se portan bien. Ya duermen de corrido mis manzanitas —relató con orgullo. Todos bromeaban con lo difícil que sería criar gemelas, pero ella y su marido se las estaban apañando muy bien.

—¿En serio, tan chicas?

—Duermen juntas, cuando lo hacían por separado era un quilombo... Uy, esa patada debió doler.

—¿Y qué te dio por llamarme? Hace como tres meses que no lo hacías —interrogó. La noche anterior, cuando llegó a su departamento a eso de las diez de la noche, Isidora lo llamó para entrenar karate a la mañana siguiente en el gimnasio.

—Necesitaba moverme un poco, el trabajo es estresante a veces... Estoy pensando seriamente en dejarlo, echo mucho de menos a las niñas y mi mamá apenas puede con las dos. Manuel se queda trabajando en casa algunas veces, pero también debe ir a reuniones y ver cosas en terreno... En fin, te llamé porque Leo está ocupado comprándole cachureos para la pieza de Mili y Sandro está en Codegua visitando a Ángel.

—¿O sea que soy tu última opción? Eres como las pelotas, Isi. Ese par nunca te gana, por eso no me llamas. Reconócelo, eres mala perdedora.

Isidora puso los ojos en blanco.

—Búscate una *polola*[32], camaleón. Y sabrás que a las mujeres debes dejarlas ganar si quieres obtener todos los beneficios —aconsejó entrando en terrenos poco conocidos para Jason.

—¿Qué tienen que ver las *pololas* con que seas mala perdedora? —interpeló intentando cambiar el tema.

—Nada, me gusta hincharte las pelotas. —Sonrió socarrona y luego miró el rostro adusto de Jason, y elucubró—. ¡No me digas que eres virgen!... No me extrañaría, mi hermano todavía lo era a los 27, era tan re pavo. Ahora con la Jesu se le soltaron las trenzas. No hay manera de que deje tranquila a la pobre.

_____

32 *Polola (o): novia (o)*

—¿En serio estamos teniendo esta conversación, Isi? —espetó Jason incómodo, no eran frecuentes las conversaciones del tipo emocional y relacionadas con el sexo opuesto.

—No te funcionan las evasivas, tengo papá, hermano y marido. Escúpelo, ¿eres virgen o no? —insistió.

—Obvio que no —respondió altanero, «y me defiendo bastante bien… a menos que todas las mujeres me hayan fingido sus orgasmos», pensó no tan altanero.

—¿Entonces? ¿Eres *gay*? —interrogó sin tacto.

Jason se restregó el rostro con ambas manos, absolutamente frustrado. ¿Cuál era el gusto de esa mujer en acorralarlo?

—¡No! —negó con vehemencia, e internamente sintió un tétrico escalofrío imaginándose en algún interludio homosexual—. ¿Cuál es el punto de todos ustedes de meterse en mis pantalones?

—Digamos que todos notamos, y fue tema de conversación, que nunca llevas acompañante a nuestras juntas en Codegua —explicó Isidora con suficiencia. Pero ocultó muy bien sus intenciones, todo estaban preocupados por él y su cambio radical, incluso de nombre, adoptando el que le correspondía. Sí, esperaban a que dejara de ser un detective encubierto algún día. Pero nunca imaginaron la forma que lo empujó a dejar su trabajo. Su papel de narco se estaba volviendo demasiado peligroso como para salir ileso. Querían mucho a Jason, deseaban que fuera feliz, y todos sabían que tenía una vida solitaria por la fuerza, no por simple convicción de proteger su soltería.

Casi todos los meses, en la parcela de Ángel Larenas, varios amigos se juntaban durante un fin de semana para conversar, dejar que sus hijos respiraran aire puro, desconectarse de la ciudad y pasarlo bien jugando póker, donde apostaban con monedas de a peso. Todos eran matrimonios jóvenes y el único que iba solo era Jason que, aunque disfrutaba mucho de esas reuniones, sentía su cuota de envidia de lo felices que eran sus amigos. Los conocía hacía poco, pero tal como una vez lo hizo Ángel, ellos lo acogieron como si lo conocieran de toda la vida. Eran sus únicos amigos, de hecho.

—¿Será que no he conocido a nadie? —ironizó Jason evidenciando estar a la defensiva.

—No sé, dímelo tú. Andas distraído, sé que algo te pasa. ¿Echas de menos tu otro trabajo?

—La verdad no, me gusta mi nueva vida —manifestó con genuina satisfacción.

—¿Entonces?

Jason suspiró y la miró de soslayo. En realidad, necesitaba hablar.

—Hay alguien. Es la hija de la persona que me contrató en el caso que estoy trabajando ahora. Una librería que queda en Huérfanos con Mac Iver.

Silencio. Isidora le estaba prestando toda su atención.

—No es del tipo de mujer que me llama la atención, por lo general me gustan rellenitas. Ana es todo lo contrario, es como un palillo, ni siquiera hace dietas, come chocolates como marabunta. Tiene la piel blanquita, y el cabello castaño claro, no es muy alta, pero tampoco es bajita. Si la ves en la calle dirías que es una *cuiquita*, pero no lo es. Es como tú, en cierto modo, pero sin ese carácter de mierda que tienes.

»Ella es del tipo de mujer que nunca se fijaría en un *flaite* como yo. Es inteligente, sensata, educada, se ve frágil, pero es muy fuerte...

—¿De dónde sacaste que eres *flaite*, ridículo? —interpeló Isidora con severidad, ignorando la florida descripción de Jason respecto a la mujer que le quitaba la calma.

—Vivir en una población durante treinta años te hacer ser *flaite*, y de esos treinta, dieciocho siendo un bueno para nada... —explicó con demasiada dureza—. Puedo hablar bien, tener educación, pero en el fondo soy uno más.

—Necesitas trabajar mucho con tu autoestima, camaleón. Lo único *flaite* que tienes es cuando te da la *chiripiorca* y hablas de la cintura para abajo —aseguró—. Pero eso lo hacen todos los hombres en general cuando se enojan... —murmuró más para sí misma que para él, recordando a todos los hombres de su vida—. Está bien que tengas orígenes humildes, todos partimos así. Pero has crecido como muy pocas veces se hace. Un *flaite* nace, y muere de esa manera. Y, créeme que estás lejos de morir como uno.

Jason se quedó pensativo, todos le decían lo mismo. Tal vez no era una mera coincidencia.

—De todas formas, tengo cara de *flaite* —rebatió el argumento de Isidora.

Ella no le dijo nada, en vez de eso le dio un artero sopapo en la nuca.

—¡Eres terrible, Jason! ¿Que no te miras al espejo? ¿No te fijaste en la recepcionista del gimnasio? Casi te violó con la mirada.

—No, solo dijo buenos días.

—Y luego te pasó la lengua de los pies a la cabeza… mentalmente. La vi con estos ojitos que me dio mamá y papá… Puedo ver cuando a una mujer se le derriten las bragas en cuanto te ve y abres la boca. ¡Qué idiota eres! Apuesto que Ana te mira de esa misma manera.

—No lo creo, acaba de salir de una relación… y no en muy buenos términos. No debe estar buscando nada…

—Claramente, pero no es ciega, sorda, muda, y mucho menos muerta. Deberías mostrarle cómo eres tú, el hombre y no el detective. Ser su amigo. Aprovecha tu oportunidad, ahora que no tiene a nadie, demuéstrale que sí le importas. Pero, solo hazlo si lo que pretendes es tener alguna relación con ella, para follar te sirve cualquiera con solo chasquear los dedos —aconsejó seria. Deseaba que él tuviera una buena mujer a su lado. Pero bueno, él era hombre y a veces no podían evitar ser imbéciles.

—¿Y si no me pesca? —interrogó dejando entrever su inseguridad.

—Entonces, Anita no es tan inteligente como dices, mi estimado Jason. Si nosotras no fuéramos casadas estaríamos todas encima de ti. —Rio coqueta—. Pero bueno conocí antes a mi Elvis particular… Te salvaste.

—Pobrecito, ser violado todo el tiempo por ti. Me compadezco de su pobre alma —satirizó.

—Te corroe la envidia, ya quisieras ser violado con frecuencia —espetó guasona—. Ya me vas a dar la razón cuando tu Anita se lance a la vida de nuevo y te *requete* viole.

—Cállate, ridícula.

—Cállame, *vo'h po'h* —provocó riendo. Su celular sonó, era un mensaje que ella leyó y le hizo sonreír de una manera que a Jason le pareció familiar—. ¿Vamos a la pizzería de al frente? Manuel llegó con las niñas, y así aprovechamos de almorzar.

—Ya, *po'h*. Nunca le digo que no a la comida cuando es gratis.

*****

Ana cerró el libro con brusquedad, no podía seguir leyendo. El protagonista de su novela romántica era un atractivo hombre moreno de ojos verdes y solo podía imaginar a Jason.

Era horrible. Estaba encendida, frustrada… ¡Iba a explotar! Necesitaba hablar con alguien.

Tomó su móvil, abrió la aplicación de mensajería y buscó a su grupo de amigas. Sonrió y frenéticamente empezó a escribir.

«¿Hay alguien ahí? Bueno da igual. Terminé con Joaquín…»

Sus tres amigas, Mabel, Daniela y Marta contestaron con un triple *«¿¡¡¡Quééééééééééééé!!!?».*

Ana sonrió aliviada, estaban las tres disponibles, empezó a escribir su respuesta y envió.

«Robó más de dos millones a la librería y me estuvo engañando, quizás, por cuanto tiempo con una mulata espectacular y que se gasta tremendo pedazo de pene».

Mabel respondió al instante *«Mira qué hijo de puta, y tan feo que me miraba el infeliz. Todo porque me gustan las minas. Este hueón salió más degenerado que la cresta».*

Daniela… ella escribía su mensaje…

Pero Marta comentó, *«No sé por qué no me sorprende, ¿cómo estás, Ani?».*

Daniela intervino *«Ay, Ani… qué pena. ¿Vamos a castrarlo? Puedo hacer que parezca un accidente».*

Ana rió, tanto por la propuesta, como el saber que ya tenía a alguien que podía hacer ese trabajo sucio.

Sin duda, Jason lo castraría sin asco. Lo sabía.

Tenía que sacar sus pensamientos, decirlos en voz alta, no era buena escribiendo, por eso mejor leía, solo algunos se expresaban bien con la palabra escrita.

Pulsó el botón para grabar un mensaje de voz y empezó a relatar.

—Pero eso no es todo. Descubrimos el robo y el engaño de Joaquín gracias a un detective privado que contrató mi papá… —Suspiró hondo—. Se llama Jason Holt, es muy, muy atractivo, tiene un cuerpo que ya quisieras rasguñar y su voz… ahhhhh, es un dulce suplicio. Me llamó la atención desde la primera vez que lo vi —admitió para ella misma, él entró a la tienda y sus ojos automáticamente se desviaron hacia su persona—. Al principio no nos llevamos bien, pero solo fue por mi culpa. Desconfiaba mucho de él, pero era porque me provoca cosas y me hacía dudar de mi relación con el innombrable —reconoció—. Él es muy inteligente y un amor de persona. Ha hecho tanto por nosotros, más de lo que dicta su profesión. Es un poco tosco en su trato, pero sus gestos, sus detalles, poseen una ternura que te desarman. Me gusta, me despierta cosas que nunca antes había sentido. De hecho, lo de Joaquín me afectó solo en el amor propio, en la traición a la confianza que depositamos en él, no me duele como pareja, ni como hombre... ni siquiera en lo que tuvimos. Lo nuestro ya estaba muerto, solo que no me di cuenta. Pero, ¿saben qué es lo peor? —Rio burlándose de sí misma—. Estoy 90% segura de que Jason es *gay*.

Soltó el botón de grabado de voz y se envió el mensaje.

Sintió cierto alivio decir lo que sentía por él, y sus miedos. Al cabo de un minuto llegaron las reacciones de sus amigas.

«*A rey muerto, rey puesto... ¿Cómo estás tan segura de que es gay? ¿Lo viste besuqueándose con un hombre?*», interrogó Mabel.

Daniela replicó «*Ya ni se sabe quién es quién, ya viste a Joaquín, tan machote que se hacía ver y resultó que le gusta la onda trans*».

Luego una respuesta por mensaje de voz de Marta...

—Primero, debes chequearte si ese puto no te contagió algún bicharraco mutante. Dos, cuando estés segura de que no tienes nada contagioso le preguntas derechamente al papurri si se le derriten los helados o no. Y tres, si te dice que no es *gay*, le plantas el mejor *calugazo*[33] del mundo y lánzate a la vida. Ese hueón de Joaquín no merece ni siquiera un duelo. Hazlo por mí que no le veo el ojo a la papa[34] hace como mil años. ¡Soy virgen otra vez! —exclamó como lunática.

Ana rio jocosa por los mensajes y contestó «*Hoy fui temprano al ginecólogo y ya me hice todos los exámenes. En la semana sabré los resultados. Eso es lo que más me preocupa. Menos mal que en su consulta particular atiende los sábados, sino estaría desesperada*».

Después de recibir los ánimos de sus amigas y de desahogarse, Ana se sintió mucho mejor.

Sacó en limpio que debía averiguar mejor si Jason era *gay* o no, dado que no podía conjeturarlo con unos cuantos indicios que podían ser fácilmente malinterpretados.

Debía ser directa y no mortificarse.

Ya no estaba para esperar, ella quería vivir.

---

33 *Calugazo: beso muy intenso.*

34 *Ver el ojo a la papa: expresión que hace referencia tener relaciones sexuales.*

Capítulo 10

Al doblar la esquina, a las diez de la mañana, Ana se encontró con Jason que esperaba, como siempre, a que abriera la librería. Sus audífonos cubrían sus oídos, y vestía esa chaqueta de cuero que le daba un aire de malote. Siempre la usaba, en conjunto con camiseta azul marino, jeans negros y zapatillas oscuras. Todo ajustado.

Ana suspiró. Ahora era completamente libre de pensar en lo bueno que se veía ese hombre.

Jason miró en su dirección. Siempre lo hacía antes de que ella llegara a su lado, como si presintiera su presencia. Frunció el cejo extrañado al ver que iba sola.

—Hola —saludó inclinándose para besarla en la mejilla. A lo que ella respondió además con una inesperada caricia en la mejilla contraria que lo desconcertó—. ¿Y Arturo?

—Ayer en la noche se cayó en la ducha y se fracturó una pierna —explicó tranquila como si quebrarse una pierna fuera lo mismo que pincharse un dedo con una aguja.

—¿Pero por qué no me avisaste? ¿Por qué viniste para acá y lo dejaste solo? ¿Cómo le va a hacer para moverse y comer? Debiste llamarme y yo hubiera atendido el local por ti. —Fue la lluvia de interpelaciones y mandatos por parte de Jason. Estaba molesto, ridículamente molesto porque ella no había recurrido a él.

Ana lo miró. Su primera reacción fue la sorpresa ante la reacción tan airada de Jason, pero luego sonrió.

—Calma, déjame abrir y te cuento —pidió con serenidad.

Mientras Ana le daba la espalda para abrir, Jason bufó dilatando sus fosas nasales intentando contener su molestia.

Ana abrió los candados, Jason subió la cortina con brío, luego ella abrió la puerta principal y entró. Jason la siguió. Era como un ritual.

—Anoche como a las nueve, mi papá se estaba bañando y se resbaló —empezó a contarle a Jason lo sucedido—, se quebró el peroné pero el hueso no alcanzó a desplazarse. Tiene contratado un seguro de rescate de urgencias, así que llamé y lo llevaron a la clínica —relató lo justo, sin exagerar—. Se quedó hospitalizado durante la noche, más por el tema de calmar el dolor y tenerlo inmovilizado unas horas. Tampoco fue tan grave —continuó en el mismo tono—. Todo pasó muy rápido, y no quise molestarte. Era una situación en que me las podía arreglar sola, siempre ha sido así.

—No hubiera sido molestia, Ana —espetó Jason.

—Lo sé, pero asumo que tienes tu vida privada. No iba a llamarte e interrumpir lo que sea que estuvieras haciendo. Ponte tú que te hubiera arruinado una cita con alguien —argumentó Ana usando su lógica, pero también lanzando indirectas para obtener respuestas.

Jason estaba serio, entendía lo que ella decía, pero le molestaba que no hubiera recurrido a él, por mucho que tuviera la situación bajo control.

—No estaba haciendo nada importante. De todas formas debiste llamarme —insistió apenas controlando esa sensación de que ella lo dejaba fuera. ¡No quería ser excluido!

—Te prometo que para la próxima te avisaré, por cualquier cosa.

A Jason no lo hacía reír ni un camión de payasos.

—Cuando ya estaba mejor, mi papá me ordenó que volviera a casa y que atendiera el local el día de hoy, no puedo decirle que no a él. A la tarde, si quieres, me acompañas para ir a buscarlo —propuso—. No te enojes, por favor —pidió con un tono de voz zalamero—. No fue para tanto

—No estoy enojado —negó lo evidente. Ni siquiera él entendía por qué reaccionaba de esa manera.

—Entonces, ¿por qué tienes esa cara? —interpeló un tanto divertida. La actitud de él le confirmaba que para algunas cosas él era como un niño.

—Es la única que tengo.

—Tienes más, mentiroso. Sobre todo cuando sonríes, ahí pareciera que te hacen cirugía plástica, porque te cambia toda la cara. Hasta te ves más guapo —halagó con naturalidad. Bueno, con toda la naturalidad que pudo imprimir en su tono de voz. Porque nunca hacía eso, coquetear, ser la primera en avanzar, en tantear el terreno. Antes ella era más pasiva, y ya no quería ser así.

Jason parpadeó. Ante ese flirteo velado, Ana lo confundía, se sentía torpe. No sabía cómo reaccionar, ni tampoco identificar lo que ella quería de él. Solo sabía de invitaciones directas a follar, pero del coqueteo, de las señales, las indirectas, nada, nulo total. Si no hubiera conversado con Isidora, no habría sido capaz de notar esa mirada, esa sonrisa, ese leve rubor por parte de ella.

Tal vez Isidora tenía razón. Tal vez Ana lo miraba de otra forma. Su corazón empezó a latir más rápido ante ese pensamiento.

—¿Ves? Ya te cambió la cara, ahora te pareces a «*grumpy cat*» —bromeó Ana al notar que él curvaba sus labios en el sentido inverso de una sonrisa.

A Jason le provocó gracia el comentario, porque de inmediato se imaginó la cara de ese gato enojón de Internet que a todo decía que no con su cara de amargado.

—No soy como «*grumpy cat*» —rebatió relajando sus facciones.

—Pero sí tienes la misma cara, incluso tus ojos son como los de un gato… ¿Desayunaste? ¿Quieres el jugo de naranja de la paz? —ofreció al notar el cambio de humor de él.

Era suficiente por ese momento, no deseaba ser tan directa… todavía.

—Bueno, un jugo de naranja… —aceptó con mejor humor, se dio cuenta que al no estar Arturo podía mostrarse de otra forma ante ella y eso era conveniente para él… No era un santo después de todo. Esculcó el bolsillo de su chaqueta y sacó un chocolatito—. Toma. —Se lo ofreció con brusquedad.

A Ana se le iluminó el rostro, regalándole una sonrisa radiante.

—¡Gracias! ¡Qué rico! —Lo abrió al instante y se comió un cuadrito extasiada. Escucharla de esa forma no fue bueno para la cordura de Jason—. Mmmmmmmm, lo necesitaba. ¡Maravilloso! —Le besó fugaz la mejilla, y Jason pudo sentir el aroma del chocolate que emanaba de la boca de Ana y sintió la tentación de saborearlo directamente en su lengua—. Voy por el jugo. Gracias.

Ana salió del local en busca del carrito que vendía jugo natural de naranja dejando a Jason desarmado, exaltado… y esperanzado.

*****

—¿En serio que está descatalogado «Lo que el viento se llevó? —interrogó Jason cuando estaba apilando unos libros que desordenó un cliente. Le estaba dando la espalda a Ana, el local estaba vacío.

Ana estaba concentrada en apreciar la espalda de Jason, y su pregunta fue un oportuno balde de agua fría. Debía ser ilegal que le quedara tan bien esa maldita camiseta.

—Las editoriales acá no lo han vuelto a sacar —respondió casual—. Es mejor que lo encargues en el extranjero. A veces, incluso, sale más barato. Siempre estoy comprando libros que no llegan directo.

—¿Podemos hacerlo ahora? ¿Cuánto tarda en llegar? —preguntó Jason con entusiasmo.

—Se demora un mes, mes y medio, aproximadamente. A veces es antes, todo depende de aduana.

—Perfecto… Le quiero regalar esa novela a mi mamá. Todos los años daban esa película en la tele y ella la veía de principio a fin —recordó con cierta nostalgia. Esa película era uno de los pocos momentos en que Carmen hacía lo que quería—. Ya compré el DVD, pero quiero que se anime a leer.

—Nunca es tarde para hacerlo. Además, siempre son mejores los libros que la película.

—Es verdad, después de los veinte empecé a leer más… Pero no soy como tú que lees con voracidad. He visto como tres libros diferentes escondidos ahí. Lo haces como si estuvieras haciendo algo malo. ¿Por qué?

Ana se dio cuenta que los seguía escondiendo. Joaquín ya no estaba ahí para criticar o burlarse de la lectura que ella disfrutaba.

Nunca más.

—Es una mala costumbre que debería corregir —respondió Ana admitiendo lo que Jason decía.

—¿El imbécil tiene que ver con eso?

Ana no contestó, sintió vergüenza de sí misma. Por dejar que Joaquín influyera a ese nivel, de esconder lo que ella disfrutaba. ¿Y qué si le gustaban las novelas románticas con final feliz?, ¿y qué si le excitaban las escenas subidas de tono?, ¿y qué si se enamoraba de cada personaje masculino, con sus virtudes y defectos?, ¿y qué si soñaba con tener un romance arrollador y violento, aunque sea una sola vez en la vida?

Era una parte de ella, una que escondía para no escuchar a Joaquín aconsejándole que leyera literatura de calidad y de mejor nivel.

Imbécil.

—Ya no más —sacó de su escondite el último título que estaba leyendo y lo puso sobre la mesa.

Jason sintió algo de orgullo por ella, que aprendiera de sus errores y que se animara a empezar de cero.

—Algo que he aprendido en esta vida —manifestó de súbito—, es que nunca dejes que nadie te diga qué hacer, qué sentir, ni demostrar algo que no quieres. Si no les gusta lo que eres que se vayan a la mierda —aconsejó.

—Debí hacer eso hace mucho, mucho tiempo.

—¿No esconder tus preferencias literarias?

—Mandar a la mierda a Joaquín. —Suspiró hondo—. En fin, ¿encarguemos tu libro?

*****

—Acá, por favor—indicó Ana, mientras Jason ayudaba a un estoico Arturo a pasar de la silla de ruedas a la cama—. Eso… Gracias, Jason. ¿Estás bien, papá? ¿Necesitas algo?

—Necesito caminar.

Ana resopló. Jason no decía nada intentando ocultar sus ganas de reír. Arturo parecía un niño amurrado, y Ana, un general de ejército. Parecía que los roles se habían intercambiado.

—¿Qué te dijo el doctor? —regañó Ana mientras elevaba la pierna lesionada con unos almohadones—. Que descanses, y eso significa que no puedes caminar todavía por mucho que tengas un yeso puesto.

—Pero si no fue tan grave, una fracturita y ya. Eres igual de alharaca que tu mamá.

—Bueno, alharaca o no, descansas y se acabó. Ya hablé con mi tía Nancy para que venga a echarte una mano mañana —anunció lo que había acordado con la hermana de su padre para que pudiera atender la librería sin problemas.

—Me las puedo arreglar solo.

—Te las arreglarás solo en una semana más, cuando el doctor te revise. ¿Tienes hambre?

—Sí —refunfuñó con el ceño fruncido.

—Te traeré la once³⁵ —decretó en un tono autoritario—. Ahí tienes el control de la tele —indicó entregándole el control remoto con un gesto tosco—. Vamos, Jason. Dejemos a este viejo enojón solo.

---

35 *Once: merienda tardía y abundante que se toma en Chile y que por lo general reemplaza la cena.*

Jason obedeció sin chistar, porque de verdad Arturo era un paciente infumable.

—Es terrible este hombre, vez que se enferma, se convierte en un ogro —rezongó Ana mientras entraba a la cocina. Jason la seguía y la observaba llenando el hervidor con agua y preparaba una bandeja para Arturo—. Siempre hace lo mismo. Lo hubieras visto el año pasado cuando le dio influenza. Quise ahorcarlo todos los días —relató haciendo el gesto de que estrangulaba a alguien imaginario apretando sus pulgares en la tráquea imaginaria. Y se detuvo en seco—. Disculpa, soy una maleducada, ¿quieres tomar once conmigo?

—No me atrevo a negarme con esa demostración de lo que puedes llegar a hacer si no se hace lo que tú dices —bromeó Jason, aceptando la invitación de Ana.

—Pesado. —Sonrió negando con la cabeza—. ¿Té o café? —ofreció—. No somos tan eclécticos como tú para el té —comentó a propósito de la inusual preferencia de Jason por los tés con sabores exóticos.

—Lo que tengas está bien… Lo de los tés de sabores es una mala costumbre que me pegó una amiga, que me regaló varias cajas para mi cumpleaños —explicó con naturalidad.

A Ana no le pasó por alto el tema de que aquella costumbre no fuera por iniciativa propia, ni la «amiga».

—No das la impresión de tener «amigas». Te imaginaba más del estilo «lobo solitario».

—Las tengo, aunque no lo creas.

«¿Con ventaja? ¿O serán de aquellas mujeres que se jactan de contar con la amistad de un amigo *gay*?», se preguntó Ana con más dudas que certezas.

—Ah. —Fue lo único que ella dijo en vez de verbalizar lo que pensaba.

Jason estaba poniendo atención a Ana, estaba verdaderamente pendiente de su forma de hablar, de cómo lo miraba, de sus gestos, de lo que decía, de lo que ocultaba. Isidora con sus consejos había sembrado una semilla que rápidamente germinaba, crecía y daba frutos, y que Jason estaba cosechando. Porque se daba cuenta de que Ana sentía una cierta atracción hacia él pero, lógicamente, había algo que la refrenaba.

Lo que no entendía era qué.

—Jason Holt, ¿qué hacías antes de ser detective privado? —Ana preguntó cambiando de tema mientras preparaba algo de palta molida para el pan.

El agua se empezaba a calentar.

Él le iba a dar respuestas. Recordó nuevamente la productiva conversación del fin de semana con su amiga.

«Deja a las mujeres ganar y obtendrás todos los beneficios».

—Era detective infiltrado de la PDI. Estuve siete años trabajando de encubierto como narcotraficante. Día y noche metido en la misma población donde nací —respondió resumiendo un tercio de su existencia.

Ana dejó de moler la palta, y lo miró sorprendida.

Jason se encogió de hombros.

—Eso explica muchas cosas —señaló Ana.

—¿Qué cosas? —preguntó con curiosidad.

—La forma en que amedrentaste a Joaquín, lo metódico que eres para hacer tu trabajo, tu convincente actuación de *flaite*, son algunas cosas que puedo dar de ejemplo —enumeró.

—Lo último no era una actuación precisamente, es algo que fui... que a veces sigo siendo. Fui delincuente juvenil hasta los diecisiete —admitió rememorando el pasado—. Lo perdí todo... Pero las oportunidades se presentan cuando uno menos lo espera. Un detective encubierto me reclutó, me sacó del hoyo, me educó, me enderezó... Fue como un padre, como el que nunca tuve. A él se lo debo todo, sacó lo mejor de mí y me formó como persona.

»Lamentablemente las cosas cambian, él se jubiló, yo tomé su lugar... Hace unos meses me retiré y heme aquí... A punto de tomar once con una señorita.

—Debió ser difícil —comentó imaginando esa vida que ni siquiera podía dimensionar del todo.

—Aunque no lo creas, al principio fue fácil. Pero los años y la soledad empiezan a pesar como si fuera una losa —Jason de pronto se perdió, a su memoria volvía esa sensación de abulia, de cansancio, de querer hacer cosas simples y no poder—. No hay amigos, familia, y mucho menos vida social o amorosa. Vas encerrándote en un círculo hermético, y no das cabida a nada ni a nadie. Solo debes cumplir objetivos.

—¿Eso te hizo renunciar?

—Quería vivir mi vida, lo más normal y ordinaria posible. Ser narco significa que tu cabeza tiene precio, que las personas se acercan a ti por interés, que todo el mundo sabe dónde vives, qué horarios tienes... —Se quedó callado unos instantes, no tener vida propia era lo peor—. Llega un momento en que te ponen cuatro balazos y ahí te das cuenta de que no puedes continuar. No quería morir así… no de esa manera —confesó rememorando aquella noche de invierno cuando creyó que iba a dejar este mundo, tirado y solo en el frío pavimento. Sin pena ni gloria, como un narco más, como un marginal delincuente.

Se quedaron en silencio. El agua hervía y el *switch* de encendido del hervidor dio un sonoro clic que hizo dar un gritito a Ana.

—Mierda, me asustó esta cosa —dijo poniendo la mano en su frente—. Me has dejado helada.

Ana nunca imaginó semejante historia. Era casi de no creer, como si fuera una película de ficción, pero su instinto le indicaba que él decía la verdad. Jason le relató parte de su vida apoyado en el umbral de la puerta de la cocina, relajado. No hacía gestos de nerviosismo, ni desviaba el contacto visual…

—Y durante esos años… ¿Nunca tuviste algo normal, fuera de la población?

—A veces salía solo, iba a la Confitería Torres, al cine. Una vez al mes visitaba a mi mentor. Mantener una fachada de narcotraficante consume demasiado tiempo. En esa vida, las cosas simples cobran un valor extraordinario.

—¿Hacías todo el trabajo solo? —Al terminar de formular la pregunta le quedó reverberando en su cerebro la palabra «solo». Le angustió imaginarlo todos los días sin verdadero contacto humano, con nadie.

—Tuve un «socio», pero elegí mal. Creí que era mi amigo, pero me traicionó y me puso los cuatro *pepazos*[36]… Si no fuera por el chaleco antibalas y su mala puntería, no estaría aquí… Allá en la población todos creen que estoy congelándome en la morgue del servicio médico legal, esperando a que me lleven a una fosa común. Nadie fue a reclamar mi cadáver. —Una risa floja e irónica emergió de su garganta que a Ana le sonó llena de tristeza—. Solo mi mamá sabe la verdad.

Impactada, era una buena palabra para definir lo que Ana sentía. Eso, y las inexplicables ganas de abrazarlo. El rostro de él era insondable, pero sus ojos verdes y cristalinos, expresaban más de lo que el propio Jason hubiera querido mostrar.

—¿Y mi once, cuándo? —La voz de Arturo perturbó aquella atmósfera de secretos revelados. Ana sabía que eso era solo la superficie y eso era lo que más la perturbaba. Porque bajo aquellas palabras, se ocultaba un océano profundo de vivencias.

—¡Ya va! —exclamó sin dejar de mirarlo a los ojos—. Gracias por la confianza, Jason… Por todo.

36 *Pepazo: balazo.*

Jason le dio una leve sonrisa. Estaba sorprendido de sí mismo y de la situación en general. Con Ana no sentía esa reticencia de revelar más de la cuenta. A medida que hablaba más a gusto se sentía, más cómodo en su piel… Eso solo le sucedía cuando estaba rodeado de sus amigos, de los cuales la mayoría estaban relacionados con la Policía de Investigaciones.

Pero también la inseguridad, esa que siempre lo acompañaba como un mal consejero. Le provocaba un ruido insidioso, uno que intentaba acallar cuando salía de su zona de confort.

—¿Le llevo la bandeja a Arturo? —ofreció Jason a Ana que rápidamente ponía todo en la bandeja ante la presión de su padre. Necesitaba despejarse unos instantes, retomar el control y no dejar que la inseguridad se lo comiera—. Así te ahorro el encuentro con Shrek.

—Ya, así no muestra la hilacha contigo. —Le entregó la bandeja con cuidado. Sus dedos se rozaron, a los dos no les fue indiferente el contacto—. Mientras tanto pondré la mesa para nosotros.

—Vale… —Jason dio media vuelta hacia la habitación de Arturo pero apenas dio un paso se detuvo—. Oye, Ana.

—Dime…

—¿No desconfías de mí, sabiendo que he robado, mentido, engañado, que he destruido vidas? —preguntó un tanto incrédulo ante la actitud de Ana que era más de comprensión que de otra cosa.

—La verdad es que no. Era tu trabajo y punto. Eres un buen hombre, Jason, que nadie te diga lo contrario. Sí, hiciste todas esas cosas, pero ¿sabes qué? No me importa —declaró firme—. No te hundiste, era muy fácil caer en la tentación y convertirte de verdad en un narcotraficante y darle la espalda a todos los que confiaron en ti. Pero no lo hiciste. Eso es lo más valioso.

—Gracias…

Ahora Ana sonrió. Entre ellos nacía algo más que los unía, la confianza.

Capítulo 11

Jueves, mediodía.

Los días se habían sucedido con relativa calma desde aquel lunes en que Jason desnudó parte de su pasado. Los clientes habituales notaron de inmediato la ausencia de Arturo y Joaquín... Lamentaron el accidente del primero, y más de alguno le comentó a Jason que era mejor que ya no atendiera el segundo.

Ana avanzaba de a poco, acostumbrándose a ser ella misma, principalmente. No era necesario hacerle frente a la soledad, porque se dio cuenta de que hacía mucho tiempo que estaba sola. Su relación con Joaquín ni siquiera podía catalogarse como tal. Eran una especie de compañeros de trabajo con ventaja, ni siquiera alcanzaba para ser amigos. Hasta eso había muerto, ya no existía la complicidad.

Solo una cosa le agradecía a Joaquín y su largo paso por su vida. Le agradecía el haberle enseñado a como matar una relación, a aprender de la forma más dura que las personas no cambian, y que si sus defectos son más de lo que puedes aceptar, entonces esa persona no es para ti.

Ana había soportado, no había aceptado... Por eso le fue fácil sobrellevar su noviazgo cuando se tornó rutinario, frío, estúpidamente cómodo. Y su experiencia reciente desmitificaba el dicho que los polos opuestos atraen... Ellos eran demasiado diferentes, tanto que no había terreno neutral, ni siquiera el sexo lo era.

Y ahora lo entendía, ella no era lo que él deseaba. Ana se consideraba una mujer desinhibida y con la mente abierta... Pero con Joaquín, simplemente, no se atrevía a pedir, proponer o exigir. Con el tiempo solo era gimnasia sexual, conservadora, comedida, solo hacer el trámite lo más rápido posible... Ahora entendía tanto, a ella le faltaba un buen pedazo de pene para poder alcanzar las expectativas sexuales de Joaquín.

Sin embargo, se sentía libre, feliz, sin culpas, sin cargar con el peso de una relación muerta, podrida...

Por su parte, Jason podía notar el cambio en ella. Podría decirse que la soltería le sentaba bien a Ana. Ella reía más, a veces lo hacía a carcajadas, sobre todo cuando leía algo divertido. Lo que más le gustaba a Jason cuando eso pasaba, era que ella ocultaba su rostro con el libro y solo se veían sus ojos que también reían con picardía. Ana hablaba con más soltura, no tan empaquetada. Era cada vez más habitual que a ella se le soltara una palabra malsonante, o que fuera más expresiva en sus gestos con el rostro y las manos.

Era más auténtica, más ella.

A Jason le parecía que Ana ahora era una mariposa que fue demasiado tiempo una oruga. Y era un privilegio ser testigo de esa metamorfosis. Era increíble, si antes era bonita, ahora era preciosa.

Definitivamente le gustaba más cuando mostraba todos sus colores. Sobre todo el tono de ese coqueteo sutil, femenino, casi inocente. Casi.

A veces la sorprendía in fraganti comiéndoselo con la mirada —ahora podía identificar «esa mirada»—, de manera flagrante, ¡y no lo disimulaba! Cuando eso pasaba, ella solo sonreía y desviaba la vista con naturalidad y se ponía a hacer cualquier otra cosa.

Y él no se quedaba atrás. El chocolate matutino, el gemido extático de ella al comerlo y su beso en la mejilla de premio. Esa era la parte que más le gustaba, todos los días ella tardaba un segundo más que el beso del día anterior.

Jason disfrutaba de esos roces casuales, de esas miradas furtivas, de compartir anécdotas, vivencias. Conversaban de todo un poco en los tiempos muertos, él se abrió más. Era extraño e increíble a la vez, porque era fácil hacerlo con ella. Desde la primera vez fue fácil.

—Ani... —llamó Jason en un tono neutral—. Mañana necesito que lleguemos antes de las nueve de la mañana. Vamos a depositar al banco antes de la hora de apertura de la librería —solicitó mientras cargaba una caja de libros.

A Ana le sorprendió que la llamara de un modo familiar, pero no dijo nada. Pero por dentro sonreía y le gustaba que él se tomara esas libertades.

—Claro, no hay problema —contestó en el mismo tono que usó Jason. Monocorde, pero amable.

—Dejaré estas cajas en la bodega —anunció.

—Dale —autorizó—. Déjalas al fondo, por favor, donde está la silla. Ahí hay más espacio —indicó.

Jason se internó en la bodega. Había varios clientes mirando libros, él ya los había observado. No había nada sospechoso, por lo que dejó a Ana sola, atendiendo.

Entró una mujer hermosa, pelirroja, que miraba en todas direcciones, capturando la atención de los varones e incluso de algunas mujeres. Recorrió la estantería de novelas románticas, pero se interesó más por la sección de libros de cocina.

Ana la miró de reojo, pero rápidamente siguió con su lectura que era más interesante. En ese momento, salió Jason de la bodega y pasó de largo a buscar otra caja sin prestarle atención a la llamativa pelirroja.

—*Mi scusi* —se disculpó la mujer en italiano, haciendo que Jason se congelara al instante—, *dove posso trovare il signor occi di gatto?* —preguntó dónde podía encontrar al señor «ojos de gato».

De manera automática Ana volvió a mirar en dirección a la mujer que ahora sonreía. Jason le daba la espalda, y Ana fue testigo de cómo su cara se transformaba a algo que nunca había visto antes.

Sorpresa, alegría... Verdadera felicidad.

Jason se dio media vuelta y abrazó y besó en ambas mejillas a la italiana como si no la hubiera visto en décadas.

—*Testarossa!* —exclamó con júbilo... ¡Y en italiano!—. *Cosa stai facendo qui?* —preguntó tomándole las manos y mirándola de un modo que a Ana le provocó una oleada de ira, horror, incredulidad... ¿Quién era ella? ¿De dónde salió? ¿Por qué era tan hermosa? ¿Por qué Jason la miraba así?

Celos...

Malditos celos. Celos que nunca había sentido en su vida y solo aumentaban a medida que Jason seguía conversando animadamente en italiano con aquella mujer. ¿Lo peor? Si antes le gustaba la voz de él hablando en perfecto español, ahora sentía que se le derretían las bragas con escucharlo de forma tan fluida hablar aquel sensual idioma.

Se lo imaginó susurrándole al oído algo sexy y sucio en italiano... Mientras él entraba lentamente en...

«¡Para, Ana! ¡Gobiérnate!», se reprendió mentalmente. Intentó distraerse. Intentó ignorarlos. ¡Pero no podía! Sus ojos se desviaban una y otra vez hacia ellos.

La pelirroja le acariciaba el rostro y lo miraba con adoración y no paraba de sonreír, mientras que él le acariciaba... el vientre con cariño y ternura.

¿¡Está embarazada!? ¿De Jason? ¿Quién diablos era? ¿Su esposa, amante, novia, follamiga? Porque definitivamente esa mujer no era una transexual.

Ana no soportó la rabia y la decepción. Jason no tenía ojos para nadie más que para la pelirroja italiana. De pronto, sintió unas ganas locas de gritar. Pero ella era adulta, no podía salir con pendejadas, ni montar un numerito... Porque ella no era nada de Jason... ¡Nada!

Se tomó la cabeza con ambas manos y solo se dedicó a mirar un punto fijo en el mesón hasta que todo pasara.

Le dolía más ver a Jason hablando con esa mujer que ver a su ex follando con la mulata.

—¿Ana? ¿Te sientes bien? —preguntó Jason que de súbito estaba frente a ella... y con la pelirroja a su lado con cara de preocupación.

—Me duele un poco la cabeza —mintió, «pero me va a doler de verdad dentro de poco por tu culpa», añadió su vocecilla insurrecta.

—¿Quieres un paracetamol? —ofreció Jason con amabilidad.

—No, gracias, ya se me va a pasar. —«Algún día, cuando mi ego se recupere... ¡Soy una idiota!».

—¿En serio? —insistió al ver la mala cara de Ana.

—Sí, no te preocupes. —«No es tu problema, don Juan», le recriminó para sus adentros.

—*Pucha*[37], qué lástima... —Se quedó unos segundos en silencio, y la pelirroja le dio un codazo poco civilizado a Jason—. Ana, te presento a Rossana. Ella es la esposa del detective que me ayudó cuando era joven. Es como mi mamá postiza —bromeó.

—¡Idiota! —regañó Rossana en perfecto español—. Soy tu segunda mamá, nada de postiza, malagradecido —refutó sin rastro de acento italiano. Sin duda, era casi prodigioso el cambio.

A Ana se le quitaron todos los males de un plumazo. Abrió sus ojos desconcertada. Esa mujer que parecía ser de la misma edad que él, ¿y la consideraba su segunda madre? ¿Cómo era posible?

—Un gusto conocerte —afirmó Rossana—. Vine de paso por Santiago y las malas lenguas dijeron que Jason estaba trabajando en un caso aquí. Tenté a mi suerte.

---

37 *Pucha: interjección coloquial que se emplea para expresar enfado, contrariedad o sorpresa.*

—Esa mala lengua fue Isidora —conjeturó Jason—. Es una *copuchenta*[38]... Ani, ¿te acuerdas que te comenté que tengo un amigo escritor? —preguntó Jason ajeno a la montaña rusa emocional de Ana, la cual afirmaba con un gesto de cabeza como respuesta. Los ratones le habían comido la lengua—. Bueno, es el esposo de ella. Usa un seudónimo.

—Miguel Trapetti. —Logró articular Ana. Todo lo que Jason le contaba se le grababa en la memoria.

—Ese mismo.

—¿En serio? ¡Qué bien! —«¡Es casada! ¡Pero qué mensa eres, Ana!», pensó autoflagelándose por perder los estribos. «Pero no es ciega, ni está muerta», espetó su lado sedicioso que ella apenas podía acallar—. Le comentaba a Jason que tu esposo puede vender sus ejemplares aquí, siempre y cuando puedan extender facturas.

—¿Es posible eso? —Rossana sonrió—. ¡Maravilloso! Tenemos para facturar, así que no habría problema —respondió con entusiasmo.

—Rossana, encontraste a... —interrumpió un hombre sin que nadie se diera cuenta de que estaba ahí—. Ah, aquí está.

—¿¡Ángel!? —exclamó Jason—. ¿Qué haces acá, «Rucio»? —interrogó Jason mientras le daba un abrazo y él le palmeaba la mejilla, tal como los padres lo hacen.

Era raro. Ana imaginaba que su mentor era al menos quince años mayor, pero aquel hombre tenía solo unos pocos años más que Jason. Solo se evidenciaba su edad en sus rasgos un poco más maduros y unas canas que veteaban sus sienes.

—Rossana tiene control de embarazo. Su ginecólogo es de acá —explicó—. Hace tiempo que no volvía a Santiago. Pero bueno, ella no cambia a su doctor —comentó resignado.

—¡Jason! —exclamó una vocecilla infantil que apenas se notaba su cabeza por sobre el mesón—. ¡Hola, hola, hola! —gritaba dando saltitos.

—¡Glori! ¡Qué grande estás, creces como la mala hierba! Mírate, te dejo de ver unas semanas y ¡puf! Dos centímetros más. —Tomó a la pequeña en brazos y le besó la mejilla provocándole cosquillas.

—¡Pica! —rezongó rascándose la carita—. Aféitate esos pelos —ordenó.

—No —respondió mañoso.

—Que sí.

---

38 *Copuchenta (o): cotilla, chismosa.*

—Que no.

—Que sí.

—Que no.

—Basta ustedes dos —cortó Rossana autoritaria y ambos «niños» guardaron silencio aguantando una risilla burlona—. ¿A qué hora cierran la librería? —interrogó Rossana centrando su atención en Ana.

—A las siete —respondió ella que estaba todavía desorientada por toda la escena.

—Entonces, pasaremos a esa hora y vamos al café Colonia, y ahí nos explicas los detalles para poder vender a través de ustedes ¿te parece? —invitó Rossana con amabilidad.

—Claro, no hay problema —aceptó Ana sintiendo que esa mujer era un verdadero huracán.

—Entonces, nos vemos a la tarde. *Ciao, occi di gatto.* —Le dio un par de besos a Jason—. Fue un gusto, Ana. —Repitió la misma forma de despedirse con ella.

—Nos vemos —dijo Ángel—. A la tarde nos presentaremos con mayor propiedad —se despidió de Ana guiñándole un ojo—. Nos vemos, mi estimado Jason… Vamos, Gloria. Hoy veremos a tus hermanitos. —Entusiasmó a la pequeña para que se despidiera sin objeciones.

—¡*Ciao, gatto*! —La pequeña se despidió en perfecto italiano con un gesto con su manita.

—*Ciao, piccola.*

—Adiós, nos vemos —dijo Ana con una sonrisa.

Las inesperadas visitas abandonaron la librería y todo quedó en silencio. Ana sin dejar de sonreír, apenas procesaba qué diablos había pasado los últimos diez minutos.

—¿Me puedes explicar que acaba de pasar? —exigió de buen humor.

Jason rio a carcajadas, muy sonoras. Él tampoco entendía mucho.

En resumen, Jason le explicó que Ángel Larenas era el detective infiltrado que lo ayudó cuando su padrastro lo echó de su casa cuando cumplió dieciocho. No entró en demasiados detalles acerca de los motivos y circunstancias que provocaron aquel suceso, pero para Ana era fácil imaginar que Jason le había colmado la paciencia a su padrastro. A pesar de que habían transcurrido doce largos años desde ese entonces, a Jason le era difícil abrir el baúl de los recuerdos. Nadie sabía en realidad lo que vivió, solo Ángel que, básicamente, fue un testigo y artífice del hombre que era Jason en la actualidad. Y aunque él se sentía cómodo conversando con ella, no quería entristecerla con cosas que ya habían pasado y ya estaban enterradas.

Lo que sí le relató con más detalles fue que, durante los años que él estuvo alejado de su madre, Rossana cumplía ese rol. Lo aconsejaba, lo mimaba comprándole galletas de chocochip, lo retaba cuando decía groserías y lo invitaba todos los sábados a almorzar en familia. Esa rutina se mantuvo mientras Ángel seguía siendo un infiltrado. Cuando él se retiró, las cosas inexorablemente no fueron las mismas, dado que él se fue de la ciudad.

Ángel y Rossana fueron lo más cercano que tuvo Jason a una familia funcional. A ambos les debía mucho. Intentaba visitarlos una vez al mes. Pero a la luz de sus últimos cambios en su vida, había dejado de hacerlo el último tiempo y solo hacía unas semanas había asistido a un bautizo de la sobrina de Ángel donde no pudieron conversar demasiado.

Ana escuchaba con atención a Jason. Ahora entendía todo, pero los celos la enceguecieron a tal punto de no querer saber nada. No había notado que Jason no miraba con lascivia a Rossana, con admiración sí, porque así los hijos miran a sus madres. Y también se dio cuenta de que Rossana miraba a Jason como un hijo. La diferencia se notó con suma claridad cuando llegó su esposo, era como si Rossana quisiera comérselo en frente de todos. Cuando Ángel hizo acto de presencia, los ojos de su esposa se iluminaron y su sonrisa se ensanchó. No dejaba de tener algún contacto con él, le abrazaba de la cintura, le tomaba la mano. Nunca dejó de tocar a Ángel.

Sus celos y el mal rato fue por nada… Lo único provechoso fue lo revelador de aquel sentimiento y esa fantasía fugaz que atravesó su cerebro y le hizo reaccionar algunas partes de su cuerpo que estaban aletargadas.

—Me queda esta última caja…—anunció Jason cuando finalizó su relato—. Cuando vuelva, ¿quieres que vaya a comprar sándwich para almorzar? —preguntó alzando la pesada caja.

—Sí… Me estás cambiando los horarios de mis comidas —observó.

—No es saludable almorzar a las cuatro de la tarde, Ani —reprendió Jason con un tono casi paternal.

—Lo sé, el horario continuado hace que me olvide de comer.

—A mí no —aseguró caminando hacia la bodega con una sonrisa de suficiencia.

Ana era una muy mala actriz. Si se hubiera visto la cara la pobre… Jason la miraba de reojo cuando conversaba con Rossana en italiano…

—¿Cómo están tus mellizos? ¿Ya saben qué son? —preguntó Jason tocándole el vientre por si se movían.

—A eso mismo vamos, a ver si se muestran —contestó ilusionada—. Así que es ella —comentó socarrona—. Tienes buen gusto, Jason, es muy linda… Serían una linda pareja, como la bella y la bestia —bromeó mirando de soslayo a la aludida—. ¡Uy! Me está fulminando con la mirada, debe estar mega celosa.

—No lo creo, no es tan impulsiva. —Miró de reojo para asegurarse—… Bueno esa cara larga no se la había visto.

Rossana rió.

—Me quiere asesinar —manifestó guasona.

—Eres mala, pelirroja.

—Eres lento, ¿por qué no das un paso adelante? Se nota a leguas que lo de ustedes es mutuo.

—No lo sé… Hace menos de una semana que terminó su relación anterior. Creo que no es prudente todavía hacer algún tipo de avance —reconoció lo que sentía ante Rossana, era inútil hacerse el tonto con ella.

—No seas idiota, si te mira así está más que preparada… Además, cuando se trata del corazón da lo mismo el tiempo. Es irrelevante.

—Lo dice la mujer que se casó con diez días de relación. No sé cómo lo de ustedes ha perdurado.

—Nos amamos, así de simple… Y trabajamos para que se mantenga de esa manera… Pero esa es otra lección que debes aprender más adelante, hijo mío. Anda, preséntamela que ya se está mortificando demasiado.

Jason rio. Los evidentes celos de Ana le hicieron sentirse halagado y a la vez extraño. Pero no deseaba presionarla, quería que ella avanzara en la medida que se fuera sintiendo cómoda con él.

Pero esa declaración de principios autoimpuesta iba debilitándose día a día. Si ella no daba el primer paso, inevitablemente lo daría él.

La cuestión era, ¿Ana estaría preparada para cuando eso sucediera?

*****

La respuesta llegó antes de lo esperado. Jason lo supo, cuando la vio a la entrada de la bodega, y más allá, podía ver con claridad que la puerta principal estaba cerrada y el letrero que decía «abierto» estaba dado vuelta hacia el interior de la librería.

La miró. Por un momento la expresión de Ana era indescifrable. Pero sin duda, ella se traía algo entre manos.

—Jason, ¿eres *gay*?

Bien, él no esperaba esa pregunta precisamente.

—¿Cómo? —replicó incrédulo.

—Lo que te pregunté. ¿Eres *gay* o no? —insistió determinada.

Para Jason la pregunta parecía un maldito *déjà vu*. ¿Por qué diablos todas pensaban que él era *gay*?

—Hasta donde sé, solo me excitan las mujeres —contestó torvo mirándola de arriba a abajo para graficar su respuesta—. ¿Por qué me haces semejante…?

No pudo terminar su pregunta. Quedó en el aire atrapada entre su boca y la de Ana que se subió a una caja para alcanzar la altura de él y besarlo sin aviso.

Jason abrió los ojos sorprendido, pero luego los cerró, se aferró al delgado cuerpo femenino y se entregó a todo lo que ella le diera. Los labios de Ana acariciaban los suyos con desesperación. Era un beso que liberaba toda esa ansiedad e incertidumbre de no saber si él estaba prohibido para ella. Si él iba a ser inalcanzable siempre.

La boca de Ana sabía a chocolate. Jason pudo saborearlo en el instante que el abrió los labios invitándola a entrar. No soportó estar demasiado tiempo pasivo. Ella lo tomó por asalto pillándolo desprevenido, pero no iba a permitir que ella tuviera el absoluto control.

—¿Te parece ahora que soy *gay*? —interrogó respirando agitado, interrumpiendo el beso. El aire le faltaba, pero eso no le impidió volver a besarla sin esperar su respuesta.

Estaba sediento de ella. Hambriento. Ahora que la había probado, ahora que ella había dado el primer paso, él no iba a dejarla escapar.

Era adictiva.

Jason acunó el rostro de Ana entre sus manos, incitándola, acariciando los delicados pómulos con sus pulgares, al tiempo que invadía con gentileza la boca de ella con su lengua. Ana respondió de un modo exquisito, acariciando, saboreando, tanteando, reconociendo, capturando la esencia de él y mezclándola con la suya. Ya se había ido esa ansiedad inicial, ahora disfrutaba de ese beso lento y a conciencia.

Ella no deseaba detenerse, no ahora que era consciente de que él la besaba con el mismo entusiasmo, con la misma pasión que ella y que, como lava espesa y ardiente, se tornaba voluptuosa e incandescente. Las piernas le flaquearon cuando Jason profundizó el beso y acercó aún más su cuerpo al de ella, abrazándola por la cintura, convirtiendo el intercambio en algo más incendiario. Las manos de ella se anclaron al cuello de él con fuerza, para no caer.

Ana podía sentir cómo sus senos se aplastaban sensibles sobre el duro y caliente pecho de Jason. Podía sentir cómo sus pezones se endurecían con aquel escalofrío que le recorría el cuerpo entero. Podía sentir que el deseo la invadía veloz con cada latido de su corazón que bombeaba sangre frenéticamente. Se sentía viva… Al fin tenía la respuesta de cómo se sentiría besar a Jason.

Él era adictivo.

Lentamente, Jason empezó a bajar la intensidad de aquel beso inesperado. Si seguía, probablemente perdería el control y la cordura. No deseaba que aquello se convirtiera en algo casual, carnal y pasajero. Quería que se perpetuara, quería hacerlo bien. Disfrutar cada momento, cada experiencia, vivirla, atesorarla, protegerla. Porque era la primera vez que tenía la oportunidad de tener algo tan simple, normal y sublime como esa hermosa mujer, tan inalcanzable, que le estaba dando el mejor regalo de su vida sin saberlo.

Alcanzarla.

—Me gusta que me llames Ani —susurró ella recuperando el resuello—. Es tierno.

—Entonces, solo te diré Ana cuando esté enojado… —declaró sin soltarla de su agarre—. ¿Qué te hizo pensar que era homosexual?

—Los lirios en tu departamento, tu afición a los tés de sabores, lees novelas románticas y eres muy sensible dentro de toda esa tosquedad que posees. —Enumeró aquello que se repetía millones de veces en su cabeza.

Jason rio, era increíble que ella creyera que era homosexual por solo esos indicios. Pero si los veía con objetividad, hasta él lo creería.

—La casualidad ha jugado en mi contra. Mi mamá cuando puede, me visita y me trae flores para darle el toque femenino a mi departamento, que parecía un frío antro de machismo, según sus propias palabras. Lo del té ya te lo expliqué… Y por último, no tiene nada de malo leer novelas románticas. Ángel es bien hombre para sus cosas y eso no le impide escribirlas... Leí su trabajo por curiosidad, pero de verdad me gustan —demostró cada punto con su respectiva explicación—. No sé si concederte lo de sensible. Tú me ves así, no tengo idea si lo soy.

Ana tenía el rostro encendido, sentía vergüenza por sacar conclusiones apresuradas. Todo hubiera sido tan fácil.

—Me gustas mucho, Jason —admitió Ana sin dejar de sentir que la sangre se arrebolaba en su cara—, me mortificaba pensar que sería una desgracia empezar a sentir cosas más profundas por ti, si ni siquiera me veías como alguien deseable. No soporté la incertidumbre… Por eso te pregunté, y bueno… Lo otro solo pasó. Fue un impulso.

—Me gustó ese impulso… Supongo que volverás a ser impulsiva, muy, muy impulsiva… —propuso con un tono más grave, e incluso seductor. Ana rio y asintió con la cabeza—. Tú también me gustas mucho, Ani. Quiero ir paso a paso… ¿podemos?

—Sí, sí podemos —afirmó con seguridad, acariciándole el rostro—. Quiero intentarlo.

Jason sonrió, aquel momento era singular y glorioso. Por fin sentía que la realidad se hacía presente en su vida y se dejaba caer sobre él, sin quitarle nada, sin pedir ningún sacrificio.

Ana estaba ahí, quería intentarlo… con él.

Capítulo 12

—Creo que ya es hora de que volvamos a abrir —advirtió Jason acariciando con su pulgar el carnoso labio inferior de Ana—. Voy a comprarte algo rico para que comas.

—Ya me comí algo rico —bromeó probando ser osada. Quería serlo, no deseaba reprimirse nunca más.

—Te volverá a dar hambre —afirmó siguiéndole la corriente a Ana.

—Probablemente. —Sonrió mirándolo a los ojos de un modo provocativo.

Jason era un buen conejillo de indias para experimentar con él a la nueva Ana, la impulsiva, la celosa —en la medida justa—, la que toma lo que desea, la que hace y dice lo que quiere. La que siente.

Había madurado.

Lo besó una última vez, perdiéndose en sus labios, para volver a sentir esa vorágine de sensaciones que él despertaba en ella. Jason besaba tan bien, era suave y a la vez exigente y provocador. La acariciaba con los labios, la devoraba con la boca, la reclamaba con su lengua. Era el perfecto equilibrio entre dulzura y deseo.

Deseo que solo se incrementaba a niveles alarmantes y que podría derretir el Ártico. Ana debía terminar con ese beso ¡ya! Pero no podía, hizo todo lo contrario, se acercó más al cuerpo de Jason para alinearse a él y sentir ese calor que emanaba a través de su ropa.

Y lo sintió. Eso y más. El deseo de él, reflejado en una prominente y tensa erección, que no era fácil de ignorar.

Nada de fácil. A Ana le dieron unas ganas locas de tocar... Se acercó solo un poco más, y lo sintió duro cerca de su monte de venus. ¡Bendita sea la caja sobre la cual estaba de pie!

Jason al sentir ese roce, ese suave contacto le hizo sisear y lo trajo de un tirón al momento, al lugar, e interrumpió el beso como si el cuerpo de Ana quemara.

—No me tientes, Ani, por favor —suplicó Jason ejerciendo todo el autocontrol que no sabía que tenía—. Puedo ser cualquier cosa menos una piedra.

—Lo sé, por eso me gustas. Porque no eres frío como una piedra. —Le dio un breve beso y le acarició el rostro—. Voy a abrir.

—Yo me quedaré un par de minutos acá… Necesito… relajarme un poco.

Ana bajó de la caja que fue su gran aliada, y salió de la bodega con una sonrisa felina de pura satisfacción. Tal vez, era la primera vez que se sentía como una verdadera mujer.

Había crecido. Se había reencontrado con aquella Ana que alguna vez fue y que permitió que Joaquín moldeara a su antojo. Maldijo el momento en que ella misma se perdió, ni siquiera podía recordar cuando había sucedido eso.

Pero no más, había renacido. Quería hacer al fin lo que deseaba.

Por primera vez en muchos años, ella iba a buscar su destino. Solo deseaba alcanzarlo.

*****

Desde la librería hasta el café Colonia había solo dos cuadras de distancia. Jason y Ana la recorrieron de la mano. Caminaron lento, como aquel beso que se dieron en la bodega de la librería y que repetían —en una versión apta para menores de edad— en cada esquina. Bebiéndose uno al otro mientras la luz estaba en rojo.

Al entrar al local, Jason buscó con la mirada y encontró a Ángel junto con Rossana sentados en una mesa situada en un rincón. Ella le decía algo al oído y él sonreía y le contestaba alzando sus cejas y mirándola de un modo prometedor.

Pero a diferencia de las incontables veces que los vio de esa manera, no sintió esa punzada de envidia y anhelo. A su lado y sin soltar su mano, estaba su Ani.

Se acercaron a la mesa, y Jason tosió para interrumpir aquel coqueteo en público, tan inusual de ver entre marido y mujer. Al escuchar aquella intervención, ambos alzaron la vista y sonrieron. Se levantaron de sus asientos para saludarlos de nuevo.

—Ahora sí, Ani, él es Ángel Larenas, mi mejor amigo —presentó Jason, con orgullo.

—Un placer —aseveró Ángel saludándola con un beso en la mejilla, y luego saludó a Jason del mismo modo cariñoso que al mediodía.

Rossana los saludó con sonoros besos en ambas mejillas, y le sonrió con complicidad a Jason y a Ana. Para ella no pasó inadvertido el hecho de que ellos llegaran tomados de la mano.

—¿Y la enana? —preguntó Jason ante la ausencia de la pequeña hija de Ángel.

—Se quedó con su tío Alessandro y su tía Liber para cuidar a su prima —respondió Ángel alzando las cejas y sonriendo con malicia.

—Te gusta probar el límite de su paciencia —advirtió Jason conociendo la aversión del hermano de Ángel de ser llamado por su nombre completo y no por su diminutivo, que es Sandro.

—Ya se está acostumbrando —intervino Rossana—. Además, solo se va en amenazas, «perro que ladra...»

—Un día le va a dar un buen puñete a tu marido y ahí lo quiero ver, *Testarossa*.

—Eso no va a pasar —respondió Rossana con suficiencia.

—¿Y supieron que van a ser su par de retoños? —interrogó Ana interviniendo en la conversación. A Rossana se le iluminó el rostro.

—Uno y uno —respondió tomándole la mano a Ángel y él le besó la mano

—¡Qué maravilla! ¡Felicidades! —celebró Ana sintiendo un auténtico júbilo.

—Ya no habrán debates de cómo les van poner si eran niños o niñas —comentó Jason guasón ante la eterna disyuntiva de sus amigos cuando empezaban a barajar nombres.

—Todos ganamos —admitió Ángel fingiendo alivio.

La reunión de viejos amigos fue algo especial para Jason. Todos compartiendo y conversando alrededor de una abundante mesa de café, sándwiches, galletas y chocolate caliente.

Ana prestaba atención, hacía preguntas y opinaba acerca del trabajo de escritor independiente de Ángel. Y negociaron todo lo relacionado para poder vender sus libros, llegando a rápidamente a un acuerdo.

Pronto la conversación se decantó por ponerse al día e, inevitablemente, tocaron el tema de los robos a la librería. Tras darle todos los antecedentes a Ángel, este llegó a las mismas conclusiones que Jason.

—Hasta el momento, las cámaras dentro de la librería no han revelado nada sospechoso —comentó Jason—. Y han tardado en responderme en aquellos lugares donde hay registro del robo de Arturo.

—Insiste en ello, a veces hay que ser majadero con las personas —aconsejó Ángel en base a la experiencia—. Sin embargo, no deja de ser sospechosa la situación. Ana, ¿cuándo los asaltaron a ti y a tu padre, fueron directo a un objetivo o te exigieron que entregaras todo?

—No lo recuerdo bien… Estaba muy asustada, fue demasiado rápido y el tipo era muy agresivo —rememoró, volviendo a sentir ese miedo atroz e impotencia.

—Por eso mismo no he descartado del todo que solo sea una mala coincidencia —añadió Jason—. Puede que se nos esté escapando algún detalle que sustente la hipótesis.

—Solo queda esperar a que cometan un error, o que vuelvan a intentar asaltarlos —sentenció Ángel mientras apoyaba su cabeza sobre su dedo índice. Su mente empezaba a trabajar con afán, era un caso interesante—. Mantenme informado, por si acaso. Ya sabes que puedes contar con Sandro e Isidora por si necesitas ayuda especial.

—No lo dudes que lo haré… Mañana temprano iremos a depositar al banco dinero en efectivo. Esta fue una semana buena. Si ellos saben de algún modo que es una cantidad de dinero considerable, intentarán robar —argumentó Jason, poniendo nerviosa a Ana.

—Es una posibilidad. Pero bueno, tú podrás plantarte muy bien, Jason. No por nada le haces la competencia a Isidora, aunque no le guste para nada a la señora forense —bromeó Ángel para aligerar el ambiente.

—¿Quién es Isidora? —preguntó interesada Ana. Ya era segunda vez que la nombraban ese día.

—Una amiga que tenemos en común… —respondió Jason relajado—. No sé si recuerdas el escándalo del senador Goycolea.

—¿Al que mataron en Punta Peuco? Claro que sí, quedó la escoba cuando se destapó que mandó a matar a la foren… —Ana se interrumpió—. ¿Isidora es «esa forense»?

—Así es —afirmó Jason—. Cuando escapó del primer intento de asesinato, se escondió en la casa de Ángel —relató—. Bueno, yo no estuve ahí. Estaba metido en la población investigando unos incendios que encubrían unas quitadas de droga en la villa donde trabajaba.

—Te perdiste toda la diversión, Jason. No puedo negar que fue emocionante, pero no fue nada gracioso andar detrás de un sicario. Aunque al final, el trabajo sucio lo hizo su esposo, Manuel tiene una puntería envidiable.

—No sé cómo puedes decir que fue emocionante, Ángel. Me tenían con el corazón en la mano —rebatió Rossana frunciéndole el ceño. Pero no estaba realmente enojada.

—Las malas costumbres son difíciles de desarraigar —justificó Ángel, encogiéndose de hombros.

Ana estaba pasmada, estaba compartiendo una deliciosa once, en medio de detectives retirados hablando de sicarios, escándalos políticos, crímenes truculentos como si se tratara del clima.

—Ustedes sí que tienen historias. Dan miedito… ¿De verdad has podido sobrevivir de estar rodeada por estos «señores»? —bromeó Ana interpelando a Rossana.

—He visto cosas peores —respondió alzando las cejas.

Todos rieron ante ese comentario y continuaron con la conversación por temas menos escabrosos.

Ana, sin saberlo, estaba entrando al círculo íntimo de Jason, sus amigos eran su familia, y ella se sentía muy a gusto entre ellos. Cálidos, sencillos, y con un gran sentido del humor. Y gracias a ellos pudo conocer a Jason, el amigo. El bueno para hacer bromas —la mayoría las hacía él, tanto inocentes como en doble sentido—, el que se explaya para contar cosas cotidianas y las hace parecer extraordinarias, el preocupado por los demás… Jason como amigo era leal e incondicional.

Ana por momentos lo miraba embelesada cuando él hablaba o reía, y para sus acompañantes no les pasaron desapercibidas esas miradas cargadas con algo más que admiración. Se alegraron por Jason, merecía una oportunidad de tener a alguien a su lado.

Es más, no la merecía, la vida se lo debía.

—Hola, Anita, tanto tiempo —saludó un hombre de unos sesenta años acercándose a la mesa donde estaba ella con los demás—. ¿Cómo has estado?

—Hola, don Humberto —saludó Ana con amabilidad—. Las cosas han ido bien, no nos podemos quejar. ¿Y usted, todo bien?

—Todo ha ido estupendo. Oye, chiquilla, ¿tu padre va a ir a la reunión de libreros de la Cámara? —consultó con un tono paternal.

Ana se dio un sopapo para sus adentros, el miércoles siguiente era la mentada reunión y la había olvidado por completo.

—No va a poder ir. Tuvo un accidente y se fracturó el peroné —informó pesando en lo agobiante que son esas reuniones rodeada de señores que sobrepasan la cincuentena de años.

—¡No me digas! ¡Qué lástima! Entonces, irás tú —supuso Humberto.

—Probablemente —respondió sin querer dar una respuesta clara, debía preguntarle a su padre.

—Es una reunión importante, no puedes faltar —aconsejó haciendo un breve contacto físico, tocándole el hombro levemente—. Se discutirán los últimos detalles de la FILSA.

—*Pucha*, si todo se da bien, asistiré, pero no puedo prometer nada, don Humberto. —Ana se excusó ante la insistencia del hombre.

—Sin duda, debe ser complicado llevar todo lo de la librería sola con tu novio —aseveró Humberto—, y más de un día para otro...

—Ex novio, él ya no trabaja con nosotros —subrayó Ana teniendo la imagen mental de Joaquín follando con la mulata a la que le había regalado las ganancias de la librería. No era un recuerdo del todo grato—. Pero me las apaño bien con Jason, quien lo reemplaza —afirmó palmeándole con suavidad el hombro al aludido que estaba silencioso como una tumba.

—Muy bien, así se habla... Bueno, no te quito más tiempo, chiquilla. Cuídate y dale mis saludos a Arturo. —Volvió a tocar el hombro de Ana a modo de despedida y le sonrió con cariño.

—Gracias, don Humberto. Le daré sus saludos en su nombre. Que le vaya bien —se despidió Ana devolviendo la sonrisa.

Humberto se despidió de todos de forma general y se retiró del local acompañado por un hombre que Ana no conocía —y tampoco le causaba curiosidad por conocer—.

—¿Y el señor es? —interrogó Jason con curiosidad, siempre intentando ver más allá y leyendo entre líneas.

—Humberto Díaz, es dueño de la librería «La Mundial» —respondió Ana.

—La que está en San Antonio.

—Sí, podríamos decir que es nuestra competencia, también trabaja el rubro de los saldos.

—Tengo una pregunta, y espero que no te moleste... ¿Por qué no nos lo presentaste? —interrogó Jason ese detalle que no pasó por alto.

—Se me fue... Cuando estoy cerca de ese señor como que me bloqueo. Bueno, me pasa con cualquier librero mayor de cincuenta, no solo con él. Son todos unos viejujos machistas y conventilleros —explicó dándose cuenta de que no lo había hecho. Se sintió torpe y maleducada.

—Interesante… —Tamborileó los dedos, pensativo—. Cuando estuve haciendo el estudio previo del caso de ustedes, averigüé que hay tres o cuatro librerías acá en el centro que son competencia directa de ustedes…

—Sí, la de don Humberto, otra que se llama «Proa», «Leyendo ando» y «Textos y más» —enumeró Ana descartando de plano que la competencia estuviera detrás de los robos. Era ridículo, todos los dueños de los negocios tenían una relación cordial e incluso compartían información de proveedores y tendencias. Al menos, eso era lo que le había dicho su padre en más de una ocasión.

—Debemos ir a esa reunión —decretó Jason—. Es bueno ir probando nuevas líneas de investigación.

—¿En serio? Son horribles esas reuniones, las odio —interpeló Ana haciendo pucheros, gesto que a Jason le pareció adorable, pero no lo iba a convencer de lo contrario—. No me mires así y no te rías. ¡Es verdad! Las evito a toda costa —insistió.

—No podrás evitar esa —señaló Jason socarrón.

—Te odio.

—Mentira, me adoras.

—Engreído, arrogante, pesado.

—A veces… Pero iremos igual.

Ángel y Rossana observaban el intercambio en silencio, y aprobando la sensata decisión de Jason. De hecho, era imperativo asistir a aquella reunión. Se debía descartar cualquier posibilidad.

—Ana, ¿has sabido si a los otros locales les han robado? —interrogó Ángel para obtener más información.

—Es inevitable que eso suceda —respondió—. Por lo menos, una vez al año nos roban a nosotros o a los otros libreros. Hace unos dos meses asaltaron a don Humberto en su mismo local cuando estaba a punto de cerrar. Se llevaron toda la ganancia de ese día.

—Pero es otro *modus operandi* —señaló Jason.

—Pudieron cambiarlo para despistar —advirtió Ángel—. Y de los demás, ¿has sabido algo puntual? —insistió.

—A don José de la librería Proa, lo asaltaron del mismo modo que a nosotros a principio de año —contestó Ana haciendo memoria—. A don Orlando de Leyendo Ando, mmmm, creo que también lo asaltaron en el local, pero eso fue antes de que nos asaltaran la primera vez, pero no estoy segura si fue así.

—¿Los locales vecinos? ¿Los que no son librerías? —interrogó Jason.

—Siempre pasa algo así en mayor o menor medida, independiente del rubro. Nadie se salva —afirmó Ana.

—Entonces, no sabemos del todo si ha sido algo sistemático como tal vez les pasa a ustedes. Interrogar a todo el mundo nos haría perder el norte... Pero podríamos enfocarnos en los demás libreros... —analizó Jason—. ¿Ves que hay que aprovechar y asistir a esa reunión? Así los tenemos a todos en el mismo lugar.

—Si lo hubieras dicho de esa manera, no hubiera reclamado —accedió Ana haciéndose la idea de tener que ir por mucho que le desagradara la idea.

—No le pidas peras al olmo, Ana —intervino Rossana mirando a Jason como si lo estuviera reprendiendo—. Este niñito suele decidir y después explica... Siempre lo hace con fundamento, nunca hace algo sin pensarlo dos veces. Pero eso es algo que debe mejorar si quiere que algunas cosas funcionen —agregó esperando a que el aludido captara el mensaje.

—Tendrás que aprender a ser más comunicativo con las personas indicadas —continuó Ángel siguiendo el ejemplo de Rossana—. Si no la cosa no progresará.

—¿Todavía estamos hablando de los robos, cierto? —preguntó Jason con suspicacia.

—Definitivamente —contestaron al unísono, riendo.

Ana dirigió su atención a Rossana y sus miradas se cruzaron, la esposa de Ángel le guiñó el ojo y comprendió.

El mensaje no era solo para él, era para ella también. Y entendió que a Jason había que empujarlo, cuestionarlo, desafiarlo, ponerse a su altura y él empezaría a ceder y a transar partes de su naturaleza reservada y cautelosa.

Jason era más que ese hombre que le alocaba las hormonas y sus instintos femeninos, o el detective experimentado y sagaz. Jason era más, mucho más...

Y Ana se dio cuenta de que lo quería todo.

Capítulo 13

—Vamos a hacer esto rápido —anunció Jason dejando en el suelo un bolso deportivo. Abrió el cierre y sacó un chaleco antibalas—. Vas a ponerte esto debajo de tu ropa —indicó mostrándoselo—. Es muy fácil, ya verás.

Ana lo recibió sacudiéndose con dificultad la incredulidad de saber que de verdad iban a usar una de esas cosas.

—¿Es necesario? —preguntó con cierto temor—. ¿En serio crees que nos van a asaltar?

—Nunca debemos dar todo por sentado, que hayamos descubierto a Joaquín y tengamos otra línea de investigación no significa que estamos fuera de peligro. Esto es parte de la rutina. La última vez no tomamos tantas medidas porque ustedes hacía rato que no depositaban y usamos el factor sorpresa… en el supuesto caso de que nos estuviesen observando —explicó—. No te preocupes, yo usaré uno también… Si quieres puedo ir solo, de todos modos, cualquiera puede ir a depositar —ofreció sabiendo que ese era una decisión difícil para Ana. Mal que mal, a él lo conocían de muy poco tiempo. No se iba a ofender si ella desconfiaba, pues en el fondo, Jason prefería que ella estuviera segura en la librería.

—¿Tú crees que me quedaré aquí sentada comiéndome las uñas mientras arriesgas el pellejo? No, señor. La librería es mi responsabilidad y somos un equipo. Además, nunca hemos depositado tan temprano, siempre lo hacemos en horario de atención al público. Así que hay bajas probabilidades de que nos asalten. —Ana se rehusó con vehemencia, claro que por motivos diferentes a los que Jason especulaba. Ella se preocupaba por él.

—Bueno, entonces me sentiré más tranquilo si de todas formas usas el chaleco.

—Okey.

—Intenta dejarlo bien firme, lo más apegado a tu cuerpo —instruyó Jason agradeciendo internamente que ella usara camisetas y sweaters holgados que acompañaba sus eternos jeans pitillo y calzado de ballerina. Siempre era práctica y sencilla para vestirse, pero por algún motivo, Ana siempre tenía el aspecto de ser de otra clase—. El efectivo no lo llevaremos en bolsas. Lo llevaré en el bolsillo interno de mi chaqueta.

—Muy bien, no hay problema —afirmó ella con seguridad internándose en la bodega, donde también estaba el servicio higiénico para el personal del local.

Jason se quedó observándola hasta que escuchó la puerta del servicio cerrarse y se quitó la camiseta para ponerse el chaleco con premura como tantas veces lo hizo los últimos años. Desde que Ángel se jubiló, se había convertido en su segunda piel.

Ajustó los seguros y se cercioró que estuviera todo en su lugar. Sacó del bolso deportivo un *sweater* holgado y delgado para camuflar el chaleco. Por último, se puso nuevamente la chaqueta de cuero.

Ana estaba tardando, lo cual era lógico para una persona que nunca se había puesto un chaleco antibalas. Jason, impaciente, empezó a tamborilear con sus dedos sobre el mesón donde ella trabajaba y se quedó ensimismado mirando hacia la calle. Se sentía ansioso, necesitaba aplacar esa sensación comiendo algo dulce. Abrió su mochila y sacó un paquete de galletas de chocochip y una cajita de leche con chocolate. Se zampó la mitad del paquete en un par de minutos.

—Jodidas galletas, son una puta delicia —celebró solazándose de ese dulce momento matutino en solitario. Abrió la cajita de leche enterrando la pajilla en el agujerito de aluminio y se la tomó al seco—. Mmmmmmmm… Gracias a Dios que a esta marca no la han llenado con malditos endulzantes dietéticos —manifestó mirando al cielo y se comió otra galleta—. Ahora todas las leches saben a mierda.

—¿Te quedan algunas galletitas? —preguntó Ana apenas sofocando sus ganas de reír. Había visto en silencio los minutos de gloria de Jason, era como ver a un niño deslenguado y glotón cuyos sonidos de disfrute eran bastante evocadores.

Jason impávido al verse descubierto le ofreció el paquete a Ana.

—Gracias, me encanta todo lo que lleve chocolate. —Comió la galleta disfrutando casi de la misma manera que Jason—. Nunca te agradecí el detalle que tuviste esa noche en la Confitería Torres. Pudiste haber pedido que le echaran laxante como castigo a mi imprudencia.

Jason la miró ocultando su sorpresa ante ese comentario. Según recordaba, había dicho cosas no tan halagadoras hacia Ana. Sin duda, tendría que ir a la confitería a agradecer generosamente la discreción de don Belisario. Era evidente que él no le había transmitido toda la furiosa perorata que él había lanzado.

—Estuve tentado de hacerlo —bromeó—. ¿Vamos, Ani?

—Vamos. Acá está el dinero. —Ana ofreció un fajo de billetes de distinta denominación para que Jason lo guardara—. Es un millón y medio.

—Bien. —Jason introdujo el dinero en el bolsillo interno de su chaqueta y cerró el cierre para asegurar el contenido.

Empezaron a caminar hacia la puerta, pero Jason atrapó la mano de ella intempestivamente.

—Una cosa más… —dijo él, abrazándola—. Si llegan a asaltarnos, corre, te pones a salvo y llamas a carabineros. No importa lo que suceda y no mires atrás. Puedo defenderme, y si sé que estás fuera del alcance de quien nos esté atacando, podré actuar con más seguridad, ¿vale? Esa será tu misión. Protegerte —decretó mirándola a los ojos, sintiendo un dolor sordo en las entrañas con la idea de que a ella le pasase algo malo.

—Entendido. Lo haré, nada de dárselas de súper héroe para mí —afirmó Ana convencida. Estaba segura que en caso de emergencia ella sería más bien un estorbo en vez de un aporte para Jason. Debía ser realista.

—Mantén tu identidad secreta bajo siete llaves—bromeó Jason para alivianar un poco el ambiente y relajarse a sí mismo. Ana rió y le acarició la mejilla, le gustaba sentir el contacto áspero de la barba de él contra la palma de su mano. Jason cerró sus ojos y apoyó levemente su cara en la caricia, como si quisiera memorizarla por siempre.

A Ana le enterneció tanto ese gesto, era de hecho abrumador ver a un hombre cuyas acciones hablaban más de lo que decía.

Jason abrió los ojos y sin más se perdió en los luminosos iris castaños de Ana. Desde sus entrañas rugió la necesidad de sentirla… No quiso evitar besarla.

Y lo hizo.

Sin prisa, con calma, disfrutando, saboreando el chocolate todavía remanente en aquella lengua femenina que acariciaba la suya al mismo ritmo lánguido y a la vez fogoso.

Sí, lánguido y fogoso, así iba a ser un encuentro entre ellos bajo las sábanas, pensó Jason mientras sentía cómo las manos de

Ana se anclaban a su cuello y le acariciaban el cabello provocándole que la piel de la espalda se le erizara.

Esa fue su señal de retirada. Lentamente fue interrumpiendo ese beso hasta que murió por completo.

—Sigue por ese camino, Ani, y te aseguro que en cualquier momento se me quitará lo considerado —advirtió sonriendo, al tiempo que su corazón hacía lo mismo, le advertía a él mismo que cuando eso ocurriera más le valía estar seguro de los sentimientos de Ana hacia él.

Porque a Jason no le bastaba con la mera atracción física, o la efímera pasión del momento. Él deseaba algo más contundente, más permanente. Quería algo de verdad.

Él, de a poco, estaba sintiendo más, pero no tenía miedo. Más bien era curiosidad y estaba, en cierto modo, asombrado por aquello.

—Bueno, espero que lo considerado no sea algo eterno —replicó Ana con picardía robándole un beso fugaz en los labios.

—Eres una mañosa, aléjate de mí, mujer perversa —provocó guasón, separándose del abrazo que los unía, y le ofreció la mano—. Ahora sí, las damas primero…

*****

Nada pasó, por fortuna. Ana y Jason fueron y volvieron a depositar al banco, de manera expedita y sin contratiempos. Sin duda, lo recaudado había sido lo usual para una semana buena, pero tampoco la suma era extraordinaria como para tentar al ladrón que al parecer prefería robar por sobre dos millones.

¿El ladrón tendría alguna manera de saber cuánta gente entraba a la librería como para pronosticar una verdadera buena semana y dar el golpe?

El día transcurrió con normalidad hasta el final. Hasta ese momento de la semana, Jason no encontró nadie que fuera sospechoso mediante las cámaras ocultas. Se sentía como si estuviera deambulando en un callejón sin salida. Gracias a Joaquín y su robo, se descartaba casi por completo la hipótesis de que la librería era un blanco de alguna organización criminal o parte de algún boicot de la competencia.

Pero el instinto de Jason no le permitía relajarse y decirse a sí mismo que todo fue una mala coincidencia.

No podía, así sin más. Necesitaba una prueba fehaciente e inequívoca de que todo fue una mera y cruel casualidad.

Si sus cálculos eran correctos, los Medina ya llevaban seis semanas sin incidentes. Jason se planteó que si no pasaba nada más en las próximas seis semanas, ahí recién se sentiría en condiciones de determinar que su trabajo investigativo había concluido.

—¿Por qué tienes esa cara, Jason? —interrogó Ana con curiosidad, de pronto él se había quedado estático con un libro en sus manos—. ¿Pasa algo malo?

—Solo pensaba… Siempre estoy elucubrando —respondió dejando el libro en la pila ordenada de la sección de novelas clásicas. Era la última tarea de la jornada, la librería estaba cerrada.

—Es parte de tu trabajo elucubrar. Dime, qué hay en esa cabeza —indagó Ana interesada.

—Solo pensaba que llevamos varias semanas sin incidentes.

—Y eso es fantástico, pero, hay algo más, ¿cierto?

—Solo eso —respondió lacónico.

—¿Seguro? Con que me pongas cara de nada no significa que no pasa nada —presionó Ana. Si bien lo conocía hacía poco, pasar ocho horas ininterrumpidas, multiplicadas por los cinco días de la semana laboral, era como un curso intensivo para reconocer todas las caras que Jason ponía, sus estados de ánimo… o sus sentimientos.

Jason resopló, Ana se estaba tomando a pecho el consejo de Rossana y empezó a presionarlo para sonsacarle lo que pasaba por su mente. Igual que todas las mujeres que formaban parte de su círculo íntimo. Era como un maldito requisito para ellas, extraerle con tirabuzón sus pensamientos.

—Ya *po'h*, estoy esperando —insistió Ana cruzándose de brazos, realzando su busto sin querer. Los ojos de Jason se desviaron de inmediato a esa provocativa zona de la anatomía de Ana y se quedaron pegados por un instante—. Jason, mi cara está un poco más arriba —increpó.

Jason parpadeó y la miró un tanto azorado, y nervioso, se rascó la cabeza por haber sido sorprendido cometiendo aquel delito de manera flagrante.

—Solo pensaba que si no pasa nada en seis semanas, daré por terminada la investigación —confesó, más por compensar su pequeño exabrupto de lujuria que por ceder a externalizar sus pensamientos.

—Pero solo la parte de la investigación… Estarás para escoltarnos para los depósitos… ¿o eso también se acaba? —preguntó Ana sintiendo pesar, como si él fuera a desaparecer de su vida. No le gustó esa sensación.

—De ninguna manera, eso será permanente, tanto tiempo como me sea permitido —aseveró Jason otorgándole alivio a Ana con esa respuesta—. Recuerda que si durante un año impido que vuelvan a ser robados, recibiré el 20% de la librería como pago por mis servicios profesionales. Así que, básicamente, estaré ligado a ustedes por mucho tiempo más… a menos que…

—A menos que, qué.

—A menos que lo nuestro no funcione y no quieras verme nunca más la cara. —Se encogió de hombros—. Nunca se sabe… Sé que te parecerá ridículo, pero esto que tenemos es lo más cercano a una relación amorosa. Nunca he tenido una en mi vida —admitió sin saber por qué lo hacía.

Sorpresa e escepticismo se reflejó en el rostro expresivo de Ana, abrió un poco la boca y alzó sus cejas hasta crear leves surcos en su frente.

—Dudo que seas casto, Jason Holt. —Fue lo primero que escupió su mente y que Ana no fue capaz de reprimir. ¿Cómo era posible que, un hombre como él, jamás tuviera una relación sentimental con nadie?

—No lo soy, Ana —contestó frunciendo el ceño—, solo hablé de relaciones amorosas y formales… —aclaró con acritud—. Es difícil elegir a una *cabra* más o menos decente, entre tanta que solo quiere el *status* que da entre sus pares el hecho de follarse al narco de la población, y ojalá, encajarle un hijo para que la mantengan —ironizó molesto ante la incredulidad de Ana.

—Bueno, perdóname la vida por no saber cómo es la cosa en una población. Lo siento por haber nacido en otra parte de la ciudad que es un poquito mejor —contraatacó ante el ácido tono de voz de Jason.

Se quedaron en un tenso silencio mirándose a los ojos. Ninguno quiso decir nada más para no iniciar una escalada que podría terminar en una discusión mucho más acalorada.

Jason estaba molesto, Ana estaba molesta… Ambos lo estaban y no dejaban de mirarse.

Jason rompió primero el contacto y sin moverse de su lugar, empezó a ordenar otra pila de libros que no estaba necesariamente desarmada. No sabía cómo diablos una conversación civilizada se había transformado en una discusión. Le molestaba la incredulidad de Ana, él le estaba diciendo la verdad…

Aunque si lo pensaba mejor, era razonable que ella no le creyera de buenas a primeras. Era extraño que un hombre de treinta años nunca hubiera tenido una relación amorosa con nadie. Solo folló mucho cuando fue adolescente, y se calmó cuando se hizo adulto y se llenó de responsabilidades, haciéndolo de manera esporádica y siempre siguiendo su regla de oro desde la primera vez: sin condón, no hay acción.

Hasta un viejo de setenta años tenía más acción que él.

Y, lógicamente, ella no tenía idea de nada.

—¿De qué te ríes? ¿Qué es tan gracioso? —interpeló Ana sin que el mal humor la abandonara.

—Solo pensaba… Es difícil creer que, en cierto modo, eres la primera. ¿Cómo es eso posible?, ¿cierto? —Dejó de ordenar y la volvió a mirar.

—Eres un hombre atractivo, deberían lloverte las *minas*…

—Es lo que ves ahora, Ani… —intervino ya más sereno—. Si me hubieras conocido hace quince años atrás, habrías encontrado a un chiquillo flacucho con mucha rabia y que robaba a personas como tú. Era marihuanero, alcohólico, fumador… Todo un gran partido para las chiquillas decentes —satirizó—, pero ideal para otro tipo de señoritas más… ignorantes, estúpidas, hormonales y casquivanas… Ellas sí me llovían. En una fiesta si tenían que elegir entre el moreno de ojos castaños y el moreno de ojos verdes… —alzó las cejas para completar sin palabras lo que quería decir.

—Ah —afirmó lacónica, entendiendo que, cuando era adolescente, Jason era casi un conejo follador.

Follar de manera casual no es sinónimo de tener una relación sentimental.

Jason rió, ante la elocuencia de Ana.

—Antes de que mi padrastro me echara de la casa, me golpeó con una manopla. Perdí estos dos. —Se tocó los incisivos superiores con su dedo índice—. Ahí sí que me veía rico y sabroso —bromeó—. Intentar acabar con tu vida de una manera lenta y ridícula como lo hice con mis excesos cuando era *cabro*, le pasa la cuenta al cuerpo. Así que guapito no era. Esto que ves ahora ha sido el producto de siete años de trabajo. Cuando entré al programa de la PDI, me dediqué cien por ciento a ello. Mi aspecto mejoró bastante pero, francamente, no tenía tiempo ni ganas para tener una relación amorosa con nadie y menos con alguien del círculo en el cual me movía. Mis horas y días se iban entre estudiar y ser un infiltrado… Prefería aprender italiano con Rossana que follar con una señorita que no me quería por mi cara bonita, sino para asegurarse, por lo bajo, una buena pensión alimenticia... Eso no quiere decir que era un santo, pero sí me volví mucho más selectivo y precavido.

—Ah. —Ana volvió a derrochar elocuencia.

—Cuando salí de la PDI y de la población, solo quería tener una vida ordinaria, trabajar, disfrutar de lo que tenía, hacer lo que quisiera con mi tiempo, y tal vez si tenía suerte, conocer a alguien. Así como lo hace todo el mundo. Solo eso...

Silencio...

—Eso explica mucho. —Logró articular Ana, comprendiendo los motivos de la inexplicable falta de experiencia amorosa de Jason.

De la otra le sobraba.

—¿Es plausible mi explicación? —interpeló Jason, notando el evidente cambio de humor de Ana.

—Absolutamente... Lo siento —declaró con sinceridad. Si Ana no hubiera conocido a Ángel y Rossana el día anterior, probablemente no habría creído con tanta facilidad como en ese momento.

Habría dudado, porque las vivencias de ese hombre que tenía al frente eran casi sacadas de alguna novela. Parecía que había vivido mil vidas en comparación a la suya que siempre fue tranquila, a pesar de la repentina pérdida de su madre cuando era una adolescente.

Pero no era el caso, ella le creía. La confianza estaba intacta.

—Yo también lo siento... No debí hablarte en ese tono, pero me molestó que no me creyeras.

Ana sonrió, cuando Jason se abría lo hacía con ganas.

—Bueno, nada mal para tener nuestra primera discusión. Fue bastante civilizada.

Jason rio a carcajadas ante el comentario de Ana. La abrazó y le besó la frente.

—Tienes del año que te pidan, Ani.

—¿Sabes lo que dicen de las peleas de pareja?

—Ehhhhh... No.

—Que lo mejor es el sexo de reconciliación —respondió provocativa.

—Esta discusión no alcanzó a ser pelea. Moción denegada... por el momento. Es demasiado pronto, señorita.

Ahora era Ana la que reía a carcajadas.

—Algún día me la voy a cobrar... En una de esas te invito a mi casa a ver Titanic —propuso Ana.

—¿Titanic? —preguntó con interés.

—Dura tres horas, imagina las posibilidades —alzó las cejas socarrona.

—Ani, como dice Ceratti «la imaginación todo lo puede...». En ese caso, tendríamos que ver Titanic dos veces seguidas, aunque a mí me...

El fogoso coqueteo se vio interrumpido por un llamado del celular de Jason. Lo sacó de su bolsillo y vio que era Carmen. Aceptó el llamado sin vacilar.

—Mamita...

—Hola... ¿Jason? —saludó una voz femenina y desconocida.

—Soy yo. ¿Quién es? —interrogó serio.

—Dios, eres tú... De verdad estás vivo... Soy Lidia... tu hermana.

Capítulo 14

La última vez que Jason había escuchado la voz de su hermana, fue cuando Lidia lloraba y le gritaba sus ruegos para que no siguiera golpeando a Ramiro. Doce años habían transcurrido desde ese entonces. La voz de Lidia era la de una mujer adulta, y cómo no, si solo era cuatro años menor que él.

—¿Qué le paso a mi mamá? —preguntó Jason sin más preámbulo.

—Mi mamá le dijo a mi papá que se iba a ir de la casa. Lo hizo hace un rato. —Lidia comenzó a sollozar—. Nunca imaginé que él volvería a hacerlo. Estaba como loco. —Jason sintió que la sangre se le helaba—. Le pegó y se encerró con ella en el dormitorio… Mamá solo gritaba, «llama a Jason, llama a Jason». Ahora todo está en silencio, no sé qué mierda pasa… ¡No sé qué hacer! —relató Lidia.

—¿Bernardo dónde está? —interrogó moviéndose. Miró a Ana, no fueron necesarias las palabras. Ella asintió.

Jason empezó a caminar, salió del local y emprendió rumbo a aquel lugar al que nunca imaginó volver.

—Está en el instituto, pero su celular está apagado —respondió Lidia rompiendo en llanto.

—¿Llamaste a carabineros…?

—Ya sabes cómo son las cosas acá —interrumpió—, llamé, pero nadie viene.

—¿Y a algún vecino?

—¿Crees que ya no lo hice? —increpó—. Nadie me abre la puerta, acá viven puros *volao's*[39]. Toda la gente más o menos decente se fue con el tiempo.

—Voy en camino. —Hizo parar un taxi—. Intentaré llegar en menos de una hora. Estoy en el centro, así que tardaré… Mantenme informado —ordenó mientras entraba al asiento trasero del vehículo.

---

39 *Volao: drogadicto.*

—Lo haré… Nos vemos.

—Nos vemos.

Jason cerró la puerta y miró al chofer por el espejo retrovisor.

—Necesito ir a La Pintana, a la altura del paradero treinta de Santa Rosa, después lo seguiré guiando —indicó al taxista con un tono severo—. Lo más rápido que pueda y tome la autopista central.

*****

Jason no se sentía cómodo. El taxi lo dejó justo en frente de la casa donde vivía su madre. Miró en todas direcciones con la paranoia —totalmente justificada— de ser descubierto. Agradeció que las luminarias estuvieran en mal estado. El pasaje donde estaba, se encontraba tan oscuro que parecía una boca de lobo. Solo se escuchaban a lo lejos los ladridos de perros callejeros.

Miró la pequeña casa de dos pisos que, a su vez, colindaba con otras dos a cada lado, y que también, esas dos casas colindaban con otras dos más, y así sucesivamente. Diez casas en total conformaban ese conjunto habitacional. Todos amontonados, como si se tratara de una especie de barraca cinco estrellas.

Entró volviendo al pasado, pudo volver a sentir esa rabia incontrolable, esa rebeldía, ese resentimiento, esa sed de amor paternal que nunca fue saciada. Volvió a tener diecisiete, después de vivir un siglo.

Traspasó el porche. Golpeó la puerta de la casa con firmeza. Jason pudo escuchar que alguien se apresuraba a su encuentro. Con brusquedad la puerta se abrió de par en par.

Lo primero que vio Jason fue a una hermosa mujer, muy parecida a su madre, pero con la mitad de su edad. Lidia lo miró de pies a cabeza, como si no pudiera reconocer al hombre que tenía al frente con el que recordaba y que solo vio a lo lejos en contadas ocasiones.

—Soy yo, Lidia… Soy Jason —aseguró firme. Para convencerla, para convencerse de que él era Jason… Yeison había muerto hacía unos meses cuando lo llevaban al hospital.

—Dios mío, eres tú —susurró todavía intentado procesar que lo único que tenía ese hombre en relación al recuerdo de su hermano eran esos intensos ojos verdes que podría reconocer en cualquier parte—. Has venido…

—¿Dónde está mamá?

—Todavía están encerrados... Está todo en silencio, no logro escuchar nada... Traté de abrir, pero no pude, casi me disloqué el hombro.

—Voy a subir —anunció poniendo un pie en el primer peldaño de la escalera.

—Jason...

—Dime.

—Por favor... no pierdas el control.

Jason asintió firme, no debía hacerlo. Ya no era aquel chiquillo al cual le importaba un pepino las consecuencias de sus actos. Ahora tenía un presente y un futuro por preservar.

Los dormitorios estaban en el segundo piso, el matrimonial era la última puerta que se encontraba al fondo de un estrecho pasillo al terminar de subir la escalera.

Golpeó la puerta firme. Nada.

Volvió a golpear más fuerte. Nada.

—Mamita —llamó sintiendo que la voz se le quebraba temiendo lo peor—. Ábreme, soy yo, Jason.

Nada.

El silencio que reinaba en ese lugar era horriblemente lúgubre.

Jason no soportó demasiados segundos. Retrocedió un par de pasos, observó la estructura de la puerta y la cerradura. Avanzó un paso, alzó su rodilla derecha y movió todo su cuerpo en dirección a la puerta y descargó un golpe duro, fuerte y seco con el talón sobre la madera, próximo al cerrojo.

La madera crujió en el acto, pero no cedió del todo. Jason repitió la misma operación y la puerta se abrió con violencia.

Al entrar, Jason se encontró con algo que no estaba preparado para presenciar.

En la habitación no había nadie más, aparte de la figura corpulenta e inerte de Ramiro tirado sobre la cama, boca arriba y con los ojos abiertos. Los pantalones y los calzoncillos le llegaban a las rodillas, exhibiendo sus genitales. Entornó sus ojos con fuerza solo esperando que ese hombre no hubiera violado a su madre. Inspiró profundo y continuó.

Se acercó cauteloso y puso sus dedos sobre la yugular de Ramiro. La temperatura apenas era un poco más baja de lo normal.

Pero no tenía pulso.

En ese instante decidió no tocar nada de la escena, ni intentaría una maniobra para revivirlo. Debía llevar muerto, al menos, hora y media. Se dirigió al viejo y enorme ropero de roble, el único lugar donde podría estar su madre.

Abrió la puerta con lentitud, haciendo crujir las bisagras y rogando al cielo que su madre estuviera a salvo.

Y lo estaba. Hecha un ovillo con la vista perdida, el labio partido y el ojo derecho hinchado. El vestido estaba hecho jirones y apenas le cubría el busto.

Jason debió contar hasta mil para no ir al cadáver de Ramiro y desfigurarle la cara a golpes.

—Está muerto, está muerto, está muerto… —repetía Carmen en una incesante letanía que apenas susurraba. Se mecía a sí misma, totalmente ajena a todo lo que pasaba a su alrededor.

—Mamita… mamita linda —murmuró Jason—. Soy tu niño, Jason… Vamos, mamita.

Carmen dejó de murmurar y dirigió sus ojos llorosos hacia esa voz y esos ojos tan amados y familiares.

—Freddy —llamó confundiendo a su hijo con su eterno amor. Su mente totalmente perturbada estaba mezclando el presente con el pasado—. ¿Viniste a buscarme, mi amor? —interrogó con una triste sonrisa—. Te esperé tanto… tanto, tanto.

A Jason se le partió el corazón… Su madre todavía amaba a aquel hombre que le dio la vida… Nunca lo pudo olvidar

—Vine a buscarte. —Jason le siguió el tenor la conversación—. Vamos, estarás bien, Carmencita. —La tomó en brazos, la figura de su madre la sentía más frágil y menuda de lo que recordaba de la última vez que la vio. A pesar de los años y de su difícil existencia, Carmen se conservaba casi igual que hacía treinta años atrás, salvo que ya no era el cuerpo de una jovencita, sino el de una mujer madura.

Carmen se arrimó a aquel pecho fuerte que solo le daba protección y calor. Cerró sus ojos sin que se le borrara la sonrisa de sus labios.

Jason bajó la escalera con cuidado, sentía que él había crecido demasiado para ese espacio tan reducido. Abajo esperaba Lidia sentada en el sofá de la sala de estar, abrazada a sus rodillas.

—¡Mamá! —exclamó apenas escuchó que Jason bajaba pesadamente los peldaños—. ¿Está bien? —preguntó inquieta al ver que su madre no se movía.

—Está en shock —respondió Jason—. Se pondrá bien… —señaló con suavidad mientras entraba de lleno a la sala de estar.

—¿Y mi papá? —inquirió Lidia sintiendo miedo de la respuesta de su hermano mayor.

—Lo siento… lo siento mucho, mi niña —respondió apesadumbrado, no por Ramiro, sino por su hermana—. ¡No subas! —Ordenó al ver que Lidia se levantaba e iba directo a las escaleras—. No debes verlo de esa manera.

Lidia lo miró con los ojos desorbitados, no sabía qué pensar, qué decir.

—No sé qué mierda pasó allí —continuó Jason mirándola a los ojos—. Solo saqué a mamá en este estado, se encontraba encerrada en el ropero.

Lidia en ese instante se dio cuenta del real estado de Carmen y de su ropa. Ahogó un grito y se tapó la boca nerviosa al imaginar que su madre había matado a su padre en defensa propia.

—Mamá no hizo nada, al parecer —aclaró Jason firme—. Debemos llamar a carabineros —agregó.

Debía mantenerse frío, entero. Por el bien de su hermana y de su madre.

En ese instante, la puerta principal de la casa se abrió. Era Bernardo que entraba distraído y, al alzar su mirada, se encontró con un hombre en medio de la sala de estar, tan alto que le podía sacar una cabeza, y que cargaba a su madre en sus brazos.

Sus ojos se desviaron hacia Lidia, que estaba estática al pie de la escalera en un estado que él no podía descifrar.

—¿Qué pasó aquí? —interrogó sereno, pero dejando en claro que exigía una respuesta inmediata. Lidia se echó a los brazos de su hermano y comenzó a llorar sin consuelo. Bernardo acariciaba la espalda de su hermana sin dejar de mirar a ese hombre que le resultaba vagamente familiar.

Jason con alivio comprendió que su hermano no había heredado el carácter explosivo e irascible de su padre. De lo contrario hubiera demandado respuestas a gritos y descargándose contra su hermana. Al menos Ramiro había sido un buen padre con ellos.

—Mamá le anunció a Ramiro que se iba a ir de la casa —contestó Jason, reproduciendo lo que su hermana le había explicado por teléfono.

—Mierda —siseó Bernardo—. Le dije que lo hiciera cuando estuviera yo presente para evitar… —Frunció el ceño y le prestó atención a la voz de ese hombre… Sus ojos eran verdes, pero apenas podía reconocer el resto de su fisionomía y de su manera de expresarse, cosa que Lidia había pasado por alto por los nervios—. ¿Jason? ¿No estás…?

—No, no lo estoy, Bernardo… Eso no importa ahora —señaló Jason—. No podemos perder más tiempo. Debemos llamar a carabineros —insistió.

—Está bien, pero necesito saber qué diablos pasó —pidió sintiendo una inusitada sensación de confianza hacia su hermano. Era otro hombre, muy diferente al que recordaba, pero sabía que era él. Siempre le pareció sospechosa su muerte y la asombrosa pasividad de Carmen respecto a ello.

—Ramiro golpeó a mamá… Se encerró con ella en el dormitorio, no sé si alcanzó a violarla —relató Jason intentando mantener el temple—. Lo único que sé es que él falleció, pero aparentemente no fue mamá.

Bernardo se quedó paralizado intentando procesar las palabras de su hermano mayor. Él y Lidia sabían que su madre iba a dejar a su papá, la entendían y la justificaban, sabiendo que Ramiro no cesaba de tener relaciones extramaritales, e incluso sabían que había otro medio hermano de la misma edad de ellos. Imaginó que su padre se lo tomaría a mal, pero no a ese nivel. Hacía muchos años que no golpeaba a Carmen, y que como mujer tampoco la tomaba en cuenta, supusieron que se enfadaría, no que haría semejante aberración.

—Llegué recién, acabo de sacar del ropero a mamá en estado de shock —informó Jason—. Bernardo, lo siento mucho… pero debemos hacer esto ahora… No te recomiendo que subas, de verdad, no me gustaría que la última imagen que tengas de tu padre sea la que yo vi.

—¿Tan mal está?

—No, pero no te gustará verlo en esas condiciones… Hazme caso, te lo suplico —dijo Jason como hermano mayor.

Bernardo no insistió, sacó su celular, maldijo al notar que estaba apagado. Lidia le facilitó el suyo en silencio y llamó a carabineros, relatando los hechos que Jason le había descrito. Cuando terminó, se dedicó a consolar a su hermana, puesto que veía a su madre que —a pesar de estar en cualquier parte menos ahí— estaba segura hecha un ovillo en el regazo de su hermano, que se había sentado en el sofá junto con ella.

Jason estaba en silencio meciendo el cuerpo de su madre que se había quedado dormida. No se atrevía a despertarla, ni tampoco deseaba hacerlo. Miró todo a su alrededor. El interior de aquel lugar que fue su casa más de la mitad de su vida, había cambiado. Habían cambiado los muebles y habían pintado las murallas, y en ellas las fotografías y diplomas de sus hermanos. No había nada de él.

Como si nunca hubiera existido.

—Mi papá botó todas tus fotografías cuando te fuiste —dijo Bernardo cuando notó que Jason miraba las paredes plagadas de recuerdos y logros que no eran de él—. Mamá lloraba todas las noches por ti a escondidas de papá… Te odiamos por hacerla sufrir, por derrochar tu vida como un imbécil… —Jason no intentó defenderse o explicar, después de todo, Bernardo tenía razón, y su odio era justificado—. Después de que el Rucio te llevara… desapareciste para luego volver convertido en un narcotraficante. Y eso a nosotros no nos importó porque las cosas se calmaron aquí casi como si fuera magia. Papá dejó de golpear a mamá, pero se encargaba de insultarla cuando eras nombrado… No lo ordenó directamente, pero era evidente que estaba prohibido mencionar tu nombre en frente de él.

»Y con los años nos dimos cuenta de que era injusto negar tu existencia. Sí, eras rebelde, desafiabas a papá, desobedecías sus reglas… Pero aguantabas los castigos, nunca le faltaste el respeto a la mamá… Eras buen hermano, incluso cuando eran evidentes las diferencias que hacían todos. No te desquitabas con nosotros… Incluso, a pesar de ser narcotraficante, todos te respetaban… Todos decían que eras derecho, que no les vendías droga a los niños, que no ofrecías muestras gratis… Había reglas.

Jason no expresaba nada ante lo que Bernardo le decía. No percibía el rencor en su voz, era una especie de recapitulación de los hechos vistos por parte de sus hermanos.

No era el mejor momento para tener esa conversación, pero al final nunca es el momento ideal para ello.

—Cuando Lidia y yo nos enteramos de tu muerte, de verdad lo lamentamos… nos dolió. Le pregunté a mamá si sabía dónde estabas enterrado y ella solo decía que no tenía idea de nada… ¿Ella sabía, Jason? ¿Sabía que estabas vivo?

Jason asintió con la cabeza sin poder hablar.

—¿Por qué? ¿Por qué dejaste que todo el mundo creyera que habías muerto?

—Era un *rati*[40] infiltrado —confesó—. Luego de que muriera el Rucio, yo era el candidato ideal para reemplazarlo y continuar con su labor.

—El Rucio era…

---

40   *Rati: detective de la PDI.*

—También era infiltrado, pero murió en Valparaíso —confirmó—. Y esa información no debe salir de aquí —advirtió—… Mamá se enteró de todo cuando me encontraba en el hospital. Pero decidí retirarme y dejar que todos creyeran que había muerto. Danilo probablemente pensó que uno de los tres tiros que me dio por la espalda, había sido en la cabeza. Supongo que por eso me remató con un tiro en el pecho… estaba con chaleco antibalas, pero casi morí por la pérdida de sangre de una herida en el brazo y un corte que me hice en la cabeza al caer al pavimento.

—Por eso mamá te llamaba cuando papá la arrastraba por las escaleras —recordó Lidia interviniendo ya más calmada—. Pensé que se había vuelto loca, que pensaba que estaba en otro tiempo y que tú vivías… Te llamó tanto, tanto entre sus gritos, los golpes, y los insultos de papá… Yo golpeaba la puerta… lo intenté. Y luego el silencio… Tomé su celular que había quedado en la mesa y en los contactos no había ningún «Yeison Barrios», solo uno que decía «Jason Holt» y probé suerte… y eras tú, tu voz… como un fantasma. Pensé que estaba alucinando, tal vez soñando… y llegaste… y ahora entiendo que es peligroso para ti si descubren que estás vivo… Y viniste por mamá, no te importó el riesgo… Gracias —dijo a pesar de sentirse dividida, porque el corazón se le destrozaba por saber que su padre había muerto, pero que también fue un mal padre con su hermano mayor y que tampoco fue el mejor esposo, y que su madre merecía más.

Unos golpes en la puerta los alertaron a los tres. Bernardo se separó de su hermana y abrió.

Todo se tornó en una especie de caos, de declaraciones, procedimientos policiales, constatar lesiones e internar a Carmen por unas horas para observación y luego tomar su testimonio.

Jason estuvo tenso por unos momentos al reconocer a algunos carabineros que lo conocieron como Yeison el narco. Y que, al parecer, no lo relacionaron con el señor Jason Holt, medio hermano de Bernardo y Lidia Barrios.

Con el pasar de las horas Jason ayudó y orientó a sus hermanos en todo lo que pudo por medio de llamadas telefónicas. Alguien tenía que hacer todo el procedimiento legal y el papeleo para organizar el velorio y funeral de Ramiro, y esa persona no iba a ser él. Sin embargo, les ofreció e insistió pagar los gastos del servicio funerario. Así no sentía que le debía ni un peso a Ramiro por todos los años que lo mantuvo, su deuda estaría saldada.

A mano.

Jason no dejó ni a sol ni a sombra a su madre, la llevó a una clínica particular donde constataron sus lesiones, y, lamentablemente, confirmaron que fue violada. Todo el informe médico quedó registrado por carabineros. Luego de ello, Carmen fue sedada y, tal como lo hizo ella meses atrás, Jason se quedó con su madre toda la noche. Se permitió llorar, se permitió sentir, se permitió sentir la necesidad de ser consolado…

Y simplemente a las cuatro de la madrugada, Jason llamó por teléfono a Ana. Ella contestó al instante con su voz clara y sin rastro de sueño porque no podía dormir y no se atrevía a llamarlo. Presentía que no debía hacerlo, y confió en que él lo haría cuando la necesitara.

Y lo hizo…

Durante una hora, él no se guardó nada.

Capítulo 15

Lo primero que vio Carmen al abrir los ojos fue el color blanco, todo era borroso. Parpadeó unos segundos y aquel color empezó a cobrar diversas formas irregulares. Sintió dolor en su ojo derecho, en el labio inferior... Se lo tocó y logró percibir una costra y lo hinchado que estaba... El dolor en sus muslos y en su intimidad le hizo recordar.

Empezó a sollozar. Nunca imaginó que Ramiro se pondría así. Supuso que como él hacía vida aparte no le iba a afectar su abandono. Esperaba indiferencia.

Cerró sus ojos, las lágrimas caían sin cesar. El pecho le dolía, intentando reprimirlas.

Se había equivocado, debió haberle hecho caso a Bernardo... Lidia solo se ganó un buen empujón que la dejó paralizada lo suficiente para que Ramiro tomara ventaja de ello y...

—Mamita... —Carmen escuchó la voz de su hijo, su adorado niño—. Mamita linda. —Jason se levantó de la silla en la que se encontraba durmiendo al lado de la cama de ella y la abrazó como pudo—. Ya pasó todo... Ya pasó... —susurraba intentando consolarla.

Carmen se incorporó y se aferró a ese abrazo que tanto anhelaba y que tanto le reconfortaba. Lloró larga y amargamente. Estar en esa cama y al lado de su hijo, eran prueba suficiente de que había obtenido su libertad. Ya no le importaba el precio que había pagado. Solo deseaba olvidar esa vida que muchos años sintió que merecía. Pero ya no.

Sea como sea, estaba fuera de esa casa, al fin.

Lejos de Ramiro.

Ramiro.

Lo último que recordaba era que cuando él terminó «su asunto» se desplomó sin fuerzas sobre su cuerpo. Ella casi no podía respirar porque Ramiro había cobrado demasiado peso y la estaba aplastando. Se estaba ahogando.

Después de aquello, todo se fue a negro. No recordaba nada.

—¿Cómo te sientes, mamita? —preguntó Jason preocupado.

—Me duele *too* —respondió con honestidad—. Pero verte aquí me hace sentir feliz, hijito... Soy libre —declaró esbozando una sonrisa.

«Soy libre»... Esas dos simples palabras significaron tanto para ambos. Porque era verdad, Carmen al fin era libre de la opresión de vivir al lado de un hombre que le restregaba cada cucharada de comida que se llevaba a la boca, que le sacaba en cara todo el dinero que gastaba en Jason, que debía estar dispuestas a abrir las piernas, que le exigía la cena servida, la casa limpia, la ropa lavada y planchada, y pobre de ella que no preparara el desayuno a las seis de la mañana. Carmen ni siquiera se atrevía a pedir un poco de dinero para comprarse ropa interior.

«*¿Pa' qué?, si ya tení*»...

Carmen cerró los ojos, nunca más volvería a escuchar esa voz... salvo en su memoria. Qué no daría por que se la borraran, volver a tener dieciocho y haber huido con su hijo en sus entrañas...

No valía la pena desearlo, era muy tarde. Le costaba desprenderse de la culpa y los remordimientos. El alto precio que pagó por su error.

Se sentía vieja, fea, ignorante, inútil, sin dinero...

Pero libre... después de treinta años.

Y a su lado, su hijo que no la abandonaría nunca... Su amor era incondicional. Tal como el de...

—¿Tus hermanos? —interrogó de pronto Carmen, los había olvidado por un segundo.

—Están viendo los trámites para el velorio y el funeral de Ramiro —contestó Jason con cautela.

Velorio. Funeral.

—¡Dios santo! —exclamó Carmen mientras se llevaba ambas manos a la boca e intentaba recordar cómo había pasado. En el momento que Ramiro se derrumbó, ella solo se preocupó de respirar y tratar de salir de debajo de él, todo era confuso, como si su cerebro se hubiera apagado—. ¿Cómo?

—Fue un paro cardiorrespiratorio, según nos informaron los del servicio médico legal —afirmó Jason, sintiendo que la muerte de ese infeliz había sido demasiado benevolente para todo el daño que causó.

Pero también tenía el inmenso alivio de saber con certeza que su madre no tenía nada que ver con ello, no sería sometida a que le tomaran declaraciones, ni que le pusieran un par de esposas o que la procesaran por algún delito —aunque fuera en defensa propia—, ni nada por el estilo. Y para sus hermanos este hecho también significó tranquilidad.

—¿Bernardo? ¿Lidia? ¿Los viste? —preguntó Carmen rogando al cielo de que todo haya ido bien ante la situación que acababan de pasar.

—Lidia me llamó y me avisó desde tu teléfono cuando sucedió todo. Llegué una hora después de ese llamado... Bernardo llegó unos veinte minutos más tarde. —Jason suspiró—. Se tomaron bastante bien mi presencia, les conté en qué trabajaba y por qué me hice pasar por muerto. Son tan diferentes a él, mamita. Bernardo y Lidia se parecen mucho a ti. Hiciste un gran trabajo con ellos... Por un instante creí que me echarían a patadas...

—Ay, hijo. No *digai* eso... Ya te lo había dicho, ellos se dieron cuenta de muchas cosas...

—Lo sé, mamita... lo sé. Pero es diferente verlos, hablar con ellos, a reconectar y sentir de verdad que no me odian, ¿entiendes?

Carmen sonrió, que sus hijos establecieran un nuevo lazo fraternal la llenaba de esperanza, de vivir aquello que nunca pudo gracias a Ramiro.

Tener una familia unida, que se quisieran, sin diferencias, sin resentimientos.

—Sí, te entiendo, hijo... —aseguró mirándolo con ternura y le acarició el rostro—. ¿Cuándo podré salir de aquí?

—El doctor te dará el alta al mediodía. Mientras tanto descansa.

—¿Qué hora es? —preguntó. Se podía ver el cielo despejado y luminoso de la mañana, pero así y todo estaba desorientada.

Jason miró la hora en su móvil... Las nueve de la mañana y una llamada perdida de Ana que no sintió cuando se había quedado dormido.

—Las nueve... —respondió—. ¿Me das un segundo?, debo devolver un llamado.

—Anda, de aquí no me muevo —bromeó de buen humor.

Jason salió, y una vez estando en el pasillo, marcó de vuelta el número de teléfono de Ana. Timbraba, timbraba, pero ella no contestaba.

Jason frunció el ceño. Volvió a marcar.

—Hola, Jason. —Escuchó nítida la voz de Ana. Demasiado nítida, y era extraño dado que el aparato todavía no conectaba el llamado.

Jason dio media vuelta y se encontró con una encantadora y ojerosa Ana, sonriéndole. Y él sonrió también, sorprendido, y con una sensación de felicidad que no podía explicar. Y era solo por el hecho de que ella estuviera ahí sin que él se lo pidiera.

La abrazó por la cintura, al tiempo que ella se colgaba de su cuello y la alzó unos centímetros separando sus pies del piso. Necesitaba sentirla, de algún modo, entera. Su calor, su toque, su aroma, su peso. Era su consuelo. La apretó contra su pecho por unos segundos y la dejó nuevamente y con suavidad en el suelo.

La besó con dulzura, acunando su rostro entre sus manos que de pronto se le antojaron demasiado enormes y toscas para esa piel tan delicada. Pero no le importó, prefería seguir saboreando esos labios carnosos y tentadores, hasta saciar —en parte— su necesidad de devorarla.

—Gracias por venir, no debiste, Ani —dijo Jason en cuanto terminó de besarla

—Claro que sí. Me importa lo que te pasa, es lo mínimo que puedo hacer —declaró vehemente—. Apoyarte en lo que necesites.

—¿Y Arturo? —interpeló interesado. Mal que mal todavía estaba convaleciente de una fractura.

—Se las puede arreglar solo por unas horas, lo dejé bien aprovisionado de alimento y televisión mientras llega mi tía Nancy —aseguró con ligereza.

—Debe ser una santa para soportarlo todo el día —apostilló, recordando lo infumable que estaba el lunes cuando ayudó a Ana a trasladarlo desde la clínica al departamento.

—Con ella no le dura lo gruñón, es su hermana mayor.

—Uy, con razón.

—¿Cómo está tu mamá? —interrogó cambiando de tema—.¿Ya despertó?

Jason asintió con la cabeza, de pronto la voz no le salía al recordar la avalancha de emociones que encerraba el actual estado de su madre.

Tosió para disipar esas sensaciones y poder hablar con propiedad.

—Al mediodía le dan el alta —informó con voz atona.

—Me alegro mucho. —Suspiró—. Jason… gracias por haber confiado en mí y llamarme.

—Lo necesitaba, Ani… Te necesitaba a ti —confesó, porque sabía que pudo haber llamado a Ángel, a Rossana… o a cualquiera de sus amigos en Santiago. Pero, tal como él decía, la necesitaba a ella. A nadie más.

Su voz femenina y clara dándole consuelo, sus silencios cuando ella escuchaba atenta y sin interrumpir. Incluso, sus sollozos al compartir el mismo pesar.

Y esa confesión desarmó a Ana, nunca nadie le había dicho que la necesitaban, al menos, no de la manera en que Jason lo hacía.

—Oh, Jason… —susurró intentando contener el frenético latido de su corazón. Esos ojos verdes que siempre la miraban con intensidad, ahora eran transparentes y vulnerables—. Siempre estaré para ti.

—Gracias, Ani. Eres la mejor. —Le dio un beso casto y fugaz en los labios y le tomó la mano—. Mi mamá me va a colgar si no te presento con propiedad —aseveró dirigiéndose a la puerta de la habitación de Carmen.

—¿En serio? ¿Ahora? —preguntó poniéndose nerviosa. No esperaba algo así de su parte. Pero qué más daba, con Jason nada era predecible.

Jason abrió la puerta e ingresó a la habitación. Carmen estaba sentada y miraba distraída por la ventana. Al notar que Jason entraba de nuevo, volvió sus ojos en su dirección, y se abrieron asombrados, en cuanto se dio cuenta que traía de la mano a una bella, sonrojada y elegante señorita.

Definitivamente, era de otro mundo esa niña. Parecía ser el karma familiar fijarse en una persona inalcanzable. Solo esperaba que su hijo pudiera realizar todos sus sueños a plenitud y no fueran truncados por el destino como a ella le sucedió.

Carmen sonrió, a pesar del dolor que sentía en el rostro. Estaba contenta, su hijo de apoco empezaba a experimentar lo que debió vivir hace muchos años atrás.

Ana intentó ser natural y ocultar el impacto de ver el rostro de esa mujer menuda y con una belleza que, ni los golpes, ni los años, parecían afectar. Su lado malo deseó que el infeliz que le puso un dedo encima y, lamentablemente algo más, estuviera revolcándose en las llamas del infierno. Tenía la misma opinión que Jason, su final había sido demasiado benevolente.

—Mamita —dijo Jason sin avergonzarse del apelativo—. Ella es Ana Medina… mi novia.

«Mi novia»… Reverberó en la cabeza de Ana por varios segundos, preguntándose en qué momento Jason le había pedido ponerle nombre a lo que ellos tenían.

No, eso no pasó en ningún momento, pero no debía extrañarle, Jason no pedía permiso a nadie.

Y tampoco a ella le molestaba para nada ese repentino cambio en su relación. Tampoco le daba miedo, y era extraño. Una reacción natural sería estar reacia a tener una relación formal de nuevo si apenas había salido de otra. Sin embargo, si se ponía a analizarlo con más profundidad, esa cosa que tuvo con Joaquín el último tiempo, difícilmente se le podía catalogar como una «relación».

Y además, con Jason era todo tan distinto, partiendo de la base de que él no era un hombre típico. No encasillaba en ningún estereotipo. Él le fascinaba.

—Buenos días, señora… «Mamá de Jason». Él solo se refiere a usted solo como «mamá» o «mamita» —bromeó Ana—. No me sé su nombre.

Carmen rió por broma y quedó encantada por la sencillez y naturalidad de aquella mujer. Sí, era educada y hablaba de buena manera, pero no tenía ese acento tan peculiar de las personas de estrato social alto y tampoco la miraba por sobre el hombro. Y esa sensación de que eran de mundos diferentes se desvaneció por completo.

Las apariencias engañan.

—Carmen… —replicó, sin dejar de sonreír—. Cuando una se convierte en mamá, el nombre pasa a un segundo lugar. Jason no supo mi nombre hasta que tuvo cuatro años —recordó con dulce nostalgia.

—Tiene toda la razón… Un gusto conocerla, señora Carmen —dijo Ana acercándose a ella y dándole un beso en la mejilla.

—*Pa'* mí también, mijita —afirmó con cierto orgullo por la elección de su hijo—. Es la primera vez que este chiquillo me presenta una *polola*.

Esa aseveración reconfirmó los dichos de Jason el día anterior. Ella era la primera. ¡La primerísima!

Ana intentó reprimir sin grandes resultados la sonrisa bobalicona que amenazaba por emerger de sus labios. Era extraño y ridículamente gratificante ser la primera para un hombre.

—¿Ah sí? ¡Qué bien! —ironizó Ana, sonriéndole a Jason que sentía la cara caliente—. Su hijo es un hombre muy especial.

—Estoy muy orgullosa de mi niño —expresó mirando a su pequeño, que era ya un hombre hecho y derecho—. ¿Y cuánto tiempo llevan juntos ustedes dos? —interrogó Carmen con curiosidad, mirando a la pareja.

—Tres días —respondió Jason, rascándose la cabeza evidenciando su nerviosismo. Era una situación surreal presentar a Ana como su novia ante su madre.

Fue un impulso, pero no se arrepentía de nada. Lo haría mil veces por ver esa sonrisa de Ana adornando sus labios.

Y lo mejor es que su madre, en apariencia, la aprobaba.

—Uy, llevan tan poquito. Les falta *too* un camino que recorrer. Hacen bonita pareja.

En ese instante se interrumpió la conversación cuando golpearon la puerta y entró una técnico en enfermería haciendo su ronda. De manera amable le tomó la temperatura y la presión a Carmen e hizo las anotaciones pertinentes. Le dio analgésicos y le retiró la vía que la conectaba al suero.

Carmen sentía que prácticamente había cambiado de país ante esa atención tan personalizada, amable y eficiente. No había caído en la cuenta de que estaba en una habitación para ella sola.

No era un hospital público.

Luego de que se retirara la señorita anunciando que avisaría para que le trajeran desayuno a Carmen, todo quedó en silencio.

—Hijo, ¿dónde estoy? Esto no es el Padre Hurtado —afirmó seria, claramente no era el hospital público que quedaba cerca de la población.

—Es la clínica Santa María, mamá —contestó Jason con indulgencia.

—Pero, Jason… ¿Cómo voy a pagar esto? —reprendió Carmen preocupada. Su sistema de salud apenas le daba para atenderse en consultorios y hospitales estatales.

—¿Y quién te dijo que lo ibas a pagar tú? No iba a permitir que estuvieras en un hospital público donde te dieran una atención ambulatoria y ni siquiera podía acompañarte. Me puedo permitir tenerte un mes entero en este lugar si así lo quiero —declaró Jason ante una atónita Carmen—. Pero solo te quedarás hasta mediodía. Luego te vas a mi departamento a vivir conmigo.

Carmen no sabía qué responder. Ante eso, solo guardó silencio y sonrió. Al fin y al cabo, a la casa que compartió con Ramiro, no pretendía volver.

Si fuera por ella, quemaría esa casa.

—Ya que tanto *insistí*, no me queda otra opción —aceptó Carmen guasona—. Tengo un problemilla eso sí.

—¿Y cuál sería?

—Creo que no tengo ropa… o sea, no sé dónde está la ropa con la que llegué.

—Ah… No estaba en condiciones para que la volvieras a usar. Voy a llamar a Lidia para que te empaque tus pertenencias, pero no sé si alcanza a llegar. Debe estar con Bernardo viendo lo del velorio y los trámites legales.

—Si quieres puedo ir de una carrera al Costanera Center a comprar ropa de emergencia —propuso Ana—. Puedo ser rápida si me lo propongo, solo dígame su talla de ropa y de lencería y me las arreglo.

Carmen sintió vergüenza, hacía tanto tiempo que no se compraba ropa nueva que no sabía si todavía usaba la misma talla. Y de ropa interior ¡ni hablar!

—No sabría decirte, mijita… —admitió abochornada.

—Eso no es problema… —Ana hizo un gesto restándole importancia al asunto—. ¿Se puede levantar para echarle un ojo y calcular su talla?

Carmen miró de soslayo a Jason que asintió levemente con la cabeza sin que Ana se diera cuenta del intercambio. Él agradecía internamente la iniciativa de Ana, Jason no tenía idea de asuntos femeninos de esa índole.

Ana era como un ángel caído del cielo. Probablemente, él solo hubiera conseguido un saco de papas.

Carmen se levantó de la cama afirmando su bata que se abría por atrás —malditas sean—, con la ayuda de su hijo.

—Permiso, señora Carmen —pidió Ana con mucho respeto ajustándole la bata para poder observar mejor su silueta.

—No me molesta *pa' naa* si me *decí* Carmencita, odio el señora —indicó

—Mucho mejor, así le diré entonces —declaró Ana con una radiante sonrisa, mientras calculaba el ancho de las caderas de Carmen y el busto. Su flamante suegra tenía una figura que ya se podrían envidiar algunas mujeres de veinte.

—Debe ser una o dos tallas más grande que yo… y mucho más pechugona, qué envidia, Carmencita —expresó con jovialidad Ana y que le transmitía simpatía y confianza a la mamá de Jason—. ¿Qué prefiere, pantalón o vestido?

—No sé… —contestó vacilante—. Me gustan mucho los vestidos, pero… No sé si me sentará bien —argumentó Carmen, reviviendo los fantasmas del pasado en los que Ramiro le decía que con vestidos parecía *maraca*[41] o puta.

41 *Maraca: en Chile es sinónimo de casquivana, furcia, golfa.*

164

—Se va a ver espectacular. Además, es más fácil con el tema de la talla. Déjelo en mis manos… ¿Su número de calzado?

—Treinta y siete.

—Perfecto. Entonces, me voy. Jason —estiró la mano sin pudor—, ¿efectivo o tarjeta?

Jason rió, le iba a comprar un camión de barras de chocolate a esa mujer.

Sacó una tarjeta de su billetera y se la ofreció. Ana la tomó con sus dedos y tiró. Jason no la soltó, sonriéndole de esa manera que a ella le derretía los calzones.

—Con devuelta —advirtió socarrón al tiempo que soltaba la tarjeta. Y Ana se ponía a juguetear con ella entre sus dedos.

—Por supuesto, ¿y la clave?

—19, 06 —enumeró.

—Qué poco original, ¿es tu cumpleaños, cierto?

Jason confirmó entrecerrando sus ojos, como si la estuviera reprendiendo.

—Nos vemos en un par de horas. Intentaré llegar antes de las doce —anunció Ana entusiasmada.

—Perfecto, se supone que a esa hora viene el doctor a darle el alta a mi mamá.

—Entonces me apuro. Nos vemos, Carmencita. —Le dio un beso en la mejilla a modo de despedida—. Adiós, morenazo —piropeó Ana envalentonada dándole un fugaz beso en los labios y se marchó dejando la habitación en silencio.

—Es *too* un huracán esa chiquilla —declaró Carmen mirando a su hijo.

—Te juro que no se comporta así normalmente —replicó Jason con una sonrisa de niño.

—Pero te encanta que sea así, ¿cierto? —Jason asintió con una inusitada timidez—. A mí también, hijo…

El móvil de Jason vibró en su bolsillo. Carmen lo supo, por el brusco cambio en el semblante de su hijo.

Se trataba de un escueto mensaje de Bernardo, quien durante el transcurso de la noche fue siendo informado por Jason de la condición de Carmen, incluso ya conocía el diagnóstico de la constatación de lesiones. A Bernardo y Lidia se les partió el alma saber que su madre había sido violada, y la imagen trizada que tenían de Ramiro terminó por hacerse añicos en su corazón. Su labor de realizar los servicios fúnebres se les volvió titánica, debido a sus sentimientos que se volvieron más contradictorios a los que ya sentían antes por su padre.

Amor y odio. Agradecimiento e ingratitud. Dolor y alivio. Pérdida y reencuentro... Decir adiós.

—Es un mensaje Bernardo, quiere saber si despertaste. Voy a llamar para que hables con él —anunció Jason a su madre.

Carmen asintió sin poder dimensionar el real estado de ánimo de sus hijos.

Jason marcó el número de su hermano. Solo timbró una vez.

—Hola, Bernardo —saludó Jason.

—Hola... hermano —respondió Bernardo—. ¿Cómo está mamá?

—Ya despertó, te la paso.

—Gracias.

A Carmen los nervios le invadieron el cuerpo, recibió el móvil entre sus manos y se lo puso al oído. Inspiró profundo...

—Bernardito...

—Mamita... —Fue lo único que le pudo decir su hijo. Bernardo al escuchar la voz de Carmen, se quebró como no lo hizo en toda la noche. Rompió en un llanto repleto de pesar.

—Hijito... estoy bien. No te *preocupí*, mi cielo —pidió Carmen sintiendo impotencia por no poder consolar la congoja de Bernardo.

—Fue un animal contigo, mamita... No lo puedo perdonar... no puedo —expresó entre lágrimas—. Perdóname, mamá...

—No hay *naa* que perdonar, hijo. Ya pasó... ya pasó. Lo voy a olvidar... como siempre.

Solo se escuchaban los sollozos de Bernardo del otro lado de la línea telefónica. Estaba desconsolado, pero no tenía alternativa, no podía echarse atrás y desligarse de los asuntos funerarios de ese hombre que desconocía, que a duras penas podía llamarlo padre.

Carmen logró notar que Lidia estaba al lado de Bernardo, preguntándole si era mamá con quien hablaba. Su hermano estaba destruido.

—¿Mamá?

—Mi niña preciosa —saludó Carmen intentando sonar calmada—, ¿estás bien?

—Sí, mamita —aseguró con la voz quebrada—. Mamita... perdón... fue tan rápido, yo no pude... Te juro que no pude. —Intentaba explicar Lidia en medio de un explosivo llanto—. Me paralicé y... y...

—Lo sé, mi niñita —sollozó Carmen, no por ella, sino por el dolor de sus hijos. Finalmente, Ramiro los había dañado a todos de manera irreparable—. No fue tu culpa, fue mía —aseguró con convicción—. Lo provoqué y...

—¡No, mamá! —interrumpió Lidia con rabia—. Nunca, nunca digas eso. Él fue un animal, un infeliz que solo debió dejarte ir. Lo odio, mamá... ¡No puedo perdonarlo! ¡No puedo! ¿Por qué tenía que hacerte eso? No tenía ningún derecho —declamó con su voz llena de dolor.

Había perdido a su padre. En todo el sentido de la palabra... No solo de forma física, esa imagen que Lidia tenía de él, tan frágil, tan llena de virtudes y defectos, que terminó deformándose hasta convertirse en algo monstruoso que no deseaba ver, ni recordar.

—Ay, hijita mía... Por favor, no *llorí*. Estaré bien... Me iré donde Jason y me voy a recuperar.

—Yo no quiero estar aquí. No lo soporto —confesó Lidia entre sollozos—. Bernardo ni siquiera se atreve a pasar la noche en esta casa.

—Mi Lidi... —se lamentaba Carmen, dando rienda suelta a su llanto.

Jason estaba con sentimientos encontrados. Ramiro siempre sembró la distancia entre los hermanos haciendo diferencias y tratos especiales. No obstante, ese hombre no logró que sus hijos rechazaran del todo a Jason y viceversa. Cuando fueron mayores todo se tornó evidente, y la noche anterior, cuando Jason volvió, se dieron cuenta de que su hermano mayor era mucho más de lo que Ramiro siempre vociferaba.

La habitación estaba en silencio. Jason pudo escuchar prácticamente toda la conversación entre sus hermanos y su madre.

—Mamá, dame el teléfono, por favor. Déjame hablar con mi hermana —pidió Jason con suavidad.

—Hijita, tu hermano quiere decirte algo. Te lo paso —avisó Carmen, secando sus lágrimas con el dorso de su mano.

—Ya, mamita... te amo, te amo con todo mi corazón.

—Yo también. —Carmen sorbiendo su nariz le entregó el móvil a su hijo mayor que se encontraba estoico ante esa terrible situación.

—Lidia... Hola, hermanita —saludó Jason, como cuando lo hacía cuando era un niño.

—Hola... *manito* —saludó riendo entre el llanto, imitando el gesto de Jason, y lo llamó de la misma manera en que lo hacía cuando era pequeña y no podía decir hermanito.

—Cuando terminen todo por hoy, necesito que me traigas las pertenencias de mamá… y las de ustedes dos a mi departamento —decretó—. No quiero que vuelvan a esa casa. Nos acomodaremos ahí de manera temporal. Tengo que ver con mi administradora si alguna de mis propiedades no está arrendada para que puedan ocuparla lo más pronto posible.

—Jason… No es necesario —rechazó Lidia, pensando que era demasiado lo que ofrecía su hermano. Apenas llevaba unas horas de vuelta a su vida y estaba ahí, dándolo todo, sin importar nada del pasado. Pero no le extrañaba, él siempre fue generoso con ellos cuando era pequeño, antes de volverse rebelde. Antes de perderse.

—Sí lo es, no quieres vivir ahí. Punto. Te vas de ahí y se acabó —dispuso Jason con autoridad—. ¿Dónde van a velar a Ramiro?

—En la iglesia «Siervos de Jehová»… Bernardo no quiso hacerlo en la misma casa —explicó Lidia.

—Fue lo más sensato. Pásame a Bernardo, por favor.

—Ya, *altiro*[42]… Jason, gracias.

Jason volvió a conversar sobre lo mismo con Bernardo, quien ya estaba un poco más sereno, y le comunicó lo decidido. Bernardo también intentó negarse por los mismos motivos que Lidia, pero en realidad, no tenía alternativa. No deseaba pasar en aquella casa ninguna noche más en lo que le restaba de vida, por lo que aceptó la propuesta de su hermano mayor que, literalmente, de la noche a la mañana había tomado el rol a cabalidad.

Lamentablemente, Ramiro con sus acciones, había ensuciado con sangre cualquier buen recuerdo que albergaban sus hijos. Dejando solo un legado que ellos deseaban olvidar.

La venda se había caído de los ojos de Lidia y Bernardo, y pudieron apreciar en toda su magnitud, la horrible naturaleza de su progenitor.

Al día siguiente lo iban a despedir sin lágrimas, sin ofrendas florales —al menos no de ellos—, sin discursos alabando y atestiguando su existencia.

No iba a ser un adiós, iba ser un hasta nunca.

---

42 *Altiro: de inmediato.*

Capítulo 16

Otro lunes más sin novedad. Día flojo en las ventas de la librería, y hacía un calor sofocante. Jason estaba inquieto, necesitaba moverse, hacer algo. Se había comunicado con las personas que quedaron de averiguarle si tenían el registro de las cámaras del asalto de Ana y Arturo. Pero esta vez no tuvo suerte. No había registro. Lo cual lo tenía bastante desanimado, solo debía dejar que el tiempo pasara sin novedad o tener algún golpe de suerte.

Lo único que lo tenía animado era la situación con su madre y sus hermanos. Ya había arreglado con Rossana que retirara el anuncio del único departamento amoblado que tenía disponible para el arriendo que, afortunadamente, estaba en el mismo edificio donde vivía él. Dos pisos más arriba. Si todo salía bien, sus hermanos podrían empezar a vivir ahí con Carmen desde el miércoles de esa misma semana.

¿Qué harían con esa casa en la población? Todavía no lo conversaban abiertamente, pero cada uno pensaba que deberían venderla y tal vez comprarle a Jason el departamento que les estaba cediendo temporalmente.

Ramiro estaba sepultado, pudriéndose solo en el cementerio metropolitano. Después de aquel llamado del día sábado por la mañana, Lidia y Bernardo se alojaron en el departamento de Jason, al igual que Carmen. Esa noche conversaron los tres hermanos acerca de todo, de los buenos recuerdos, poniéndose al día y descubriendo que todo lo que sabían de Jason, era la versión de Ramiro, comprendiendo que la autodestrucción de él en sus años de adolescente era la consecuencia de la falta de cariño de un verdadero padre.

Fue una noche de llanto y a la vez de consuelo... de esperanza. Esperanza que renació en cuanto vieron a Carmen renovada, sin importar su rostro golpeado. Era como si hubiera rejuvenecido con ese vestido y sandalias que compró Ana para ella. Carmen estaba encantada, incluso la ropa interior le calzó como guante. Y

Ana, mujer sabia, le compró un par de cambios más aparte del que usaron ese día para que la madre de Jason saliera del hospital.

Carmen se dio cuenta de que no se veía como puta, se veía joven, atractiva, demostrando mucho menos edad que la que tenía. Se sentía linda. Un simple vestido la hizo sentir mujer.

Todo aquello recordaba Jason cuando miró a Ana que, inusualmente, estaba usando un vestido. De hecho, lo estaba estrenando ese día. Lo había comprado junto con la ropa de su madre, según le contó. Pero Jason al ver la boleta, solo estaban los vestidos de Carmen, por lo que dedujo que Ana lo compró con su propio dinero, y eso demostraba que ella era una persona que apreciaba su independencia económica y se sentía orgullosa de ello.

Aunque debía reconocer que de haber sabido que Ana se vería tan hermosa y provocativa, la hubiera mandado de vuelta al centro comercial con su tarjeta para que se comprara treinta. Y pobre que ella le reclamara ofendida en su independencia económica.

Habría encontrado una forma placentera de convencerla en aceptar su regalo.

Mientras Jason fantaseaba, Ana estaba absorta haciendo varias cosas. Había recibido en su correo electrónico los resultados de sus exámenes ginecológicos y, afortunadamente, todo estaba en orden. Aquello fue una luz verde que inesperadamente estaba causando estragos en ella. Se sentía febril.

Y en ese estado febril, también realizaba una orden de compra de libros para el mes siguiente, y buscaba un par de títulos para ella. Intentaba concentrarse, pero el calor de ese día era desesperante, y más aún, sabiendo que tenía tan cerca a Jason y que podía lanzarse a la vida gracias a que el imbécil de Joaquín había tenido la delicadeza de usar protección en sus infidelidades.

Jason la miraba de soslayo mientras leía una novela histórica para matar el tiempo. Cada vez que sus ojos se posaban en ella, la veía absorta en su trabajo, al tiempo que mordisqueaba un lápiz y apoyaba su mentón en la palma de su mano. Siempre se veía elegante, delicada, suave… como si fuera la más exquisita de las sedas.

Y como si hubiera sido hechizado, se acercó con sigilo al mesón y lo rodeó sin que ella se diera cuenta. Jason estaba detrás de Ana observando su silueta a consciencia, y ella ni se inmutó, lo cual le confirmaba que estaba realmente concentrada.

—No te di las gracias por lo que hiciste el sábado —sentenció Jason, obteniendo un respingo y una cara de asustada por parte de Ana que él no vio pero sí imaginó—. Lo siento, no quise asustarte. —Le abrazó la cintura por la espalda y le besó la sien.

Ana rio por el susto y echó la cabeza para atrás para recibir mejor las atenciones de Jason. No había advertido la presencia de él, se movía silencioso, como si fuera un gato.

—Fue un placer —aseguró Ana con timidez, recordando a la mamá de Jason. Le hizo sentir bien que él le permitiera ser un pequeño aporte en esas horas difíciles—, Carmencita es una mujer que necesita sentirse bonita, que es apreciada, que vale… solo que no lo sabe. Tendrán mucho trabajo ustedes para hacerle saber que ella no es solo su mamá, también es una mujer, un ser humano.

Jason asintió, dándole la razón a Ana, deshacerse del yugo de Ramiro no bastaba con solo poner distancia física, también había que hacerlo desde la mente y el corazón.

—Ramiro la hizo pedazos durante treinta años… Y no solo él, mi abuelo, viejo machista y retrógrado, la empujó a casarse por desesperación… Ella lo hizo por mí… No sé cómo puedo arreglar todo ese daño, si al final mi existencia lo provocó —declaró sintiéndose culpable.

—Nunca digas algo así, los hijos siempre serán lo más importante para las madres, y por ellos ningún sacrificio es grande. A ustedes tres les queda por hacer un trabajo largo y arduo por ayudar a tu mamá a recuperarse, pero tienen lo principal. Mucho amor y voluntad de parte de ustedes. Dejen que descanse, que haga lo que desee. Llévenla a terapia sicológica, si ella lo desea —aconsejó mientras se giraba levemente para poder mirarlo—. De a poco podrá ir recuperando su vida, su autoestima. Ten fe en ella. Es muy fuerte.

—Sí, lo es. —Jason se quedó unos segundos en silencio, mirándola fijo—. Gracias, Ani.

—¿Y por qué son las gracias ahora?

—Por existir.

¿Cómo un hombre como él podía ser tan dulce?, se preguntaba Ana. Cuando se trataba de asuntos del corazón, Jason simplemente decía las cosas, sin importarle si se estaba exponiendo demasiado rápido. Tal vez, no era consciente de ello… Tal vez no lo sabía, pues nunca le habían roto el corazón, al menos no en el sentido amoroso.

En otros sentidos estuvo destruido.

Él parecía no tener miedo, y Ana se recordó a sí misma que ella no tenía miedo la primera vez que tuvo novio. Antes de Joaquín. Duró apenas treinta días exactos, y la relación se fue a pique solo porque a ella se le ocurrió decir «te quiero» en medio de un beso. Todavía podía recordar la cara horror de él… Como si hubiera dicho «te odio», en vez de «te quiero».

Ana nunca entendió cuál era la relación entre el tiempo y los sentimientos, las personas parecían tener una fijación en ello. Aquel muchacho le dijo que era muy pronto decir esas palabras y no deseaba nada serio… En ese momento ella fue informada que no era serio. Ilusa. Inocente. Torpe. Así se sintió.

Y un par de años después apareció Joaquín y su frialdad. Ana nunca más se atrevió a decir esas palabras, al menos no antes que él, y él tardó tres meses en decirlo… El «te amo», llegó un año después, quizás un poco más… Y desde ese entonces, rara vez lo decían. Joaquín la hacía sentir fugazmente feliz cuando le decía «te amo». Y ella nunca sintió correcto decirlo demasiadas veces para no ser tildada de cursi, sentimental o, derechamente, mamona. Así que, de forma inconsciente, solo lo decía como respuesta cuando Joaquín lo decía.

Jason nunca había pasado por aquello, ninguna mujer que no fuera su madre le había dicho «te quiero», y menos «te amo». Y tampoco él había pronunciado esas palabras. Nunca había vivido la decepción de no ser correspondido de la misma manera, con la misma intensidad.

Y ahora, él le agradecía a ella solo por el hecho de existir. Jamás le habían dicho algo tan dulce en su vida. Ana se preguntaba cuáles eran los verdaderos sentimientos de Jason hacia ella. Si era solo una gran atracción física, o si había algo más… profundo. ¿Jason sabría de verdad lo que se siente estar enamorado? ¿Conocía el sentimiento?

—¿Por qué le dijiste a tu mamá que soy tu novia? —preguntó Ana con interés y hambre de saber más, volviendo a girar su cuerpo, fingiendo que era solo una pregunta casual. En su espalda sentía el calor que desprendía el torso de Jason.

—Porque lo eres —respondió natural, sin romper el contacto—. ¿Debía decir otra cosa? ¿Una amiga especial, a la que beso de vez en cuando? —ironizó besándole el cuello con suavidad—. O tal vez compañera de trabajo. —Depositó otro beso, ahí, en ese punto donde se unía su hombro y el cuello—, la hija de mi nuevo socio… Yo no tengo por qué ocultar o dudar quien eres. Ahora, si no te gusta, bueno, estamos en un predicamento.

—Fue solo curiosidad. El común de las personas suele tardar un poco más en definir una relación —aclaró Ana sintiendo cómo Jason le erizaba la piel con sus besos.

—Como dice mami Rossana, «el tiempo es irrelevante cuando se trata de amor», y ella lo sabe muy bien. Conoció a Ángel en Italia, y diez días después ya estaban casados —resumió la intensa historia de amor de sus amigos.

—¡Diez días!

—Llevan siete años juntos —continuó con suficiencia.

—Impresionante… Si no es por la pequeña Gloria, pensaría que solo llevan unos meses juntos.

—Yo también pienso lo mismo. Por eso ella dice eso, el tiempo es irrelevante… Lo único importante es que el sentimiento sea verdadero y que cada día sea cultivado… ¿Qué es lo que sientes, Ani? —preguntó Jason, sintiendo una repentina angustia, a causa de su inexperiencia. ¿Entre ellos había algo más que esa innegable atracción? ¿Era normal sentirse tan tranquilo y cómodo con ella, a pesar de tener unas ganas locas de quitarle la ropa y hacerle el amor? ¿Ella sentía algo más, o simplemente todo lo que hacía correspondía a su forma de ser, tan amable, cariñosa, cálida?

Y ella no vio venir aquella pregunta, su intención era saber qué era lo que sentía él por ella. Esta vez Jason se adelantó a la jugada.

—¿Quieres saber lo que siento por ti? —replicó para asegurarse. Jason afirmó solemne.

Ana, hasta ese momento, no había analizado en profundidad sus sentimientos hacia Jason. Solo se dejaba llevar por sus impulsos, y no le ponía nombre a aquello que ella sentía por él. Solo de una cosa estaba segura, era algo enorme lo que él le despertaba en ella… Como nunca antes, se sentía libre, sin miedos, sin que la coartaran, sin tener que forzar nada.

Decidió entonces, que iba a seguir con su nueva religión; decir lo que su corazón le dictara, seguir sus impulsos, sus instintos. Estaba segura de que Jason no pondría cara de espanto al escuchar…

—Siento que quiero estar siempre contigo —declaró sintiendo como si se hubiera lanzado de un puente. El corazón estaba que se salía por su pecho y que la sangre fluía frenética en todas direcciones y la euforia multiplicaba esa sensación por mil—. Me gusta ser parte de tu vida, que tú seas parte de la mía. Tú cuentas conmigo, yo cuento contigo —continuó, sintiéndose más valiente, sin miedo a decir todo lo que había en su corazón—. Adoro tus detalles; que me des chocolate en las mañanas, que sepas cuanta azúcar echarle a mi café. Me gusta tu sensibilidad, tu vulnerabilidad, tu capacidad de adaptación. Eres impulsivo, a veces malhablado y mal genio. No pides permiso, solo tomas o haces lo que crees correcto. Y no me gustaría que cambiaras nada de eso, porque cuando te equivocas, también sabes pedir perdón e intentas enmendar tus errores… No cambiaría nada de ti, porque todo eso te hace ser tú. Y así como eres tú, es como te quiero. Eso siento… amor. Te quiero, Jason.

«Te quiero»… resonó como una bomba atómica en la mente de Jason. Apenas podía creer que escuchó esas palabras; por unos instantes pensó que era un sueño, uno maravilloso.

Pero no lo era. Ese cuerpo, esa piel, esa voz, ese aroma era el de ella, el de Ani.

Su Ani.

Era real. Todo, todo era real.

Y sintió que explotaba algo en su pecho, una inefable sensación que no podía identificar del todo, pero que, sin temor a equivocarse, siempre había estado ahí. Esperando. Como una pequeña llama, viva, constante y que, de pronto, al escuchar esas palabras se transformó en una hoguera que lo consumía por completo.

Nuevamente la había alcanzado, ella le había permitido entrar en su corazón, tal como era, sin pedirle nada. Ana lo quería, deseaba estar con él… Siempre.

—Yo también te quiero, Ani. —Pudo al fin responder a esa declaración. La abrazó más fuerte y aspiró el aroma de su cuello, del cual ya era adicto—. Mucho, mucho.

Ana sonrió y se dio media vuelta. Su mano izquierda se posó en medio de su pecho para sentir los fuertes latidos del enorme corazón de Jason, y con la otra, le acarició el rostro, y él, como siempre, respondió a su caricia entornando sus ojos y cargando su mejilla a ese contacto. Y se quedó ahí, disfrutando del calor que desprendía la palma de Ana.

—Te quiero, Ani —declaró abriendo sus ojos, mirándola y bebiéndose esa imagen, para recordarla siempre. Ella, sonriendo, con sus preciosos ojos de color avellana, grandes, brillantes y transparentes bajo esas cejas gruesas que no hacían más que resaltarlos, y esos labios que nunca dejaban de tentarlo. Todo aquello enmarcado en ese rostro de facciones suaves, delicadas y perfectas.

Jason acunó el níveo rostro de Ana entre sus manos, le encantaba sentir esa suavidad que contrastaba con la aspereza de su piel. Y la besó.

Y aquel contacto fue como romper una represa, porque ese beso no tuvo nada de suave, dulce y lento. Fue una fogosa batalla de labios, lenguas y aliento. En la cual ambos igualaban sentimientos, voluntades y deseos.

Sus cuerpos se atrajeron, se alinearon, se fundieron. Y las manos de Ana, inertes hasta ese instante, cobraron vida, dando un paseo sensual sobre el torso de Jason, deteniéndose en el ancho pecho, para luego descender, lento, lento por ese valle irregular que conformaban los músculos de su abdomen. Y a la postre, ascender por los costados hasta sentir esa espalda firme, dura, enterrando sus dedos con desesperación.

Jason estaba perdiendo la cabeza con esas caricias y su cuerpo se reveló indomable, al borde del dolor. Y para Ana, era evidente ese anhelo que se incrustaba flagrante en su vientre, provocando que su centro empezara a palpitar y a derretirse como cera caliente.

Estaba ardiendo, y Jason no hizo más que hacerle desear arder más en el momento en que sus enormes manos que, antes de abandonar su rostro, titubearon por un segundo. Una se ancló firme en su pecho, y la otra, en su trasero por sobre el vestido, atrayéndola más a él, arrancándole un gemido desde el fondo de su garganta.

Ana interrumpió el beso de un modo violento. Lo miró directo a esos ojos verdes, que le devolvían su reflejo con deseo. Ese deseo que él siempre reprimía, pero que esta vez estaba dejando correr libre por sus venas. Le besó de nuevo dejando que él hiciera de ella a su antojo. Tantos días anhelando que Jason la tocara, la poseyera… y que la quisiera. Ahora lo sabía, la lujuria había nublado su corazón. No era solo que Jason aplacara ese ardor, ella deseaba ser querida. Realmente querida… amada.

Y no quería esperar más. No le importaba la hora, ni el lugar. Solo el ahora.

Las manos de Ana descendieron más, llegando a las estrechas caderas de Jason, al tiempo que disfrutaba las voluptuosas caricias de él en sus pechos y sus leves pellizcos en los pezones que le hacían jadear. Sin olvidar esa mano que se perdía en su trasero. Jason tomaba con hambre esa carne firme y caliente. Todo sin dejar de besarla.

A Ana le parecía que él tenía cuatro brazos y no dos. Delicioso. Lo sentía en todas partes

Los dedos de Ana se deslizaron por la pretina del pantalón hasta encontrar la hebilla del cinturón como primer obstáculo. Jason lo notó, le sujetó las manos, pero en vez de impedirle el avance, se lo facilitó abriendo hebilla, botón y cierre.

No era el momento, no era el lugar. Podía entrar cualquiera a la librería. Pero ellos lo deseaban tanto. No les importó.

La mano curiosa de Ana al fin se dio el gusto de vagar dentro del pantalón de Jason, encontrándose con una abultada tensa, y dura erección confinada en la ropa interior de algodón. Ana acarició toda aquella longitud, Jason siseó ante ese primer contacto.

—Desde este momento, dejo de ser considerado. A la bodega —ordenó con un tono grave de voz. La besó brusco atrapando su labio inferior entre sus dientes, soltándolo de a poco—. Ahora.

La tomó de la mano y con premura le hizo salir de la zona del mesón donde estaba ella trabajando. Volteó el letrero de «Abierto» a la pasada y se internó hacia su destino.

A Ana no le importó el lugar escogido —no había otro en realidad que fuera más privado—, solo deseaba dejarse llevar y saciar esas ansias de sentir a ese hombre en su interior. Estallar con él, una y otra vez.

Estaba todo en penumbras, cajas por doquier, y un fuerte aroma a papel envejecido. Ana y Jason entraron y él cerró la puerta tras de sí, poniendo seguro.

No era muy grande el lugar, pero había una vieja silla en un rincón. Jason dio unas zancadas largas en esa dirección, sin soltar a Ana, que lo seguía con el corazón desbocado, eufórico.

Jason se sentó en la silla haciéndola crujir con su peso. A Ana le pareció que él exudaba erotismo sentado con los pantalones abiertos, revelando a medias, su deseo.

Ana no necesitó instrucciones ni invitaciones. Se montó a horcajadas sobre él sintiendo el calor y la dureza de su miembro. Era una tortura para ambos, saber que solo unas cuantas prendas de ropa les impedía su unión.

Pero Jason pretendía tomarse su tiempo. Le importaba un pepino si perdían un par de ventas. Iba a tomar lo que le pertenecía.

Deslizó los tirantes del vestido, arrastrando al mismo tiempo los del sostén para liberar los pechos de Ana, se quería dar un festín con su carne firme. Los pezones rosados e inhiestos le daban la bienvenida y lo tentaban.

Lamió con suavidad, degustando el sabor de su piel. Ana arqueó su espalda ofreciéndose a ese deleite. Jason alternaba sus sensuales caricias entre un pecho y otro. Era deliciosa, única. Chupaba, mordía y erosionaba esa piel con su barba. Ana jadeaba, era enloquecedor escucharla.

Ella se sentía vacía... Deseaba ser llenada.

Le quitó la camiseta a Jason y se encontró con aquel torso musculado, sólido y a la vez, flexible. Nunca imaginó que tuviera vello, pero lo tenía en la medida justa. Era tener frente a ella a un animal salvaje e indómito, y solo deseó sentir el roce de aquel pecho en sus pezones.

Lo besó profundo saboreando su lengua, y él se entregaba y a la vez exigía. Era una batalla campal, y no se daban tregua. Lo abrazó y sus pezones sensibles acariciaron esa pared de músculos, piel y suave vello que la hizo gemir. Sus caderas se movieron con voluntad propia, obteniendo un vestigio de placer. Jason aferró sus manos a las caderas de Ana por debajo del vestido sintiendo esa piel tersa. Echó la cabeza para atrás, disfrutando como ella lo montaba. Podía sentir como el calor líquido de ella traspasaba la ropa, estimulándolo, llevando ese juego a cotas más altas de deseo. Todo era tan erótico, tan primitivo.

Iba a explotar.

—Quítatelos —exigió dándole un tironcito al elástico de la diminuta prenda que ocultaba su feminidad.

Ana obedeció. Se puso de pie, y mirándolo a los ojos se quitó la tanga húmeda.

—Dámelos —demandó estirando la mano, como si se tratara de una ofrenda. Ana se los dio con una sensación contradictoria, entre vergüenza y osadía. Jason la abrumaba, era otro hombre, demandante, posesivo, lujurioso... Uno que le encantaba—. Son míos —proclamó su trofeo inhalando su aroma, para luego guardarlos en el bolsillo de su pantalón.

—Fetichista —acusó Ana con una sonrisa lasciva—. ¿No quiere algo más el señor? —interpeló con atrevimiento.

—Desnúdate —ordenó, mirándola fijo—. Déjate esas sandalias. El suelo está polvoriento.

Ana en silencio se terminó de quitar el vestido y el sostén. Los dejó sobre unas cajas con cuidado, y se quedó a la espera, de pie. Se sentía expuesta, vulnerable, excitada... Todavía vacía. Se preguntaba si a Jason le gustaba lo que veía. No había previsto que estaría en esas circunstancias, no había depilado su pubis...

Antes era requisito parecer una actriz porno. Ahora no lo sabía. La inseguridad la invadió y sus manos se fueron directo para tapar su monte de venus.

—No hagas eso —dijo Jason, autoritario—. ¿Por qué lo haces? —preguntó con más tacto.

—No sé si te gusta… eso —respondió vacilante.

—Me da igual, pero prefiero una hembra en vez de una mujer que pretende ser una niña —sentenció con seguridad—. «Eso», te convierte en una hembra hecha y derecha. Así nos hizo la naturaleza, me importa una mierda la moda de tener o no vello púbico.

Ana esbozó una sonrisa, y con lentitud retiró sus manos y no se ocultó más.

Jason, sin decir nada más, se levantó de la silla para ponerse de rodillas frente a ella.

—Abre las piernas. —Fue el breve mandato que ella obedeció—. Quiero una probada de mi hembra.

Lo siguiente que sintió Ana fue que los dedos de Jason se abrían paso con delicadeza entre sus rizos. Su clítoris fue atrapado por los masculinos labios de Jason, que succionaron y juguetearon con la lengua, provocando oleadas de frenesí.

—Ay, Dios. —Logró decir Ana, con un hilo de voz. Enterró sus dedos en la cabellera de Jason. Él le hacía sentir como una diosa siendo venerada.

Jason absorbía la esencia de ella, buscando lo que a ella más le gustaba, no podía ir más allá, pero eso no le impidió usar otros métodos. Tanteó con sus dedos la hinchada y húmeda sedosidad de Ana hasta encontrar la entrada al paraíso. Hundió uno, sin dejar de estimular su clítoris.

Lentamente, ese dedo entraba y salía…

Entraba y salía…

Entraba…

Salía…

—Dios, Jason… —rogó Ana, moviendo sus caderas hacia adelante, buscando un contacto que la catapultara al éxtasis. Pudo sentir más esa boca, esa barba que le hacía sentir diferente, pero no por ello menos placentero.

Era exquisito, de hecho.

Otro dedo más y Ana jadeó. Jason pudo sentir como el interior cálido de ella, lo atrapaba, lo reclamaba, le exigía más. Pero continuó con la lenta tortura. Por mucho que él deseara enterrarse sin más en ella, prefería dedicarse a dejarla lista para que lo recibiera y estallar al instante. Porque estaba segurísimo que la abstinencia le iba a hacer una muy mala jugada.

En ese juego anterior en el que ella se restregó contra él de forma voluptuosa, casi le hizo acabar como si fuera un chiquillo virgen.

Al menos, debía tener consideración hacia esa mujer que le estaba entregando todo. No debía ser un imbécil, él no era un imbécil. Ana merecía a un hombre verdadero, uno que se entregara como ella.

—Dios, necesito más... —rogó Ana sintiendo que estaba al borde de la locura. Estaba tan cerca y Jason no le permitía alcanzar el placer—. Más... más, Jason.

Pero él no le dio más, en cambio se alzó frente a ella, enorme, un metro ochenta y tres de hombría. Se limpió la boca con el dorso de su mano y la besó profundo. Ana logró percibir su propio sabor en la lengua de Jason. Todo era tan diferente, tan desinhibido y natural a la vez.

Jason le hacía sentir que todo, todo estaba permitido entre ellos. No existían las barreras, lo bueno, lo malo, lo recatado, lo sucio, todo se podía experimentar.

El tintineo de la hebilla del cinturón la trajo de vuelta al momento. En diez segundos Jason se quitó todo quedando desnudo frente a ella. Soberbio, imponente fueron los calificativos que cruzaron la mente de Ana para definir el cuerpo de ese hombre. No había duda, ese hombre era el pecado mismo personificado.

—Ven —invitó Jason, sacándola de su admiración. Le mostró un preservativo que él siempre tenía guardado en su billetera.

—No —se negó Ana—. Todo está bien, uso pastillas y mis exámenes salieron buenos —informó—. Quiero sentirte piel con piel... por primera vez quiero hacerlo así —confesó de manera implícita que Joaquín siempre exigió la doble protección.

—Bien... —replicó nervioso—. Entonces, serás la primera con la que no use esto —admitió. Jamás había follado sin protección, y jamás había hecho el amor. Era su primera vez.

Irónico para ambos.

Ana se acercó a él, le acarició el rostro, al mismo tiempo que lo montaba a horcajadas.

—Te quiero, Ani —declaró cerrando los ojos. Jason adoraba ese toque tan delicado, tan de ella.

—Yo también... —respondió empuñando sorpresivamente el miembro de Jason, provocándole un siseo. A Ana se le antojó que era del tamaño preciso, proporcional al cuerpo de él. Perfecto. Apretó levemente, y su mano subió y bajó con deliberada languidez. Una y otra vez…

Caliente, duro, suave.

Terciopelo y piedra.

—No sigas, Ani… —rogó tomándole la muñeca. Era demasiado—. Alza tus caderas —indicó mientras él guió a Ana para que le permitiera entrar en ella.

Lento, pausado…

Húmedo, suave…

Caliente… sintiendo cómo ella se abría milímetro a milímetro, dándole la bienvenida. Envolviéndolo, ajustándose a su tamaño como si fuera hecha a su medida.

La sensación lo estaba matando, la sentía en todas partes. Nunca antes había experimentado semejante placer. Era adictivo.

Ana se sentía colmada, llena de él. Al fin tenía lo que quería. Lo tenía todo, el cuerpo y el corazón de ese hombre.

—*Muovere, bella Ani* —demandó en italiano. ¿Por qué lo hacía? Sabía que ella le gustaba cómo él lo hablaba. Últimamente sus libros solo trataban de italianos. Le iba a dar lo que fantaseaba. ¿Por qué no? Era como un juego, pretender que eran otros—. Muévete, bella Ani —tradujo de inmediato—. *Muovere a tuo piacimento.*

Escuchar esa voz grave hablándole en italiano le hizo estremecer todo su interior, y Jason pudo sentirlo. Ana empezó a moverse y el placer empezó a atravesarla como dagas. Era casi un orgasmo inmediato. Sus caderas tomaron un ritmo cadencioso, pero exigente.

Jason disfrutó ese sensual baile todo lo que pudo de manera estoica. Estaba perdiendo la cabeza, solo podía sentir que el éxtasis era inexorable. Necesitaba que ella lo alcanzara primero para dejarse arrastrar.

—*Cara mia, muovi duro, dammi a me!* —exigió tomando parte activa en los movimientos que ella imponía, hundiéndose más profundamente.

Eso fue demasiado para ella, Jason estimulaba todos sus sentidos. Esa orden que entendió a la perfección, esa voz cruda de deseo, sentirlo duro en su interior, moviéndose junto con ella, dándole todo… Podía sentirlo. Él lo era todo.

Y estalló. En cada embestida, su interior se contraía más y más, extrayendo todo el placer que él le daba, y que le recorría todo el cuerpo, haciéndole perder la voz en quejidos que no era más que un desgarro de su voz. Siguió ese exquisito vaivén, anegada en ese éxtasis, potente, embriagador.

Ana se aferró al cuello de Jason lanzando un último gemido y echó la cabeza para atrás, tensando todo su cuerpo y su interior. Y él no soportó más y la siguió, abrazando su cintura, apoyando su frente entre los pechos de Ana y, enterrándose una última vez, lo más profundo que pudo, se dejó llevar, vaciándose hasta quedar seco, llenándola con su semilla, completando ese ancestral y primitivo ritual.

Sin saberlo de manera consciente, ellos se habían marcado para siempre, de manera indisoluble. No era una mera unión carnal. Sus almas, sus mentes eran una.

Ellos eran uno.

Entre el querer y el amar la distancia era demasiado corta. Ana y Jason en tan solo unos minutos la recorrieron, pero la prudencia ganó como para decirlo en voz alta. Les faltaba fortalecer aquel amor, asentarlo, abrazarlo y aceptarlo.

—Jason… —llamó Ana cuando pudo recuperar el resuello.

—Mmmm —contestó apenas. No se había movido ni un centímetro. Podía sentir como los latidos de ella todavía retumbaban en su pecho.

—No duramos nada —comentó de buen humor—. Pero me has hecho sentir el mejor orgasmo de mi vida. Casi me morí —confesó desvergonzada—. Te voy a violar todos los días —advirtió más desvergonzada todavía.

Jason rio a carcajadas, esa declaración le parecía un *déjà vú*.

—Pues, va a ser un gusto… Todo lo que quieras, señorita violadora.

Ana rio, más valía que buscaran un mejor lugar, sino pronto esa bodega iba a oler a sexo en vez de papel.

Capítulo 17

Ana intentaba abrir la puerta del departamento donde vivía. Detrás de ella estaba Jason, tocándola por todas partes y sin disimulo, solo por el simple placer de poder hacerlo. Le encantaba provocarla, encenderla… y frustrarla. Sabía que, tarde o temprano, ella se desquitaría.

La mejor parte era cuando ella se desquitaba.

—Basta, Jason —protestó Ana, sonando nada convencida—. Después no te quejes —advirtió con una media sonrisa, tanteando, a ciegas, con su mano izquierda hasta tocar el bulto a medio despertar de su hombre.

Jason atrapó la mano de ella y presionó más.

—Ya *po'h*, Ani. Te estás demorando demasiado en abrir la puerta —apremió Jason socarrón.

—No me dejas concentrarme. Deja quietas tus manos.

—No, hasta que abras. Estoy probando tu aguante.

Era un juego divertido, erótico y espontáneo. Y Jason nuevamente se había transformado, se le notaba más confiado, incluso, más sonriente y feliz.

Ana logró abrir, y Jason cesó automáticamente con su juego. Ella todavía agitada intentó relajarse y aparentar naturalidad.

—Hola, papá —saludó al entrar a la casa.

—Hola, Anita —saludó de vuelta Arturo que estaba viendo televisión en la sala de estar. Ana se acercó a él y le dio un beso en la mejilla—. Hola, muchacho. Tantos días —dijo al notar que también estaba Jason entrando a su hogar—. ¿Alguna novedad?

—Papá, déjalo respirar un poco —reprendió Ana que todavía no le contaba a Arturo acerca de su relación con Jason. No por avergonzarse de ello, sino porque su padre no podría comprender que haya cambiado de novio en un santiamén.

Por eso mismo había con ido con Jason ese día, deseaba transparentar la situación. Ana encontraba estúpido hacer eso, pero poco podía hacer con los resabios del machismo de la generación de su padre.

—Buenas tardes, Arturo —respondió Jason con su tono de hombre serio, profesional. Ana no sabía qué faceta le gustaba más. A decir verdad, le gustaba todo de él—. De momento no hay ninguna novedad —informó tomando asiento en un sillón que estaba al lado derecho del sofá donde estaba sentado el padre de Ana.

—Buenísimo —celebró Arturo.

—¿Y mi tía Nancy, papá? —interrogó Ana extrañada, por lo general su tía no se iba hasta que ella llegaba. Miraba por todas partes, pero al parecer su padre estaba solo.

—Tuvo que partir cascando de aquí, Amelia empezó con los dolores de parto —explicó Arturo.

—¿Tan pronto va a nacer, el bebé?

—¿Cómo que tan pronto? Si estaba que reventaba tu prima. Han pasado demasiadas cosas últimamente, no me extraña que no te enteres de nada.

Ana se quedó pensativa, preocupada no por su prima, más bien por su padre, que todavía debía mantenerse en reposo. Por su edad, el hueso estaba tardando un poco más en soldar y necesitaba que alguien se hiciera cargo de él, y que lo vigilara de no hacer algo estúpido.

—¿Por qué pones esa cara, Ani? ¿Pasa algo? —preguntó Jason evidenciando su preocupación.

—Pues, estoy complicada, porque necesito que alguien se quede con mi papá. Más encima mañana tengo la reunión de la Cámara Chilena del Libro y voy a llegar más tarde.

A Arturo no le hacía mucha gracia depender de nadie, y mucho menos que su hija se quedara en casa para cuidarlo a él y, a pesar de que Jason era brillante y confiaba en él, no podía pretender que manejara solo todo el asunto por demasiados días.

—Hija, me las puedo arreglar sin problemas. Ya ha pasado más de una semana y…

—Y el traumatólogo dijo que debías pasar otra semana más para que se suelde bien el hueso y puedas empezar a apoyar el pie —rebatió el intento de argumento de su padre.

—Ani, si quieres puedo llamar a mi mamá para que nos eche una mano —propuso Jason, relajado.

A Arturo no le pasó inadvertido el trato familiar que ambos tenían. Era distraído, pero no estúpido. Mas no dijo nada, mejor observaría a ese par en silencio.

—¿Tú crees que Carmencita aceptará? —interrogó Ana no muy convencida—. Dile que le puedo pagar por el día, que lo tome como un trabajo.

Jason pensó que era una buena opción, que le ofrecieran a su madre un pago por su trabajo, en vez de ir y solo pedirle un favor. Ya era suficiente de que hiciera todo gratis. Recordó que la única vez que trabajó fue cuando conoció a su padre. Ni siquiera en esa época supo lo que era independencia. Todo lo que ganaba iba a parar a ayudar a la economía familiar.

—No hay problema, yo le digo —accedió y sacó su celular para marcar—. ¿En qué consiste el trabajo?

—Cuidar a mi papá, soportarlo, y hacerle de comer... Algo más saludable porque mi tía Nancy da raciones enormes y lo mima con demasiados dulces —estipuló Ana con su modo de general de ejército encendido—. Y ya se está notando una panza que antes no existía —remató mirando a Arturo como si le estuviera reprendiendo, ella sabía que últimamente las galletas eran una debilidad para su padre.

Jason intentando no reír, llamó a su madre y le explicó el problema. Carmen dijo que sí incluso antes de llegar a la parte de que su trabajo iba a ser remunerado. Pero Jason testarudo, le recalcó que era un trabajo y que no era un simple favor. Carmen le restó importancia al asunto, aceptando ir acompañada por Jason al día siguiente a las nueve y media de la mañana.

Jason cortó el llamado y miró a Ana.

—Todo arreglado. Mañana la vengo a dejar para que se haga cargo de Arturo.

—Ustedes dos hablan y deciden como si yo no estuviera presente —reprochó Arturo frunciendo el ceño. Odiaba estar enfermo, se sentía inútil. Le costaba lidiar con la dependencia, en cualquier grado—... o peor aún, como si tuviera tres años. Fíjense que tengo cincuenta y cinco más.

—Pero si te vuelves infumable, *po'h*, papá —replicó Ana poniendo sus manos en sus caderas—. ¿Has comido algo? ¿A qué hora se fue mi tía?

—Sí, almorcé y hace dos horas me comí unas galletitas —refunfuñó Arturo—. Tu tía se fue hace un rato, no estuve tanto tiempo solo.

—Bien... Voy a preparar la once entonces —anunció dando un resoplido. Debía reconocer que estaba cansada y no tenía muchas ganas de preparar nada, pero tenía hambre. Jason la había dejado agotada, en la mañana antes de abrir y en la tarde al cerrar.

Tenía un apetito sexual voraz. Supuso que se le iba a pasar en cuanto él se acostumbrara o cuando ella dejara de ser novedad.

Ilusa. Si supiera que su morenazo solo empeoraba.

—Te ayudo, Ani —ofreció Jason, solícito, levantándose de su asiento—. Conocía esa expresión, hacía muchos años que no la veía. Le recordaba a su madre cuando Ramiro llegaba y su madre tenía que servirle. El hombre solo se sentaba a la mesa a esperar a que su mujer le pusiera el plato de comida caliente. Odió ese recuerdo, sobre todo cuando él siendo pequeño se ofreció de la misma forma para ayudar a su madre y Ramiro se lo impidió con una bofetada. No debía hacer cosas de mujeres.

Nunca.

—Gracias —dijo ella con una sonrisa, dirigiéndose a la cocina—. Voy a poner el agua.

Jason la siguió, desprendiéndose del sabor amargo de aquel fugaz recuerdo.

Arturo los siguió con la mirada.

Sí, algo pasaba entre esos dos. Le molestaba un poco la idea de que su hija ya se hubiera involucrado con un hombre si apenas había terminado con el imbécil de Joaquín. Él se cuestionaba si había criado bien a su hija, no deseaba que actuara por despecho o que se volviera casquivana, que no se respetara a sí misma…

—¿Los tazones? —Arturo logró escuchar desde su lugar la pregunta que Jason le hacía a Ana.

—Allá en ese mueble —indicó su hija…

Lo único que esperaba Arturo era que no se hicieran los tarados. No estaba para que le anduvieran ocultando cosas importantes. Se suponía que todos eran adultos.

Al menos debía reconocer que Jason sí valía la pena, a diferencia del otro imbécil, ladrón e infiel —Ana y Jason le omitieron la parte degenerada porque ya era demasiado—… Miró al cielo invocando a su difunta esposa esperando alguna señal. Hacía tiempo que no encontraba respuestas, siempre fue complicado terminar de criar a una hija solo. Tal vez pecó de ser demasiado estricto y Ana vivió algunas etapas de manera tardía, sobre todo en la sentimental. Cuando Ana se enamoraba era entregada, igual que su madre que lo amó con intensidad, pero la diferencia entre ambas era que su hija había tenido muy mala suerte con los hombres con los cuales se involucró.

Un imbécil inseguro y egoísta, y el otro, el rey de los imbéciles.

Arturo esperaba que Jason fuera digno del amor de su hija. Hasta el momento no daba indicios de imbécil, no actuaba como los otros, que era notoria su imbecilidad. Ana podía ocultar muchas cosas —como toda mujer—, pero lo que no podía esconder eran las sonrisas y el brillo de sus ojos cuando estaba enamorada. Era como tapar el sol con un dedo. Y para él era evidente.

—Ya, papá. Está listo... Jason, ¿puedes ayudarlo a que se siente a la mesa, por favor?

—Claro —accedió, y en tres segundos Arturo lo tenía frente a él. En silencio se apoyó en Jason y apenas pisando con su pie enyesado logró sentarse a la mesa.

Ana y Jason habían servido huevos revueltos con queso gouda, jamón de pavo, pan de marraqueta y té. Delicioso.

Arturo volvió a mirar al cielo, ¿cómo pretendía su hija que adelgazara dejando de comer cosas tan ricas? Imposible.

Todos comieron y disfrutaron de la once conversando acerca de la reunión de la Cámara y la resignación de Ana a asistir, tanto porque era un asunto importante para la librería, como por ir descartando líneas investigativas. A pesar de las millones de cosas que habían sucedido en los últimos días, era un tema que preocupaba a Jason para finiquitar el asunto de los asaltos en el corto plazo.

—Papá —dijo Ana quebrando el par de segundos en que todos estaban en silencio. Las tazas estaba vacías y los estómagos llenos. Inspiró profundo y se lanzó—. Jason no solo está aquí por el tema de la reunión. Queremos contarte algo. —Miró a ese hermoso hombre moreno por unos segundos y luego le dio la mano—. Él y yo somos novios —reconoció esperando la cara larga de Arturo o algún comentario mordaz.

—No me digas —mintió Arturo fingiendo sorpresa, una muy bien actuada—. Bueno, no tengo mucho que decir. Eres una mujer adulta y eres libre de estar con quien quieras —declaró Arturo ante la incredulidad de Ana por su actitud tan relajada.

Ana no podía articular ninguna palabra, todo se sumió en un largo silencio.

—Más te vale que no me salgas con ningún numerito raro, Jason. Si haces sufrir a mi hija, te juro que me volveré a quebrar la pierna, pero pateándote las bolas —prometió serio y convencido.

Era demasiada maravilla su actitud comprensiva. Arturo no estaba bromeando. No podía decirle nada a su hija, pero bien podía amenazar a su flamante yerno. Bueno, Ana tampoco podía culpar a su padre por tener esa actitud, Arturo no conocía del todo a Jason, ni su pasado ni sus cargas emocionales como ella, así que era libre de imaginar y conjeturar cualquier cosa y, sobre todo, generalizar.

—Sí, señor —afirmó Jason con solemnidad, cosa que también sorprendió a Ana. Por un segundo pensó que iba a dar algún discurso defendiendo su honor—. No los defraudaré —prometió serio.

—Bien, eso es todo, con eso me basta. Ahora lárguense y vayan a hacer cosas de *pololos*… Llévala al cine, por favor. —«A un motel, no. Al cine, al cine», pensó el lado protector de Arturo todavía imaginando a su Anita como si tuviera cinco años… Pobre, era mejor que viviera en la ignorancia paternal de no saber qué era lo que ocurría en su bodega—. Que se ventile un poco esta niña.

Jason rió. No era una mala idea. Nunca había ido al cine acompañado.

—Están dando «Los siete magníficos», ¿la viste? —preguntó Jason. Ana sonrió como si le hubiera propuesto un viaje para cenar en París.

—No la he visto. Vamos que ya va a salir de cartelera —aceptó entusiasmada. Al fin podía ver películas de acción en paz.

—Vamos, entonces —dictaminó Jason contento —. El próximo mes estrenan «Doctor Strange» quiero puro verla.

—¡Yeiiiii! ¡Yo también! —celebró Ana aplaudiendo como si fuera una niña.

*****

Al día siguiente, a las nueve y media, tocaron el timbre en el departamento de Arturo. Ana, al abrir la puerta se encontró con Carmen, que lucía un mejor aspecto que la última vez que la vio, y sonrió. Se alegró mucho por ello, luego miró a Jason y se veía… extraño. Se había afeitado, usaba camisa estilo *slim fit* burdeos y pantalón de vestir verde olivo. Impactante el cambio, parecía otra persona.

—Hola, Carmencita… —Besó en la mejilla a su, cada día más hermosa, suegra—. Hola, morenazo —saludó piropeando a ese hombre que era como tener muchos a la vez. Imposible aburrirse de él. Este era Jason, el hombre de mundo, pero casual.

Lo besó fugaz y los hizo pasar.

—Mi papá está en el baño —informó Ana complicada, justificando la ausencia de su padre, antes de que preguntaran por él—. Es la peor parte, Carmencita. Ahí se pone todo cascarrabias, tú solo ignóralo. El resto del día va a ser más civilizado —advirtió esperando que su suegra entendiera y no se ofendiera si su padre se extralimitaba.

—No te *preocupí*, mi niña. He tratado con peores —comentó relajada Carmen. Ana pensó inmediatamente en los eventos sucedidos el fin de semana pasado.

Definitivamente había tratado con lo peor del género masculino. Su padre podía ser un príncipe encantador en comparación con el difunto.

—Tiene toda la razón, Carmencita. Pero no le aguante ni una si se pone idiota. Mano dura nomás con él —animó Ana para darle, en cierto modo, algo de seguridad.

—Cualquier cosa nos puedes llamar a mí o a Ani, mamá —continuó Jason—. Guardé el número de ella y el de la librería en tu celular.

—Ya, hijito. No hay problema.

—¡Ana, ya! —exclamó Arturo con un tono amargo.

—Denme unos segundos. Ya volvemos —Ana se excusó y se dirigió al baño.

Jason y Carmen se quedaron en silencio y solo se escuchaba el sonido de la televisión encendida.

Carmen observaba el departamento. Aquel lugar le traía recuerdos. Si bien no era el mismo departamento, sí era el mismo edificio donde vivió los días más felices de su vida. Si no mal recordaba, Frederick vivió dos pisos más arriba.

Todos los departamentos tenían la misma distribución. Carmen viajó en el tiempo. Era extraño volver, había pasado tanto tiempo.

Siguió en silencio, prefería guardar ese secreto. Después de todo, era inútil decirle a su hijo que dos pisos más arriba vivió su padre.

—¿Estás bien, mamita? —interrogó Jason ante el mutismo de su madre.

—Sí, mi niño. —Acarició el rostro de su hijo con nostalgia. Cuando se afeitaba era el vivo retrato de Freddy. Jason reconoció esa mirada. Felicidad y melancolía—. Estoy muy bien.

Jason tenía sentimientos encontrados ante esa mirada, por una parte sentía todo el amor de su madre, y todos los sacrificios que ella hizo. Y por otra, le pesaba el corazón que su madre todavía amara a un hombre que llevaba treinta años muerto, porque fue el único que la quiso.

Y por Dios que sabía que Carmen merecía mucho más que eso. Jason estaba disfrutando de un amor recíproco, puro y apasionado con Ana. Un amor que, tal vez, era parecido al que su madre vivió, era lógico, ella fue joven y amó con locura, ahora la entendía un poco más. Le entristecía que Carmen amara a un fantasma, le entristecía que viviera solo de recuerdos para soportar el presente. Le partía el corazón parecerse tanto a su padre y recordarle todo lo vivido una y otra vez.

—Con cuidado, papito —pidió Ana entrando a la sala de estar con su padre, movilizándose con ayuda de muletas que odiaba con su alma.

Arturo dirigió su atención a Jason y luego a su madre. Le sorprendió lo joven que era aquella mujer, y también el evidente moretón en el ojo derecho y la costra de un corte en el labio inferior. Dudaba mucho que una puerta hubiera hecho semejante daño y sintió una profunda compasión por ella.

Decidió no comportarse como idiota, por consideración.

—Bien, todavía no te sientes, papá. Ella es Carmencita, la mamá de Jason —presentó Ana con soltura.

—Buenos días, Carmencita. —Con algo de dificultad, Arturo sostuvo la muleta y le extendió la mano—. Un gusto.

—Buenos días, don Arturo —saludó Carmen con formalidad y le estrechó la mano, guardando las distancias, después de todo, era el patrón.

—No, no, no… nada de «don Arturo». Si somos consuegros, gracias a este parcito. Arturo a secas, nomás —sentenció mientras saludaba con un gesto a Jason, que respondía de la misma manera.

Carmen le sonrió con simpatía tanto como soportó su labio sin doler. La voz grave de Arturo destilaba educación y amabilidad.

Ana era como su padre, parecían ser de clase social alta, pero no lo eran, solo eran personas normales pero con más roce social, mas cultas. No la miraban con desdén, lo hacían como si ella fuera igual a ellos.

Cómo si eso fuera posible.

—Carmencita, siéntase como en su casa. Cualquier cosa que necesite, le pregunta a mi papá —indicó Ana.

Arturo se sentó en el sofá y Ana le subió la pierna fracturada y la dejó sobre la mesa de centro.

—Listo. —Ana le sonrió a Arturo, aliviada con la actitud de su padre. Al fin se comportaba como adulto, menos mal que sabía cuándo actuar como tal—. Nos vemos a la noche, papito. Pórtate bien —bromeó y le dio un beso de despedida—. Solo será por hoy que llegaremos tarde, Carmencita. No podemos faltar a la reunión de la cámara —explicó, a la vez que la madre de Jason asentía. Ella ya sabía aquello, su hijo la había preparado.

—Anda tranquila, mija. No te *preocupí* —aseguró Carmen—. Váyanse *nomá* a la *pega*, que se les hace tarde.

—Gracias, Carmencita. Eres un sol —dijo Ana despidiéndose de ella con un beso en la mejilla y un abrazo—. Ah, y se le ve precioso el vestido, parece chiquilla de treinta y cinco —halagó Ana provocando un leve sonrojo en Carmen.

—Ay, niña. Las cosas que *decí*.

—Nos vemos a la noche, mamita —se despidió Jason besando a su madre—. Nos vemos, Arturo. —Estrechó la mano de él, advirtiendo con la mirada que no se pusiera idiota con su madre. A su vez, Arturo hacía lo mismo devolviéndole el gesto, amenazando las penas del infierno a Jason si se ponía idiota con su hija.

Hombres.

Ana y Jason abandonaron el departamento. El silencio reinó en el lugar.

—Usted no ha cambiado mucho desde la última vez que la vi —afirmó Arturo—. No recordaba su nombre.

—Yo tampoco recordaba el suyo, pero su cara me era familiar —replicó Carmen—. ¿Y cómo está la señora…? —Dejó la pregunta en el aire, tampoco recordaba el nombre de la esposa de Arturo

—Sofía. Falleció hace quince años.

—Qué lástima… —Se quedó callada unos instantes, de verdad lamentaba que la señora hubiera fallecido tan joven—. ¿Sabe qué pasó después de que murió don Freddy? —preguntó mirando en dirección al piso de arriba, haciéndose la desentendida.

—La madre de él vendió todo. Nunca más supimos de ella, supongo que se murió. Ya en ese entonces era vieja la señora esa —contó Arturo, haciendo memoria, y evidenciando que aquella mujer no era un recuerdo grato.

—Ah.

—Ahora vengo a notar el parecido. Es idéntico a él… —aseguró Arturo—. No recordaba que su apellido era Holt, se me había grabado el segundo… Undurraga, lo encontraba más rimbombante. Han pasado demasiados años.

Arturo y Sofía eran un joven matrimonio cuando llegaron al edificio. Eran amigos de Frederick Holt, el padre de Jason, y solían asistir a las reuniones y fiestas que él realizaba. Nunca se enteraron —ni imaginaron— el idilio que sostuvo con Carmen, que en ese entonces, era apenas una chiquilla que hacía su trabajo prácticamente en silencio.

Las increíbles vueltas de la vida.

Después de treinta años se venía a enterar que esa chiquilla había tenido un hijo con Frederick, el solterón empedernido y que todo el mundo pensaba que era *gay*.

Jason era su vivo retrato.

Y definitivamente, Frederick nunca fue *gay*.

No eran necesarias, las explicaciones. No obstante, Arturo tenía curiosidad de saber qué había pasado durante todo ese tiempo. No conoció en profundidad a Carmen, que nunca rebasó los límites de la confianza y no pasaba más allá del saludo cuando se trataba de las visitas de su patrón.

Arturo creía que conocía a Frederick, pero se daba cuenta que nunca lo conoció del todo. Supuso que mantuvo todo en secreto, dado el carácter dominante, posesivo y clasista de la madre de él, que incluso miraba con desdén al joven matrimonio vecino de su hijo.

—Sí, demasiados. Más de treinta años…

—¿Todavía hace ese pan amasado perfecto? Nunca probé otro igual. Sofía era re mala para hacer masas —preguntó Arturo por aquello que nunca olvidó de aquella chiquilla. El talento que tenía para la cocina—. Casi pierdo los dientes la vez que intentó hacer, parecían unas lindas rocas de harina.

Carmen rio. Era la primera vez que Arturo escuchaba reír a esa mujer. Le llamaba la atención, parecía que ella temía hacerlo demasiado fuerte.

—Hasta donde sé, todavía tengo las manos buenas —respondió Carmen socarrona—. Supongo que puedo hacerle un poquito, don Arturo.

—No me llame «don Arturo», somos iguales —reprendió con suavidad—. Será un placer comer ese delicioso pan después de tantos años.

—No sea chupamedias. Es solo pan —rebatió vehemente, ocultando su timidez. Era incómodo escuchar halagos y que fuera recordada por el sabor del pan amasado que ella preparaba y que nadie nunca igualó.

Ramiro siempre le hallaba defectos a todo lo que ella preparaba, demasiada sal, poca sazón, el arroz no estaba bien graneado, el puré demasiado seco, la carne muy cocida. En fin, Carmen jamás volvió a escuchar que lo que preparaba era «perfecto» o, al menos, «delicioso».

Se sentía bien que un conocido la recordara, después de tanto tiempo, por hacer algo perfecto.

Arturo sonrió. Nunca imaginó que aquella chiquilla que alguna vez conoció, fuera de esa manera. Una personalidad inusual que conjugaba una excesiva humildad con un carácter que vagaba entre la inseguridad y la fortaleza y, que por momentos, lo confundía.

A Arturo le parecía que por instantes, Carmen volvía a ser la chiquilla silenciosa que alguna vez fue.

Esa chiquilla que se llevó el más grande secreto de Frederick en su vientre y nunca más apareció.

*****

La puerta de la bodega se abrió con violencia. Ana y Jason se besaban como si no fuera a haber un mañana. Se devoraban, sus cuerpos eran un enredo de brazos y piernas que rozaban, tocaban, apretaban y rasguñaban al otro.

Estaban desesperados. En la mañana habían llegado un poco tarde y no hubo tiempo para la dosis matutina de sexo desenfrenado, rápido, apasionado y animal. Y durante el transcurso del día apenas pudieron mirarse. Fue un día muy bueno en términos de venta y ajetreado por los preparativos del stand de la librería en la FILSA que iba a desarrollarse la semana siguiente. Por lo que no tuvieron ninguna instancia para tocar, besar o sentir. Y ambos necesitaban de ello.

Solo necesitaban cinco minutos —tal vez diez— para desahogarse, antes de partir en dirección a la reunión de la Cámara Chilena del Libro.

—Me encantan esos vestidos —susurró Jason mientras su mano hurgaba bajo la falda hasta encontrar la...—. Lo sabía, no estás usando nada abajo... *Ani, sei una ragazza perversa. Voglio essere dentro di te, adesso* —declaró acariciando la húmeda intimidad de Ana. A Jason le encantaba empaparse los dedos de ella, tentarla, desesperarla... desesperarse por entrar en ella.

Ana jadeó ante ese sensual contacto. Adoraba las palabras de Jason en italiano, toda ella se tensaba al escucharlas, atrapando el placer que le daban los dedos de él. Pero ella no era pasiva, también adoraba torturar a ese hombre, hacerle perder el control. Con pericia abrió el pantalón y sin más ceremonias, liberó esa tensa, pesada y caliente longitud. La empuñó. Dios, cómo adoraba sentirlo duro y suave en su mano. Rozó solo un poco el borde del glande, arrancándole un quejido a Jason que de inmediato se movió buscando esa deliciosa fricción.

Ana quiso darle algo más.

Se arrodilló frente a él, lamiéndose los labios. Era su turno de probar. No se consideraba especialmente diestra en aquel arte, dado que las pocas veces que lo intentó, el innombrable tomaba el control, embistiendo sin cuidado, y le hacía sentir que solo la usaba. Lo evitaba a toda costa.

Ahora quería probar que tanto Jason la dejaba ser, cuanto control y poder le iba a otorgar.

Jason miraba desde arriba esa cabellera castaña, ese cuerpo menudo, esas manos que lo tomaban con avaricia. Esa cálida boca tentadora.

Cerró los ojos y echó la cabeza para atrás cuando sintió esa humedad envolvente, esos labios que se ceñían en torno a él y lo arrastraban a un vórtice de sensaciones. No quería mirarla, le bastó solo con ver cómo ella se arrodillaba frente a él para sentir que iba a estallar. Si miraba lo que Ana le hacía, iba a acabar sin remedio, sin aviso… Deseaba disfrutar ese regalo.

Ana jugaba, se dio el tiempo de saborear, lamer, engullir. A veces lento, a veces rápido. A veces tierna, a veces llena de lascivia. Y lo disfrutaba, sobre todo al escuchar esos siseos roncos, al sentir esas caricias en su cabello, al notar cómo él se refrenaba o solo le ayudaba para indicarle el ritmo, para que lo conociera, pero nunca para imponerle ni para usarla.

Era maravilloso saber que podía dar verdadero placer de esa manera, que Jason se deleitaba con todo lo que ella le daba. La excitaba sentir que tenía el poder de alargar el juego o terminarlo, obligándolo a llegar al final.

Pero eso no estaba en sus planes en aquel momento, deseaba sentirlo dentro de ella, empujándola con fuerza, que la llevara directo al éxtasis y sin escalas.

Lo quería rápido. Lo quería ya.

—A la silla, ahora —demandó Ana, cuando dejó a Jason al borde del orgasmo.

Sin perder ni un segundo Jason la tomó de la mano y se internó al final de la bodega. Ni siquiera se iban a tomar la molestia de desvestirse. Él solo se sentó dejando solo al descubierto su prominente y orgullosa erección, bajando su ropa solo lo necesario. Ana se mordió el labio, adoraba verlo así, como si él le dijera «ven a tomar lo que es tuyo».

Y así lo hizo.

Lo montó como si fuera una amazona. De hecho, así se sentía, tomaba y poseía a ese hombre a placer. Jason se aferró a sus caderas en cuanto sintió el interior resbaladizo y ardiente de Ana, recibiéndolo, cerniéndose a su alrededor y ajustándose a la perfección a él. Era algo prodigioso sentir piel con piel, sin barreras, fusionándose, fundiéndose en un solo ser.

Siendo uno, solo uno.

—*Lasciatemi riempirti...* Déjame llenarte, bella... —susurró liberando con brusquedad los pechos de Ana, para luego chupar y lamer con lujuria, a la vez que profundizaba sus embestidas, alcanzando nuevos niveles de frenesí que solo enardecían a esa preciosa mujer.

Adoraba provocarla, hacerla gemir, disfrutar, que se soltara y fuera una verdadera hembra. Cumplirle sus deseos y fantasías para complacerla, porque de esa manera, ella le entregaría todo, sin dudar, sin ocultarle lo que ella anhelaba.

Y él era feliz dándole todo, entregándose sin guardarse nada.

Ana se aferró al cuello de Jason envuelta en esa espiral de fruición, que le hacía sentir que estaba a punto de morir de deleite. Nunca el placer era igual, siempre era diferente, pero de cualquier modo, no variaba la intensidad, el gozo, esa indescriptible sensación de felicidad y liberación que solo alcanzaba con él.

Jason era la pieza fundamental del frenesí que ella lograba, con él los orgasmos eran algo extraordinario. Él era extraordinario y le hacía sentir que ella también lo era.

Juntos lograban lo imposible.

—Quiero sentirte, Ani —demandó acometiendo con vigor y constancia—. Dámelo todo... ¡Todo! —azuzó mirándola a los ojos. Verde y castaño se encontraron—. ¡Todo!

Y ella se lo dio.

El interior de ella se contrajo al alcanzar el éxtasis. Jason lo sintió; su miembro atrapado entre los espasmos de placer; ese palpitar que para él apenas era un atisbo del inmenso deleite que recorría cada célula del cuerpo de Ana, pero era suficiente para saber que ella estaba ahogada en un océano de sensaciones.

Y era suficiente para él, se lo bebió todo, hasta que ella aflojó su agarre y sus músculos se relajaron disfrutando los últimos estertores de ese orgasmo devastador.

Siguió embistiendo, bajando la intensidad hasta detenerse por unos momentos. Ana tenía su cabeza apoyada en su hombro intentando recuperar el aliento. Jason la abrazó, adoraba tenerla entre sus brazos, sentirla suya.

—Te quiero tanto, Jason —declaró Ana en apenas un murmullo que llegó claro a sus oídos.

—Yo también, mi bella Ani. Me haces tan feliz...

—¿En serio?

—El simple hecho de encontrarte, de encontrarnos, hace que todo lo que he vivido valga la pena.

—Jason...

No pudo seguir hablando, Jason la besó profundo, con fervor, con adoración, a la vez que se hundía en ella, reiniciando esa unión, haciendo que el deseo los volviera a invadir con la misma intensidad de hace unos minutos.

Ana lo siguió, con brío renovado, sintiendo que un nuevo clímax se construía dentro de ella con una rapidez inusitada. Cada acometida, cada retirada la precipitaba hacia la liberación.

Jason no podía creerlo, volvía a sentirla, pero esta vez se dejaría llevar; porque deseaba colmarla, llenarla de su esencia, marcarla y sentir ese aroma que adoraba, el de su unión.

Ambos cogieron un ritmo castigador, casi violento. Ana no gemía, gritaba. Jason no jadeaba, gruñía con furia enterrando sus dedos en las nalgas de Ana, potenciando esa embestida, para que ella lo sintiera bien adentro, tanto como pudiera. Era delicioso, brutal, y también eran ellos.

Podían ser dulces, apasionados, bestiales, lascivos, románticos. Podían serlo todo. Sin restricciones.

Jason no soportó, el orgasmo se apoderó de cada fibra de su ser, arrasando con su cordura, apenas creyendo que podía sentirse de esa manera tan carnal y sublime. Se derramó una y otra vez en el interior de Ana, tan profundo como pudo llegar. Y ella, al sentir cómo Jason alcanzaba el orgasmo, desató el propio, siguiéndolo, sintiéndolo en su centro como una onda expansiva que le dejó la mente en blanco por unos instantes, donde solo era capaz de sentir aquel cálido y dorado sentimiento que le llenaba el alma, el cuerpo, el corazón.

Nunca, jamás en su vida se había sentido así, con esa fuerza abrumadora. Con nadie.

Lo miró a los ojos, no podía dejar de admirar ese verdor transparente que lo expresaba todo y la vez le ocultaba secretos que ella deseaba develar. Quería descubrirlo y no le importaba si le tomaba toda la vida. Un sentimiento nuevo crecía a pasos agigantados, y solo Jason lo provocaba. Solo él. Nunca nadie antes que él.

Solo esperaba que él sintiera lo mismo que ella, porque definitiva e indiscutiblemente, ella ya lo amaba. Y estaba segura que nunca dejaría de hacerlo, que podría estar toda su existencia amándolo.

Sí, eso era amor.

Capítulo 18

La reunión de la cámara fue la cosa más enervante a la cual haya asistido Jason en toda su vida. Ana era la única mujer entre una veintena de hombres mayores de cincuenta años que la trataban de manera condescendiente, y con un velado machismo, como si por el simple hecho de ser una joven mujer, no tuviera derecho a tener cerebro. Jason estaba que echaba humo por las orejas, pero se contuvo de ello para no entorpecer las conversaciones, aparentemente, casuales. Su rictus era serio, insondable, mas no reflejaba esa furia que apenas contenía.

Para los demás, el hombre que acompañaba a Ana era serio, interesante, reservado e inspiraba confianza.

Cuando Ana presentaba a Jason como el nuevo socio de Arturo, la actitud de ellos cambiaba de forma radical. Empezaban a ignorar de plano a Ana y enfocaban su atención en Jason.

Todos, sin excepción.

Ana internamente rodaba sus ojos hasta dejarlos en blanco, estaba habituada a que siempre la ignoraran, pero no de una manera tan flagrante. Las pocas veces que acompañó a Arturo fue un suplicio inacabable. Por eso prefería dejar esos menesteres a su padre, no tenía alma de masoquista para ir a sufrir de gusto el rechazo solapado de esos vejetes.

En la reunión se trataron los últimos detalles concernientes a la realización de la próxima versión de la feria internacional del libro de Santiago que se llevaría a cabo la semana siguiente. Era importante asistir, dado que la librería iba a tener un stand en la feria y, en aquella oportunidad, se entregaría información importante.

Pero aparte de ello, ese tipo de reuniones se prestaba para luchas internas encubiertas. Varios de los asistentes eran del estilo de abrazar y dar puñaladas por la espalda al mismo tiempo.

Si Jason no hubiera acompañado a Ana, no habría creído que el negocio de las librerías en muchos aspectos era igual a la mafia o a los carteles de narcotráfico.

Todos los dueños de las librerías que eran competencia directa de «La chilena» pasaron a ser sospechosos de tener alguna relación con los robos, al demostrar demasiado interés en el nuevo socio de Arturo.

El plan que acordó con Ana era que en algunos momentos dejara a Jason sin su compañía para que él pudiera interpretar su papel e intentar obtener cualquier indicio. Dado el carácter conventillero que tomaban aquellas reuniones, era sensato que la presencia de Ana fuera un factor que ayudase a introducir a Jason de mejor manera en ese círculo, pues se trataba del hombre que protegía y le daba el cerebro que le faltaba a esa pobre chiquilla.

—¿Qué fue lo que te impulsó a invertir en el negocio de Arturo? —Fue la pregunta directa de Darío Olmos, dueño de la librería «Textos y más». Jason mantenía su rostro impertérrito.

—Me pareció un negocio rentable. Arturo necesitaba un socio y, según sus números, era un buen momento para hacerlo —respondió dando información ambigua. Solo necesitaba mirar y escuchar con atención a su interlocutor.

—¿Rentable? —contradijo Darío con sorna—. Tenga cuidado con ello. He sabido que Arturo no anda bien económicamente. Dicen que no tiene cómo solventar a los trabajadores *part time* para el stand de la FILSA[43].

—¿En serio? No me habían informado sobre ello —respondió Jason fingiendo sorpresa, para después fruncir el ceño, evidenciando su malestar—. He visto que todo va en orden —agregó.

—Pues, le recomiendo que ponga atención… Le dejo la inquietud. —Fue la estocada verbal de Darío, antes de saludar con un gesto otra persona—. Si me disculpa…

—Gracias por la recomendación.

—No hay de qué.

Ana miraba de soslayo cómo Jason se quedaba a solas con las manos en los bolsillos. Indudablemente, él llamaba la atención, su porte, su físico, su expresión corporal. A ella le parecía increíble que Jason dijera de sí mismo que era un *flaite*. En ese momento era un hombre con clase, como si sangre aristocrática corriera por sus venas. Era una locura la capacidad de ese hombre de disfrazarse, de ser camaleónico.

---

43 *FILSA: Feria Internacional del Libro de Santiago*

Muchos hombres, en uno solo.

Y todos eran suyo.

—Nos llegó el rumor de que tu novio ya no trabaja para ustedes. Ahora que tu padre está inválido todo se te pondrá difícil, chiquilla. —José Aguayo, propietario de la librería «Proa» interrumpió los pensamientos de Ana con aquel mordaz comentario camuflado con un tono de voz paternal.

—Ex novio —subrayó—. Mi papá solo tuvo una leve fractura, la próxima semana vuelve, no sé de dónde sacó que está inválido —informó Ana secamente, pero con unas ganas de ahorcar a su interlocutor, no obstante debía ocultar sus emociones. Estaba siendo los ojos y oídos de Jason en ese momento que estaban separados.

—Tal vez es tiempo de que Arturo considere jubilarse anticipadamente—sugirió—. Va a ser complicado para ti, ahora que estás llevando la librería sola —agregó—. Que tengan un socio no significa que las cosas resultarán.

—No estoy sola, don Julio. El socio de mi papá me está ayudando —afirmó Ana impasible ignorando sus instintos asesinos, y solo concentrándose en lo que ese hombre intentaba decir entre líneas.

—Un socio invierte porque quiere que el dinero llegue solo, sin necesidad de cumplir un horario. Yo que tú y tu padre me preparo para una futura retirada de ese muchacho. Dudo que pueda soportar tanto.

—Bueno, ya veremos hasta donde aguanta. De momento él ha sido muy amable en ayudarme a llevar las cosas en orden.

—Has tenido suerte Anita, no todos los socios hacen aquello. Solo ten en mente que debes estar preparada para cualquier escenario.

—Gracias, por el consejo, don José.

—De nada, niña. Por cierto, ¿ya tienen listas a las personas del stand del este año?...

Jason miró la hora en su móvil. Habían llegado a la reunión a las seis de la tarde, ya eran las ocho. Para él había transcurrido una eternidad. Tomó un vaso de jugo de un misterioso sabor que estaba servido para los asistentes y bebió un sorbo de su contenido. Naranja Maracuyá.

El sabor lo llevó directo al recuerdo de aquel día en que ella se disculpó con él, tantas cosas pasaron entremedio, y se encontraba en un punto en que se sentía feliz y satisfecho con su vida. Miró de soslayo a esa mujer que le había permitido alcanzarla. Estaba seria, hablando con el dueño de la librería «Proa». Su postura era relajada, interesada en la conversación. Pero Jason sabía que eso era una mera fachada, durante todo el recorrido hacia la reunión la sonrisa de satisfacción sexual que adornaba los labios de Ana se iba esfumando a medida que avanzaban. La librería quedaba a un poco más de un kilómetro de distancia del edificio donde se ubicaba la Cámara Chilena del Libro, por lo que fueron caminando, y ya a la altura de tres cuartos de camino, Ana ya tenía cara de ir directo al cadalso, de aquella sonrisa no quedaba nada.

Apuró su jugo y avanzó un paso, no pudo reprimir el impulso de ir a salvar a su damisela en peligro de morir de aburrimiento, pero la figura rubicunda de Humberto Díaz se interpuso en su camino con una sonrisa afable, obligando a Jason a usar la máscara de superioridad de hombre de negocios.

—Jason, muchacho. Recién me vengo a enterar que eres el socio de Arturo, qué buena noticia. El otro día solo pensé que solo eras el reemplazante de Joaquín, pero nunca imaginé que eras el socio. Anita, siempre tan distraída, no nos presentó formalmente.

—Estábamos en una reunión con un escritor independiente esa tarde, probablemente la pilló volando bajo. La conversación estaba muy entretenida —argumentó Jason con naturalidad.

—¿Y hace cuánto que eres socio de Arturo?

—Hace un mes que firmamos contrato —mintió Jason, todo era de palabra con su ahora suegro—. Arturo necesitaba inyectar capital, me enteré de su negocio por amigos en común y heme aquí.

—Me llama la atención que Arturo haya necesitado de un socio. Su negocio es de los más estables, ya lleva casi treinta años a cargo de la librería que heredó de su padre.

—El último año no ha sido de los mejores, pero son solo cosas externas. En realidad, Arturo es muy hábil llevando su negocio, por eso decidí invertir. Solo necesitaba una ayuda para salir de su mal momento —explicó Jason de manera sucinta.

—Ha sido la tónica de este año. De hecho, el negocio ha sufrido un aumento de compradores este año desde que incluimos al catálogo de saldos las novelas rosa. Fue una gran movida que Arturo nos comentó y ha dado resultados. Muy buenos, debo admitirlo. Pero ya hemos sufrido varios asaltos y no de poco dinero, eso merma las utilidades de cualquier negocio.

—Tal parece que a varios les está pasando lo mismo.

—Al único que se ha salvado de esta ola de asaltos ha sido Orlando Maluenda.

—¿Quién es él?

—El dueño de «Leyendo Ando», pero justamente hoy no vino. Ha sido una suerte que Arturo haya encontrado un socio, me parece que tendré que hacer lo mismo. Empecé en el negocio casi al mismo tiempo que Arturo tomó las riendas de su librería y él siempre fue acertado en sus decisiones, ¿no te interesaría invertir en el mío? Siempre es bueno tener repartidos los huevos en diferentes canastas.

—Es una opción que no descarto del todo, envíeme una propuesta. Aquí tiene mi tarjeta. —Jason le entregó a Humberto su tarjeta de presentación, el hombre solo leyó Jason Holt, con su correspondiente correo electrónico y celular sobre el papel hilado de color negro con letras blancas. Nada más, ni empresas ni dirección.

—Interesante —comentó Humberto alzando las cejas—. Pensé que eras de alguna empresa de inversiones o algo así.

—Me gusta la independencia, la variedad y así evito que el servicio de impuestos internos meta demasiado sus narices.

—Y a mí me gusta tu estilo. En la semana te estaré enviando la propuesta.

—La estaré esperando.

La gente empezó a retirarse del salón paulatinamente. Jason consideró que ya era hora de imitar a los demás. Se acercó a Ana, quien todavía conversaba con José.

—Ana —interrumpió con un tono de voz amable—, ya es hora —anunció posando su mano en la espalda baja, traspasando el calor de su mano por sobre la delgada capa de la tela del vestido.

Ana imperturbable al contacto, pero casi ardiendo por dentro, le sonrió afable a don José.

—Debemos irnos, nos estamos viendo —se despidió intentando no evidenciar su premura por salir corriendo de ese lugar.

—Que te vaya bien, niña. —Besó la mejilla de Ana con suavidad y luego estrechó la mano de Jason—. Para la otra conversamos, muchacho.

—Sin duda —respondió, esbozando una sonrisa.

Sin decir ninguna palabra más, se retiraron del edificio, solo cuando Ana sintió el aire tibio del exterior acariciando su cara, resopló.

—¡Qué terrible! Ha sido como estar en un nido de víboras —manifestó agotada mentalmente.

—Yo diría que fue como estar en una reunión con jefes de carteles —expresó Jason socarrón—. Ya veía que en cualquier minuto empezaban a matarse entre unos y otros.

Esa aseveración le provocó a Ana una oleada de pesar por la vida pasada de Jason, tan solitaria, tan peligrosa. Él lo contaba como chiste, pero en el fondo no era así. Se sacudió esa sensación, la vida de él ya no era esa.

Caminaban relajados, tomados de la mano por la vereda sur de la Alameda en dirección a la estación de metro Moneda. El ruido de los autos que transitaban por la calzada les hacía elevar la voz.

—¿Y cómo te fue? —preguntó interesada para saber los resultados de las conversaciones que sostuvo Jason con los dueños de las librerías de la competencia.

—Todos estaban demasiado interesados por la economía, el futuro de la librería y de tu padre. Parecían buitres esperando a que se muera la presa para comerse la carroña —contestó, usando su tono profesional. Cuando él empezaba a deducir, razonar, conjeturar, construir hipótesis, cambiaba de manera sutil su forma de impostar la voz.

—Ves que no exageraba —reprochó haciendo un mohín.

—Lo sé, Ani… —Suspiró—. Pero ha sido productivo.

—Tú eres el experto. Me vas a tener que compensar por haberme hecho pasar por este suplicio.

La sonrisa depredadora que emergió de los labios de Jason, aprobó la moción de compensar de algún modo placentero a Ana en el corto plazo.

Empezaron a bajar la escalera del metro, y la temperatura del aire subió bruscamente. El golpe de calor que sofocaba todo vestigio de frescura, ponía a prueba cualquier sistema inmune.

—El viernes te demostraré que puedo hacer otras cosas aparte del silla-sutra —propuso Jason bajando el tono de voz, atrás quedaba el bullicio al descender a la estación del subterráneo—. Ya se me están acabando los recursos.

—¿Silla-su…? —Ana no terminó su pregunta, porque la respuesta vino sola. Estalló en carcajadas al pensar en la bodega, y el único lugar que usaban cuando se trataba de alcanzar el éxtasis.

—Pobre silla, no sé cómo aguanta. Cualquier día de estos terminaremos en el suelo —comentó Jason alzando una ceja acusadora, mirando de soslayo a Ana que sonreía.

—Bueno, así vamos a variar nuestro repertorio —replicó fingiendo indolencia.

—¿Estás insinuando que es rutinario? —Le siguió el juego, haciéndose el ofendido.

—Oh, no. Nada de eso… Tú lo dijiste, es el silla-sutra. Solo me refiero al lugar, me encantaría una cama, el sillón, la pared, la ducha…

—Calla, mujer… Estás provocándome, y estamos solo a la vuelta de mi departamento. No me cuesta nada devolverme.

—Tienes razón… ¡Ah el destino! Pero no podemos abusar de Carmencita y su buena voluntad. El viernes me desquito.

Ambos rieron, entretanto que pasaban su tarjeta por los torniquetes para poder acceder al andén. Por unos segundos sus manos se separaron, pero a la postre volvieron a unirse cuando retomaron su andar.

—¿Te puedo hacer una pregunta íntima? —consultó Jason con curiosidad.

—No me imagino que pueda ser si me has visto todo —respondió Ana, alzando su vista, encontrándose con ese verdor que amaba, y sonrió—. Pero dale.

—¿Siempre has sido así… tan… apasionada? —preguntó al fin con cautela. De pronto, le había asaltado la duda. Si comparaba a la Ana que conoció con la de ahora, eran diametralmente opuestas. Lo cual no significaba que no le gustaba, todo lo contrario.

Ana no se tomó a mal la pregunta, no había mala intención en la voz de Jason.

—Apasionada, es un buen eufemismo para no decirme caliente. Gracias, morenazo por tu delicadeza —bromeó y rio coqueta—. A decir verdad, contigo me siento cómoda de ser y hacer lo que se me plazca… En todo sentido. —Se aferró al brazo de Jason, que la escuchaba atento—. Antes, simplemente no me atrevía, como si hubiera amordazado a mi propio yo para calzar con la personalidad fría del innombrable. Cuando todo terminó con él, decidí que no volvería a ser así, y tú me dejas ser, no me juzgas ni cómo soy ni lo que hago ni lo que digo ni mis gustos.

—Entiendo. —Besó la coronilla de Ana e inhaló su cabello fragante y femenino—. Me gusta que seas tú misma y cada una de tus formas de ser.

En ese momento, entró en el andén el tren invadiendo la atmosfera con su sonido atronador. Ambos se quedaron en silencio mientras esperaban a que las personas bajaran del vagón, para luego subir.

—Oye, Jason —llamó de pronto Ana, mirando el reflejo de ambos en el vidrio de la puerta del vagón.

—Dime.

—Te quiero mucho.

—Yo también, mi Ani preciosa.

*****

El automóvil sedán del año se internaba por las estrechas calles de aquella población. El hombre prefería ir a buscar su cuota mensual personalmente a su proveedor, los intermediarios alzaban demasiado sus precios, y su prioridad era proteger su bolsillo de esos embusteros. Su vicio era caro de solventar.

Se estacionó frente a la reja de fierro. No detuvo el motor, solo bajó la ventanilla, y tocó la bocina tres veces, cortas y seguidas. Era su nerviosa señal de que ya estaba ahí.

Como siempre, salió su vendedor con una sonrisa y una bolsa de papel entre sus manos. No hablaban nada, solo hacían el intercambio de compra venta en un lenguaje común de expresiones corporales y gestos.

—Que tu hombre empiece a vigilar desde el lunes. Te aseguro que tendrá un resultado jugoso. Será sencillo para ustedes.

—Ya *po'h*… pero le advierto que se puso re difícil la cosa, me informaron que la última vez que intentaron algo, había un *gallo*[44] que no dejaba sola a esa *cuiquita*. Y esa semana fue mala, apenas entró gente, no como dijo *usté*. Ya no es tan sencillo, quiero que nos vayamos 80 y 20.

—Dalo por hecho… —aceptó sin regatear, el dinero no era lo más importante para él—. Todo el mundo le teme a un arma apuntando al pecho. No te preocupes, da igual la compañía. Te soltarán el dinero de todos modos.

—Si *usté* lo dice…

Sin despedidas, el hombre retomó su camino, emprendiendo camino al norte, sintiendo euforia recorriendo sus venas.

Un golpe más, uno bien dado, y sería suficiente para hundirlos.

---

44 *Gallo: tipo, sujeto.*

Capítulo 19

El aroma del pan amasado recién hecho invadió las fosas nasales de Arturo. Siglos que no sentía ese aroma tan particular. Se le hizo agua la boca, imaginó que deslizaba con un cuchillo la mantequilla sobre la miga caliente, derritiéndola, empapando la superficie.

—¿Le falta mucho a ese pan, Carmencita? —inquirió Arturo impaciente.

—Tiene que enfriarse un poquito, o si no, le achicharrará la lengua y no podrá sentirle *naa* del sabor —respondió Carmen con cierto tono maternal. Arturo era como un chiquillo.

Y era extraño viniendo de una persona bastante mayor que ella, según recordaba. No le había tocado tratar con hombres así.

El único hombre diferente que conoció en su vida fue Frederick, y luego sus hijos, Jason y Bernardo, porque a pesar del autoritarismo y machismo de Ramiro ella pudo sembrar su semilla con ellos y no dejar que esas costumbres echaran raíces en sus corazones.

El resto de los hombres con los que tuvo alguna relación eran horribles…

Era desconcertante estar en ese lugar, era como estar en el pasado, y sin embargo, treinta años habían transcurrido. Era como un *déjà vu*. Arturo era amable, buen conversador, tenía muchas historias y aunque se mostraba hosco cuando era evidente que algunas cosas no podía hacerlas con ayuda, no se desquitaba con ella.

Cuando Carmen aceptó el favor que le pidió su hijo, imaginó que se iba a encontrar con otro tipo de persona, tal vez con un hombre envarado que la miraría en menos, iba preparada para ello. Siempre estaba preparada para lo peor… Esa actitud era parte de ella, no siempre fue así, pero cambió de forma radical durante sus primeros años de adultez. La realidad la abofeteaba figurativa y literalmente, quitándole la inocencia, la esperanza, la fe.

Carmen de a poco se acostumbraba a hacer las cosas según sus deseos. Jason varias veces le reprendió por hacerle el aseo, o servirle la comida en cuanto llegaba del trabajo. No tenía que hacerlo, no era su deber, a él le bastaba con saber que ella estaba tranquila.

Pero descansar, no hacer nada, le hacía sentir inútil. Toda su vida el ocio fue considerado un pecado, no sabía qué hacer con toda esa cantidad de horas libres. Pensó en trabajar, Jason no tenía problema con que lo hiciera, solo le rogó que no fuera haciendo aseo, cualquier cosa menos eso.

Lamentablemente, a sus cuarenta y siete años, sin terminar su educación y sin experiencia laboral, al único empleo al que podía aspirar era precisamente haciendo aseo.

Era increíble, incluso sentía que la misma sociedad no le daba las oportunidades para hacer otra cosa diferente a la que estuvo condenada toda su vida.

Y ahora, en ese departamento, cuidando y acompañando a Arturo, por primera vez en mucho tiempo se sentía útil y apreciaban lo que hacía, incluso era recordada por su habilidad en la cocina, no por ser una simple empleada doméstica. Esa jornada se estaba transformando en un bálsamo para su alma y su autoestima maltrechas, aunque ella no fuera completamente consciente de ello. Solo se sentía muy bien, cómoda, e incluso, con más seguridad en sí misma.

—Usted no tiene compasión con esta pobre alma, Carmencita. Me tortura con ese olor a pan recién hecho y no me quiere dar —le recriminó poniéndose la mano en el corazón, fingiendo pesar.

—No sea *exagera'o*, don Arturo —respondió Carmen con una sonrisa.

—Esta es la cuarta vez que le digo que elimine el don de su vocabulario, si en cierto modo somos parientes —reprendió Arturo con tacto.

—Se me olvida —respondió azorada. Le costaba sacarse de la cabeza de que los hombres no eran seres superiores, hasta hace muy poco le era imposible pensar que era una persona igual de valiosa, con los mismos derechos.

Tenía que trabajar mucho con eso. Porque el mundo de afuera era muy distinto al que vivió en la casa de Ramiro.

—Repita después de mí: «Arturo». No es difícil.

—Déjese de *payasaás*... Arturo.

—Ve que no es complicado… Ya pues, ¿qué tengo que hacer para que me dé pan amasado?

—Ya, ya, ya… me tiene *chata*. Es peor que un *cabro* chico —Accedió Carmen perdiendo la compostura, cosa rara en ella. Entró a la cocina, tomó la panera donde estaban enfriándose los panes y la llevó a la mesa de centro donde Arturo tenía puesta su pierna—. Ahí tiene, hágase la lengua chicharrón.

—¿Y la mantequilla? —preguntó Arturo inocente y cauteloso, viendo que Carmen lo miraba con el cejo levemente fruncido.

Carmen reprimiendo un resoplido volvió a la cocina, trayendo la mentada mantequilla y un chuchillo.

—Ahí tiene.

—Muchas gracias, Carmencita. Es una santa.

Arturo abrió un pan quemándose la yema de los dedos, siseando gustoso. El aromático vapor que emanaba invadió sus fosas nasales. Y tal como fantaseó minutos antes, le echó mantequilla a esa delicia.

Mordió un bocado.

Estaba caliente como el infierno y a la vez era el paraíso hecho pan. Arturo emitió un gemido aprobando el sabor, la textura esponjosa. Era un verdadero manjar.

—Ay, Carmencita. Creí que nunca más iba a volver a probar algo tan rico en mi vida… —Dio un gran mordisco, llenándose la boca—. Nunca más volví a comer ningún pan como el suyo —halagó con la boca llena.

—Tanto color que le pone, si es solo pan —dijo Carmen mientras miraba a Arturo comiendo con fruición. Parecía que estaba muerto de hambre.

—No le pongo color —replicó, tragando el ultimo bocado—. Sofía decía que la vida se compone de pequeños placeres, momentos fugaces de felicidad que quedan en el alma, y este es uno de ellos. No solo me ha hecho el mejor pan del mundo, me ha hecho recordar inmediatamente al pasado, a mi época de recién casado, los buenos momentos con Frederick —rememoró con nostalgia, pero conforme, eran recuerdos felices—… tan joven que era cuando nos dejó. Lo echamos mucho de menos con Sofía, era un buen amigo. En ese momento yo había heredado el negocio de la librería de mi papá, Frederick siempre me aconsejaba, me enseñó muchas cosas, y de pronto ya no estaba. Supongo que para usted debió ser peor… —Miró a Carmen y una lagrima solitaria se deslizaba por su mejilla.

Arturo no imaginó que le iba a afectar tanto su comentario, que era a todas luces, inocente.

—Murió por mi culpa —susurró de pronto Carmen, mirando la nada. Nunca había hablado de ello, era la primera vez que externalizaba sus sentimientos, lo que pensaba. Toda una vida ocultando ese secreto. Ni siquiera ella sabía por qué se lo estaba confesando.

Arturo no dijo nada, era absurdo lo que ella decía. Fue un infarto fulminante. Carmen lo miró y notó la interrogante en el rostro de él.

—Freddy murió cuando le conté que estaba *embarazaá*. Estaba feliz, y quince segundos después estaba muerto... Si no le hubiera dicho, tal vez si yo solo hubiera huido sin decir *naa*... él... Fue mi culpa, lo amaba tanto... y sabía que él me amaba, al menos, me lo demostraba siempre que podía —declaró rompiendo en un torrente de emociones imposibles de controlar, las lágrimas manaban empapando las mejillas de Carmen.

—Carmencita, venga, siéntese al lado mío —pidió Arturo con amabilidad.

Ella asintió, de pronto sentía que las piernas le fallaban, ¿acaso, nunca se iba a ir la tristeza de haber perdido tanto en su vida?

—No fue su culpa, créame —continuó Arturo—. Tome, un pañuelito. —En la mesa de centro había una caja con pañuelos desechables, Ana tenía la costumbre de leer ahí y siempre lloraba en alguna parte de sus lecturas. Arturo cogió uno y se lo dio—. Sé que él deseaba ser padre algún día, pero antes nunca quiso comprometerse. Su madre era demasiado egoísta y sobreprotectora con él, llegando al punto de castrarlo, boicoteando cada intento de él por tener una pareja. Imagínese, él no solo era feliz por ser padre, sino porque iba a tener un hijo con usted. Frederick no era bueno ocultando cosas, al menos para sus amigos, pero si nunca supimos de su relación con usted, puedo asegurarle que era solo para proteger aquello que tenían, no por vergüenza. Eso nunca. Por otra parte estaba su madre, el círculo social en el que se movía, las habladurías podían llegar al punto de hundirlos, a él, a usted. Todo eso debió pasar por su mente en esos segundos.

—¿Ve?, fue mi culpa.

—No, Carmencita. Usted no era adivina. —Arturo le rodeó el hombro y le dio un abrazo fraterno, consolador—. Pudo haberle pasado en ese momento o en otro. Imagine la siguiente situación, si la madre de él se hubiera enterado, ahí ella lo habría matado del infarto, la viejuja esa era de temer. Tal vez fue mejor así... Felicidad fue el gran sentimiento que atravesó su corazón antes de morir. Quédese con eso, no con la culpa... Nadie es culpable de un infarto fulminante.

Se quedaron en silencio, entretanto que Carmen se sosegaba. Hablar abiertamente de Frederick y de su muerte era demasiado abrumador. No obstante, una parte de ella estaba asimilando las palabras de Arturo, debía reconocer que la madre de Frederick era horrible y siempre estaba manejando la vida de su hijo en todos los aspectos posibles. Ni siquiera el vivir separado de su progenitora fue un aliciente en la influencia que ejercía sobre él.

—Ella siempre me trató mal. La escuchaba cuando le decía a Freddy que en cualquier momento me iba ofrecer como puta, metiéndome en su cama... Yo no era así, era mi patrón, tenía que ayudar a mantener a mi familia, por mucho que me gustara, nunca hice o dije nada. Él fue quien se declaró primero... yo ya estaba enamorada hasta las re patas... era una *cabra* chica que no sabía en el *tete* en el que se estaba metiendo, pero fue la época más feliz de mi vida. Nunca pude olvidarlo... Nunca. Jason se parece tanto a él... Hubo un tiempo en que perdí a mi niño, el hombre con el que me casé fue tan malo con él... conmigo... No fue fácil *pa'* nadie. Si supiera por todo lo que pasó mi niño, el daño que le hizo Ramiro. Y así y todo es un buen hombre.

Arturo no comprendía del todo, mas no dijo nada. Carmen estaba demasiado vulnerable como para someterla a un interrogatorio.

—Es un buen hombre su hijo, Carmencita —concordó Arturo—. Pero se está llevando a mi hija, nunca la había visto así —bromeó—. Estoy seguro que en cualquier momento me va a salir con alguna noticia impactante.

—Anita le ha hecho bien a mi niño, *usté* tiene una hija muy especial. Jason la adora —afirmó resuelta, más calmada.

—La mira como un cachorrito.

—La mira como Freddy me miraba a mí. Por eso sé que la ama mucho.

—A mí Freddy nunca me miró así, no puedo asegurárselo —aseveró Arturo, guasón. Carmen rio apenas, le pareció que recordar al padre de Jason, junto con Arturo, le era mucho menos doloroso—. Creo que hizo bien en ocultar a Jason. La madre de Frederick se lo hubiera quitado sin que le temblara la mano.

—¿Aunque hubiera sido hijo de una *empleaá* doméstica, una india ignorante y sin clase? —parafraseó Carmen uno de los amorosos calificativos de la madre de Frederick.

—No le hubiera importado. Tenía la sangre de su hijo y el parecido es sorprendente. Usted nunca más hubiera visto a Jason.

Esa sentencia hizo que Carmen viera todo desde otro prisma, no habría soportado vivir sin Jason. Habría muerto en vida... Bueno, su matrimonio con Ramiro casi la mató, pero ahí radicaba la diferencia, en el «casi». Todavía estaba viva, y había tenido a su hijo a su lado, a excepción de los últimos doce años.

Sopesó ambas situaciones, los golpes, la mala vida, todo valió la pena. Sin su primogénito, no se habría casado, no tendría ni a Lidia ni a Bernardo. Su vida, tal vez, habría sido diferente, o tal vez ya habría seguido a Frederick por su propia mano. No habría tenido suficientes motivos para seguir viviendo.

Ella se llevó la mejor parte.

—Gracias, Arturo. No sabe lo bien que me ha hecho hablar de Freddy. Nunca antes lo hice —reconoció Carmen con el alma mucho más liviana, como si se hubiera desecho de un saco de rocas en su espalda; que incluso le daba la sensación de estar toda la vida encorvada por el peso—. Jason apenas sabe lo principal, pero ¿qué puedo decirle después de tantos años?

—Es bueno hablar de alguien a quien quisimos mucho, Carmencita. Nosotros sabemos y recordamos cosas que Jason nunca vivió ni podrá imaginar. ¿A él no le da curiosidad saber más?

Carmen se encogió de hombros, siempre esa parte de su vida se la reservó. No le veía sentido si ni siquiera sabía dónde estaba Frederick enterrado.

—Se enteró de *toa* la historia hace solo unos meses. Mi papá, prácticamente me obligó a casarme *pa'* poder quedarme con Jason y ese hombre no fue bueno en ningún aspecto, mi niño siempre supo que Ramiro no era su papá. Supongo que a estas alturas de su vida, Jason no necesita un padre y menos un recuerdo. Y es una lástima... Freddy habría sido un buen papá.

—Nunca lo sabremos, Carmencita... ¿Me da otro pancito? Y coma usted también, Sofía decía «las penas son menos comiendo».

Carmen sonrió, era muy sabia la difunta esposa de Arturo. Acercó la panera y se la ofreció, ambos sacaron un pan e iniciaron el ritual de embetunar la miga en mantequilla.

En silencio dieron la primera mordida al pan. Delicioso. Arturo tenía razón, «las penas son menos comiendo»

*****

—¿Por qué diablos haces esto? —interrogó Ana sintiendo que se derretía por dentro. Jason le pidió que subieran por la escalera en vez del ascensor.

La tenía acorralada en el descanso de la escalera entre el tercer y cuarto piso. Todo empezó como un juego excitante, pero llegaron a un punto sin retorno en que no podía parar.

—Porque me gusta dejarte mojada —respondió sin delicadeza mientras impúdicamente le hundía un dedo en el centro de su intimidad—. Odio los ascensores —admitió sintiendo la cálida humedad de ella en sus dedos.

—Puede vernos cualquiera acá —advirtió Ana, haciéndose la imagen mental de ser descubierta por alguno de sus ancianos vecinos. Su adrenalina se disparó, haciéndole aumentar más su excitación.

Nunca en su vida había tenido momentos tan ardientes. Jason era un ser erótico, perverso, que ponía a prueba su pudor, y ella envalentonada, respondía sin amilanarse. Le encantaba aceptar los desafíos que él imponía.

Nunca proponía, de hecho. Hacía lo que se le venía en gana y a ella no le incomodaba esa manera de ser…

—Eso te pasa por no usar ropa interior. Me tientas, es como si me dijeras a cada rato «fóllame cómo quieras, dónde quieras».

—¿Ahora es mi culpa? Tú no puedes contenerte, eres un animal.

—Y eso te encanta… Anda, muévete rápido y dame esos gritos que das cuando tienes un orgasmo —azuzó Jason hundiendo otro dedo más, dejando que ella se frotara a placer con la palma de su mano.

Sin importarle nada, Ana se contoneaba con lascivia, vigorosamente se empalaba con los dedos de Jason. Él la miraba a los ojos, fascinado con el color castaño de los ojos de ella, tan transparentes, y en ese momento, tan cargados de pasión.

Solo bastaron un par de segundos más y Ana le estaba regalando esos gritos cuyo eco reverberaba en las escaleras y que Jason ansiaba escuchar, sintiendo como el interior de ella palpitaba y apresaba sus dedos, tensando todo en su interior.

Respirando agitada y saciada, Ana sonrió maliciosa acariciando la erección que se encerraba dentro de los pantalones de Jason, al tiempo que él retiraba sus dedos, dejándole una sensación de vacío en sus entrañas.

—No vas a salir indemne de esto, Holt —afirmó mientras que él, sin rastro de recato alguno, le permitía el acceso para liberar su erección.

Sin mediar palabras la penetró, llenándola. Solo le bastaron cinco acometidas potentes y castigadoras para llegar al orgasmo que lo dejó drenado, satisfecho… pero con deseos de más.

Nunca se saciaba por completo, Ana le provocaba su lado más elemental. Apenas habían pasado tres horas desde la última vez que unieron sus cuerpos, y no resistió no estar dentro de ella de nuevo. Era la única que lograba esa perfecta combinación de intimidad, lujuria, amor…

Era tan diferente el sexo con amor al que simplemente se practica por mera calentura, por saciar un instinto. Independiente de la manera en que lo hacían, si era lento y dulce, o una carrera al éxtasis, si hacían el amor o solo follar, para él, era algo que llegaba a ser sublime, sagrado.

Porque la amaba. Sí, la amaba.

Y estaba seguro de que ella ya lo hacía. Era una certeza innegable, tanto como cuando el sol emerge desde la cordillera hasta cuando se escondía en el horizonte del mar.

Así era ese amor, natural y absoluto.

Capítulo 20

—Uno, dos, ¡tres! ¡Dale, Bernardo! —exclamó Jason haciendo fuerza. Ambos hombres estaban instalando un refrigerador nuevo en la cocina del departamento que iban a habitar Carmen, Bernardo y Lidia.

Después de una larga conversación, Carmen decidió que viviría con sus hijos menores en vez de Jason. El motivo era simple para ella, su hijo mayor necesitaba privacidad con Ana. Era un adulto que estaba empezando a hacer su vida sentimental, como cualquier persona, y ella prefería no convertirse en alguien que él tuviera que eludir en ciertas ocasiones.

Carmen no era tonta, solo tenía que ver a su hijo cinco segundos con Ana para saber que su relación era de todo menos platónica. Y lo entendía, ella fue joven, conoció el amor y sabía las implicancias de ese sentimiento cuando se traspasaban ciertos límites. Y sí que sabía cuanta libertad y privacidad necesitaba una pareja que estaba enamorada.

Y su hijo estaba muy enamorado.

De todas formas, Carmen iba a vivir dos pisos más arriba, no era una distancia insalvable. Convenció a Jason que podían verse y estar juntos cuanto quisieran.

Carmen observaba junto a Lidia cómo sus hijos trabajaban en conjunto. Era la primera vez que los veía de esa manera, se sentía orgullosa, cada día que pasaba sus hijos se compenetraban y unían más. Procuraban verse en la noche cuando todos ya volvían de sus trabajos, incluyéndose ella misma, que había estado trabajando, haciéndose cargo del cuidado de Arturo los últimos tres días.

Todos sus hijos empezaron a notar cambios de humor en Carmen, y para mejor, se le veía más segura, con más aplomo en su manera de expresarse. El trabajo le sentaba bien, sentirse útil y apreciada obraba milagros en su personalidad.

—¿El lunes tienes que ir donde don Arturo, mamita? —preguntó Lidia también con la vista perdida en sus hermanos, a la vez que alzaba las cejas al ver cómo se les marcaban los bíceps por hacer fuerza y preguntándose, por qué no habían en la tierra más hombres como ellos. Siendo muy objetiva y, apartando el hecho de que amaba a sus hermanos y a veces eran unos pesados con ella, los hallaba guapos, varoniles, maduros e inteligentes. En la notaría solo veía a viejos y a imbéciles con complejo de superioridad.

—Voy a trabajar hasta el 6 de noviembre, que es cuando termina la FILSA que empieza el jueves que viene. Ya que Arturo tiene poca movilidad, le conviene estar en la librería y que yo trabaje echándole una manito allá. Anita se hará cargo del *stand* y Jason picoteará entre ambos locales.

—Nunca imaginé a Jason trabajando para una librería —comentó—. Es tan raro, como ver a una culebra con patas —argumentó mientras se escuchaba cómo sus hermanos se quejaban de una manera un tanto vulgar por el peso del refrigerador.

—Arturo me contó que Jason en verdad da servicios de detective privado. Les está ayudando con unos robos que les hicieron.

—¡Vaya con el detective, se come a la hija del jefe! —bromeó Lidia, guasona—. Ya me parecía raro, Jason es más del estilo de estar siempre moviéndose.

—Sí, es muy inquieto. Siempre ha sido así —afirmó Carmen con nostalgia de esa época en que Jason era apenas un niño, antes de que perdiera la inocencia.

—Me acuerdo cuando lo veía a lo lejos en la población. Me iba dando cuenta de sus cambios, casi nadie los notó, en su forma de vestir, en las expresiones de su cara. Se fue poniendo más serio… Lo único que no cambió fue su risa, esa podía escucharla a una cuadra de distancia —relató Lidia. A veces, le costaba relacionar al adolescente rebelde y perdido con el hombre que era ahora su hermano. Sin duda, debieron pasar cosas muy significativas para transformarlo de esa manera tan radical.

—En esa época pensaba que en cualquier momento me iban a llegar la noticia de que él estaba muerto. Hasta que finalmente le dispararon, fue terrible fingir que no pasaba *naa*, mentir *pa'* poder justificar esa noche que pasé con él cuando estuvo herido en el hospital.

—Lo recuerdo bien —respondió Lidia escueta, porque inevitablemente recordó a Ramiro y ese odio que siempre le profesó a

Jason y los maltratos que recibía Carmen. Una punzada de rencor atravesó su corazón. La vida de todos hubiera sido tan diferente si su padre no hubiera sido mezquino en sus afectos—. Mamita, ¿estás bien? ¿Te acostumbrarás a vivir aquí? —preguntó con un injustificado miedo a que su madre no pudiera vivir sin el maltrato del que fue víctima toda su vida.

Carmen rio, y abrazó a su hija.

—Los cambios siempre son *pa'* mejor, sobre *too* este… En *too* caso, cualquier lugar es mejor que la población donde había que esconderse por balaceras a las once de la mañana o ver cómo los *cabros* se pierden y echan a perder sus vidas.

Lidia sonrió, pero solo sus labios se curvaron, sus ojos estaban llenos de pesar. Era terriblemente cierto e increíble estar acostumbrado a ello, sentir que en ese entorno aquello es normal; la violencia en todas sus formas, la mala vida, las drogas, el alcohol.

—Es verdad, y no olvides los fuegos artificiales que lanzan para avisar que llegó la droga —agregó intentando deshacerse de esa molesta sensación. Estaban empezando una nueva vida, en familia—. En todo caso, eran mejor que los disparos al aire.

—Sí, el Rucio usaba bengalas, pero tu hermano instauró la costumbre de los fuegos artificiales, era mucho menos peligroso, y no se corría el riesgo de que una bala loca le diera en la cabeza a un *cabro* chico. A lo mejor no te *acordai*, pero cuando niño Jason tenía una fijación con los fuegos artificiales.

—¿En serio?

—Sí, ¿por qué crees que vive tan cerca de la torre Entel?

Lidia rio a carcajadas cuando comprendió que su hermano mayor tenía una ubicación privilegiada para presenciar el espectáculo pirotécnico de fin de año que se daba a solo un par de cuadras.

—Ya, ahí está el refrigerador… qué *hueá* más pesada —rezongó Jason pasando el dorso de su mano sobre la frente sudada.

—A ustedes nomás se les ocurre comprar el armatoste más grande que encontraron —reprendió Carmen.

—No te servía el que estaba aquí, era muy enano —argumentó Jason—. ¿Cierto, Bernardo, que era muy chico?

—Es cierto, y este tiene un congelador enorme. Acuérdate de mí, Jason. Cuando vayamos al supermercado, la mamá lo va a llenar igual —aseveró Bernardo de buen humor.

Los tres hermanos rieron, era cierto. Carmen tenía una especie de mal de Diógenes con la comida, siempre acumulaba todo tipo de ingredientes, «por si acaso». Era una de las cosas que más le criticaba Ramiro, pero de manera injusta, si a él se le antojaba algo especial, Carmen tenía de todo para prepararlo, porque pobre de ella si ponía alguna excusa para no hacerlo.

Pero sus hijos no sabían aquello, eran demasiado pequeños para ser conscientes de ese comportamiento que ya era algo inherente a Carmen, era parte de ella, tanto así que ella había olvidado por qué era de esa manera.

—Ya, córtenla con sus *cahuines*[45], niñitos *pesaos*. Si ya terminaron con eso, me podré a hacer algo de almuerzo.

—No, lo hago yo, mamita —rechazó Jason.

—¿Así que cocinas, hermanito? —interrogó Lidia socarrona—. Qué bueno saberlo

—Por supuesto, los primeros años que estuve con el Rucio era prácticamente un empleado doméstico. Me defiendo bastante bien, enana. ¿Qué se te antoja? ¿Comida italiana, china, japonesa, o algo más nacional?

—¡Pero si eres todo un chef, *manito*! Anita se sacó la lotería… —Lidia chasqueó la lengua—. Italiana, anda, lúcete nomás. Hazme subir algunos kilos con algo de pasta.

—Nada de lúcete, me vas a ayudar. Esta receta la hacía la señora Gloria, ¿te acuerdas, Bernardo, de la abuelita del Rucio?

—Sí, la italiana. Era muy simpática esa señora —afirmó Bernardo con una sonrisa, recordando que era la única vecina que devolvía la pelota cuando caía en su jardín—. Es imposible olvidarla.

—¿Han probado los sorrentinos? —interrogó Jason a su madre y a sus hermanos.

—No —contestaron los tres al unísono.

—Entonces, eso comeremos.

*****

Ana buscó con la mirada a sus amigas. Después de muchos intentos al fin lograron ponerse de acuerdo para citarse ese día sábado y juntarse en el «emporio de la Rosa» en el Drugstore de Providencia, y tener una tarde de mujeres. Tenía una deliciosa sobredosis de testosterona, pero era justa y necesaria una conversación femenina para ponerse al día.

Vio que Daniela la saludaba y Ana sonriendo se acercó a la mesa donde ya estaban sus tres amigas.

---

45 *Cahuín: Comentario malintencionado que provoca disensiones entre personas.*

—Justo estábamos *pelándote*[46], Anita. —Fue el peculiar saludo de Mabel—. Nos preguntábamos qué onda con el *gay*.

Ana alzó las cejas y su sonrisa ladina la delató, luego saludó a todas sus amigas con un beso en la mejilla y se sentó.

—Uy parece que el *gay* era lesbiano, le gustan las *minas* —bromeó Marta dando una risotada.

—Mírenla, ya sabía que tenía algo raro esta *cabrita*, se le nota en la cara, hasta tiene la piel brillosita —ironizó Daniela de buen humor—. Ah no, solo es su sonrisa que nadie se la quita ¿no se te entumen los cachetitos?

—Ay, que son pesadas. ¿Cómo les ha ido? —preguntó Ana sintiendo que la cara se le ponía colorada.

—No, no, no. No nos cambies el tema que lo tuyo es más interesante que mi sequía sexual —terció Marta—. ¿Ves? Eso es todo lo que tengo que contar.

—Así es, Martita —coincidió Mabel—. Lo tuyo es mucho más candente que contar que mi jefe cada día se vuelve más imbécil.

—Sí, sí… queremos todos los detalles —agregó Daniela.

Ana rio, sus amigas eran curiosas en extremo.

—Bueno, oficialmente Jason no es *gay*. Está muy lejos de serlo, de hecho. Todo fue una serie de desafortunadas malinterpretaciones de mi parte —explicó.

—¿Ya te lo comiste? —interrumpió Mabel ansiosa y con un poco de sorna, dado el conocido pudor de su amiga respecto a los hombres y el sexo.

—¿Ustedes qué creen? —respondió socarrona regalándoles una risita que confirmaba la respuesta.

—¡Ooooooooooohhhhhh! —exclamaron todas al mismo tiempo con caras de sorpresa y alegría.

—No, esta no es la Ana que conocemos. Tienes que mostrarnos una foto del hombre que te está convirtiendo en una zorra —declaró Daniela.

—Mmmmmm… solo tengo una foto de él, se la saqué a escondidas —admitió Ana.

—¡Muéstrala! —exigieron las tres amigas al mismo tiempo.

—Ya, bueno —accedió con un poco de vergüenza, no por él, sino por sacarle fotos a escondidas.

Buscó la imagen en su móvil y sus ojos se perdieron por unos momentos recorriendo las facciones varoniles de Jason. Se

46 *Pelar: dependiendo del contexto, es hablar bien o mal de alguien.*

veía muy guapo atendiendo a una clienta, justo en ese momento se veía su rostro de tener todo el interés en lo que le preguntaban.

Le entregó el móvil a Marta que al ver la foto, abrió mucho los ojos y una «o» se dibujó en sus labios. Mabel curiosa le quitó el aparato a su amiga.

—Por Dios, pedazo de hombre que te estás sirviendo, Ani. Le pega diez mil patadas en el culo al insípido de Joaquín, el rarito —aseveró Mabel mirando con interés la fotografía.

—Déjame ver. —Daniela le quitó el móvil a Mabel y alzó las cejas—. Impresionante, está potente el muchacho —comentó Daniela devolviéndole el celular a su dueña—. Con razón te preocupaba que fuera un *gay* encubierto, si se ve que es todo un machote.

—Sí, pero él es mucho más que lo que se ve en la foto —aseguró Ana—. Como persona es un ser maravilloso.

—Obvio que es maravilloso. Todas las escobas barren bien al principio —aseveró Marta un tanto escéptica de ese desechado de virtudes, guapo y maravilloso.

—Joaquín nunca barrió demasiado bien al principio. Jason es diferente, nos ha tocado vivir situaciones complicadas y se ha comportado a la altura.

—Es demasiado perfecto —comentó Daniela—. ¿Tiene algún defecto?

—Es mal genio en ciertas situaciones. A veces se manda unos rosarios que te escuecen los oídos. Llega y hace las cosas sin pedir permiso, pero he podido lidiar con ello porque siempre es bien justificado. Claro que llevamos súper poco. Lo demás es cuestión de tiempo —respondió Ana resuelta a las justificadas reticencias de sus amigas.

—Tal vez es el indicado —dijo Mabel en un extraño trance soñador y romántico, muy inusual en ella—. Con el innombrable no se te escuchaba hablar de él con admiración, siempre era como justificándolo todo, a la defensiva. Ahora eres capaz de decir «el tipo es mal genio y *chucheta*[47]» y lo aceptas, no lo defiendes. Eso un buen indicio —concluyó.

—¿Y cómo es el sexo con él? —interrogó Marta ávida de información picante.

Ana ahogó un grito al tiempo que se tapó la boca y abrió los ojos de manera desmesurada. Las amigas de ella se quedaron quietas pensando que se les había pasado la mano con el tipo de información que pedían.

---

47 *Chucheta: grosero, malhablado.*

—¡Marta! ¿Cómo te atreves a hacerme una pregunta así? —replicó Ana fingiendo de una manera muy convincente de estar escandalizada y herida en lo más profundo de su pudor—. ¿Qué pretendes que te diga, que es fenomenal? Bueno, sí es increíble. Las hace todas, todas, todas —contestó Ana sin pizca de vergüenza, más bien lo hacía con orgullo. Se inclinó un poco e instó a sus amigas con un gesto con su dedo índice para que hicieran lo mismo que ella y susurró—: Me dice cosas sucias en italiano y me mata en dos segundos. A veces no entiendo un carajo, pero ¡Dios! Aunque me hablara del alcantarillado en ese idioma me provocaría un orgasmo… o dos… ¡o tres!

—¡Noooooooo! —chillaron las tres amigas al mismo tiempo, estaban asombradas de la entusiasta respuesta de Ana y de los detalles morbosos. Definitivamente, era otra mujer.

—Dime que tiene un hermano —rogó Daniela—. *Porfi, porfi…*

—Tiene un hermano que se llama Bernardo, lo conocí ayer de hecho, es bastante guapo y un poco más delgado que Jason —respondió Ana recordando la noche anterior en que le presentaron a los hermanos de Jason en una once familiar que compartieron con ella y su padre—. Aunque físicamente no se parecen, pero tienen formas de ser parecidas.

—¿Tienes una foto de él? —interrogó Daniela con diversión. Ana asintió siguiéndole el juego, justamente Carmen le pidió que le sacara unas fotos con sus tres hijos.

Nuevamente buscó en su móvil hasta dar con una buena foto y se lo entregó a Daniela. Marta y Mabel se inclinaron con curiosidad para ver también y las tres alzaron las cejas. Bernardo tenía lo suyo… y muy bien puesto. Era más bajo que Jason, y lo que más llamaba la atención en esas facciones anguladas era aquella mirada penetrante de color avellana, y la sonrisa que esbozaba, irradiaba gran confianza, lo que le otorgaba un aire de autoridad.

—¡Ese es mío! —declaró al instante Daniela con vehemencia—. Yo lo vi primero —aseveró bromeando, pero en el fondo, de verdad le encantó el hombre. Esos ojos, eran tan corrientes como los de ella, pero tenían algo que no podía explicar.

Ana rió por lo que decía Daniela. Era tan expresiva y enamoradiza, así que no le extrañó esa reacción. Siempre se apropiaba de actores de Hollywood, personajes de libros, cantantes, etc.

Miró a sus amigas e inspiró profundo, necesitaba conversar y exteriorizar de alguna manera lo que sentía en su corazón y lo feliz que era. Es más, quería gritar a los cuatro vientos que estaba profundamente enamorada y que amaba con su alma a ese hombre de ojos verdes.

Pero no podía hacer aquello, sino le pondrían una camisa de fuerza y la internarían en el siquiátrico.

—¿Y has sabido algo de Joaquito? —interrogó Marta con sarcasmo sacando de sus locos pensamientos a Ana.

—No, afortunadamente desapareció de mi vida —respondió Ana con tranquilidad—. Y no me contagió ningún bicharraco venéreo. A pesar de que siempre usamos preservativos, no me podía fiar. Nunca se tiene la seguridad de saber dónde puso la lengua o sus dedos.

—¡Aleluya! —celebró Mabel—. Al menos ese imbécil no perdió la costumbre de usar condón… o tal vez folló con alguien que está tan limpio como una sábana de hospital.

—Amén por eso —agregó Marta.

Todas rieron contentas junto con Ana, por su nueva relación y lo bien que le hacía, pues le recordaban a aquella muchacha con la que compartieron en sus años de enseñanza media. Desde los catorce a los diecisiete pasaron más tiempo juntas que con sus propias familias y eso creaba un lazo indestructible sin importar el paso los años, ni los rumbos que habían tomado cada una de sus vidas. En el fondo, eran las mismas niñas soñadoras, pero Ana había cometido el error de transar su personalidad en pos de una relación que no valía la pena para hacer ese sacrificio.

Ella había aprendido, esa era la idea de caer, levantarse y continuar sin importar lo duro de los golpes.

En muy poco tiempo era más fuerte, más decidida, más mujer, más ella.

Ana había vuelto a su esencia.

Capítulo 21

La feria internacional del libro de Santiago era uno de los eventos que más ganancias les reportaba a los libreros y editoriales que participaban en ella. Cuando Jason asistió a la reunión de la cámara chilena del libro, se dio cuenta de lo importante que era ese evento. Era como apostar a un número de la lotería ganador sin temor a equivocarse. Él desconocía todo ese mundo, si bien disfrutaba de la lectura de manera esporádica, nunca tuvo la oportunidad de asistir a esa feria.

Y ahora tenía un muy mal presentimiento.

La FILSA en su versión número 56, al igual que todos los años, se llevaría a cabo desde el 20 de octubre hasta el 6 de noviembre del 2016 en el Centro Cultural Estación Mapocho, lugar emblemático del casco histórico de Santiago donde se realizan desde fiestas privadas hasta conciertos de música. Construida para celebrar el centenario de la independencia de Chile en 1910, contaba con la arquitectura del estilo neoclásico y era parte de la red ferroviaria de ese entonces. Pero en el año 1987 quedó en desuso y siete años después se convirtió en un centro cultural.

Era imposible que un robo se llevara a cabo en ese lugar, dadas las medidas de seguridad que había, el ladrón tendría que ser el imbécil más grande de la tierra. Eso no tenía intranquilo a Jason, no, lo que lo ponía nervioso era la cantidad de dinero en efectivo que se manejaba a diario.

Después de unos cuantos días de feria, Jason dimensionó el verdadero peligro. Ese dinero había que depositarlo, ojalá, todos los días, porque a su juicio era demasiado como para ir acumulándolo. Y después de la reunión de la cámara le quedó más que claro que muchos se verían beneficiados con el cierre de la librería, tanto como para eliminar a un local tradicional y fuerte en la competencia, como para expandirse y abrir otra sucursal usando la privilegiada ubicación de «La Chilena».

Jason no le había tomado el peso a la importancia de la feria pues desconocía la magnitud del evento, y eso fue un error que no se perdonaba. Estaba paranoico.

Y ese estado de paranoia se acentuaba por cada hora que pasaba. Debía estar atento, no podía relajarse y dormirse en los laureles, porque estaba segurísimo de que había más de alguien esperando a que cometieran un error. No tenía ninguna prueba tangible, pero su instinto le decía que debía ser cauto.

El plan de acción que determinó para los siguientes días, mientras se celebraba la FILSA, era pasar la mañana junto a Arturo y su madre en la librería, durante esas horas hacer el depósito bancario de lo ganado en el local y la feria, y después, un poco antes del mediodía, se iba con Ana a la Estación Mapocho para ayudarla y vigilar cualquier movimiento sospechoso hasta la hora del cierre.

Ya era el cuarto día de la feria, estaba estresado, cansado, y faltaban doce días más.

Todo estaba recién empezando.

Pero no todo era tan malo y peligroso, Ana era suficiente aliciente para los pensamientos tormentosos de Jason. Ella se movía como pez en el agua estando a cargo del *stand*. Verla de esa manera lo llenaba de orgullo, tan segura, tan vivaz y llena de energía, con una autoridad que no era necesaria ser demostrada de una manera explícita o dominante. Los chicos que trabajaban para ella la respetaban como lo que era, la jefa. Y él no quería fallarle a la jefa, porque la adoraba.

Y ahí se encontraba observando como un halcón a todo lo que se movía disimulando muy bien, fingiendo distracción y paseándose indolente entre los mesones llenos de libros y atendiendo al público si era requerido.

—¡Buenas tardes, Ani! —Fue el alegre llamado de una voz masculina a espaldas de Jason, que le hizo dar una media vuelta automática… ¡Solo él podía llamarla así!... Bueno, tal vez no porque era un diminutivo común. Así y todo era su Ani a quien llamaban, y para empeorar la situación, era un hombre que aparentaba tener la misma edad que él. Y no era feo.

Se acercó un poco más para escuchar mejor.

—Hola, don Orlando, qué bueno verlo por acá —respondió Ana, animada—. Se le extrañó en la reunión de la cámara —añadió con el mismo tono de voz.

«Así que es el librero desaparecido…», pensó Jason entrecerrando sus ojos. Tomó un libro y empezó a hojearlo. ¡Diablos! era uno erótico, no era el momento adecuado. Se alejó de ese mesón y sacó otro que era de cocina.

—Nada de «don Orlando», Ani, si apenas soy mayor que tú —reprendió desenfadado, las pocas veces que trató con Ana, ella lo trataba de usted—. Tenía que resolver unos asuntos de último momento que no podía postergar. Me di unas buenas vueltas por todo Santiago, y cuando me desocupé, era demasiado tarde para asistir a la reunión.

—No se perdió… —se interrumpió Ana, Orlando tenía razón, no era necesario el trato formal. Era cierto que eran casi de la misma edad—. No te perdiste de nada importante —corrigió—. A menos que no hayas estado atento a los correos o asistido reuniones previas.

—Ah, sí he ido a todas esas soporíferas reuniones y leo todo lo que me llega al correo… ¿Y tu viejo? No lo veo por acá —preguntó con interés mirando de soslayo por el local.

—Tuvo un accidente, una fractura leve de peroné, tiene poca movilidad, pero ya está casi recuperado —informó Ana resumiendo las últimas semanas de manera escueta—. Se encuentra atendiendo en el local.

—Oh qué mal, pero qué bueno que esté mejor. Había escuchado que iba a jubilarse y vender el local.

—¡No, eso no! —replicó Ana sorprendida de hasta donde llegaban los comentarios truculentos—. Mi papá nunca haría eso, la librería tiene casi cien años, así que esa opción es imposible siquiera considerarla —explicó con vehemencia.

—Estos viejos conventilleros, salen con cada cosa. Tienen del año que le pidan —aseveró con una sonrisa y negando con la cabeza.

—¿Quién te dijo tamaña tontera? —interrogó Ana. Jason que estaba atento, aprobó mentalmente la pregunta que ella formulaba.

Para Jason, José Aguayo cada vez juntaba más puntos encabezando la lista de sospechosos, junto con Orlando, el cual no había sufrido robos y le convenía expandir su emergente negocio. En el caso hipotético de que los robos fueran un encargo de la competencia.

—José Aguayo —confirmó Orlando las conjeturas de Jason, cuyos labios eran solo una línea delgada mientras escuchaba atento—, hace rato que anda hablando *huevadas*, la otra vez dijo lo mismo de la librería de Humberto. Lo más seguro es que quiere que alguno de ustedes quiebre para hacerse del local. Si te pones a pensar, le conviene tomar un lugar que ya es conocido como librería, tendría la mitad de la *pega* hecha. El viejo mañoso no es tonto, *cahuinero* sí, eso le resulta de las mil maravillas.

«Y hacerte el lindo también te sale de las mil maravillas, idiota», pensó Jason con un inusitado ataque de celos que mantenía bajo un férreo control para no arruinar la conversación de Ana. Se lamió el dedo y volteó la página del libro que tenía en sus manos, la siguiente receta era «Creadillas de Orlando en rodajas».

Inspiró profundo, debía ser objetivo, o si no podía mandar al carajo todo el trabajo. Sospechoso o no, él no debía delatarse ni espantar a Orlando bajo ningún punto de vista.

—Ese viejo de mierda... —Ana se masajeó la frente, de pronto un dolor sordo invadió su cabeza—. Un día me va a pillar atravesada y le diré hasta de lo que se va a morir.

—Dios nos pille confesados... Oye, ¿y Joaquín? Tampoco lo veo...

—Y no lo vas a ver, ya no es parte de la librería.

—¿En serio?... —Se quedó unos segundos pensativos—. ¿Acaso, ustedes?... —dejó en el aire la pregunta.

—Sí, y no en buenos términos —confirmó lo que Orlando insinuaba.

—No voy a decir que lo lamento, y creo saber el porqué —comentó con un cierto aire de secretismo.

—¿Con qué chisme te salió don José?

—Chisme no es, lo vi con mis ojos... Bueno, en su momento creí que no era él, pero ahora que me dices que terminaron... Hace unos meses lo vi deambulando en la plaza de armas tratando con las «chiquillas con tarifa».

Ana cerró los ojos, menos mal que ese tarado no le había contagiado nada. Si no, ya lo habría matado... No, Jason, lo hubiera hecho.

—Por eso mismo le di la patada en el culo —reconoció Ana con un resoplido.

—Bien por ti... —animó con una sonrisa, que podría interpretarse como seductora—. ¿Qué harás después de la FILSA?

—Saldré con mi novio a cenar —respondió Ana con un tono natural. Jason solo hacía cabriolas de celebración interna por la respuesta de su Ani. Menos mal que no se le había ocurrido intervenir.

—Debí suponerlo, siempre llego tarde —bromeó ante la derrota obtenida sin haber luchado. Sonrió y se encogió de hombros—. Que nadie diga que no lo intenté. —Se metió las manos en los bolsillos y dio una sonrisa de niño bueno.

—Hay más peces en el mar, Orlando. No te preocupes —respondió Ana con un leve toque de lástima. Jason llegó primero y la tenía completamente cautivada.

—Metido en una librería todo el día no es una forma de pescar ninguna pececita. Pero ni modo —expresó resignado—. Bueno, te dejo, Ani. Debieron vocear la firma de libros que tengo organizada hace rato. Nos estamos viendo. —Con un gesto con su mano se despidió y se alejó a paso veloz directo a la zona donde estaba el locutor anunciando las actividades.

—¡Dale, cuídate! —se despidió del mismo modo y miró de reojo a Jason que llevaba un buen rato escuchando—. Jason —llamó esbozando una sonrisa. El aludido dio de inmediato media vuelta y se acercó a ella—. ¿Notaste algo raro?

—Solo que te estaba mostrando los *cagaos*[48] de manera descarada —respondió, evidenciando sus celos.

Ana rio, sin querer había tenido su pequeña venganza, Jason había probado el trago amargo de los celos. Pero ella no se vanagloriaría de aquello, ¿para qué poner de mal genio a su morenazo? Total, internamente se estaba regodeando con el semblante de «*grumpy cat*» de él.

—Bueno, que quede claro que no lo animé a nada. Le dije que tenía novio.

—Lo sé.

—Claro que lo sabes, si estuviste con la oreja parada todo el rato… ¿Sacaste algo en limpio?

—No me gusta para nada ese tipo, José… Ni tampoco Orlando… En realidad, no me gusta ninguno de esos viejos misóginos que son del mismo sector y rubro que ustedes. Todos se benefician de algún modo si ustedes se van a pique —respondió con acritud y se quedó pensativo por unos segundos—. Mañana es… —dejó las palabras en el aire, no recordaba qué día era.

—Lunes. —Ana completó la oración, era fácil perder la noción del tiempo cuando se desarrollaba la FILSA

—Entonces iremos al banco depositar temprano, hay demasiada plata para mi gusto. Lo suficiente para ser la tentación de cualquiera —dictaminó—. ¿Estás muy cansada?

Desde que su rutina cambió por la feria y el retorno de Arturo a la librería, Jason siempre le preguntaba lo mismo a Ana, a

---

48 *Cagaos: calzones.*

lo que ella le contestaba siempre con un «estoy muerta», lo cual le hacía retractarse de su intención de invitarla a pasar la noche en su departamento porque, básicamente, estaba seguro de que no la iba a dejar descansar cómo se lo merecía. Así que para evitar ojeras, bostezos o dolores musculares, prefería guardar todas sus ganas de hacerle el amor.

—Estoy muerta —respondió Ana reafirmando lo que Jason supuso—, pero te echo tanto de menos… ¿Podemos aunque sea dormir juntos esta noche? No sé si me dé el cuero para otra cosa —agregó ladina—, pero necesito estar contigo. Los dos solos.

Jason esbozó una sonrisa y la abrazó. Le besó la coronilla con ternura. Sí, podía darle eso a Ana, una noche en la que solo descansarían juntos. Se reprendió mentalmente por ser tan bestia, pero ella le despertaba todos sus instintos primarios con tan solo tocarla.

Tal vez debía explotar su lado tierno si pretendía tenerla a su lado hasta que se volviera un vejete baboso por su vieja.

—Por mi parte, mi cama es tu cama —accedió, alzando las cejas con picardía—. Estaremos acostaditos tomando tecito de sabores y comiendo unas galletitas. Total, me dan igual las migas en la cama.

—Yo las odio, pero con una buena sacudida basta.

—Claro, va a ser muy divertido verte sacudir las migas —bromeó Jason, imaginando ver a Ana inclinada de manera sugerente sacudiendo la molesta suciedad sobre las sábanas, exhibiendo y meneando toda su retaguardia.

Diablos, era incorregible.

Dormir, dormir, dormir, ¡dormir!

A ver si le entraba en la cabezota.

*****

—¿Y, cómo te fue? —preguntó el hombre a su compinche, hacía días que no hablaba con él ni tenía novedades.

—*Naa* todavía. Estos *hueones* todavía no van a ningún banco —respondió rascándose la cabeza. Andar parado toda la mañana echando el ojo no era algo que disfrutaba en demasía. Pero valía la pena, era dinero fácil.

—Qué raro —comentó, siempre bastaba con un par de días de vigilancia y listo—. ¿A qué hora te *poní* a vigilarlos? —interrogó desconfiado de la capacidad de razonamiento de su cómplice.

228

—Desde las diez, hasta las dos —contestó firme, era la rutina de siempre cada vez que les daban el dato.

—¡Que *erí hueón*! Los bancos los abren a las nueve, hay sucursales con depósitos en cajeros fuera del horario del banco. Pudieron depositar a cualquier puta hora y ni siquiera te *habriai dao* cuenta, *ahueonao*[49] —explotó iracundo, tomándolo de la camiseta y zamarreó su raquítico cuerpo.

—Pero si siempre lo hacen después de las diez y no después de las dos —explicó asustado. Cuando el jefe se enojaba de esa manera, nunca se sabía si le iba a dar un balazo.

—«Pero si siempre lo hacen después de las diez...» —parafraseó usando una voz de retrasado mental y lo soltó con brusquedad—. ¡Me *vai* a hacer perder sus buenos palos por andar *pajareando*[50], *gil re culiao*! ¡Y *vo'h* también *vai* a perder si no te *avispai*! —amenazó harto de la ineptitud de la gente que lo rodeaba. Necesitaba urgente ese dinero, reponer lo que faltaba, su error le estaba costando caro. Había comprobado aquello que era una verdad universal, pero ya estaba metido hasta el fondo.

Nunca te drogues con tu propia mercadería.

—Mañana voy a...

—*Raspa, hueón* —interrumpió con beligerancia—. No quiero verte ni en pintura. Si no *volví* con la plata, más te vale que ni te *aparezcai* por aquí.

El sujeto lo obedeció en el acto y se alejó como si hubiera visto al diablo en persona. Ni loco iba a seguir provocándolo. Mejor se iba a vigilar desde más temprano y durante todo el maldito día, y esperaba dar al fin, el ansiado gran golpe.

---

49 *Ahueonao: ahuevonado, estúpido.*
50 *Pajarear: estar distraído.*

Capítulo 22

—Bueno, hijita, no te preocupes… No, para nada, estás grande, no tienes por qué deshacerte en explicaciones… Te quiero mucho, mi pequeña. Nos vemos mañana…

Arturo cortó el llamado de celular con un suspiro. A esa altura de la noche se encontraba solo en su hogar y acababa de ser informado por su hija que pasaría la noche con su novio.

Sabía que ellos no dormirían precisamente, él también fue joven y en base a su experiencia, un hombre enamorado o no, no puede mantener las manos quietas frente a una mujer hermosa que se entrega libremente.

Al menos, a Jason se le notaba que besaba el suelo que pisaba su hija, se lo confirmó Carmencita al contarle que Ani era la primera mujer que su hijo le presentaba como novia.

Novia…

Sofía…

Sin saber cómo, a su memoria vino su difunta esposa, el gran amor de su vida. Por su cerebro, en tan solos unos segundos, vio toda su vida juntos; cuando la conoció, cuando se le declaró y lo nervioso que estaba. Los maravillosos meses de noviazgo y luego cuando Sofía, impulsivamente, le propuso matrimonio y el no dudó ni un instante en decir que sí. La boda sencilla e íntima, sus primeros años de casados que disfrutaron sin desperdiciar ni un momento. Sintió como si fuera ayer cuando ella le contó que estaba embarazada. El nacimiento de su Anita, los años tranquilos, la familia, el amor que nunca se desvanecía. Fue tan feliz…

La perdió de un momento a otro. Sofía fue a hacer un trámite, y murió. Fue un accidente, uno que pudo evitarse por ambas partes. Sofía solo debió esperar unos segundos la luz verde y el conductor no debió cruzar con amarilla a toda velocidad.

Su alma evocó ese sentimiento que lo hundió durante demasiados años, se mantuvo firme y estoico únicamente por su hija. Solo hacía cinco años había llegado la verdadera resignación de que Sofía no iba a volver. No era una pesadilla de la cual iba a despertar.

Era la realidad.

Centró toda su existencia en la librería, en su trabajo. Ana ya hacía su vida, al lado de él, pero debía darle su espacio, pues ya era una adulta.

Y ahora de súbito se encontraba solo, pero a diferencia de otras ocasiones la sensación no le gustó. Cuando Ana estaba con Joaquín siempre sintió esa seguridad de que su hija iba a volver al día siguiente.

Pero ahora…

Esa seguridad se había esfumado, Arturo tuvo la plena certeza de que Ana no volvería. No de forma inmediata, pero sí inexorable. Sus entrañas se lo gritaban.

Joaquín nunca fue determinado, comprometido, serio. Nunca lo vio verdaderamente enamorado, en cambio Jason…

Ahora debía a acostumbrarse a estar solo. Y no aceptaba aquello, no quería eso para él, nunca quiso estarlo. Cuando fantaseaba sobre el futuro con Sofía, imaginaban el día en que Ana dejaría el nido para volar con sus propias alas y formar su propia familia.

Iban a hacer tantas cosas juntos, viajes espontáneos a cualquier lugar, escaparse por un rato al cerro san Cristóbal, degustar una cena sin ningún motivo, salir con amigos, ir al cine, secuestrar nietos.

Vivir la vida los dos juntos.

Pero Sofía se había adelantado demasiado tiempo dejándolo solo, les faltó tanto por vivir… Arturo siempre odió la sensación de estirar su brazo y encontrar la mitad de su cama fría, de tener logros en muchos sentidos y no poder compartirlos con una compañera, hablar en la mitad de la noche de lo que le daba miedo, de sus angustias, de sus alegrías. De hacer el amor con la persona que amaba… No, no estaba muerto…

Hizo planes con Sofía, se modificaron cruelmente sobre la marcha y ahora se encontraba en una especie de punto muerto. ¿Sería tarde para él volver a empezar?

¿Quería volver a empezar a esas alturas de su vida?

Arturo suspiró, cualquier cosa iba a ser mejor que esa horrible sensación de vivir solo.

Sin importarle su pierna convaleciente salió de su departamento, necesitaba huir y evadir esa sensación de vacío. Caminaría con ayuda de las muletas unos minutos hasta llegar a la Plaza de la Aviación que estaba relativamente cerca y se quedaría allí admirando la fuente de agua iluminada con luces de colores.

Necesitaba aire, respirar, tomar decisiones y dilucidar cómo empezar de nuevo a los cincuenta y ocho años.

*****

Jason apagó la luz de la mesa de noche y la oscuridad invadió la habitación. Estaba cansado y Ana más todavía, ella ya había caído rendida al sueño en cuanto sus cuerpos se separaron después de un lánguido, fogoso y sensual encuentro. Ninguno de los dos intentó ni quiso evitarlo. Extrañaban tocarse, besarse, estar unidos en la intimidad.

Ana dormía plácida sobre su pecho, abrazándolo, con sus piernas enredadas a las de él, desnuda, piel con piel. Jason complacido, inspiró profundo, se sentía tan bien tenerla a su lado, aferrada a él. La amaba; a pesar de nunca antes se había enamorado, sabía sin temor a equivocarse de que el sentimiento que sentía en su pecho bullendo a borbotones furioso y cálido, era amor. Era tanto o más fuerte que como lo que describían aquellas novelas que escribía su amigo, y Ángel sí que conocía el amor. El más puro e incondicional.

Y ahora toda su existencia encajaba. Durante toda su vida adulta se abocó a sus estudios, su carrera profesional y su trabajo, y menos mal que lo hizo de esa manera, de otro modo nunca se habría encontrado con su Ani. Estaba seguro de ello, sus mundos eran opuestos en todo el sentido de la palabra, y sin embargo, gracias a su decisión de cambiar drásticamente el rumbo de su vida, hizo que sus realidades se acercaran, y solo bastó eso para que se encontraran.

Sí, todo valió la pena.

Sentía que podía mover todo su mundo por alinear su existencia con la de Ana, y no se trataba de cambiar su forma de ser, más bien era que sabía que, por ella, podía hacer cualquier cosa por verla tranquila, en paz, haciendo lo que ama.

Porque se dio cuenta que ella verdaderamente amaba la librería, no era solo porque en algún momento tendría la responsabilidad de llevar las riendas del negocio a plenitud, sino que de verdad disfrutaba ese trabajo. Era cosa de verla al mando de *stand* de la FILSA, era casi como observar a una ninfa en medio de un bosque. Para Ana no era un trabajo aburrido o tedioso. Era algo que formaba parte de ella, de su corazón, de su vida.

Y él iba a luchar por conservar ese sueño, que había permanecido intacto por casi un siglo, transmitido de generación en generación.

Acarició el suave y fragante cabello de Ana, se acomodó atrayendo un poco más el cuerpo de ella hacia él, y prometiéndose conservar el sueño de los Medina, se durmió.

*****

—Buenos, días —saludó Arturo al entrar con un poco de dificultad a la librería, a causa de las muletas.

—Buenos días, Arturo —respondió al saludo Jason, estrechándole la mano.

—Hola, papito —dijo Ana besándole la mejilla contenta de ver a su padre que ya hacía un par de días que podía desplazarse por su cuenta.

—¿Y Carmencita? —interrogó Arturo dando una mirada rápida por todo el lugar.

—Llega en un rato. Nosotros salimos más temprano para ir a directo a depositar el efectivo de la FILSA —respondió Jason con voz neutral. Por dentro recién se estaba relajando, ya no tenía la presión de tener tanto dinero efectivo en los bolsillos. Fue como quitarse un peso de encima.

—Ah, qué bien. Estupendo —celebró Arturo con una sonrisa que no llegó a sus ojos—. Nos está yendo bien, entonces.

—Sí, papito —afirmó Ana optimista—. De momento es así, ya sabes que hay días buenos y otros no tanto. Pero no nos podemos quejar.

—Lo sé, hija.

—¿Cómo está tu pierna hoy? —Ana siempre le preguntaba eso, era ya un acto reflejo.

—Mejorando, no duele nada. —Sin saber por qué, Arturo mintió, en realidad le dolía, no era algo que no pudiera soportar, pero lo hacía de todas formas.

—¡Qué bueno! Pronto estarás como siempre —sentenció Ana contenta.

Arturo sonrió, nuevamente sin ganas. A Jason no le pasó desapercibido ese gesto, sabía que algo pasaba. Ser muy observador, fue algo que lo aprendió con el tiempo, así podía medir a las personas. Lo hacía por instinto, no porque quisiera hacerlo a propósito, pero no podía negar que eso le daba cierta ventaja, sobre todo con sus seres queridos.

La puerta de la librería se abrió intempestivamente, una sonriente Carmen entró saludando a todos con cariño. Apenas tenía rastros de los golpes que recibió un par de semanas atrás. Arturo no la veía desde el viernes en la tarde cuando ella le ayudó a cerrar el local y le pareció que había pasado mucho tiempo.

La sonrisa de ella siempre era tímida, renuente a demostrar más, pero esa mañana aquella sonrisa era radiante. Era la de una mujer que estaba verdaderamente contenta. Arturo no tenía ni un atisbo de duda de ello.

Era impresionante, nunca la había visto así, ni siquiera treinta años atrás cuando era una chiquilla. Tal vez, la única persona que vio esa sonrisa fue Freddy.

Arturo al saludarla también sonrió, sacándolo súbitamente de su estado mental melancólico. La sonrisa de Carmen le hizo sentir bien al saber que ella estuviera contenta.

Y como si la realidad le diera una bofetada, él se dio cuenta de que le tenía mucho cariño a la madre de Jason. Era una mujer que contaba con todo su respeto y admiración. Él no hubiera aguantado ni la tercera parte de lo que ella vivió.

Ya se había enterado de lo que le sucedió en el rostro, Ana se lo contó a grandes rasgos para que él no metiera la pata haciendo preguntas que tal vez no serían las adecuadas, y le recomendó que fuera en extremo cuidadoso. Carmen estaba empezando una nueva vida, lo mejor era dejar el pasado atrás. Pero según el criterio de Arturo, era imposible olvidar el pasado, Carmen solo podría superarlo cuando aprendiera a darle su lugar, sin dejar que ello determinara lo que le quedaba de vida, y que era mucho.

—¿Alguien quiere algo para desayunar? —ofreció Ana animada—. Hoy invito.

—Un jugo de naranja y un sándwich de ave palta, por favor —solicitó Arturo, al tiempo que su estómago rugía, estar meditabundo le hacía olvidar que debía comer.

—Yo ya desayuné, *mijita*, no te *preocupí* —rehusó Carmen con amabilidad—. Pero traje algo *pa'* que *toos* comamos. —De su enorme cartera sacó una bolsa y al abrirla el aroma del pan amasado invadió cada rincón de la librería.

—Ya no me traigas el sándwich, Anita. Con este manjar me basta y me sobra —aseveró Arturo cambiando de opinión. Se le hacía agua la boca—. No me diga que se levantó tan temprano para hacer pan amasado.

—Ay no, Arturo. Lo hice anoche, solo le di una *calentaita* en el horno antes de salir. Estaba antojada de pan *amasao* —respondió, quitándole importancia al asunto.

—Da igual, aunque tenga una semana, ese pan es maravilloso —halagó Arturo como si fuera un chiquillo, y sin preocuparse siquiera de que estaban los hijos de ambos presentes.

Ana y Jason alzaron sus cejas al mismo tiempo ante ese intercambio tan… familiar. Por lo general, Arturo trataba con mucho respeto y cierta distancia a Carmen, y ella a su vez, hacía lo mismo, por lo que les sorprendió aquella situación

—Voy por el jugo —anunció Ana un tanto desconcertada. Decidió que traería uno para su papá y otro para Carmencita, a Jason no había qué preguntarle, un cajita de leche con chocolate y para ella un café. Arturo era el más caprichoso cuando se trataba de desayunos y había que preguntarle siempre.

—No aguanto más… —Arturo osó meter una mano en la bolsa y se ganó un golpecito por parte de Carmen.

—No, cuando llegue Anita repartimos, se va a atorar si no tiene *naa* para bajar el pan —reprendió mientras se le dibujaba una sonrisa maliciosa.

—Ya, ya, usted manda —accedió Arturo sobándose la mano, exagerando el gesto.

Jason parpadeó, miró a su madre y a Arturo de manera alternada. Su suegro había llegado de un humor extraño, hasta pudo interpretarlo como triste, lo cual le preocupó. Pero cuando su mamá entró sonriendo —de una manera que muy, muy pocas veces había visto en su vida—, el semblante de Arturo cambió, casi como si hubiera rejuvenecido, y agregando ese inusual intercambio por el pan amasado…

Se preguntó si era solo por el pan o si había algo más naciendo entre ellos.

Irónicamente, ese pensamiento no le molestó a Jason. Conocía a Arturo y sabía que era una buena persona. Cualquier hombre que es capaz de criar a una mujer como Ana merecía que le pusieran un altar. Estaba a años luz de ser como el sádico de Ramiro.

Rápidamente, Jason empezó a trazar conjeturas. No estaba seguro si era lo mejor para su mamá tener una relación amorosa por el hecho de haber enviudado de una forma repentina y traumática. Toda su vida marital fue traumática, a decir verdad.

A excepción de sus breves meses de relación con su padre, ella no conocía el amor real. Jason tenía la certeza de que si algo ocurría entre su suegro y su madre —independiente del resultado—, iba a ser al menos una buena experiencia para Carmen. Tal vez al fin iba a saber lo que era tener una relación sana, sin necesidad de esconderse, como lo fue con Frederick, o de ser golpeada o insultada hasta por respirar, como sucedió con Ramiro.

Su madre también necesitaba una vida… normal. Tal como la que estaba disfrutando él, a pesar de todas las vicisitudes que estaban viviendo por los robos.

Decidió en ese momento que no intervendría, dejaría que su madre hiciera lo que quisiera con toda la libertad que nunca tuvo. Hablaría con sus hermanos para que hicieran lo mismo, y también, en algún momento, le plantearía el tema a Ana. Ella le preocupaba, no sabía si iba a reaccionar bien.

De lo único que estaba seguro era que Carmen debía vivir. Empezar de cero, porque ella quería, lo deseaba, lo necesitaba con toda su alma.

Y él no se lo iba a impedir.

*****

Llevaba toda la maldita mañana en ese lugar. Llegó a eso de las ocho y media de la mañana para apostarse en uno de sus puntos de observación y hasta el momento no había novedad.

Primero llegó la *mina* acompañada por el tipo que últimamente no la dejaba ni a sol ni a sombra. Cuando empezó a montar guardia se dio cuenta de que ya no estaba el *cuiquito* estirado, y en su lugar estaba el moreno grandote. Ese tipo no le gustaba, se lo ponía todo más complicado.

Después llegó el dueño del local, y otra señora. Minutos más tarde salió la muchacha sola, la siguió con la ilusión de que iba a depositar, pero grande fue su decepción al ver que solo compraba jugo y café para luego volver al local.

Luego de eso, nadie más salió.

La mañana se estaba tornando seca y sofocante, y la temperatura subía conforme las horas pasaban. A eso del mediodía el calor era insoportable. Las dos veces que pudo hacer los robos fue fácil, eran bastante predecibles, siempre iba uno entre las once de la mañana y la una de la tarde.

De pronto la pareja salió, caminaron de la mano hasta el semáforo que estaba en la esquina, se dieron un beso demasiado largo para su gusto y tomaron caminos separados.

¡Maldición! ¡No sabía a quién mierda seguir! Optó por lo fácil, seguir a la mujer.

Estuvo tras sus pasos, caminó derecho por el Paseo Huérfanos, luego tomó el Paseo Ahumada. Pero no se detuvo en el banco, siguió de largo hasta llegar a la estación del metro Cal y Canto. El tipo pensó que si la mujer tomaba el tren iba a dejar de perseguirla, pero ella lo sacó de su error al pasar de largo y se dirigió al otro extremo de la estación, probablemente para evitar el intenso tráfico y los semáforos que convergían en esa parte de la ciudad. El hombre pensó que la mujer se tomaba demasiadas molestias en bajar y subir escaleras solo para evitar cruzar la calle en la superficie.

Se acercó un poco más a ella, había demasiada gente y no quería perderla de vista cuando saliera de la estación de metro.

Volvió a maldecir cuando se dio cuenta hacia donde se dirigía la mujer. La estación Mapocho. No tenía puta idea de qué hacer, si montar guardia en la librería o en la maldita FILSA, se quedó ahí esperando por una hora a que saliera. Pero nada pasó. Resopló molesto, la situación no podía empeorar.

Iba a necesitar demasiada suerte. Era una montaña de mierda el dato que les habían dado. No era trabajo para uno solo. Lo malo es que no se atrevía a volver sin la plata, pero no tenía alternativa, debía plantearle a Danilo que no era un trabajo que se podía llevar a cabo solo. Rogaba al cielo pillarlo de buenas porque ese hombre era capaz de meterle plomo hasta en las pelotas.

Escupió en el suelo, molesto, no había opción, antes de hablar con Danilo debía encontrar a algún pendejo que le ayudara a montar guardia. Esos por un poco de plata y aprender las mañas del «negocio» hacían cualquier cosa.

Debía ir con todas las respuestas, no iba a arriesgarse a despertar la cólera de Danilo. Si fue capaz de matar al Yeison, no imaginaba hasta donde podía llegar.

Capítulo 23

Ana entró a su hogar cansada —como todos los días desde que había comenzado la FILSA—, saludó con un amoroso beso en la mejilla a Arturo que estaba viendo una película antigua en el cable. Se sentó al lado de él, se sacó las zapatillas y puso los pies arriba de la mesa de centro.

—¡Por fin es viernes!… Ay, no sirve de nada que lo diga si mañana tengo que ir a trabajar —bromeó de una singular manera para darse ánimos, pero Arturo estaba muy concentrado en la película—. Hola, papito. —Le besó la mejilla—. No sabía que te gustaba «Lo que el viento se llevó» —comentó Ana acurrucándose al lado de su padre, que la abrazó en el acto.

—Siempre la daban en la tele, pero nunca la vi. La encontraba demasiado larga y a tu mamá no le interesaba.

—¿Y qué te hizo cambiar de opinión?

—Curiosidad. Estaba pasando los canales y la pillé del principio.

La película ya llevaba más de la mitad. Ana no entendía mucho de qué iba pues conocía solo lo general de la historia, pero se quedó junto a su padre en un confortable silencio. Eran preciosas las actrices de antaño, Vivien Leigh y Olivia de Havilland, y Clark Gable también tenía lo suyo. Era todo un galán.

—Ah, olvidé comentarte que llegó esta tarde un paquete a la librería. Está encima de la mesa —informó Arturo con la vista pegada en la pantalla. La película lo tenía cautivado, tanto por el argumento por el arte en sí, vestuario, ambientación, fotografía. Era una joya.

—¿Ah sí? —Ana se levantó, le encantaba abrir los paquetes, cosa que sabía Arturo, y por ello no los abría.

Era un remitente conocido para ella, siempre encargaba libros y rápidamente recordó qué era. Aun sabiendo aquello, la ansiedad se apoderó de su ser y abrió el paquete con cuidado.

«Lo que el viento se llevó».

Ana sonrió. Era el libro que le pidió Jason que encargara y al fin había llegado, se preguntaba cuando era el cumpleaños de Carmen. Así que no dudó más y le escribió.

«¿Cuando está de cumple Carmencita?»

*****

Jason estaba en el departamento que compartían sus hermanos y su madre. Era pasada las diez de la noche, solo faltaba Bernardo que estudiaba de noche y estaba a punto de llegar. Solían esperarlo mientras cenaban algo liviano, o tomaban una once tardía. La idea era pasar tiempo juntos, y afortunadamente, al vivir en pleno centro de Santiago, el departamento familiar les quedaba a todos cerca de sus lugares de trabajo y de estudio. Si antes se debían levantar a las seis de la mañana, ahora lo hacían a las siete y media. Bernardo ya no llegaba pasada la medianoche, en veinte minutos ya estaba en casa.

Ya no vivían tan cansados, dormían mejor, destinaban más tiempo al ocio, a la familia, e incluso, Lidia se sentía con la libertad de salir con algunas compañeras de trabajo pues sabía que podía hacerlo hasta un poco más tarde sin correr riesgos.

La notificación de un mensaje hizo sonar el celular de Jason, quien miró de reojo y de inmediato desbloqueó el equipo para leer y contestar.

«El lunes está de cumpleaños», respondió. *«¿Por qué?»*, fue la pregunta que le siguió.

«Hoy acaba de llegar su regalo», fue el mensaje que le llegó de vuelta. *«Podríamos hacerle algo lindo para celebrar»*.

Jason sonrió y miró a su mamá que conversaba alegre con Lidia. Nunca le habían podido celebrar su cumpleaños. Sí, Ana tenía razón, sería una linda sorpresa.

«Mañana podemos salir temprano, antes de la FILSA para que compremos lo necesario. Haremos la fiesta sorpresa en mi departamento», propuso Jason resuelto. *«Ah y trae una muda de ropa, quiero estar contigo el sábado y el domingo... Y el lunes. Podríamos dejar a cargo a uno de los chicos para que cierre el stand y salir más temprano para celebrar. ¿Puedes?»*.

La respuesta no llegó de inmediato. Jason bloqueó el celular y se centró en la conversación.

*****

Ana se quedó pensativa, ¿pasar todos esos días con Jason? En la semana pasaron la noche el miércoles. Se preguntaba si era correcto dejar a su papá tantas noches solo. Se sentía, en cierto modo, dividida. En su relación anterior rara vez pasaba un fin de semana o una noche con el innombrable. Pero ahora, Jason siempre quería estar con ella y ella siempre quería estar con él, a pesar de verse casi todo el día.

Durante la última semana, algunos de los clientes de Jason lo llamaron para que él los escoltara a sus depósitos bancarios de rutina, por lo que había momentos que pasaban separados. Lo cual era sano para ellos, y a la vez, le hacía extrañarlo.

—Papá —llamó la atención de Arturo—, el lunes es el cumpleaños de Carmencita.

—¿En serio? —respondió quitando la vista de la pantalla y miró a su hija. Su sabiduría y experiencia masculina le dictaba que debía ponerle atención a una mujer cuando habla, más le valía mirarla a ella en vez del televisor.

—Queremos celebrarlo, y Jason quiere que le ayude a organizarlo. Saldremos mañana temprano a comprar algunas cosas y…

—Y van a pasar el fin de semana juntos —intervino Arturo adivinando lo que iba a decir su hija, se le notaba en la expresión de su rostro. En esta vida él venía de vuelta—. Ya te dije la otra vez, eres una adulta y decides lo que haces o no. No te preocupes por mí. Es más, yo me hago cargo del *stand* mañana y el domingo. Mereces un descanso y mi pierna está casi como nueva.

—¿En serio? ¿No te molesta?

—No, para nada. Incluso, puedo pedirle a Carmencita que me eche una mano y así pueden organizar todo con libertad para no levantar sospechas.

—Eres el mejor, papito. ¿El lunes podemos dejarle el *stand* a Paola para que lo cierre y salgamos antes? Será una sorpresa.

—Sí, claro. Paolita lleva un par de años con nosotros. Solo hay que dejarle un poco de efectivo para el vuelto y ya. Y tengo otra idea, como Carmencita está de cumpleaños, la voy a distraer y la invitaré a salir por ahí, para que todo les salga perfecto —propuso con naturalidad, como si invitar a una mujer a «salir por ahí» fuera algo que hiciera todos los días.

Ana sonrió contenta, le dio un gran beso y lo abrazó apretado.

—Eres el mejor, papito.

—Lo sé… Jason es un buen muchacho… —«Igual que su padre», pensó Arturo con nostalgia. Últimamente su amigo volvía a su memoria con mucha frecuencia. Cada vez que Jason hablaba, de hecho—. Si no fuera por eso, ya estaría poniendo caras largas y chantajeándote emocionalmente para que no dejes a este pobre viejo solo que ya está quedando poquito de él —bromeó, guiñándole el ojo.

—Ay, papá. Eres terrible.

Arturo riendo volvió su atención a la película y Ana empezó a escribir su respuesta.

«*Pasaré tooooodo el fin de semana contigo. ¡Prepárate!*».

*****

A Danilo le extrañó escuchar el bocinazo, se suponía que su cliente compraba solo una vez al mes. Lo tenía catalogado como un hombre controlador, lo cual lo convertía en un animal de costumbres y predecible. No preparó ningún paquete, era evidente que no venía por su compra habitual, con las manos en los bolsillos salió a la calle, a su encuentro.

Sin detener el motor, el hombre bajó la ventanilla con el rostro severo y lo miró fijo.

—Todavía no han hecho mi encargo —acusó con acritud y sin saludo de por medio. No eran amigos, en ese momento era el jefe que exigía respuestas.

—Fíjese que la *hueaita* no es tan fácil como la pintó —respondió Danilo, altanero, sin amilanarse—. Las cosas cambiaron mucho.

—¿A qué te refieres con eso? ¿Vas a echarte para atrás? —interpeló sintiendo ira y desesperación a la vez. Todo se le iba cuesta arriba.

—No… todavía. Solo le digo que no es tan simple, se volvieron impredecibles, y más encima está esa *hueá* de la estación Mapocho.

—La FILSA, por eso te dije que sería jugoso. Se gana mucha plata ahí. Supuse que lo iban a deducir solos.

—Debió ser más claro, 'eñor. Perdí una semana completa por culpa de esa *hueá*. No me bastaba con un hombre y *usté* no dijo *naa*.

—No es mi culpa que sean tan ignorantes y no conozcan los eventos culturales. Solo asegúrate de avisarme cuando todo esté hecho —sentenció, y sin decir más, alzó la ventanilla y echó a andar el auto, dejando a Danilo con la palabra en la boca.

Lo único que delataba el estado de cólera de Danilo eran las aletillas de sus fosas nasales que se dilataban y contraían con cada respiración. Apretó los puños con fuerza. Si no fuera porque necesitaba con urgencia esa plata, le habría puesto sus buenos *pepazos* a ese *hueón* o tal vez lo habría apuñalado. Detestaba a esos *cuiquitos* con aires de superioridad, al final, sangraban igual que él…

*****

Jason estaba esperando con las manos en los bolsillos mientras Ana estudiaba concentrada en el vestido que estaba en el colgador. Frunciendo el cejo, tocaba la tela, daba vuelta la prenda para ver las terminaciones, luego miró el maniquí que exhibía el mismo vestido y sonrió.

—Este —sentenció contenta—. Es perfecto para Carmencita.

—¡Al fin! —suspiró Jason, aliviado. Había sido la hora más tortuosa de su vida—. Pensé que lo descartarías, como los otros veinte.

—No es mi culpa que no hubieran vestidos decentes. Todos parecían de señoras de la tercera edad, y tu mamá es muy joven… ¿Cuántos cumple?

—Cuarenta y ocho —respondió Jason después de hacer un rápido cálculo mental.

—Sí que es joven, era apenas mayor de edad cuando te tuvo —comentó—. Va a romper unos cuantos corazones cuando ande por la calle con este vestido.

«Probablemente a Arturo le dé un infarto cuando la vea», pensó Jason. Todavía no hablaba de sus sospechas con Ana sobre la cercanía de su madre con su suegro. Prefirió dedicarse a observar esos pequeños gestos que delataban a Arturo sobre sus intenciones. Con el paso de los días cada vez más se iba convenciendo de que su suegro estaba empezando a cortejar de una manera muy sutil a su mamá, la cual, a propósito, no quería darse por aludida. No porque le resultara incómodo o no le gustara ese velado flirteo.

Carmen era tímida.

Jason nunca la había visto ruborizarse y sonreír discretamente. Era una faceta desconocida para él, y siendo objetivo —en la medida de lo posible—, la encontraba encantadora. Y esa timidez no era por falta de seguridad, ni por baja autoestima, lo más probable era que Carmen no estaba acostumbrada a ser halagada, a que le hicieran reír, o le llevaran pequeños presentes camuflados en un inocente bombón de licor de guinda, los favoritos de ella.

Bastó con que Carmen hiciera el comentario de que le encantaban y al otro día Arturo empezó a regalárselos a pito de nada, aprovechando las horas en que se encontraban a solas.

¿Cómo lo sabía Jason? En el papelero que había tras el mesón de la librería aumentaba el número de envoltorios de bombones conforme pasaban los días.

En base a todas esas pruebas, era cada vez más evidente —para Jason, porque Ani al parecer no notaba nada— las intenciones de Arturo eran de establecer algún tipo de vínculo amoroso con su mamá.

Y Carmen se lo estaba poniendo difícil, bien por ella.

Pero debía poner las cartas sobre la mesa y hablar con Ani respecto a sus fundadas sospechas.

Jason miró el vestido de nuevo. Sí, estaba seguro, a Arturo le daría un patatús cuando viera a Carmen con ese vestido.

—Creo que le va a causar un infarto a una persona en particular —aseguró mirando de soslayo a Ana para medir su reacción.

Y sí la hubo, las cejas alzadas de Ana con sus ojos muy abiertos, mirándolo con la curiosidad instalada en sus vivaces iris avellana.

—¿A qué persona te refieres? ¿Carmencita está saliendo con alguien? —interrogó Ana sin rodeos.

—Técnicamente no está saliendo con nadie, pero, ¿no lo sospechas? —replicó, esbozando una sonrisa para no hacerle sentir a Ana que era algo terrible lo que iba a decir.

—No… bueno, sí. Pensé que eran ideas mías —respondió relajada, en sus ojos brillaba la picardía.

—¿Estamos hablando de la misma persona? —interrogó Jason sintiendo un inusitado alivio—, ¿cierto?

—Puede que sí. —Ana sonrió coqueta—. ¿No te molesta?

—Si estamos hablando de quien creo que hablamos, pues la verdad no, ¿y tú?

—No… Mi papá lleva demasiados años solo, sé que mamá fue el gran amor de su vida. Pero creo que se merece amar de nuevo, ser feliz como alguna vez lo fue. Los últimos días me ha gustado verlo más jovial, más contento… más vivo y es gracias a Carmencita —argumentó Ana intentando sonar despreocupada, pero su voz se tiñó de pena—. Cuando murió mamá, no solo la perdí, una parte de mi papá se fue con ella. Nunca más fue el mismo. Con el pasar de los años jamás dejó de mirar con una tristeza infinita su fotografía, y ahora he vuelto a verlo a cómo era antes y eso me hace feliz —afirmó con sus ojos húmedos. Un sentimiento agridulce embargaba su corazón—. Carmencita también merece una oportunidad.

Jason la besó con suavidad y luego la abrazó, cada vez la admiraba más, ahora por su generoso corazón.

Él también veía en su madre los mismos cambios, pero un poco más acentuados. Se dio cuenta en ese momento de que ya no notaba en Carmen esa intensa mezcla de nostalgia y felicidad cuando lo miraba. Tal vez, al fin, le estaba dando a Frederick el lugar que debía tener, en el pasado. Dejarlo ir, porque por primera vez Carmen tenía la esperanza de un futuro, uno que estaba eligiendo. No había presiones de nadie, era libre de aceptar o rechazar el cortejo de Arturo. Era libre de darle una oportunidad a su corazón.

—Ambos la merecen —concordó, esbozando una sonrisa.

—Va a ser un cumpleaños muy especial para Carmencita… ¿Tus hermanos qué dicen?, ¿has hablado con ellos respecto a esto?

—Sí, ayer precisamente… —Jason tomó de la mano a Ana para caminar hacia la caja para pagar por el vestido—. Ambos están preocupados por todo lo que sucedió con Ramiro que, a decir verdad, es muy reciente. Y tienen razón, pero lo que no ven, es que mamá y Ramiro, básicamente, no tenían una relación amorosa. Nunca lo fue. Siendo frío y duro, mi mamá no fue esposa de Ramiro, más bien era una esclava.

Ana se quedó en silencio, viéndolo con ese enfoque, era escalofriante la vida de Carmencita.

—Es cosa de que se hagan la idea de que mamá es una persona que siente, que es mujer, que merece amor… amar —continuó Jason—. Pero más allá de sus preocupaciones, mis hermanos la dejarán ser. Es hora de que ella tome las decisiones sobre su vida —declaró convencido—, sin que nadie interfiera.

—¡Qué bueno! Es lo mejor —afirmó Ana dándole un apretoncito a Jason.

—Sí… Y ahora, ¿qué nos queda por comprar?

—Mmmm… ¿La torta?

—Ya lo tengo listo, encargué una de panqueque chocolate en la pastelería Mozart… Ojalá le guste.

—Son buenísimas… entonces, ¿tendremos la tarde libre? —interrogó con semblante ladino.

—Si quieres ponerle el nombre de «tarde libre» a retozar como salvajes, pues no me opondré.

Ana rió, iba a ser una tarde muy entretenida.

Capítulo 24

Jason despertó sobresaltado, todo su cuerpo protestó con una dolorosa y repentina tensión.

—Mierda, me quedé dormido… —rezongó con la voz preñada de sueño; se sentó en la cama y se refregó la cara. Tomó el móvil que estaba sobre la mesa de noche y miró la hora tratando de enfocar la vista, entornó los ojos y blasfemó para sus adentros—. Ani, *mijita* rica —susurró acariciando esa curva preciosa que se formaba cuando dormía de lado, el sinuoso camino que recorría su cintura, caderas y muslos—, a levantarse, son las nueve y media.

—¿Ah? —balbuceó desorientada tratando de abrir sus ojos.

—Son las nueve y media —repitió con suavidad—. Tenemos media hora para llegar a la librería. No alcanzaremos a pasar al banco, va a estar reventando de gente.

—¡Mierda! —Ana se levantó apresurada sin importarle su desnudez. En realidad, ya se había acostumbrado, la tarde del sábado y todo el domingo apenas se puso una camiseta de Jason para preparar algo de comer—. Vamos, démonos una ducha rápida. Huelo a sexo desenfrenado y me encanta, pero debemos conservar el decoro frente a Carmencita y mi papá.

Jason todavía tenía la cabeza embotada por su intempestivo despertar, pero de todas formas sonrió. Tenerla todo el fin de semana había sido estar en el cielo. Estaba loco por ella y la iba a extrañar muchísimo durante la semana. Se propuso raptarla cada vez que pudiera hasta que se resignara a pasar todos los días por el resto de su vida con él.

Con ese objetivo en mente se levantó con premura y fue tras Ana para tomar la ducha juntos.

La iba a dejar bien limpia.

*****

Llegaron a la librería veinte minutos tarde, lo cual no era un pecado, pero a Jason le desagradaba llegar atrasado. Ambos entraron al local, acalorados y agitados por caminar rápido. Carmen y Arturo les dieron miradas inquisitivas al verlos con el cabello húmedo y resollando, pero no dijeron nada solo se miraron fugaz y sonrieron con complicidad.

—Nos quedamos dormidos —explicó Jason ante ese recibimiento—. Lo siento.

—No digamos que tienen que marcar tarjeta ustedes dos —bromeó Arturo—. Buenos días, niños. Primero los buenos modales y luego las explicaciones —saludó en un tono paternal solo por molestar e incomodarlos.

—Buenos días —dijeron Ana y Jason a una sola voz.

Jason saludó en la mejilla a su madre y le dio un apretón de manos a Arturo. Ana repartió besos y abrazos suaves a su suegra y su padre, rectificando sus maneras.

—Supongo que no alcanzaron a depositar lo del viernes —continuó Arturo, casi en modo general de ejército. Haber estado a cargo del *stand* durante el fin de semana lo llenó de energía. Contrario a toda lógica, necesitaba ese remezón.

Ana y Jason negaron con la cabeza como respuesta.

—Bueno, podemos hacerlo mañana y aprovechamos de depositar lo del fin de semana y lo que se gane hoy —propuso resuelto—. Estuvo bastante buena la venta el sábado.

—Qué bueno, porque el viernes fue horrible. Hubo un bajón de público.

—Suele pasar, no te preocupes, hija.

—El sábado fue una locura. No paramos en *too* el día con Arturo —intervino Carmen reafirmando los dichos de su consuegro—. Pero los chiquillos apañaron súper bien —comentó con soltura—. Era como estar acá, pero más movido.

Jason observaba a su madre, parecía otra mujer. Estaba contento por ella, cada día evolucionaba un poco más, se le notaba resuelta, segura. Más viva. Estaba frente a una versión de su madre que estaba feliz consigo misma. Su sonrisa era radiante y expresiva, gesticulaba más con sus manos y su voz destilaba confianza.

Todo lo que estaba viviendo la estaba transformando, convirtiéndola en una preciosa rosa que abría al fin sus pétalos para recibir la luz del sol.

—¿Y cómo estuvo el fin de semana? —interrogó Arturo sin dirigirse a alguien en particular.

—Tranquilo —respondieron Ana y Jason al mismo tiempo y luego rieron al notar de nuevo esa singular sincronía.

—Ustedes están muy mal —comentó Arturo, socarrón—. Cuando las parejas empiezan a hablar al unísono es porque están verdaderamente fregados… ¿Cierto, Carmencita?

—Ay, no sabría responderle a eso, Arturo —respondió con cierta inocencia. Ella no había vivido aquello, le faltó mucho por recorrer con Frederick y con Ramiro, ya estaba más que claro que no eran un verdadero matrimonio. Pero al reflexionar sobre aquello, se dio cuenta de que ya no le pesaba—. Pero estoy segura que estos dos no tienen vuelta atrás.

—¿Desayunaron? —Jason cambió de tema de manera evidente, sintiendo un repentino ataque de timidez. Se sintió demasiado expuesto, prefería mantener sus sentimientos en privado y solo mostrarle a Ana la arrebatadora naturaleza de sus afectos.

Era absurdo ese impulso de esconderse, pero era más fuerte que él. No necesitaba que los demás le hicieran notar ello. Tenía la más absoluta certeza de que estaba —tal como decía Arturo— fregado, pero solo le bastaba con que Ana fuera consciente de ello.

Ahora si lo pensaba mejor, en realidad, no estaba fregado, era peor. Para él no existía ningún término para describir lo que sentía por Ana, trascendía lo físico, la química, el instinto. Incluso, la palabra amor carecía de peso, era minúscula.

Aquel inestimable sentimiento iba a acompañarlo hasta exhalar su último suspiro. Era hombre de una sola mujer.

*****

—Espero que no sea tan terrible —dijo Carmen frente a la puerta del departamento de su hijo.

—Si es para interrumpir el postre de una buena cena. Debe ser serio, no me dijo nada más por teléfono.

—*Pucha*, era la primera vez que voy a un restaurante y me salen con este *show* —se lamentó Carmen. Nunca se deja de ser madre, estaba preocupada y a la vez molesta. Lo estaba pasando muy bien con Arturo… Demasiado bien.

Carmen tocó el timbre del departamento de Jason, pero nadie contestó. Miró extrañada a Arturo como si estuviera preguntándole por qué no abrían la bendita puerta, él solo se encogió de hombros en respuesta ante esa tácita interrogante. Ella resopló y esculcó su cartera buscando su copia de llaves, rogando al cielo no encontrarse a su hijo muy «ocupado» con Anita. Había límites infranqueables para una madre.

Inspiró profundo y abrió la puerta. Todo estaba muy oscuro y en silencio. Extraño, eran las siete y media, estaba segurísima que todavía había luz diurna a esa hora.

—¿Jason, hijo? —llamó desconcertada.

En medio de esa oscuridad una cálida llama flotó, y Carmen, cuando le encontró sentido a esa inesperada luz, miró a su alrededor. En medio de esa penumbra, se dio cuenta de que todo estaba decorado con globos, serpentinas. Volvió su atención hacia la luz y vio las caras sonrientes de sus hijos y su nuera alrededor de una torta, empezándole a cantar el cumpleaños feliz.

Carmen se llevó las manos a la boca y los ojos se le anegaron en lágrimas por esa sorpresa. En toda su vida nunca le habían celebrado su cumpleaños, ningún regalo, con suerte apenas un saludo, y ahora, en un solo día, la habían invitado a cenar para celebrarlo y una fiesta con las personas que más quería en el mundo. Por primera vez en toda su existencia sintió que no podía pedir más, que si ella perdiera la vida en ese momento sería la más hermosa forma de morir...

Y justo ahí lo comprendió. Como si fuera un fantasma, él, Frederick, reflejado en su hijo, estaba sonriéndole, diciéndole, confirmándole que ese pensamiento que atravesó su mente, fue exactamente el mismo que tuvo en el instante en que su corazón dejó de latir, que dejó este mundo lleno de felicidad y que ella no era culpable de nada.

Y ante esa epifanía, Carmen simplemente lo dejó ir... dijo gracias, dijo adiós.

Y fue libre.

Carmen llorando y sonriendo se acercó a su familia mientras todos ellos terminaban de cantarle con los ojos brillantes de emoción. Miró con ilusión ese delicioso pastel y la única vela que lo decoraba.

—Pida un deseo, Carmencita —la animó Arturo a su lado, poniendo la mano sobre su hombro.

Ella asintió, cerró los ojos y sopló deseando que desde ese momento su vida se plagara de esos momentos de felicidad.

Estaba agradecida de la vida por primera vez, y todo empezó cuando Jason volvió a su lado y le pidió que dejara a Ramiro. Tenía tanto miedo, y le costó un mundo tomar la decisión, y cuando lo hizo... No, no importaba el precio que había pagado, no importaba en lo absoluto y lo pagaría mil veces más si ese era el costo de tener a su familia unida, queriéndose, queriéndola, siendo feliz, independiente.

Poder dormir por las noches tranquila, sin maldecir su destino, sin añorar el amor de su vida, sin sufrir por la mala vida de su hijo mayor, o por no poder evitar traer al mundo hijos que iban a ser influenciados por una mierda de hombre.

Ya no tenía ese peso sobre sus hombros, ya no más.

Cuando la habitación se iluminó de nuevo y todos aplaudían, Carmen sintió que no era solo su cumpleaños, sino que al fin había llegado su tan ansiado renacimiento.

*****

Todos conversaban animados comiendo el picadillo y bebiendo cerveza bien fría, pero el calor estaba sofocando a Carmen, se excusó ante todos y fue un rato a tomar el aire fresco a la terraza, donde en el extremo opuesto, había un par de taburetes y se sentó en uno de ellos. A pesar de ser pasada de las ocho, el ocaso estaba recién empezando, y los rayos del sol, conforme avanzaban los minutos, empezaban a desfallecer con lentitud. Sin embargo, la brisa que corría era lo suficientemente fría, y Carmen agradecía la tenue caricia en la piel de su rostro y cerró los ojos con una sonrisa en los labios. Estaba contenta.

—Parece que le gustó mucho la sorpresa, Carmencita —dijo de pronto esa voz masculina que ya le era familiar—. Se le nota en la cara.

Carmen abrió los ojos y dirigió su atención a Arturo que estaba al otro extremo de la terraza y tenía las manos en los bolsillos. Ella asintió, pero no dijo nada más.

—¿Disfrutó la cena? —interrogó nervioso. Diablos estaba tan oxidado, se sentía como si fuera la primera vez que intentaba acercarse a una mujer, cosa que tenía todo el sentido del mundo, hacía quince años que no se acercaba a una.

—Estuvo *too* perfecto, con razón Jason habla tanto de la Confitería Torres. Es un lugar precioso, no debió tomarse tantas molestias…

—No fue ninguna molestia —interrumpió Arturo, impetuoso—, sino todo lo contrario. Le quedé debiendo el postre eso sí. Jason se me adelantó unos minutos. ¿Qué le parece si la compenso el viernes? —propuso aparentando aplomo y naturalidad, a pesar de que en realidad carecía de aquello.

—No se sienta comprometido, Arturo. Si tengo clarito que *too* fue *pa'* que les resultara la sorpresa a estos chiquillos. Muchas gracias por prestarse a ser parte de esto.

—No hay nada que agradecer, para mí fue un placer, Carmencita. Pero no crea que mi invitación es por compromiso… En realidad, me gustaría salir con usted otra vez.

—¿En serio? —Él asintió vehemente—. Ya *po'h*, no sea bromista, Arturo —apostilló nerviosa, incrédula y a la defensiva.

—Pero si es verdad, Carmencita… ¿No se ha dado cuenta?

Sí que se había dado cuenta, pero prefirió convencerse de que era solo amabilidad, y que Arturo era así, atento en exceso, pero que era improbable que se debiera a ella. Capaz que fuera un picaflor… Aunque pensándolo bien, si fuera picaflor estaría coqueteándole a cuanta cosa con falda pasara por delante de él, y ella lo había observado, con las demás era respetuoso y amable, pero nada más.

—¿Darme cuenta de qué? —replicó con la intención de tener certezas y transparentar todo. Se levantó de su asiento, necesitaba tener, al menos, la ilusión de tener los pies en la tierra.

Arturo obligó a sus piernas a avanzar hacia ella, no podía sostener esa conversación a tres metros de distancia. Debía acortarla y estaba seguro de que Carmencita no se iba a mover de su lugar.

—De que me gustaría conocerla mucho más —respondió—. No a la mamá de Jason, o a la que amablemente cuidó mi convalecencia, o a la chiquilla que apenas hablaba hace treinta años atrás. Quiero conocerla a usted, la mujer. Lo que la emociona, lo que le hace reír, sus sueños, sus aspiraciones. Saber si a pesar de todo lo que le ha tocado vivir, está dispuesta a darme una oportunidad de ir más allá. Porque lo que he visto en usted en el último tiempo me ha abierto los ojos, me ha hecho darme cuenta de que mi corazón no está muerto —declaró solemne, sintiendo cómo ese mismo corazón aporreaba las paredes de su pecho—. Llevo quince años de duelo, y por primera vez desde ese entonces, siento que puedo empezar de nuevo, que no quiero estar solo, pero tampoco quiero estar acompañado con cualquiera. Usted para mí ha sido como esta brisa, suave y refrescante. Me hace sentir vivo. —Inspiró profundo y le tomó las manos con delicadeza—. Y si usted no quiere nada conmigo, no se preocupe, que yo respetaré su decisión y dejaré de importunarla como lo he hecho todos estos días.

Carmen casi no podía creer que Arturo le decía semejantes palabras a ella, como si fuera el ser humano más interesante del mundo. En ese estado de incredulidad, sus nervios afloraron con fuerza, sus entrañas se contrajeron y su corazón se aceleró. Muda observaba el rostro serio de Arturo y la determinación en sus ojos. ¿Hacía cuantos años que no miraba a los ojos a un hombre? Más de treinta. Con Ramiro rehuía al contacto visual, por miedo, para no mortificarse de que no amaba a su esposo, y que a su vez, él tampoco la amaba, nunca lo hizo, solo la deseó por un tiempo y después solo era un recipiente humano para aliviar una necesidad física.

Y en los ojos de Arturo pudo ver que él hablaba en serio, y a la vez, Carmen todavía no se convencía que ella era el motivo de esa declaración tan inflamada y llena de sentimientos que nunca imaginó despertar en un hombre con mucho más recorrido en la vida, con más educación, con más mundo.

Era halagador, porque si bien ya no era una jovencita impresionable e inocente, algo quedaba de ella y le pedía a gritos darse una oportunidad de vivir todo aquello que la vida le negó. Ahí tenía al frente a un hombre maduro, atractivo y cariñoso que decidió dejar de lado ese inocente coqueteo a ser honesto y directo para pedirle que intentaran tener algo juntos, que no era tarde para ninguno de los dos.

Y ella era libre de aceptar o rechazar ese ofrecimiento. La gran pregunta que rondaba su cabeza era ¿qué deseaba hacer ella?

Vivir, experimentar, ojalá no equivocarse, y si eso pasaba, volver a intentar. Porque todavía era joven, había criado a tres hijos que ya eran adultos y que no dependían de ella para vivir, no le debía explicaciones a nadie por sus decisiones y sus actos.

Y a decir verdad, Arturo le gustaba mucho, de lo contrario no habría aceptado nunca que él se le insinuara.

Las manos empezaron a temblarle, y él, al sentirlas, se las apretó y esbozó una sonrisa.

—Arturo…

Carmen se quedó en silencio, no encontraba las palabras adecuadas, maldecía su deficiente educación, porque ni en un millón de años podría repetir la misma declaración de Arturo. Bajó la vista, se avergonzó de ella misma.

Él la esperó paciente, pero con una creciente inquietud, el silencio solo se vio interrumpido por el suspiro entrecortado de Carmen.

—¿Cómo puedo gustarle siendo cómo soy? La señora Sofía sí que estaba a su altura, era inteligente y educada, yo no soy *naa* de eso…

—Y está muerta... lamentablemente está muerta —respondió Arturo sabiendo para donde iba el argumento de Carmen—. No hay punto de comparación, son personas por completo diferentes. Pero no se mire en menos, usted tiene muchas cualidades que no es capaz de ver, pero yo sí. Sin ir más lejos, si usted no fuera una mujer inteligente, no podríamos sostener ninguna conversación coherente, y usted y yo nos las pasamos hablando de todo. Y así como yo no puedo compararlas, usted tampoco me puede comparar con Frederick, no somos iguales, y lo sabe.

—Claro que no lo son... pero ambos tienen mucho ángel y son encantadores —afirmó sintiendo de pronto que el calor le invadía las mejillas, se le escapó ese piropo sin pensar y evidenciando cómo ella lo veía a él.

Arturo sonrió, tal vez sí le iban a dar una oportunidad, pero no podía dar por sentada la respuesta positiva de Carmen. Ese rostro arrebolado que se ocultaba también era encantador.

—Entonces, ¿me va a dar una oportunidad? —interrogó, inclinando ligeramente su cabeza—. Míreme, no se esconda.

Carmen alzó su barbilla y obedeció. Lo miró.

Sonrió con timidez y asintió sin dejar de mirarlo.

—¿Es un sí? —preguntó eufórico, quería asegurarse del todo. Ella confirmó volviendo a asentir y con un apenas audible «sí».

Arturo soltó las pequeñas manos de Carmen y enmarcó su rostro joven y a la vez maduro, tomándose la libertad de acariciar sus pómulos con sus pulgares. Ella cerró sus ojos al sentir ese suave contacto y se entregó a ese momento, era la segunda vez en la vida en que daba su real consentimiento para ser besada.

Y él apreció de corazón ese honor, con dulzura rozó sus labios sobre los de ella y delicadamente la besó, haciendo que Carmen respondiera del mismo modo, pero invitándolo a seguir adelante. Lo estaba disfrutando, sin culpas, sin esconderse, con toda su flagrante voluntad de hacerlo y con la sensación de que con cada segundo que pasaba se sentía más dueña de su vida, de su cuerpo, de sus deseos.

Arturo sentía que su corazón seguía latiendo impetuoso, por un segundo pensó que era demasiado, pero no le importó, porque todavía respiraba y sentía. ¡Y sí que sentía! Todo su cuerpo estaba despertando a una velocidad que asustaba.

De a poco fueron interrumpiendo aquel beso con suavidad, y con ganas de más, pero cada uno decidió que se lo tomarían con calma. Ninguno imaginó que solo un beso dado al borde de la inocencia los despertaría de una manera tan brutal, haciéndolos consientes del final de ese aletargamiento que parecía no tener fin.

—Supongo, entonces, que el viernes vamos a salir para compensarle el postre.

—Supone bien, Arturo —afirmó Carmen con una sonrisa.

—Gracias por darnos una oportunidad, le prometo que nunca se arrepentirá. —Se permitió besarla de nuevo, pero fugaz en los labios y la abrazó. Carmen se aferró a ese contacto y descansó su mejilla en el ancho pecho de Arturo. Entornó sus ojos escuchando con atención el sonido rítmico y fuerte de los latidos del corazón de Arturo.

Capítulo 25

Jason salió de la librería caminando a paso veloz. En el bolsillo interno de su chaqueta de cuero, llevaba el dinero que habían ganado tanto en el *stand* como en la librería desde el día viernes hasta el lunes. Casi tres millones de pesos que para muchos no era la gran cosa, pero para una librería, que ya había sufrido tres robos, eran indispensables para seguir a flote.

Ya había pasado mucho tiempo desde el último incidente, y conforme avanzaban los días, se iban desvaneciendo todas las hipótesis que él barajaba. La FILSA terminaba el domingo de esa semana, y con ella, el *stress* adicional de los depósitos bancarios que, independiente de la suma, era dinero que no podía perderse bajo ningún punto de vista.

Y aunque ya faltaba poco para llegar al plazo que se había propuesto para dar por concluida la investigación, no dejaba tener esa sensación que le molestaba, como si un ruido sordo estuviera susurrando en su oído día y noche.

Algo no le cuadraba del todo.

Había decidido ir solo a depositar el dinero durante la mañana antes de partir a la FILSA. Ana insistió en acompañarlo, pero él se negó e hizo oídos sordos al argumento de que ellos eran un equipo. Tan solo la idea de que algo malo le pasara a su Ani le revolvía el estómago. Sin importarle que lo tacharan de cobarde, aprovechó el instante en que la envió con el pretexto de que se pusiera el chaleco antibalas y salió raudo a depositar dejándola varada en la librería sin haberle revelado qué ruta iba a tomar.

Sabía que ella iba a estar furiosa, pero la prefería furiosa sana y salva, en vez de herida o peor...

Decidió ir serpenteando y transitar por calles y paseos atestados de gente, caminaba dando largas zancadas por la calle Mac Iver hasta llegar a Merced, para luego continuar por esa misma calle. Una cuadra había dejado atrás, y prosiguió su andar hacia el poniente por la vereda estrecha rodeado del ruido ensordecedor del tráfico.

La luz roja le hizo detenerse en la intersección con la calle san Antonio y su teléfono vibró. En la pantalla estaba el nombre de «Anita *mijita* rica» y resopló. Ignoró el llamado a sabiendas de la retahíla de recriminaciones que iba a escuchar si contestaba.

—¡Entrega la plata, *conchetumadre*! —siseó una voz masculina con un claro acento marginal, al mismo tiempo que Jason sentía una presión en el costado izquierdo de la espalda baja que le recordó que no se había puesto el chaleco antibalas en su afán por salir rápido. Maldijo todos los improperios soeces que conocía para sus adentros, y su instinto de supervivencia se activó al escuchar el inconfundible sonido del accionar del percutor de un revólver.

Se le heló la sangre, lo primero que pensó fue en Ana y el alivio de no tener que preocuparse por su seguridad. Solo él arriesgaba el pellejo.

Jason no dijo nada, aparentando estar en *shock* se quedó quieto y levantó levemente las manos, el delincuente enterró todavía más el cañón en su cuerpo. Jason intentó mirar de reojo, pero el hombre estaba fuera de su campo visual

—¡La plata, *culiao*! ¡O te mato! —amenazó poniéndose delante de él, apuntándole con el revolver en el pecho. Un escalofrío le recorrió la espalda a Jason. Maldición, debía ser en extremo cuidadoso, o le costaría demasiado caro. Bajó la vista para ver a su atacante y sus miradas se cruzaron al mismo tiempo. Ambos abrieron los ojos con incredulidad.

¡Se conocían!

El hombre palideció como si estuviera viendo un fantasma, y literalmente era así, se suponía que Danilo lo había matado, ¿cuántas veces lo escuchó vanagloriándose de ese hecho? Demasiadas, tal vez. Jason endureció sus facciones y con frialdad aprovechó ese segundo de oro en que el sujeto vaciló presa del desconcierto, tomó el arma al mismo tiempo que la muñeca, alejándola de su pecho y torciéndola en un ángulo doloroso y antinatural, obligándolo a soltarla con un chillido.

Los transeúntes sorprendidos y asustados, que estaban al lado de ellos, empezaron a huir despavoridos al notar la presencia de un arma de fuego que, en apariencia, se podía disparar en cualquier momento por accidente. Algunas mujeres gritaron, otros se escondieron, dejando a ambos hombres prácticamente solos en aquella esquina.

A Jason le importaba bien poco la desesperación de los demás, estaba concentrado en ese hombre ligado a su antigua vida. ¿Lo estaban siguiendo? Era imposible, se aseguró de que todos creyeran que estaba congelándose en el servicio médico legal, nadie sabía en la población que estaba vivo. Jason conjeturaba a toda velocidad buscando un vínculo entre los asaltos, él y la población. Sin duda, el objetivo no era él, sino el robo de las ganancias de la librería, no podía estar equivocado.

Su mente trabajaba con superlativa lucidez con solo el afán de intentar explicarse la presencia de Maikel, un drogadicto y ladrón de poca monta. Lo conocía bien, no era de los que elaboraran algún plan complejo para robar. Su prontuario se inclinaba más por el delito de tomar un celular o darle un tirón a una cadena de oro a su víctima, reducir el botín, obtener un poco de plata y drogarse.

—¿Así que cambiaste de rubro, *hueón*? —interpeló Jason con aquel tono nasal de *flaite*, transformando automáticamente su personalidad—. A *vo'h* no te da el cerebro *pa'* hacer esta *hueá*, no *eri* de los que trabajan en el centro —acusó intentando obtener respuestas, sin aflojar su agarre.

—Tú *estai* muerto —balbuceó Maikel aterrorizado, sintiendo un dolor descomunal en los huesos y tendones de su muñeca que le inmovilizaba el cuerpo por completo. Con tan solo respirar el dolor se acentuaba todavía más. El arma apenas pendía de su dedo índice, haciendo que su peso fuera insoportable. La boca se le llenó de saliva, Dios, estaba a punto de vomitar. Intentó tragar, la sensación era horrible—. ¡*Estai* muerto!

—Acabo de resucitar como *tatita* Dios —ironizó con descaro, sin evidenciar un ápice su turbulento estado mental, no se podía delatar—. Contesta, ¿quién hizo el encargo?, ¿quién te mandó, *perkin*[51] *culiao*? —interrogó con dureza dando a entender que no aceptaría evasivas y que sabía perfectamente que no era el autor intelectual.

Los papeles se habían intercambiado, Jason pasó de víctima a victimario.

—Da... Da... Danilo —confesó titubeante con un hilo de voz y sin hacerse el valiente, porque no lo era. Jason sintió que se le erizaba la piel de todo el cuerpo. Nunca, ni en sus peores pesadillas se lo imaginó.

---

51 *Perkin: sujeto que está en lo más bajo en algún escalafón, usualmente es mandado por otra persona y hace todo lo que se le pida sin cuestionar.*

¿Danilo? ¿Qué diablos hacía Danilo involucrado en todo este entuerto? Era algo que Jason no se esperaba, y lo que menos quería él, era que su antiguo compinche se enterara de que estaba vivo, al menos en el corto plazo, porque supo sin dudar, que era inevitable que volverían a verse las caras. Debía pensar con calma, pero su mente trabajaba sin cesar y no dejaba de preguntarse, ¿por qué un narcotraficante iba a estar envuelto en robos?, era un riesgo enorme e inútil lograr esa notoriedad. Danilo fue un aprendiz aventajado y e hizo suyas todas las artimañas que Jason le enseñó para traficar drogas sin que la ley pudiera ponerle un dedo encima. Era estúpido arriesgarse a que lo atraparan por coludirse con ladrones de esa calaña, que eran demasiado torpes y, tal como sucedió ahora, eran presas fáciles ante el factor sorpresa proveniente de una persona que sabía cómo defenderse.

El semblante de Jason era de granito, inescrutable, pero en su fuero interno sentía que el pasado se había hecho presente de la peor manera, dándole una bofetada que le despertó del sueño que estuvo viviendo los últimos meses. No deseaba admitirlo, pero debía ponerle un punto final.

—Por favor, déjame ir —rogó Maikel desesperado, ciego de sufrimiento—. Te juro que no diré *naa*. Te lo juro por mi *taita* que está en el cielo.

—Y *naa vai* a decir, *ahueonao* —aseveró Jason sabiendo que Maikel no conocía el honor. Así como le hizo confesar con facilidad, bien podía hacerlo Danilo con métodos menos benevolentes—. Así que yo que tú me viro por unos días fuera de la *pobla* o te juro que te hago re cagar si me entero que le dijiste a Danilo que me viste.

Y Jason, para demostrar que hablaba muy en serio, torció más la muñeca sin piedad hasta que los huesos crujieron como madera seca, haciendo que Maikel diera un alarido desgarrado. El arma cayó al suelo con un golpe metálico y seco, la gente que observaba escondida gritó asustada, pero el revolver no se disparó.

Una de las ventajas de estar en pleno centro de Santiago era que estaba plagado de carabineros en todas partes, tanto de civil como uniformados. Cuando el robo era un simple lanzazo era difícil que ellos actuaran con eficacia, pero en este caso especial, tener inmovilizado a un delincuente por un minuto les daba un tiempo precioso para aparecer en el momento justo en el que más se les necesitaba.

Jason escuchó la voz de mando de un oficial de carabineros que le ordenaba alejarse del arma y del delincuente. Alzó sus manos con lentitud, como acto reflejo, demostrando que estaba limpio y que en realidad era la víctima. Tres oficiales más habían aparecido de la nada e inmovilizaron a Maikel que intentó infructuosamente escabullirse. Las personas curiosas, al notar a que todo estaba bajo control, empezaron a fisgonear cómo esposaban al delincuente que lloraba como un niño por el intenso dolor.

Algunos indicaban a carabineros cómo había sucedido todo, que el *flaite* había intentado asaltar al señor de ojos verdes, pero que él lo redujo sin problemas como si fuera «El transportador» —vaya imaginación que tenían— para ellos fue un movimiento de película de acción. Jason pensó que iba a ser una gran pérdida de tiempo ir a la comisaría a declarar si todos estaban dando a viva voz la versión de los hechos como testigos, pero conocía bien el procedimiento policial, no tenía escapatoria, así que cuando le indicaron que debía prestar su testimonio, se encogió de hombros y empezó a enfilar sus pasos hacia la patrulla. Tal vez, si tenía mucha suerte, Maikel iba a permanecer unas ocho horas en el calabozo, pero a la postre, todo era incierto, solo se definiría sobre su estadía tras los barrotes en el control de detención en el juzgado.

Era cuestión de tiempo de que Danilo se enterara de que él estaba vivo y, sabiendo cómo era, iba a finiquitar el trabajo que dejó inconcluso meses atrás.

Debía dar el golpe primero, debía proteger a los suyos. Si los estuvieron vigilando durante todo este tiempo, era fácil determinar qué papel jugaba Ana en su vida. Podían usarla para llegar a él.

Inesperadamente todo se convirtió de vida o muerte.

El miedo a perderlo todo sumergió a Jason en un océano violento lleno de colosales oleadas que hacían pedazos su cordura, y que se acrecentó en el momento en que divisó a Ana en medio de la horda de curiosos que presenciaban la captura del ladrón y que le devolvía la mirada reflejando ira, alivio y terror a la vez.

Ana era demasiado importante para él. No iba a resistirlo si a ella le pasaba algo, él moriría.

Caminó hacia ella con cautela. Ana respiraba agitada, el pecho le subía y bajaba de manera evidente sin quitarle los ojos de encima.

Ella presenció todo. Hacía solo unos minutos había entrado al baño de la bodega para ponerse el chaleco antibalas, pero en menos de un minuto se devolvió para cambiarlo porque le quedaba grande, Jason le había dado el que usaba él. Al ver a su padre solo con Carmen y sus caras de sorpresa, se dio cuenta del engaño y salió corriendo hecha una furia, e intuyendo que él no repetiría dos veces la misma ruta que usó la última vez, avanzó, por mera coincidencia, por donde mismo caminaba él.

Al cabo de un par de minutos, logró divisarlo entre la multitud, Jason era inconfundible e iba caminando muy rápido. Lo llamó por teléfono mientras iba tras él, pero en el momento en que estaba a unos veinte metros de distancia, y al mismo tiempo que se cortaba el llamado, sucedió.

Vio la escena como si fuera en cámara lenta, los pies de Ana se volvieron de plomo, haciendo que moverse fuera una tarea imposible de realizar. Su corazón se detuvo y el pánico la consumió cuando el arma apuntaba a Jason en el pecho, porque ella sabía que él andaba sin protección. El horror de tan solo imaginar que una bala atravesara el corazón de Jason segándole la vida le cerraba la garganta. Quería gritar, pero no podía, las lágrimas quemaban sus ojos, pero no salían.

Y después todo fue demasiado rápido. Por un instante las miradas de Jason y el ladrón se cruzaron, y ella casi ni se dio cuenta cuando el atacante estaba dando alaridos de dolor y el revolver apuntando para cualquier parte, menos hacia el cuerpo de ese hombre testarudo y llevado a sus ideas que tanto amaba.

Lo amaba tanto y estuvo a punto de quedarse con esas palabras dentro de su corazón para siempre.

Y todavía no podía moverse, las preguntas borboteaban sin cesar en su cerebro, desesperadas por encontrar respuestas. ¿Todo había acabado?, ¿ya podían continuar trabajando sin la preocupación de pensar en cuando sería el próximo robo?, ¿vivir sin calcular todos sus movimientos?, ¿Jason empezaría a tomar otros casos, ya que el que lo había traído a su vida había finalizado?, ¿acabaría Jason, con el paso del tiempo, por desligarse de la librería por completo?

Jason se abrió camino entre los curiosos hasta alcanzarla, solo deseaba abrazarla y quitarle del rostro esa expresión alterada. No dijeron nada, solo se abrazaron y recién en ese momento ella pudo moverse, se aferró al cuerpo de Jason como para asegurarse de que estaba vivo. El miedo la había paralizado por completo, si Jason hubiera dejado que le acompañara estaba segura de que el resultado habría sido otro muy diferente.

Aterradoramente diferente, dolía incluso pensar en ello.

—Estabas sin chaleco, estúpido —sollozó Ana—. Pudiste morir...

—Lo sé, lo sé, fue una torpeza. Este era mi miedo que estuvieras a mi lado cuando pasara esto, ¿entiendes? Mírate, tú también estás sin chaleco. ¿Qué hago si te apuntaba a ti? ¿O si te toma de rehén? ¿O que disparara sin piedad?...

—¿Qué pasaba si te disparaba a ti? —interrumpió Ana con la cara mojada por las lágrimas—. Si te pasa algo me muero, Jason. Eres un idiota —reprendió sintiendo pena y rabia amalgamada con un inmenso alivio.

—Pero nada nos pasó...

—¡Es de fogueo, mi teniente! —exclamó un cabo de carabineros al inspeccionar el arma.

—¡Maldición! —respondió el aludido—. No va a durar nada adentro.

Jason al escuchar aquellas palabras pensó lo mismo que dijo el teniente, tenía poco tiempo para actuar. Lo más seguro era que dejaran libre a Maikel porque el robo fue frustrado... y el arma era de fogueo, una muy buena imitación en peso y apariencia. Pero a pesar de que incluso era ilegal usarla, se convertía en un atenuante ante el criterio de un juez. Aquella era una práctica habitual en el hampa, usar armas falsas para evitar que les cayera todo el peso de la ley. Lo malo para las víctimas era que nunca se sabía cuándo usaban una de verdad, era un cruel juego de ruleta rusa. Jason había aprendido a no confiarse. Sentía que en tan solo unos minutos había envejecido cien años.

Tenía que llegar al fondo del asunto y rápido.

—Señor, nos tiene que acompañar y prestar declaración —demandó el teniente acercándose a Jason.

—Voy enseguida, señor —afirmó—. Ani, ve a la librería e infórmale a Arturo, necesito que vayan todos a la FILSA. No me interesa si tienen que cerrar la librería, es lo que menos importa —ordenó serio—. Tengo que terminar esto hoy, y te necesito a salvo, la estación Mapocho es el único lugar donde se me ocurre en que estarás bien y segura. No puedo darte más detalles, porque ni yo lo sé del todo, te llamaré cuando tenga más información. ¿Me puedes hacer caso solo esta vez? —La miró suplicante, rogándole con esos profundos ojos verdes que obedeciera—. Te prometo que te contaré todo, te juro que volveré a tu lado.

Ana estaba todavía aturdida, pero comprendió que la situación era más grave que un simple robo, la expresión de Jason era insondable, pero sus ojos, oh sus ojos estaban llenos de algo que no supo interpretar, lo único claro para ella era que él tenía tanto miedo a perderla como ella.

La amaba, con todo su ser, lo sabía.

—Haré lo que me pidas —accedió—. No hagas nada estúpido —exigió, besándolo, perdiéndose en él.

—No lo haré. —Volvió a besarla con fervor, se obligó a separarse de ella y luego miró al carabinero que estaba a su lado un tanto incómodo por la escena que presenció—. Lo sigo.

Se subió en la patrulla de carabineros a la saga de la otra que ya había emprendido rumbo a la Primera Comisaría de Santiago que estaba a tan solo a dos cuadras de distancia. Ana lo observó hasta que lo perdió la vista.

Dio media vuelta, tenía una misión. Mantenerse ella y a los suyos fuera de peligro.

Eso fue lo que le dijo Jason con sus ojos, que todo era peor de lo que imaginaba.

Capítulo 26

Ana llegó respirando agitada a la librería, había corrido las dos cuadras que la separaban del lugar del atraco, sentía que no podía desperdiciar ningún minuto. Su corazón latía frenético, a punto de salirse de su pecho, tanto por el esfuerzo físico como por el impacto de lo vivido tan solo unos minutos atrás.

Arturo y Carmen, en el acto, supieron que algo malo había pasado. Bastaba con ver el rostro de Ana que miraba hacia el interior sopesando si podía hablar en frente de los pocos clientes que estaban mirando libros. Arturo captó el mensaje, tosió fuerte llamando la atención y se dirigió a la puerta de la librería, y la cerró, dando vuelta el letrero de «Abierto», para volver a su lugar sin decir una palabra. Carmen a su vez se acercó a Ana y le ofreció agua fresca que ella agradeció en silencio y se la bebió casi sin respirar.

Esperaron a que los clientes se dieran por aludidos y salieran, o hicieran sus compras de una vez. Todo el ambiente se volvió tenso debido al pesado silencio.

—Que tenga buen día —despidió Carmen al último comprador y luego suspiró, salió del mesón de caja para quedarse al lado de Arturo. Miró fijo a Ana y esperó junto a él a que ella dijera algo.

—Acaban de asaltar a Jason.

Carmen ahogó un grito y se llevó la mano al pecho, Arturo no dijo nada y como acto reflejo la abrazó para tranquilizarla, esperó a que Ana hablara, las preguntas que llenaban su cabeza las iba a hacer en cuanto ella terminara. De haberle pasado algo más grave a Jason, Ana estaría en un estado mucho más alterado.

—Adiviné qué camino iba a tomar, corrí hasta casi alcanzarlo, y cuando lo hice, un tipo le estaba apuntando con un arma en el pecho —relató—. No me atreví… no pude moverme e intervenir… Y aunque hubiera podido, habría sido estúpido de mi parte. —Dejó de hablar por unos segundos, las sensaciones estaban todavía frescas en su corazón, sentía que se le encogía nuevamente—.

Pero el tipo al mirar a Jason titubeó y él aprovechó para desarmarlo, te juro que apenas vi cómo lo hizo, en menos de un segundo el arma apuntaba hacia otra parte y le tenía la muñeca quebrada. —Fue el relato fragmentado de Ana, con todas las emociones que bullían en su interior apenas notó el interrogatorio al que Jason sometió a su atacante—. Después llegaron los carabineros y se llevaron preso al tipo y Jason se fue con ellos a poner la denuncia y declarar. Me dijo que fuéramos todos a la FILSA, que era el lugar más seguro, que no había tiempo… ¡Dios, no tengo claro qué está pasando! Pero sé que es peligroso que nos quedemos acá a esperarlo. No pudo darme más detalles, solo sé que debemos irnos ya.

—¿Jason está bien, mijita? —preguntó Carmen, que sabía la respuesta, pero necesitaba la confirmación empírica del hecho—. ¿Está sano y salvo?

—Sí, Carmencita. —Ana se acercó a su suegra y la abrazó fuerte—. Jason sabe defenderse muy bien. Me hizo pasar un susto enorme, pero está sin un rasguño. Está ahora en la comisaría que queda en Santo Domingo.

Carmen suspiró hondo, creía en las palabras de Ana. Su hijo estaba bien.

—Mi niño me va a sacar canas verdes —bromeó intentando quitarle hierro al asunto. Sentía que de esa manera podía gestionar mejor sus emociones.

—Si es que no me las saca primero a mí —respondió Ana con una sonrisa, Carmen siempre lograba eso en ella, y se lo agradecía, que le alivianara un poco el peso de lo que sentía. Se separó del abrazo y miró a Arturo—. Debemos irnos, papá

—Eso haremos, hija. Carmencita, cierre el sistema de caja, y me da el efectivo, mañana cuadramos el dinero no pierda tiempo en eso —indicó con seguridad.

Carmen asintió y con destreza ejecutó lo que Arturo le pidió, le entregó el dinero en efectivo —que no era mucho— y Arturo se dirigió a la bodega a guardarlo en una pequeña caja fuerte.

Estaban todos preparados para salir, Ana y Carmen se habían puesto sus carteras mientras que Arturo se disponía a apagar la luz del local, pero en ese momento entró un cliente que ignoró el letrero de «Cerrado».

—Estamos cerrando, señor —informó Arturo con amabilidad—. No podemos… —Dejó las palabras al aire, se agolparon todas en su garganta sin poder salir en el momento en que el desconocido, sin decir una palabra, sacó un arma y los amenazó a los tres, apuntándoles alternadamente.

Ana y Carmen se abrazaron, como acto reflejo de proteger una a la otra, mirando con los ojos desorbitados la horrible escena y apenas creyendo que eso de verdad estaba sucediendo. Ahora Ana se daba cuenta del peso de las palabras de Jason. Él no había exagerado.

El peligro había llegado demasiado pronto.

—Shhhhhhhhhhh… —El sujeto pegó su dedo índice a sus labios y apuntó al pecho de Arturo—. No quiero ni un escándalo, caballero. Si dice una puta palabra lo mato —advirtió con severidad y miró a las mujeres, el rostro de una que lo miraba fijo le fue vagamente familiar, pero no podía recordar dónde. Le restó importancia, solo le servía la más joven—. Tú, *cuiquita*, *vai* a venir conmigo o mato a tu vieja —ordenó con una tranquilidad aterradora. A ese hombre no le temblaba la mano, su pulso era firme. Tenía un objetivo bien claro—. Y *usté*, caballero, me va a juntar diez millones de pesos y pobre de *usté* si se le ocurre llamar a los *pacos* o a los *rati*, porque le juro que a esta ricura la violo y la mato —amenazó dándole una repasada lasciva a Ana—. Tiene dos horas, su hijita lo llamará —demandó sin importarle ir a cara descubierta. Él estaba convencido de que el miedo enceguecía a la gente, sobre todo a los *cuiquitos* debiluchos que siempre creen que están seguros en sus casonas en la parte alta de la capital—. ¡Muévete! —Apuntó a la cabeza de Ana y la separó con violencia de los brazos de Carmen que se resistió a dejar a Ana en manos de ese hombre que conocía bien.

Danilo, el mismo que intentó arrebatarle la vida a su hijo disparándole arteramente por la espalda.

El clic del percutor hizo que Ana se separara de Carmen, y ella no hizo el intento de retenerla considerando que arriesgaba demasiado si se resistía o señalaba a viva voz que ella lo conocía y que sabía dónde vivía. Podía provocar la ira del sujeto y no deseaba averiguar hasta dónde era capaz de llegar, era en extremo riesgoso, y las consecuencias, nefastas, sobre todo sabiendo que Danilo no conocía los límites.

Carmen ya tenía una amarga experiencia en tratar con personas violentas, sabía cómo actuar.

Ambas intercambiaron una mirada que lo decía todo, mas no hicieron gestos que las delataran. Danilo debía creer que tenía el sartén por el mango o de lo contrario alguno de los tres iba a morir en ese lugar.

Ana cerró los ojos cuando sintió el cañón frío del revolver en la parte baja de su espalda. Inspiró profundo, no iba a llorar, no iba a ser débil, debía tener la cabeza fría y calibrar sus opciones. Ella era el cheque que ese sujeto pretendía cobrar, la iba a mantener con vida hasta tener su dinero.

Pero no debía ser muy optimista sobre ello, era más sabio ponerse en el peor de los casos, y sí, todo podía ser peor.

Debía ser inteligente y aprovechar el más mínimo error que cometiera ese sujeto. Pero el miedo la recorría por completo, se sentía impotente, inútil, no sabía cómo defenderse, solo le quedaba obedecer, confiar en Jason, y esperar a tener una oportunidad.

—Dos horas —señaló Danilo mirando a los ojos a Arturo, en sus venas corría rauda la euforia en que lo sumía la situación mezclada con su última jalada de cocaína—. Lo llamaré para hacer el intercambio. ¡Camina! —ordenó y agarró a Ana por la cintura, enterrando más el cañón en el cuerpo de ella. Se apegó obsceno a su espalda para ocultar el arma y salió caminando como si nada de la librería, dejando a Arturo y a Carmen paralizados.

Diez millones.

A Arturo le flaquearon las rodillas, sentía que apenas sostenían su peso. Sabía que debía ir al banco sin perder más tiempo, retirar todos los fondos de la cuenta de la librería y condenarla a la quiebra. Porque su hija valía eso y más.

Carmen lo rodeó con sus brazos, sosteniéndolo. Sin más palabras que el reconfortante calor que le indicaba que no estaba solo en el momento más difícil de su vida después de la muerte de su esposa.

—Lo conozco, Arturo —reveló Carmen sintiendo al fin que podía hablar—. Sé quién es, dónde vive, a qué se dedica.

Arturo la miró con los ojos desorbitados sin poder creer las palabras de ella. ¿De dónde demonios podía conocer Carmen al secuestrador de Ana? ¿Por qué no dijo nada cuando él estaba atacando?

—Se llama Danilo Vásquez, fue amigo de Jason... —continuó ella con voz firme ante un atónito Arturo—. Mi hijo fue un infiltrado de la PDI durante siete años, se hacía pasar por narcotraficante. Se retiró cuando Danilo le disparó por la espalda para apoderarse del territorio y el negocio... Parece que no me reconoció. Él cree que Jason está muerto... —Cuando Carmen dejó esas palabras en el aire, el peso de lo que significaba aquello, la llenó de esperanza e incertidumbre en partes iguales, y Arturo entendió el porqué de su silencio—. Jason debe ir a buscar a Ana. Solo él puede —susurró.

*****

La carabinera que estaba tomándole la declaración a Jason estaba concentrada escribiendo en el registro. Él miraba todo a su alrededor buscando algo interesante con qué centrar su atención. Sentía que estaba perdiendo su tiempo, sus dedos inquietos jugueteaban con el celular a la espera de alguna señal.

—Entonces, hoy 1 de noviembre a las once y media de la mañana, en la esquina de Merced con San Antonio, el sujeto llamado Maikel Flores lo amenazó con el arma de fogueo por la espalda a la altura de los riñones y le exigió entregarle dinero. Al no obtener respuesta, procedió a amenazarlo de frente poniéndole el arma en el pecho. Usted, Jason Holt, en una maniobra de defensa personal quebró su muñeca y lo desarmó. Al cabo de unos minutos llegó personal de carabineros y lo detuvo —relató la mujer con un tono monocorde, sin ningún rastro de emoción—. ¿Eso es todo?

—Así sucedió —afirmó Jason volviendo su atención a la carabinera.

El celular de Jason vibró.

—Bien, necesito…

—¿Me disculpa un momento?, es importante. —interrumpió él excusándose, a lo que ella le respondió asintiendo y con una leve curvatura de sus labios. Jason se levantó de su asiento y sin siquiera mirar la pantalla del móvil, contestó—. Aló.

—Jason, debes venir a la librería ahora —demandó la voz de Arturo sin mediar saludo alguno.

—¿Qué pasó? —interrogó sabiendo que estaba sucediendo algo muy malo.

—Secuestraron a Ana —respondió lacónico.

—¿Qué?

—Danilo secuestró a Anita, Jason —intervino la voz de Carmen—. Ven, ahora mismo a la librería.

—Voy.

Sus piernas fueron más rápidas que su cerebro, no se había dado cuenta, pero Jason ya estaba fuera de la comisaría, corriendo rumbo a la librería Chilena.

Era una maldita pesadilla, no bastaba con enterarse de que Danilo estaba detrás de los robos por un motivo que no alcanzaba a comprender. Sino que además, sin saber, estaba jugando a ser el amo y señor de su destino, intentando quitarle lo que más amaba en la vida…

Y ni siquiera se lo había dicho. Nunca salió un «Ani, te amo» de sus labios, odió cada oportunidad en la que dudó, cada momento en que se guardó sus palabras sin decirle que la vida sin ella carecía de sentido.

No lo iba a permitir. Iba a hundir a Danilo.

Pero su cerebro se rehusaba a hacerle caso a su corazón, haciéndole imaginar que llegaba tarde, que como un simple humano había designios que no podía modificar, que ahora que había alcanzado su propósito, su destino, le sería horriblemente arrebatado. Sentía que si perdía a Ana, él simplemente no sobreviviría.

Era ella o ninguna.

*****

La gota de sudor bajaba por la morena sien del conductor del taxi. No era para menos, tenía un arma pegada a la nuca amenazándole con volarle la mitad del cerebro.

Cuando subió aquella pareja, supuso de inmediato que sería una carrera rápida a algún motel del centro, pero rápidamente lo sacaron de su error.

Era un muy, muy mal día.

—Ahí, dobla a la derecha —indicó Danilo mirando de reojo a Ana, que estaba demasiado cerca de la puerta del taxi—. Ah, yo que tú no lo haría, abre esa puerta y no me va a costar nada decirle al amigo que retroceda y pase por encima de ti. Total, tu papito va a pagar, ayúdame a que todos ganemos. ¿No quieres ver a tu *pololito* de nuevo? Pórtate bien y no le voy a tocar la mercadería.

Ana no respondió, ni siquiera lo miró, solo enfocó su atención a la calle. Estaba desorientada, sabía que estaba en algún lugar del sur de Santiago, pero nunca había estado en esa parte de la ciudad, intentó memorizar el camino, algún punto de referencia. No sabía si aquel sujeto era demasiado inteligente y pagado de sí mismo, o era el ser más estúpido del planeta al mostrar su rostro y el camino hacia su escondite.

Conforme iban avanzado, el paisaje urbano y cosmopolita del centro de la capital se fue transformando casi con violencia en poblaciones de viviendas sociales, salpicadas de peladeros, micro-basurales, grafitis vandálicos manchando las paredes y postes de alumbrado público con los colores de barras bravas de futbol, contrastando de manera brutal con murales coloridos y llenos de arte de algún diamante en bruto anónimo. Era otro país, otra realidad que le era absolutamente ajena y que solo había visto en los noticiarios en la comodidad de su hogar. Había sido afortunada por nacer en el seno de una buena familia, no eran millonarios, pero tampoco nunca les faltó.

Y en ese paisaje parecía que les faltaba de todo, no solo dinero, sino lo más esencial, educación, dignidad, amor propio, oportunidades. Más igualdad.

El cambio resultaba perverso. Por un segundo sintió lástima por su secuestrador.

Solo por un segundo.

Vivir en un barrio marginal no era sinónimo ni justificaba ser una mala persona o un delincuente. El mejor ejemplo de ello era Jason, un hombre intachable, un ser humano maravilloso que forjó él mismo su destino, tomando todas las oportunidades que le dio la vida, sin regodearse de la miseria de lo que le tocó vivir. Pensar en ello le llenó de orgullo, no importaba cómo terminaría su vida, si en una hora o en un siglo. Ella había vivido, había hecho lo que quiso, había amado intensamente a un hombre excepcional y nadie, ni siquiera ese sujeto que no le interesaba nadie más que él mismo, se lo iba a arrebatar.

Se internaron en los estrechos pasajes de una población, el calor era seco, el sol en su cenit lanzaba con ferocidad sus rayos quemando la piel de todos los que estaban en el exterior. Ana se abstrajo de todo lo que la rodeaba, a excepción de los nombres de las calles y el rumbo que tomaba el taxi.

Iba a luchar, no sabía a ciencia cierta cómo, pero lo haría, se las iba a arreglar de algún modo. Nadie diría que fue una cobarde que se entregó a lo que ese hombre le imponía como su destino.

Capítulo 27

—Y eso fue lo que sucedió —finalizó Arturo intentando mantener la calma. Jason escuchó sin interrumpir mientras su mente trabajaba en todas direcciones, atando cabos, buscando motivos, posibilidades, oportunidades, soluciones. Debía mantener su mente ocupada, antes que la furia nublara su juicio, y si eso sucedía, la única perjudicada sería Ana, y por ende, él mismo—. Debo ir al banco antes que cierren. Espero que no me den problemas para sacar tanto dinero y...

—Y no vas a sacar nada, Arturo. Yo tengo esa cantidad de dinero en mi departamento. Por ningún motivo voy a dejar que ustedes se vayan a la quiebra —dictaminó severo. Arturo intentó oponerse, pero Jason negó con la cabeza—. No, Arturo. Este lugar es tu legado, es lo que Ana ama y yo me lo puedo permitir. Tómalo como la inversión que prometí.

Arturo claudicó asintiendo en silencio, ahogando su orgullo. En realidad daba lo mismo de donde saliera el dinero del rescate, lo importante era obtenerlo rápido, y lo más rápido era lo que Jason proponía.

Ana era la prioridad número uno.

—Si mis sospechas son correctas —continuó Jason—, Danilo se debió llevar a Ani a la población donde estuve de infiltrado. Es tan fanfarrón que está seguro de no ser descubierto, así que no se va a tomar la molestia de buscar otro lugar. Así que eso es algo que tenemos a favor, aparte del hecho de que está convencido de que estoy muerto. —Jason esbozó una sonrisa de suficiencia, que le transmitió cierta seguridad a Arturo y a Carmen. Seguridad que el mismo intentaba hallar. Danilo era impredecible, debía dar él el primer golpe—. Iré a buscar el dinero ahora y haré un par de llamados telefónicos.

—Pero, hijo, ese infeliz dijo que no llamáramos a los de la PDI... —señaló Carmen asustada

—Pero él no puede amenazar a un muerto ¿o sí?… No pretendo llamar a la PDI, mamita, pero conozco a algunas personas que pueden darme apoyo… —respondió con suavidad. Sacó su celular del bolsillo trasero de su pantalón y miró la hora—. Nos queda hora y media antes de que él se comunique contigo, Arturo. Deberían tener novedades mías antes de que él lo haga. Si pasadas de dos horas no tienen noticias de nadie, llaman a carabineros o la PDI. —«Pero espero que eso no suceda», pensó sintiendo que el suelo se le movía ante la angustia y la impaciencia de todavía no poner en marcha sus planes—. Me voy…

—Cuídate hijo, tráenos a Anita, por favor —rogó Carmen dándole un abrazo fuerte. Debía confiar en su hijo, él sabía lo que hacía… Era de los que aprendía de sus errores. Le dio un beso en la mejilla y se separó de él.

—Jason… —Arturo no pudo hablar más. La situación lo estaba sobrepasando. Carmen lo abrazó y él respondió a ese tácito apoyo aferrándose al contacto de ella—. Haz todo lo que tengas que hacer… Lo que sea.

—Eso y más. Te doy mi palabra…

Arturo con estoicismo, se acercó a Jason y le dio un abrazo firme y contenido, estaba absolutamente consciente de todo lo que ese hombre arriesgaba, de lo que también Carmen aceptaba a dejar que su hijo actuara sin impedirle nada, sin poner condiciones. Se sentía realmente afortunado de contar con esas valiosas personas a su lado.

—Cuídate, hijo. Regresa a salvo con Ana.

—Lo haré aunque sea lo último que haga —juró rompiendo el contacto. Y sin más palabras, Jason salió de la librería dando briosos pasos largos y seguros.

En tan solo treinta segundos llegó a la esquina, divisó de inmediato un taxi e hizo señas para que se detuviera.

—Buenas tardes, amigo —saludó Jason cuando subió—. Va a ser una carrera larga. —Ofreció un billete de veinte mil pesos que el taxista tomó con premura—. Eso es solo la propina, es aparte de lo que marque el taxímetro. El taxista alzó las cejas con sorpresa, tal vez era su día de suerte.

—A donde lo llevo, señor —ofreció solícito.

—Primero vamos a Nataniel Cox…

*****

—Siéntate ahí —ordenó Danilo empujando a Ana sobre una silla, al tiempo que la amenazaba con su arma. Ella optó por la indiferencia y el silencio. Su instinto le decía que, de momento, no era prudente resistirse.

Contrario a lo que imaginó Ana al internarse en la población, la casa de ese hombre estaba ordenada, limpia, e incluso, podía calificar el mobiliario como moderno, no tenía nada que envidiarle al alguna revista de decoración. Era como estar en una realidad paralela en relación a lo que había afuera de esas paredes. Dos cosas le llamaron la atención, la primera fue que se percató que sobre los muebles había una pátina de polvo, eso indicaba que el hombre apenas pasaba en esa estancia o hacía semanas o meses que no se hacía el aseo, pero tampoco hacía nada por desordenarlo, como si solo se limitara a respirar. Lo otro que le llamó la atención fue la puerta blindada y el cerrojo de seguridad, definitivamente sería muy difícil salir de ahí. No había ningún ventanal, y el porche estaba cercado.

Era una pequeña fortaleza. Nadie entraba ni salía sin la venia de su dueño.

Danilo de forma ordenada tenía todo preparado para restringir los movimientos de su cautiva, habían tijeras, sogas, y cinta americana, todas dispuestas para estar a la mano. Ana supo que el secuestro no había sido algo espontáneo o al azar, sino muy premeditado. El hombre la ató firme al respaldo de la silla con una soga que por poco y le cortaba la circulación de la sangre.

—No quiero que te *arranquí* —explicó ante la evidente incomodidad de su prisionera—. No hasta tener la plata… Después *podí* irte donde *queraí* —aseguró mientras unía sus tobillos con cinta americana, dándole cierto alivio a Ana, al menos, en el corto plazo, ese hombre no se la violaría—. *¿Tení* sed? —interrogó con cierto tono de amabilidad.

Ana negó con su cabeza. Danilo se encogió de hombros y prosiguió.

El toque final fue la mordaza con la que acalló cualquier intento de escándalo por parte de Ana. Debía reconocer que su captor tuvo la delicadeza de usar un trapo limpio y no ahogarla. Las fosas nasales de ella se llenaron del aroma a detergente.

—Ojalá *toas* las *minas* se portaran tan bien como tú. —Fue el inusual halago de Danilo inclinándose a la altura de Ana, mirándola a los ojos—. No *hagai* nada que me haga enojar… No soy yo cuando eso pasa —advirtió con un tono de voz que Ana interpretó como amistoso, incluso pudo notar una cuota de culpa en su tono de voz.

Tal vez se estaba volviendo loca, era extraño ese tipo y le dio lástima.

*****

—Déjeme ahí —indicó Jason al llegar a la esquina de la calle donde él vivió por doce años y lugar que ahora Danilo regentaba el negocio.

Todavía seguía sin explicarse del todo los hechos que parecían no tener coherencia. Lo único certero era que su objetivo era rescatar a Ana sin un rasguño. Conocía bien a Danilo, y sabía que podía ser de todo en la vida, menos maltratador de mujeres y niños, y dudaba de la amenaza que le lanzó a Arturo de violar a Ana. Pero no por eso iba a sentirse más tranquilo por el estado en el que iba a encontrarla.

No iba a bajar la guardia, por ningún motivo.

Pagó el importe de la carrera y se bajó de vehículo cargando una mochila, dejando a un agradecido taxista que no le gustaba para nada internarse en las poblaciones marginales de la capital, lamentablemente era parte de su trabajo y nada podía hacer. Había sido la carrera más extraña de su vida, primero había subido al taxi un hombre, a todas luces, respetable, luego se bajó frente a un edificio en Nataniel Cox y cuando volvió era otro, un *flaite* de pies a cabeza, si no fuera porque tenía el mismo tono de voz lo habría dejado tirado sin importarle el taxímetro.

Jason miró todo a su alrededor, nada había cambiado, las mismas casas, las mismas personas, el mismo ambiente que se cernía pesado como losa. Estaba inquieto, volver a ese lugar a plena luz del día no era la situación ideal, y a pesar de que estaba vestido como un típico *flaite* —usando lentes de contacto de color castaño y una gorra, para pasar inadvertido—, sentía que no era suficiente para no ser reconocido. Era más alto que el promedio y muchos lo identificaban con facilidad por ello. Se encorvó y cambió su forma de caminar, rogando al cielo que la barba que llevaba ya hace un par de semanas ocultara sus inconfundibles facciones, amparándose en que él, cuando era infiltrado, se afeitaba cada tres días, por lo que siempre se le veía la cara más descubierta.

Avanzó por la vereda hasta llegar a la reja tan familiar, observó con atención el cerrojo y no pudo evitar esbozar una sonrisa cuando confirmó su hipótesis de que Danilo no había cambiado la chapa. Hurgó en el bolsillo de su pantalón hasta encontrar su antiguo juego de llaves, y discretamente, extrajo un arma automática de su mochila, donde también estaban los diez millones de pesos del rescate.

Intentando no hacer ruido y con mucho sigilo, abrió la puerta. Entró al porche dándose cuenta que la antigua puerta de madera de la casa la habían cambiado por una blindada. Danilo había sido muy astuto, en apariencia eran iguales pero las diferenciaba el cerrojo, este era nuevo. Eso solo significaba que las cosas eran más peligrosas que antes. Definitivamente, debió ser un gran error para Danilo asociarse con Menares.

Y traicionarlo.

El factor sorpresa había variado un poco. Dejó la mochila en el suelo, al lado de la puerta, inspiró profundo dándose coraje, golpeó la puerta con el puño, haciendo retumbar el metal, se echó para atrás un par de pasos y apuntó con su arma a la espera de quien le abriera la puerta.

*****

Ana dio un respingo al sentir que el metal retumbaba en toda la habitación, y el corazón se le desbocó al punto que las sienes le latían. Danilo de inmediato miró en esa misma dirección, su semblante que hasta ese instante había permanecido relajado, ahora estaba concentrado, alerta, y a la vez, desconcertado. Nadie podía traspasar la reja sin hacer ruido y llamar como si nada a su puerta.

—¡¡¿Quién es?!! —inquirió, acercándose a la puerta.

Silencio.

A Danilo no le extrañó, era lógico, nadie que entraba de esa manera iba a contestar, pero tampoco se iba a ir. Lo supo en el momento en que volvieron a golpear la puerta con más fuerza. Descartó de inmediato que el intruso fuera de carabineros o de la PDI, ellos eran mucho más escandalosos en su afán de imponer su jerarquía.

El sujeto que estaba tras la puerta, exigía entrar y no se iba a mover de ahí.

—Si *querí* guerra, eso *vai* a tener, *hueón* —resolvió susurrando Danilo y giró la llave quitando los seguros de la puerta.

Esperó unos segundos, que se le antojaron eternos. Sacó su arma con mano derecha y con la izquierda abrió la puerta de golpe.

Ni en sus peores pesadillas imaginó quién era la persona que estaba apuntándole de vuelta tras la puerta…

*****

—¿Qué mierda *hací* acá, Yeison? —Fue la inesperada pregunta que hizo Danilo y bajó el arma. Jason estaba atónito, pero su rostro no lo evidenció. Si antes nada tenía sentido, ahora menos—. Entra antes que alguien de los Menares te vea —apremió mirando en todas direcciones por sobre el hombro de Jason. La calle, en apariencia, estaba prácticamente vacía por el calor reinante.

Jason vaciló ante aquella interrogante que dejaba al descubierto una verdad que él nunca imaginó. Danilo sabía que estaba vivo. Pero ante ese hecho no dejó de apuntarle a quien fue su amigo y compañero.

—Suelta a mi mujer. Ahora —demandó con un tono bajo y severo.

Danilo abrió los ojos hasta que casi se salieron de sus cuencas, comprendiendo de inmediato lo que motivaba la presencia de Jason frente a la puerta de su casa. Todo era peor de lo que imaginaba. Resopló con profunda frustración y lo dejó entrar.

—Mierda… No sabía que era tu *mina*… —explicó como si fuera un niño de trece años.

—¿Qué no aprendiste nada de lo que te enseñé? —reprendió Jason sin imitar el tono marginal que siempre usó frente a Danilo, el cual se dio cuenta de inmediato del cambio.

Siempre se preguntó si había hecho lo correcto y ahora al escuchar hablar a su antiguo mentor le confirmaba que fue lo mejor.

Al menos, eso quería creer.

—*Sabí* bien que nunca me hubiera metido con los tuyos. Ya te dije, no sabía que era tu *mina*.

Jason no sabía si era una jugarreta o si Danilo hablaba en serio, pero no quiso tentar a su suerte. Apenas cruzó el umbral de la puerta, puso el cañón del arma sobre el pecho de Danilo que, sorprendido, soltó el arma que cayó pesada al suelo, alzó las manos y miró hacia donde estaba Ana atada y amordazada, tenía los ojos anegados en lágrimas, y respiraba agitada.

Ana apenas podía creer lo que sucedía frente a sus ojos. Primero sintió una oleada de alivio al escuchar la voz de Jason, sabía que él vendría por ella, algo en su interior tenía una fe inquebrantable por él. Pero nunca imaginó el tipo de conversación que estaba presenciando. ¡Jason y su captor se conocían! ¿¡Qué clase de broma enferma del destino era esa?! Era todo tan confuso y no entendía por qué su captor, si estaba tan desesperado por obtener el dinero, cedía con tanta facilidad ante las demandas de Jason.

—Si le hiciste algo malo a mi mujer te juro que te mato ahora —amenazó Jason siseando con furia—. Libérala. Ahora —ordenó sin dejar de apuntar.

Danilo, derrotado, se acercó a Ana, quien lo miraba de forma alternada a Jason y a él pidiendo explicaciones.

—Perdone el malentendido, dama —se disculpó Danilo con sinceridad mientras le quitaba la mordaza de su boca con cuidado—. De verdad, no sabía *naa*…

Arrepentido de todo, prosiguió cortando la cinta que unía los tobillos y desamarrando la soga que aprisionaba el cuerpo de Ana. Con cada segundo que trascurría estaba más y más convenido de que ya había acabado todo para él, que una vez que Jason se fuera con su mujer —ojalá sin denunciarlo por sus delitos—, solo sería cuestión de tiempo terminar muerto, porque ese era su destino. Tal vez unos días, o unos meses, Menares o la droga lo matarían y estaba resignado a ello.

—Listo, dama —anunció Danilo al liberar la última atadura de Ana. No fue capaz de mirarla, solo quería que lo dejaran solo de una vez por todas. Necesitaba pensar qué iba a hacer ahora que todo se había complicado.

Tal vez huir, ¿Dónde? No tenía idea, ya estaba sintiendo la angustia, ese bajón por no tener su dosis de droga. Dios sabía que intentaba controlar esa compulsión, pero no podía, estando solo era horrorosamente difícil.

En cuanto Ana se sintió del todo libre se abalanzó sobre Jason, que la tomó de la cintura con un brazo, le besó la cabeza inspirando su aroma embriagador, y con su mano libre, no dejaba de apuntar a Danilo. Al fin ella volvía donde pertenecía, a los brazos del amor de su vida. Enjugó sus lágrimas en el pecho duro de Jason sintiéndose protegida, segura.

—¿Ahora me vas a explicar qué mierda haces secuestrando y robando, Danilo? —exigió Jason.

—¿*Podí* dejar de apuntarme con esa *hueá*? —replicó Danilo harto de la situación que hacía días se le había escapado de las manos y ahora había terminado estrepitosamente. Su estado de ánimo cambiaba violentamente, ni él podía soportarlo. Maldita droga.

—¿En serio? ¡Si me disparaste por la espalda! ¿¡Acaso yo te enseñé a traicionar a tus amigos de esa manera!? —increpó para al fin tener respuestas, y saber los motivos que impulsaron a Danilo a cometer asesinato.

Al escuchar esa pregunta, solo una certeza respecto a esa confusa situación llegó a Ana con claridad. Ese hombre fue el que intentó matar a Jason, pero ¿por qué actuaba de esa manera tan derrotada y sumisa?, ¿no sería más coherente que ese hombre estuviera intentando terminar lo que empezó?

—¡No tenía otra opción! ¡*Debíai* desaparecer! ¡Sabía que eras *rati*! —confesó Danilo con el rostro contraído por la culpa, y al mismo tiempo sintiendo un inmenso alivio.

—¿Qué? —susurró Jason incrédulo—. Explícate.

Sin importarle que su otrora amigo todavía lo amenazara con un arma, Danilo se sentó en la misma silla donde estuvo Ana, se restregó la cara con ambas manos y resopló.

—Siempre lo supe, ¿te *acordai* cuando yo era más chico y andaba a la cola tuya? Siempre te seguía cuando salías sin que te *dierai* cuenta, todos decían que eras igual al Rucio, que te gustaba ir a putear al centro. —Ana alzó las cejas y miró subrepticiamente a Jason que estaba inmutable ante esa declaración—. Quería saber todo lo que el Yeison hacia… —Danilo rio flojo—. Fue una decepción tras otra, nunca fuiste a putear, salías al cine, subir el cerro san Cristóbal, visitar a un museo o a comer al restaurant *fifí* ese… Pero era divertido descubrir a qué lado ibas en vez de putear. Pero un día no fuiste ni al cine ni a comer, fuiste a la PDI, y simplemente todo encajó. *Too* tuvo sentido, trabajabas como *sapo* o eras uno de ellos. Solo el tiempo hizo que me diera cuenta de que eras *rati*.

Jason perplejo, no hallaba qué pensar de ese hombre, sentía que apenas lo conocía. Si guardó tanto tiempo su secreto, entonces, ¿qué fue lo que le impulsó dispararle?

—Era divertido jugar a que yo era bueno, aparentando ser malo —reconoció Danilo sin saber que le contestaba la interrogante que rondaba la cabeza de Jason—. Pero todo acabó cuando el *guatón* Menares descubrió lo mismo que yo, y me ofreció repartir el territorio sin sufrir consecuencias, y el precio era que te *teníai* que morir. Era una prueba *pa'* saber si yo era *rati* también. Yo estaba seguro que si me negaba, nos iba a matar a los dos en cualquier momento. Así que lo hice, sabía que siempre *andabai* con chaleco antibalas, lo único que no pude calcular fue el golpe en tu cabeza. Pero al final, que el *guatón* Menares viera tu sangre correr, resultó ser el toque final que lo convenció. Menos mal que don Chapa andaba cerca y te llevó al hospital.

Ana en silencio y aferrada a Jason escuchaba la conversación analizando todo, atando cabos y dimensionando de lo dura que era la vida hasta hace unos meses para Jason, la gran carga que arrastraba Danilo al perder a su amigo. Era contradictorio, ese hombre era fuerte, pero no sabía que lo era, y que esa fortaleza era apuntalada por la figura de Jason, y sin él, simplemente se hundió.

Nadie lo previó, ni siquiera Danilo.

—¿Por qué no me dijiste nada? —interrogó Jason no sabiendo qué hacer o qué sentir. No estaba seguro de nada, su mente le decía que no confiara, pero su corazón le gritaba que Danilo decía la verdad, que ese muchacho a pesar de todo, había actuado acorde a la difícil situación que se le presentaba.

—Porque no había tiempo. Ese mismo día Menares me hizo la propuesta… Aunque sonaba más a una amenaza —masculló—. Y de *toos* modos, sabía que te *queríai* ir, que estabas *chato* de tu trabajo. Ya no eras el mismo. Todo este tiempo me he estado convenciendo de que te hice un favor. Pero en realidad, no lo sé…

—Debo reconocer que sí lo hiciste —admitió aferrándose un poco más a la cintura de Ana, gesto que ella sintió como una declaración tácita hacia ella. Si no le hubieran disparado, es la hora que todavía estaría hastiado en esa población; los robos nunca hubieran sucedido, por lo que ella seguiría con su vida monótona, tranquila, siendo engañada por Joaquín; su madre seguiría encadenada a Ramiro y a esa vida miserable e infeliz pensando que su primogénito era su mayor fracaso como madre; y Arturo seguiría siendo un hombre taciturno y solitario esperando a que los años pasaran. Sin vivir.

Las decisiones de Danilo habían afectado demasiadas vidas, y sin embargo, aunque todo parecía que había hecho un gran mal, era todo lo contrario.

El único y real perjudicado era él mismo.

—Cuando *too* estuvo hecho, las cosas solo empeoraron —continuó Danilo—. Menares no cumplió con el trato, se hizo el dueño de *toa* la *merca*… y yo ahora solo soy un *perkin* de él, hago lo que él dice, vendo lo que él trae. Tengo que andar probando *too* el rato que no soy *rati*. No le bastó con que te *murieai*, me presionó *pa'* consumir *pasta* y *falopa*[52] en sus fiestas… Bastó con una probada y volví a ser un adicto a la mierda. Y ahora le debo mucha plata a Menares… —Escondió su cara entre sus manos, reprimiendo el llanto, sus ojos ardían, las lágrimas que no salían le quemaban.

Danilo sentía que estaba cada día más en un callejón sin salida. Debía tanto dinero que no podía pagar, era tan adicto que no se sentía capaz de estar demasiado tiempo sin consumir. Esa casa legalmente ni siquiera era de él, tampoco la podía vender, técnicamente le pertenecía a Jason. Trabajar… se propuso hacerlo, pero entre elegir a un *flaite* sin oficio y sin experiencia y un inmigrante con muchas ganas de surgir... No era difícil saber cuál iba a ser la opción para un empleador. Y siendo duro, se iba a partir el lomo trabajando para ganar el sueldo mínimo —que era a lo único que podía aspirar—, lo que debía era mucho más que eso y Menares no aceptaba que le pagaran en cuotas.

Tal vez ese era su plan desde un principio, convertirlo en un guiñapo humano. Eliminar la competencia cortando la cabeza y con el resto solo bastaba con empujarlo a la autodestrucción.

—¿Y se supone que por eso andas robando y secuestrando? —interpeló Jason, debía saberlo todo. Necesitaba decidir qué hacer.

Danilo asintió, sin mirar. Podía hacerse el valiente, violento e iracundo frente a todo el mundo, pero no frente a Jason, él lo conocía. Eran parecidos en muchos aspectos, pero a Danilo le faltaba mucho por vivir, era demasiado joven, resentido e impulsivo.

Los años templaban el carácter con la guía adecuada, de lo contrario se convertía en el camino a la perdición.

—Robarle a la librería era plata rápida, hasta ahora. Nos daban el aviso y nos repartimos la ganancia con el tipo que nos daba el dato. Pero la última vez lo pusieron tan difícil y necesito pagarle urgente a Menares. Maikel estaba esperando a que cometieran un error y dar el golpe, pero me desesperé y pensé que sería más fácil un secuestro exprés… Actué solo y la cagué. Debí mandar a la *chucha* a ese *hueón* cuando *cachamos* que era demasiado complicado.

Y ahí estaban todas las respuestas, y sus sospechas confirmadas, había alguien que quería ver hundida la librería. Danilo solo era una marioneta desesperada, un medio fácil de manipular para lograr un objetivo.

—¿Quién te *dateó*?

—Un cliente de *falopa*…

—¿Quién? —insistió.

---

52 *Falopa:* cocaína.

—Menares me lo envió como cliente, porque le cae mal, simplemente le vendo, no tengo por qué saber cómo se llama el tipo, ni me interesa. Viene una vez al mes, compra y se va. Y cuando hace los encargos se deja caer nomás.

—¿Tienes alguna forma de contactarlo?

—Me sé su número de memoria. —Jason alzó la ceja, ¿quién memoriza números de teléfono en estos tiempos?—. Es un número fácil de recordar 999, 666, 999 —explicó ante el gesto suspicaz de Jason—. Rara vez lo llamo, es como si adivinara que ya tengo la plata.

Jason resopló. Estaba lejos de solucionar todo. Se sentía dividido, por una parte Ana estaba sana y salva, Danilo, a pesar de sus amenazas, no le había hecho daño, salvo apretar demasiado la soga y dejar unas marcas que ya se desvanecían; y por otra, debía llegar al fondo del asunto y descubrir quién era el que estaba detrás de los robos.

El autor intelectual.

Tampoco podía obviar las inesperadas revelaciones por parte de Danilo. Sintió que le había fallado como amigo, como guía. En cierto modo, ese muchacho estaba tal cual como cuando lo conoció, adicto, desesperado, endeudado… solo.

Muy solo.

Todo lo que había avanzado con él se había perdido. Danilo prefirió sacrificar la amistad para mantenerlos a los dos con vida y pagó un precio demasiado alto. El resentimiento y la rabia que sentía Jason se iban disipando a medida que las explicaciones le mostraban un camino.

Primero, debía trazar un plan para atrapar al tipo que hacía los encargos de robo y meterlo a la cárcel… aunque fuera por un tiempo. En segundo lugar, debía saldar su deuda con Danilo, porque eso pensaba Jason, su amigo era, en parte, el artífice de la vida que tenía en la actualidad, y en honor a eso, al menos, debía intentar darle la ayuda que tanto necesitaba.

Para eso eran los amigos.

Aquel día estaba lejos de terminar.

Capítulo 28

—No se preocupe, Arturo. Todo estará bajo control —aseguró Paola desde el otro lado de la línea telefónica—. A la noche, cuando me venga a buscar mi esposo le pasamos a dejar en la conserjería de su departamento el efectivo del día de hoy.

—Gracias por apoyarnos hoy, Paolita.

—No hay de qué, Arturo. Lo dejo, me necesitan por acá.

—Hablamos, cuídate.

Arturo cortó el llamado y suspiró profundo. Se quedó ensimismado mirando el móvil, se dio cuenta de la hora que era. Ya había pasado una hora y media y no había ninguna novedad.

Noventas eternos minutos…

Las manos comenzaron a sudarle, por lo que dejó el aparato sobre el mesón y se secó las palmas sobre sus pantalones.

No se habían movido de la librería. Se quedaron ahí como si les hubieran puesto un conjuro, no era opción esperar en el departamento de Arturo o en el de Carmen… No deseaban caminar, respirar, vivir, si no tenían ninguna noticia de sus hijos.

Carmen en su fuero interno solo se convencía en que su hijo era un hombre capaz y preparado, que evaluaba toda la situación para poder tener un plan que no fallara. Necesitaba creer que Jason era invencible.

Con cada minuto que pasaba, los nervios y la cordura de Arturo y Carmen se iban en una silenciosa caída por un despeñadero sin fin. Cada minuto que pasaba era la señal de que las cosas no estaban saliendo según sus anhelos.

El celular súbitamente empezó a timbrar. El sonido insistente del aparato rompía el silencio en una constante sucesión inquietante de tonos que se les antojó insoportable. Arturo miró a Carmen con una mezcla enorme e indescifrable de sentimientos. Ella le tomó la mano y se la apretó para darle valentía e infundirle toda su fe. No obstante, dirigió con temor sus ojos hacia la pantalla.

Arturo no quería leer el nombre de quien llamaba, pero de todos modos lo hizo.

Lo primero que sintió fue alivio. El nombre de su yerno ahora el sinónimo de ello. Aceptó el llamado y lo puso en altavoz.

—Jason. —Fue lo primero que dijo. Nada de formalidades y buena educación para saludar o hacer preguntas insustanciales.

—Arturo. Ana está bien, está conmigo… —respondió con premura Jason del otro lado de la línea.

Arturo cerró los ojos y soltó el aire de sus pulmones, había olvidado respirar. Carmen lo abrazó emocionada y feliz, y él respondió de inmediato al contacto. Al sentirse rodeada por el calor de Arturo, y sin poder contenerlo, ella emitió un sollozo de alegría por las buenas noticias.

—Por favor, déjame escucharla —pidió Arturo ansioso, las piernas le temblaban.

—Papito… —dijo Ana, y para Arturo fue como volver al pasado y verla de nuevo nacer. En tan solo un segundo su mente se llenó de recuerdos que se sucedían uno tras otro hasta llegar a ese instante.

—Mi niña preciosa —saludó con la voz estrangulada de emoción—. ¿Estás bien?

—Sí, papito, estoy muy bien. Vamos camino al departamento de Jason —anunció Ana evidenciando su llanto, no por el hecho de vivir un secuestro en carne propia, sus lágrimas eran porque se imaginaba el infinito sufrimiento e incertidumbre de su papá—. No me pasó nada —aseguró—. Encontrémonos ahí, llegaremos en una media hora.

—Iremos para allá…

—Anita —intervino Carmen—. Mijita, a Jason… ¿no le pasó…? —No pudo finalizar la pregunta, el haber escuchado a su hijo no era garantía de que hubiera estado indemne de daño. Danilo tenía muy mala fama por su irascible carácter.

—Está entero, Carmencita. Ni un rasguño… —afirmó con seguridad—. Te dejo con él.

—Ya, mi niña… Gracias.

—Mamita… no te preocupes —la tranquilizó intentando transmitirle todo su amor—. Necesitamos informarles algunas cosas importantes que descubrimos y tenemos que hacerlo personalmente. Nos vemos en el departamento en un rato —decretó.

—Nos vemos —respondieron Carmen y Arturo al unísono.

—Adiós a los dos.

El llamado finalizó. Arturo inspiró hondo evidenciando su gran cansancio. Emocionalmente estaba exhausto.

Pero inmensamente feliz.

—Vamos, mi Carmencita… —Esbozó una sonrisa que reflejaba toda su angustia aplacada, volviendo a ser él mismo. Le enjugó las lágrimas a su hermosa pareja y le dio un suave beso en los labios—. Caminar nos tranquilizará… Nuestros hijos están bien…

*****

El taxi atravesaba raudo la capital circulando por la autopista. En el asiento trasero, Ana estaba recostada y acurrucada sin pudor en el regazo de Jason, mientras recibía las suaves caricias que él le prodigaba. Estaba más relajada ahora que había hablado con su padre para darle tranquilidad.

Ella, a pesar del gran susto, estaba serena. No se sentía particularmente histérica, se había forzado a mantener la calma, a ser fría, a ver más allá.

¿Qué si tuvo suerte? Sentía que sí, el destino había sido muy retorcido en conectar todos los hechos que acababa de presenciar y ponerlos a su favor. Por eso mismo no sentía algún tipo de rencor contra Danilo, solo una profunda compasión. Era el ejemplo vivo de una persona con mucho potencial, pero que en los momentos críticos necesita el apoyo fundamental de un amigo. ¿Y quién no necesita en algún momento a los amigos? Cuando no existe la familia, ellos son cruciales. Lamentablemente para Danilo, no contar con el apoyo de Jason lo hizo hundirse sin remedio.

Cerró los ojos, disfrutando del contacto de su hombre, y sonrió al recordar la voz furibunda de Jason diciendo «Suelta a mi mujer. Ahora».

Sí, era su mujer y él su hombre.

Jason ajeno a los pensamientos de Ana, cavilaba concentrado, ya tenía en mente un plan para descubrir al sujeto que encargaba los robos, miró de soslayo el asiento del copiloto. Ahí iba Danilo, con la vista perdida, acababa de dejar la población para siempre. Le dio la opción de quedarse ahí o seguirlo con lo puesto y ayudarle a atrapar al que hacía los encargos de robo.

Danilo, sin dudar, tomó todas sus pertenencias —que no eran muchas— y salió con él.

En los próximos días, Jason pretendía develar el misterio de una vez por todas. Y después, ingresaría a Danilo a un centro de rehabilitación de drogas, para darle una real oportunidad de encauzar su destino. Esperaba de corazón que la aprovechara, pues todo lo que le sucediera en el futuro, solo estaría en sus manos y voluntad.

Y él estaría apoyándolo.

—Jason —susurró Ana, tomándolo por sorpresa, estaba absolutamente concentrado en sus pensamientos. El dirigió sus ojos castaños hacia ella... Todavía no se quitaba los lentes de contacto que cambiaban radicalmente el color de sus iris. Ana frunció el ceño, extrañada, ahora se daba cuenta del cambio—. Eso era lo raro que veía en ti. Eras tú y a la vez no, te ves diferente con ese color de ojos.

—¿Perdí toda mi gracia? —interrogó guasón sin cambiar el tono íntimo de la conversación, el sonido del motor del automóvil entrelazado con la música noventera que tenía puesta el taxista les daba la suficiente privacidad. Jason necesitaba relajarse, olvidarse por unos minutos de todo lo sucedido ese agitado día.

Ana sonrió y le acarició el rostro, cerró y abrió sus párpados con lentitud.

—Todavía conservas algo de tu encanto. Te ves como una versión menos exótica de ti mismo —contestó siguiéndole la corriente.

—Soy uno más del montón, ¿eso quieres decir?

—Imposible que seas del montón, nunca lo has sido —aseveró empezando a hablar en serio—. Gracias, mi morenazo por ir a buscarme. Sé que tuvimos una suerte enorme de que Danilo estuviera involucrado en todo esto y no Menares... Pero eso no le resta mérito a tu forma de hacer las cosas, viniste por mí arriesgando todo —declaró Ana emocionada, sintiendo que ese amor que sentía por ese hombre crecía más con cada latido—... De todo lo que sucedió hoy, solo una cosa me aterró por sobre las demás. —Ana se mojó los labios con la lengua, y tragó saliva para deshacer el nudo en su garganta, de pronto estaba reviviendo nuevamente ese horrible instante—. Me dio tanto miedo perderte, y no decirte cuanto te amo, Jason. Te amo tanto, tanto, tanto.

Jason no tenía idea hasta ese momento de que necesitaba escuchar aquello, a pesar de que era consciente de la profundidad de los sentimientos de Ana.

Esas palabras lo hacían real, eran la prueba fehaciente de que no soñaba. Ahora estaba seguro que no despertaría solo y descorazonado, todavía viviendo hastiado de todo en la población que dejó atrás. Solo, muy solo, sin sentir nada.

Ellos eran uno, sentían lo mismo. Él también sintió un infinito pánico de no poder decir…

—Yo también te amo, mi Ani. No tienes idea de cuánto. Te amo, te amo, te amo… —Se cernió sobre sus labios y la besó voraz, invadiendo su boca para sentir su sabor. Atrapó su tentador labio inferior para morderlo, solo un poco y volver al encuentro de su lengua. Se deleitó como nunca con tan solo sentir cómo los dedos de ella se enterraban en su nuca provocándole escalofríos, arrancándole la necesidad de tenerla para él solo y amarla de la única forma en que podía expresarle una mínima parte del infinito amor que le tenía.

Estando hundido en ella, y darle todo el placer que era capaz de arrebatarle con cada embestida.

Pero no era el momento, no era el lugar.

Interrumpió lentamente el beso, sin ganas de hacerlo en realidad y con una dolorosa erección. La miró a los ojos, admirando cómo las pupilas habían ganado terreno al iris avellanado, evidenciando su deseo y haciendo la promesa de que apenas todo acabara, iban a dar rienda suelta a toda esa pasión que apenas podían contener.

Jason le guiñó el ojo y acarició el carnoso labio inferior de ella con su pulgar, sentía una fijación por él, como si fuera un fetiche. Sus labios estaban como el carmesí, le encantaba ver ese color en ella, gracias al producto de sus besos.

Volvieron a las suaves caricias, disfrutando del momento encerrados en su burbuja, hasta que inevitablemente se rompiera al llegar a destino.

Danilo, en silencio, sintió una punzada de envidia de la nueva vida de su amigo; lo tenía todo, familia, amor, trabajo, dinero. Aunque no vio nada de lo que sucedía en el asiento trasero, sí escuchó retazos de esa conversación de pareja sintiéndose casi un intruso. Se maldijo por ser tan débil, por no comportarse como un hombre, por tocar fondo de la peor manera. En la última hora fue brutalmente consciente de que estar solo y tener esa vida miserable, era únicamente culpa suya.

Ya era hora de dejar de culpar a sus padres drogadictos, delincuentes y alcohólicos por no darle una familia de verdad. Era hora de dejar de culpar a las pocas oportunidades que tuvo en la vida, porque simplemente no las aprovechó cuando se presentaron. Era hora de dejar de culpar a los que, por el simple hecho de tener más que él, le hacían sentir inferior, estaba en él salir de la mierda. Era hora de hacerse cargo de todo, y si era necesario cumplir condena, lo haría. Era hora de controlar su adicción a como diera lugar, no quería volver a ser un esclavo. Era hora de hacer lo correcto, aunque fuera difícil, porque lo fácil lo acercaba inexorablemente a una muerte prematura.

Porque a pesar de todo, se dio cuenta de que él quería vivir… con desesperación ansiaba estar vivo. No importaba la carga de todo su equipaje de experiencias, sentía que le faltaba demasiado por vivir.

Decidió ser hombre, madurar, crecer, tenía veintitrés años… Todavía estaba a tiempo, aún no era tarde.

Sí, era hora.

*****

El sonido de la cerradura al abrirse atrajo de inmediato la atención de Carmen y Arturo, dirigiendo expectantes sus miradas en esa dirección. Ambos estaban sentados uno al lado del otro en el sofá de la pequeña sala de estar. La puerta se abrió en seguida, Jason permitió que Ana entrara en primer lugar a la estancia.

Arturo impelido por las ganas de abrazar a su hija, se levantó y caminó hacia ella con los ojos anegados en lágrimas de felicidad por verla sana y salva, como si todo lo ocurrido en las últimas horas hubiera sido producto de un muy mal sueño. La abrazó fuerte, sintiendo el cuerpo de su pequeña que le aseguraba que estaba bien, que lo amaba, que ya todo estaba bajo control.

Casi al mismo tiempo, Carmen hizo lo mismo, fue al encuentro con su hijo mayor. Lo abrazó fuerte y él respondió del mismo modo, besándole la coronilla y susurrándole que todo estaba bien, que ya había pasado lo peor.

Carmen se separó un poco para mirar a su hijo, pero la presencia de un hombre le llamó la atención, y sin más, dirigió su vista hacia él y lo reconoció.

La naturaleza de la madre de Jason siempre fue pasiva, resignada, estoica. Pero ya no era la misma, con el rostro pétreo lo fulminó con la mirada.

—¿Qué mierda hace este tipo aquí? —increpó iracunda y sin quitarle los ojos de encima, avanzó hacia Danilo, quien en ese preciso instante, sorprendido, la reconoció, dándose cuenta que era la madre de Jason ¡por eso le había parecido familiar! Carmen lo abofeteó con fuerza sintiendo cómo parte del dolor le repercutía en el brazo—. ¡Mocoso malagradecido, con qué cara vienes aquí! ¡Después de todo lo que hizo mi hijo por ti!

Arturo al escuchar la voz de Carmen cargada de reproche desvió su atención y al notar quien estaba en el umbral de la puerta, la sed de venganza se apoderó de él y en dos segundos ya estaba propinándole un duro golpe a Danilo en la mandíbula haciéndolo trastabillar y caer al suelo. Danilo no intentó detener el golpe, ni defenderse, solo dejó que se descargaran y recibió su castigo en silencio.

—¡Arturo, basta! —exigió Jason sosteniendo a su suegro que estaba enfurecido y forcejeando para poder volver a golpear al captor de su pequeña—. ¡Todo tiene una explicación! —Arturo no hacía caso, Jason apenas podía sofocar su furia—. ¡Arturo, él conoce a quien encargó los robos a tu librería! ¡Todo tiene una explicación! —insistió bramando.

Esa declaración dejó de una pieza a Arturo y paró de luchar de inmediato. Observó al hombre que estaba sobándose la quijada con un hilo de sangre manando de la comisura del labio. Era el mismo que esa mañana le había quitado a su hija y había amenazado con abusar de ella, no comprendía cómo podía haber una justificación plausible para que Ana y ese sujeto respiraran en ese momento el mismo aire.

De un tirón Arturo se zafó del agarre de Jason y lo miró severo. Ambos se desafiaban con la mirada sin decir palabra alguna.

—Papá —intervino Ana tomándole con suavidad el brazo, pero su padre no atendía—. Papá —insistió más firme—, hazle caso a Jason, de verdad, todo tiene una explicación… Por favor, papito… Carmen. —Miró a su suegra intentando persuadirla de que le ayudara, pero su suegra tampoco cedía—. Sé que es imperdonable lo que hizo Danilo, pero deben escuchar antes, por favor.

Arturo resopló molesto y se dirigió a la sala de estar tomando de la mano a Ana por un lado y a Carmen con la otra y las instó a sentarse junto con él.

—Estoy esperando, Jason.

*****

Dos horas después, todo estaba dicho. Jason le reveló en detalle a su familia —porque él ya los consideraba de esa forma, incluyendo a su amigo— lo sucedido desde que salió inconsciente de su casa a los dieciocho años hasta lo ocurrido un par de horas atrás.

Impresionado, incrédulo, sin habla, Arturo no podía articular ninguna frase coherente, todavía estaba digiriendo la historia de Jason, que se entrelazaba caprichosa con su existencia, la de su hija junto con la de Carmen, Danilo, los robos a la librería y la crema y nata del narcotráfico de la población donde vivió toda su vida su yerno.

A Carmen solo le impresionaba la última parte de la historia, el resto lo conocía a la perfección.

Ana escuchaba con avidez algunos detalles de la vida pasada de Jason que desconocía. Pero ya a esas alturas del día estaba curada de espanto. No le sorprendía la extraordinaria existencia a la que estaba ligada gracias a Jason.

—¿Qué haremos entonces? —interrogó Arturo después de unos segundos de silencio.

—Danilo tiene el contacto del que hizo el encargo. Por lo que tenemos algo de tiempo para preparar una emboscada —respondió Jason—. Hoy llamé a unos amigos y me aseguraron apoyo para lo que fuera. Mientras tanto, vamos a esparcir el rumor de que nos robaron y que esta será la última FILSA de la librería. Estoy seguro que el culpable de todo es alguien de la competencia, el objetivo es la quiebra de tu negocio y sacarte del mapa. Con eso bastará para que el tipo se relaje y vaya a darse una vuelta a la población a constatar la veracidad del rumor… Pero no podemos arriesgarnos a volver allí con Menares vuelto loco buscando a Danilo que ha desaparecido sin pagar lo que debe, y dejando el negocio tirado. Danilo tendrá que llamar al sujeto para citarlo en otro lugar para repartir el dinero.

—¿Y no sospechará cuando este joven lo llame y le cambie el lugar sin explicación? —cuestionó Arturo esa parte del plan, evidenciando que todavía no confiaba en Danilo.

—La última vez que el tipo se me apareció, andaba impaciente por los resultados del encargo —terció Danilo mirando a los ojos a Arturo—. *Naa* ha salido como él espera. No va a sospechar esta vez —aseguró Danilo con convicción.

—Tenemos todo a nuestro favor —continuó Jason—. Solo debemos ser precavidos, lo ideal es obtener pruebas y una confesión.

—¿Y cómo tengo garantías de que el joven no va a faltar a su palabra? —Volvió a cuestionar Arturo, le costaba aceptar que Danilo en el fondo era una buena persona.

—Va a ser custodiado por mí a toda hora —prometió Jason con solemnidad—. Ustedes se encargarán de seguir con normalidad y esparcir el rumor, y yo desapareceré de la librería y la feria para hacer más creíble toda la historia de que te vas a la quiebra a causa de los robos y que, a raíz de ello, me retiro de la sociedad. No les extrañará que me comporte como una rata abandonando un barco que se hunde, es lo que esperan de mí... Necesito que confíes en mí y en mi criterio, por favor, Arturo.

—Te he confiado lo más sagrado que tengo en la vida, muchacho —señaló Arturo mirando de soslayo a su hija que súbitamente se ponía colorada—. En quien no confío es en el joven.

—Eso es algo que se gana, por mi parte lo ha hecho —declaró Jason con convicción—. Sé que es difícil para ti, pero Danilo cuenta con mi confianza y sé que no me traicionará...

—Ya lo dije, confío en ti. Se hará lo que tú digas —zanjó Arturo—. Bien, creo que ha sido demasiado por hoy, me voy a mi departamento a descansar —anunció Arturo levantándose de su lugar, y estrechando la mano de Jason, se despidió—. Mañana en la mañana definamos los detalles. Hoy apenas tengo cabeza... Hija, vamos —instó a Ana a que lo siguiera, ella resignada, y a la vez dividida, accedió a ir con su padre para evitar problemas. La situación era frágil de por sí, por lo que secundó a Arturo sin chistar dándole un casto beso en los labios a Jason y esbozándole una sonrisa compasiva a Danilo que él respondió con timidez del mismo modo.

Carmen también hizo lo mismo, se despidió de su hijo con cariño, y con una mirada que rezumaba desconfianza se despidió de Danilo con un gesto de cabeza.

El departamento se quedó en silencio.

—¿Quieres un té helado y un sándwich? —ofreció Jason relajado.

Danilo cansado asintió. En ese momento se dio cuenta que el hambre le quemaba el estómago.

Sí, era una buena señal sentir hambre.

Capítulo 29

Los días transcurrieron con una lentitud que exasperaba. Arturo cumplió con su parte del plan, esparciendo el rumor que le habían robado todas las ganancias de la FILSA, y que si antes la situación era precaria, ahora era peor, porque para más inri su socio había abandonado la sociedad, tornando las finanzas en insalvables números rojos.

«La Chilena», iba a la quiebra.

Durante el transcurso de la última semana de la FILSA, fueron llegando los demás libreros a darle ánimos y ofreciendo su apoyo y solidaridad a la familia Medina. A Arturo le era difícil convencerse de que uno de sus colegas estuviera detrás de los robos, intentaba leer entre líneas las palabras de cualquiera que se acercara tras enterarse de su situación financiera. Pero Jason estaba convencido de que solo alguien del rubro se podía beneficiar con la quiebra.

Aquello confundía a Arturo, Orlando le expresó que si su situación fuera más estable le habría ofrecido asociarse con él. Por otra parte Darío le ofreció comprar parte de la mercancía para disminuir el stock para que pudiera pagar a los acreedores. Julio Aguayo solapadamente le echó la culpa a Ana y su mala gestión, pero le ofreció lo mismo que Darío. Incluso Humberto le deseó lo mejor y le comentó que pretendía abrir una sucursal y que le encantaría que él administrara el local cuando fuera el momento.

Verdaderamente Arturo estaba desconcertado, todos en apariencia expresaban sorpresa y pesar por su pérdida.

—Si no supiera la verdad, estaría convencida de que usted se va derechito a la ruina —comentó Carmen en voz baja.

Arturo frunció el ceño ante esa declaración y la miró con expresión interrogante.

—Pareciera que no estuviera aquí conmigo. Como si la mente la tuviera en Marte… tiene la mirada perdida. ¿Le pasa algo malo? —interrogó Carmen preocupada.

—La verdad es que no puedo creer que alguno de los que me ofrecieron sus palabras de apoyo me pueda estar dando puñaladas por la espalda.

—Pero piense, Arturo, ¿nunca, nunca ha tenido problemas con alguno de ellos? —preguntó con interés.

—He tenido discusiones con Julio una que otra vez, pero nada grave.

Carmen se quedó pensativa por unos segundos. Ella había sido testigo de los acercamientos de los demás libreros, y ninguno daba señales de querer ver hundida a la librería.

—¿Hace cuánto conoce a esas personas?

—Ufffff! Más de treinta años, de hecho a Humberto lo conozco desde que estudiamos, fuimos al mismo colegio, pero él iba en otro curso y nos vinimos a reencontrar cuando tomé el mando de la librería. Al resto, a lo largo de los últimos treinta años, el más joven es Orlando. Lleva unos tres años ya en el negocio.

—Me cae bien ese chico, medio *pavo* eso sí, debería soltarse más —comentó Carmen—. Ojalá él no esté involucrado.

—Ojalá no sea nadie… —Arturo suspiró. Solo faltaban treinta horas para la noche del día domingo, a las once de la noche sería la hora señalada en que le vería la cara a un enemigo al cual nunca le declaró la guerra.

*****

«*Jason, estoy sola en casa*», fue el sugerente mensaje de *WhatsApp* que le envió Ana, que reía a carcajadas mientras lo enviaba. En realidad, sabía que la situación no era para disfrutar ningún interludio sexual con Jason, pues estaba custodiando a Danilo. Pero lo echaba tanto de menos, sintió mucho su falta en la librería. Posterior a las decisiones que se tomaron a causa de su secuestro con suerte se veían un rato en la tarde en el departamento de él, pero la presencia de Danilo, lógicamente, los refrenaba.

Independiente de ello, la relación de ellos cambió. Se volvió más fuerte, más cotidiana, más estable, más paciente. Ambos lo notaron, ese amor que parecía que no podía ser más grande, ahí estaba, inmenso, como un ente casi tangible que los envolvía en manto cálido y acogedor. No era solo la pasión, el deseo, o esa sensación inefable de querer estar siempre juntos. Iba más allá, habían traspasado un límite en el cual no podían concebir su vida sin el otro.

«*Sei una donna malvagia, ¿cómo se te ocurre tentarme de esa manera?*», fue la respuesta que Jason le envió como mensaje de voz a sabiendas del efecto que provocaba el italiano en su Ani.

Si ella era malvada, él podía serlo el doble.

Ana entornó los ojos cuando escuchó el mensaje, rememorando todos esos momentos de éxtasis que él le provocaba. Casi podía sentirlo acometiendo entre sus piernas, y tampoco ayudaba mucho a la causa que llevasen seis días sin hacer el amor.

Sí, llevaba la cuenta de cada día que pasaba. Era un suplicio.

Para Jason también lo era, cada vez se le hacía más imperativo tener a Ana en cada momento, en su hogar, en su cama, en su vida, aún más, si era posible. A veces se desconocía esa faceta tan posesiva, que intentaba mantener a raya dándole espacio a Ana, que tomara sus propias decisiones, que hiciera lo que quisiera. En fin, que fuera una mujer independiente, libre. Básicamente, intentaba darle el mismo trato que él esperaba de ella hacia su persona, porque su trabajo, su vida requería de independencia. Era un hombre que debía estar en constante movimiento, aunque debía reconocer que desde que conoció a Ana toda su existencia se volvió patas arriba, de una forma que no imaginó y que estaba muy lejos de ser estática. Cada cosa por trivial que pareciera era importante y revolucionaria para él. Sus objetivos, sus prioridades cambiaron radicalmente. Antes no le importaba demasiado arriesgar su integridad física, ahora se lo pensaba dos o tres veces antes de tomar algún caso. Tal vez debía empezar a pensar a enfilar su trabajo en algo más moderado para él y no matar de los nervios a Ana y a su madre, ella ya había tenido suficiente.

«*Lo sé, te extraño mucho, mi morenazo. Ya podremos desquitarnos cuando todo esto acabe… Por favor, no te arriesgues en vano*». Con un estremecimiento Ana envió el mensaje, sabía que debía ser positiva, pero el asunto de la emboscada, por muy bien planificado que estuviera, no estaba exento de sorpresas. Confiaba en Jason y en sus capacidades, en quien no confiaba era en el destino que, últimamente, era muy impredecible, caprichoso y retorcido.

«*No haré nada estúpido… No te preocupes, mi Ani. Cuando esto termine, te secuestraré una semana completa, así que lee un montón de novelas eróticas para que apliques todo ese repertorio en mí*», respondió Jason con ligereza.

Una semana, un mes, un año… La quería con él hasta volverse un viejo mañoso, pretendía vivir con Ana muchas décadas y debía alejarse de cualquier riesgo innecesario, y ello significaba que los inciertos eventos que ocurrirían a la noche siguiente, serían los últimos en donde arriesgaría su pellejo.

*****

Las manos de Danilo temblaban, tenía la boca seca. Se despertó sobresaltado en la mitad de la noche. Miró todo alrededor. Estaba desorientado.

No era su casa, no estaba en la población. Lo había olvidado por completo.

De pronto, sintió la apremiante sensación de ahogo, que aquella habitación era una jaula, el pecho se le oprimía.

¡Necesitaba aire! ¡Estar en la calle!

¡Necesitaba tan solo un poco!

Deseaba con ansia una probada.

Solo una…

Sería tan fácil escapar. Escabullirse en medio de la noche y desaparecer.

¿Y después, qué?

¿Volver a la población como si nada? Imposible.

Ya habían pasado cuatro días desde que salió de ese lugar. Había podido mantener a raya la compulsión, pero en ese momento la angustia se hizo insoportable.

Solo uno más.

¡No!

Una calada de un *mono,* tal vez una jalada de *falopa.* Cualquiera de los dos le servía.

¡No, no, no! ¡Basta, Danilo!, se reprendía severo. Deja de cagarla, se reprochó.

Se levantó de la cama, sus piernas flaquearon, todo su cuerpo temblaba y sudaba frío. Su cuerpo le exigía una probada, su mente se rehusaba a que se precipitara nuevamente a la perdición.

La primera vez que dejó la pasta base, cuando conoció a Jason, no le costó tanto dominar su adicción. Ser mucho más joven y entusiasta le hizo fácil la tarea. Pero ahora estaba más sometido a las sensaciones eufóricas, y de saciar la angustia que venía después con otra dosis, haciéndolo cada vez más adicto a ese infinito círculo vicioso.

Ahora comprendía a cabalidad esa expresión.

Cerró los ojos, intentó tragar saliva. Tenía la boca tan seca.

Sus rodillas finalmente cedieron y cayó al suelo pesadamente, haciendo un ruido seco que era amortiguado por la alfombra de la habitación, se ovilló en el suelo tiritando. El corazón estaba a punto de estallarle en el pecho. Sentía que moría.

Danilo desesperado y presa de miedo empezó a sollozar. Intentaba ahogar su voz, pero hubo un momento en que no lo soportó. Empezó a llorar como un niño, estaba abrumado por estar perdiendo el control de su voluntad.

Débil, débil, débil….

Tal vez era mejor desaparecer, dejar de sentir, descansar. Por un momento, la sensación de que el peso de su vida estaba cerniéndose implacable sobre su cuerpo, lo ahogó.

Inspiró profundo, debía centrarse en respirar. El pecho se inflaba, las costillas se pegaban a su piel, había perdido mucho peso. Demasiado, casi ni comía.

Hace unos días sintió hambre, creyó que estaba bien porque la mayoría de las veces casi ni tenía. Pero no. No estaba bien si no sentía hambre. No sentirla era el indicativo del extremo de su adicción.

No se podía mover, era débil. Siempre lo fue.

No quería serlo, pero la oscuridad lo engullía.

No quería ser débil… ya no.

*****

—¡Danilo! ¡Despierta! —Escuchó la voz lejana de Jason—. ¡Despierta, hombre!

Una palmada firme en su mejilla, un zamarreo.

Con dificultad abrió los ojos. El cuerpo le dolía, sus músculos estaban tensos, sus articulaciones, rígidas.

Era de día.

Jason lo miraba reflejando una mezcla de alivio y miedo.

—¿Estás bien? —interrogó preocupado.

Danilo negó con la cabeza.

—¿Puedes ponerte de pie?

Danilo sopesó su respuesta, intentó estirar las piernas. Dolía un montón. Ignoró la sensación y asintió.

Jason se pasó un brazo de Danilo por sobre su hombro y con el otro le sostuvo el torso para ayudarle a impulsarse. Las rodillas protestaron con un dolor agudo que fue remitiendo con lentitud.

—¿Puedes caminar?

Danilo asintió, todavía tenía la boca seca y una sed horrorosa. Jason empezó a caminar lento y Danilo cojeaba cargando el peso de su cuerpo en la pierna que le dolía menos.

Jason lo guió hacia el mesón de la cocina americana y lo instó a sentarse en un taburete. Sin decir ni una palabra rodeó el mesón y del refrigerador sacó una bebida isotónica.

—Bebe, tienes los labios resecos. Estás deshidratado, mocoso —exhortó Jason intentando aparentar frivolidad ante el dantesco espectáculo que le tocó presenciar.

El síndrome de abstinencia era el infierno en la tierra. Por un segundo creyó que Danilo iba a morir ahí mismo.

Pero el muchacho, aunque él mismo no lo creyera era fuerte. A Jason le sorprendía que a esas alturas no hubiera escapado.

Danilo bebió en unos segundos ese jugo un tanto viscoso y de sabor asqueroso, pero que, milagrosamente, le calmaba la sed. Al fin sentía que podía tragar. Dejó la botella vacía sobre el mesón y se pasó el dorso de la mano por la boca.

Sí, se sentía un poco mejor.

A pesar de beber más de medio litro de jugo, sentía el estómago vacío… Una buena señal.

—¿Quieres comer algo? —preguntó Jason estudiando las expresiones de Danilo, calibrando su estado de ánimo. Los cuatro últimos días se había convertido en su sombra, llegando a la conclusión de que a su amigo lo único que lo mantenía relativamente cuerdo era la voluntad de cambiar.

Danilo asintió, para él era bueno sentir hambre y ganas de comer… Prefería eso antes que vivir esas crisis, la de la noche anterior fue la más fuerte, por poco y no sale corriendo, menos mal que sus piernas lo traicionaron. Había prometido que no volvería a probar ni pasta base, ni cocaína e intentaba con todas sus fuerzas no ceder a la tentación. Jason sabía que no eran palabras vacías, cada cierto rato veía un atisbo de alguna crisis que Danilo intentaba reprimir inspirando hondo, para luego encerrarse en su habitación. Como si el claustro fuera la solución para no sentir el impulso para salir corriendo.

Jason le había dejado en claro que no lo iba a retener, que él lo iba a apoyar en todo, siempre y cuando él quisiera recibir su ayuda. Que era libre de decidir qué camino tomar. Pero que se olvidara de tener otra oportunidad si pretendía seguirse hundiendo en la miseria, porque no quería ser testigo de su debacle.

Pero más allá de esa advertencia, Danilo soportaba su infierno personal estoico porque no quería volver a ser el de antes. No ser un esclavo.

—Jason —dijo de pronto Danilo, interrumpiendo el silencio que se había instalado en ese momento—. Si llego a caer en *cana*[53], quiero pedirte que me *vayái* a ver… aunque sea una vez al año —declaró—. Sé que te estoy pidiendo *caleta*, pero me gustaría que alguien me visite.

Jason frunció el ceño ante esa petición y lo miró severo.

—¿Por qué crees que vas a ir a la cárcel? —interrogó sintiendo pesar; en realidad sabía que era absurdo pensar que Danilo tenía opciones de evitar ser juzgado.

Danilo se encogió de hombros, era un delincuente que en su juventud tuvo un nutrido prontuario policial, y una vez que fue mayor de edad también estuvo involucrado en algunos delitos menores, y ya lo habían fichado.

No era una blanca paloma ante la ley. Nunca lo sería.

—Tengo antecedentes, estoy seguro que por estar metido en lo de esta noche me van a dejar en *cana*.

Jason sabía que Danilo tenía razón, cuando todavía era infiltrado intentó postularlo para al programa especial al cual perteneció Ángel y él mismo. Pero Danilo nunca fue apto, tenía el gran problema de que no tenían antecedentes personales ni familiares intachables. Eso lo descartaba automáticamente como candidato. La PDI podía obviar ciertas carencias, con la promesa de cumplir con sus requisitos en el mediano plazo, pero Danilo nunca tuvo la opción.

—Haremos lo posible para que eso no suceda —respondió Jason no muy convencido, era muy probable que Danilo pasara una temporada en la cárcel. Eso echaba por tierra sus intenciones de llevarlo a un centro de rehabilitación.

La cárcel era el peor lugar del mundo para un hombre que quiere rehabilitarse… Danilo la iba a tener muy difícil.

El muchacho esbozó una sonrisa que no llegaba a sus ojos, en el fondo estaba resignado y se preparaba sicológicamente para pasar una larga temporada encerrado en uno de los peores sistemas carcelarios de América.

De hecho, estaba agradecido de vivir las crisis de angustia bajo la custodia de Jason, esperaba en los próximos días sortearlas de mejor manera cuando ya no contara con su apoyo constante. Diablos, necesitaba una distracción que no fuera la televisión que le hiciera pensar en otra cosa.

---

53 *Estar en cana: ir a la cárcel.*

Jason preparó un rápido, pero contundente desayuno que devoró con avidez, junto con Danilo. Era el día último de la FILSA y también esa noche pondrían fin al caso de los robos a la librería descubriendo al autor intelectual.

Todo estaba preparado, solo faltaba que la noche cayera y se levantara el telón.

Capítulo 30

Domingo, diez de la noche, la temperatura estaba templada, pero todavía se sentía el denso calor que emanaba del concreto y el asfalto, pero que era atenuado por la frescura de la afluencia del oscuro y marrón río Mapocho. En la esquina de Pío Nono con Santa María estaban Arturo, Jason y Danilo, junto a ellos estaban Sandro Larenas, inspector de la Brigada Investigadora del Crimen Organizado que iba de civil, y que, cuando fuera necesario, estaría pasando «casualmente» por ahí, junto con una pareja de amigos, la forense Isidora Apablaza, que «casualmente» es cinturón negro tercer Dan de karate y su esposo, Manuel Rodríguez, que «casualmente» es un avezado tirador.

Iban a ser seis contra uno, ¿qué cosa podría salir mal?

Danilo, en frente de todos ellos marcó el número del sujeto desde un celular de prepago, nuevo, y lo puso en altavoz, mientras todos grababan la conversación en sus respectivos celulares… por si acaso.

Cuatro tonos de marcado sonaron.

—¿Aló? —saludó la voz del hombre que hizo el encargo, ya intuía quién lo llamaba.

—Hola, le llamo por su encargo —respondió Danilo usando su tono arrogante y prepotente, el que siempre fue su fachada.

—Estaba esperando tu llamado, ya creía que te habías esfumado. Me llegó el rumor de que ya habías hecho el encargo, fui a buscarte a la población, pero no estabas.

Esa respuesta era una de las esperadas, pero a Danilo le provocó una sensación de inquietud que no le gustó para nada.

—Ya no vivo ahí —repuso lacónico como si no le importara.

—Eso mismo me dijo Menares —precisó el hombre con serenidad.

Danilo cerró los ojos, si antes estaba inquieto, el tener la certeza de que el sujeto involucró a Menares, empeoraban sus presentimientos.

—Yo estoy a punto de salir de la ciudad —explicó sucinto—, así que si quiere su plata nos juntamos en el Puente Pío Nono.

—Sí que quieres estar lejos de Menares —señaló riendo de manera burlona.

—No es su problema, *'eñor*. ¿Quiere su plata o no? —respondió Danilo fingiendo que salía de sus cabales, como siempre.

—¿Cuánto ganamos esta vez? —preguntó volviendo al motivo del llamado

—Diez palos, *usté* se lleva dos y yo ocho.

—Podrías compensarme con algo más… Después de todo, tardaste demasiado en hacer mi encargo. Dame cuatro y tú te quedas con seis —regateó el sujeto, le gustaba jugar con las personas, sobre todo cuando estaban desesperadas.

—No, *po'h*, ese no fue *naa* el acuerdo. No se haga el *vovi*[54] conmigo —advirtió Danilo mirando de reojo a Jason y a Arturo, que evidenciaba su preocupación con un profundo surco entre las cejas, la voz no la reconocía, tal vez por los nervios o por el ruido ambiental, o por cómo se distorsionaba a través de la línea telefónica, o porque el sujeto impostaba su voz de tal forma que le confería un aire de superioridad y arrogancia que le era desconocido.

Tal vez todo influía.

De lo que sí estaba seguro era de que esa voz no le pertenecía a Orlando, su tono jovial era inconfundible.

Podía ser cualquiera de los otros.

—¿Así que nos estamos poniendo regodeones? ¿Quieres que te eche a carabineros encima… o a Menares? No estás en posición de negociar —amenazó el sujeto sin evidenciar desesperación. Estaba muy seguro de lo que decía.

Silencio.

Danilo miró a Jason, quien asintió levemente con su cabeza.

—Es bien maricón, *'eñor*… Está bien cuatro y seis —resopló fingiendo claudicar—. Nos vemos en una hora en el puente.

Danilo cortó el llamado como siempre, sin esperar algún signo de cortesía. Inspiró profundo y exhaló del mismo modo, estaba nervioso, si le dieran a elegir prefería mil veces que le echaran encima a carabineros en vez de Menares.

Jason lo miraba fijo en silencio.

—Lo has hecho bien, muchacho —aseguró Arturo que, con el pasar de los días y al ver que Danilo no se había fugado, ya daba señales de empezar a confiar en él—. Estaremos todos aquí.

---

54 *Hacerse el vovi: hacerse el vivo.*

—Nos queda casi una hora —intervino Jason—, esperemos que el tipo sea puntual.

—Llegará a la hora —aseveró Danilo, sintiendo un escalofrío que le recorría el cuerpo… y no era una crisis de abstinencia.

—Bien, repasemos una vez más el plan…

Reunidos en esa conocida esquina, aquel grupo de amigos volvieron a determinar cuál era su papel y cómo llevarlo a cabo. Todos estaban serios y concentrados, con discreción le echaron una última revisada a sus armas y ajustaron sus chalecos antibalas.

Tomaron posiciones. Solo quedaba esperar…

*****

Ana estaba esperando el desarrollo de los acontecimientos en el departamento de Carmen junto a los hermanos de Jason, Lidia y Bernardo. El ambiente estaba inmerso en una calma tensión.

Aunque Ana estaba impasible, la sensación que invadía su alma era la impotencia, eso sentía ella por sobre todas las cosas. No podía ayudar en nada y ser un aporte. Solo le quedaba esperar. Y últimamente no toleraba tan bien las esperas.

Cada cierto rato miraba la hora en su celular. Ella conocía todo el plan que llevarían a cabo. Y a pesar de saber que contaban con ventaja, ella no podía sentirse del todo segura y tranquila.

—El gusto de Jason de tenernos siempre en vilo —rezongó Lidia intentando alivianar el ambiente—. Primero, cuando era un *cabro* rebelde, y llegaba siempre a la hora del pito a la casa. Después, cuando pensábamos que era un narcotraficante. Y ahora, se las da de Superman… ¡Hombre tenía que ser!

—Ahhhh, ¿pero te acuerdas cuando te defendió de ese niño que siempre te tiraba el pelo en el colegio? —replicó Bernardo siguiéndole la corriente—. Ahí no te quejaste cuando le hizo de superhéroe, un poco *rasca*[55], pero superhéroe igual.

—Bueno, eso fue diferente —concedió encogiéndose de hombros—. No sé qué le hizo, pero ese niño no volvió a molestarme.

—Yo sí sé lo que hizo Jason —afirmó Bernardo esbozando una sonrisa misteriosa—. Fue muy divertido, a decir verdad.

—¿En serio? —dijo Lidia enarcando sus cejas con sorpresa—. ¿Qué le hizo? —interrogó con mucha curiosidad.

---

55 *Rasca: que es vulgar y poco distinguido.*

—Se metió en su dormitorio en medio de la noche y le dijo que si seguía molestándote iba a volver a entrar, pero con un cuchillo para cortarle las pelotas.

Lidia rompió en carcajadas, ni en sus mejores sueños imaginó esa perfecta venganza, cuando viera a su hermano de nuevo —y estaba segura de ello— le daría un gran abrazo y un enorme beso de agradecimiento.

—Eso no lo sabía —intervino Carmen incrédula y a punto de reír.

—Lo supe porque lo pillé entrando a nuestra habitación de madrugada, y para que yo no lo delatara a Ramiro me contó lo que había hecho —explicó Bernardo entre risas que murieron de a poco al nombrar a su difunto padre.

—Ramiro lo castigaba hasta por respirar, lógico que con ese pretexto te iba a contar hasta de qué color se le puso la cara al otro idiota—agregó Lidia.

—No lo iba a delatar en realidad, pero sí que nos morimos de la risa cuando me contaba los detalles de su amenaza, el *cabro* hasta se meó en la cama. Jason era muy re diablo.

—Y lo sigue siendo… —concluyó Carmen negando con la cabeza.

A Ana no le pasó desapercibido que no le decían «papá» a Ramiro. Sus hijos nunca le iban a perdonar lo que hizo. Hubo un segundo de silencio, ese era el efecto de recordar a ese hombre.

—Ahora me vengo a enterar de muchas cosas, no tenía idea de *naa* —continuó Carmen, para quebrar ese instante incómodo—. Chiquillos de porquería, nunca se sabe con ustedes.

—Son secretos de hermanos, mamita —dijeron Lidia y Bernardo al mismo tiempo, y al terminar se miraron y rieron cómplices.

Ana también rio, estaba contenta por ver tan bien a la familia de Jason, esperaba que el tiempo lograra sanar las heridas. Era difícil perdonar a Ramiro, pero era aún más difícil que ellos mismos se perdonaran, vivieron tantos años en ese ambiente de violencia que para ellos aquello era algo normal. Pero todo tenía un límite y Ramiro lo traspasó con creces, Lidia y Bernardo tenían un camino largo para perdonarse a sí mismos y vivir sin recriminarse por lo que nunca hicieron.

Solo el tiempo se iba a encargar de ello.

El tiempo…

Ana volvió a ver la hora en su celular…

Eran las once de la noche

*****

El hombre cruzó la calzada a paso relajado cuando le dio la luz verde, miraba de forma subrepticia hacia todas partes, pero no había nada fuera de lo habitual para un lugar que es por lo general muy concurrido. Hacia el norte estaba el barrio Bellavista, lugar bohemio y muy turístico, repleto de locales nocturnos para poder pasarlo bien con los amigos. Pero era domingo, había poca gente. A él le extrañó que su proveedor lo citara en un lugar público y expuesto, pero poco le importaban los motivos, su objetivo había sido alcanzado, la librería «La Chilena» estaba acabada.

Miró hacia el frente y Danilo estaba esperándolo solo en medio del puente, apoyado en la baranda de hierro abarrotada de candados de cientos de enamorados que llegaban ahí para sellar sus promesas de amor eterno.

Amor eterno... era una real mierda cuando no se era correspondido. Ignoró a una pareja que estaba poniendo un candado al principio del puente y que empezó a besuquearse de una forma que dejaba poco a la imaginación.

Idiotas.

Desechó esa molesta sensación agria y prosiguió.

Danilo lo estaba observando fijo desde que entró a su campo visual, e hizo un gesto de cabeza a modo de saludo cuando lo tuvo a un metro.

—Ahí tiene. —Danilo le entregó el dinero pactado en una bolsa plástica negra. El hombre la recibió y le llamó la atención el peso, abrió la bolsa e inspeccionó el contenido.

—¿Seguro que están los cuatro millones? —interpeló con desconfianza alzando una de sus cejas.

—Cuéntelos, son cuatro fajos de cincuenta billetes de veinte lucas —detalló—. Seré *flaite*, pero sé contar *'eñor*.

—Bien, bien... No diré más, ya sabes lo que va a pasar si al contar el dinero me doy cuenta de que me has estafado.

—No va a pasar *naa*, *'eñor*... Hacerle el cuento del tío no es lo mío.

—¿Ah, no? Eso no fue lo que me dijo Menares.

—El *guatón* Menares puede decir lo que quiera.

El sujeto sonrió de manera siniestra... Danilo en ese momento supo que algo andaba mal.

—¿Ah sí? Entonces puedo decir «págame la plata que me *debí*» —intervino una voz burlona por la espalda de Danilo y que ya estaba seguro que la escucharía. No le sorprendió, de hecho su rostro no lo evidenció, seguía con la vista pegada al hombre de los encargos. Todo estaba dentro de las posibilidades, pero tampoco le daba gusto que se volviera un hecho de que Menares se presentara en ese lugar.

—Y eso voy a hacer, voy a pagar lo que debo —afirmó Danilo, altanero, fulminando con la mirada al hombre que no ocultaba que estaba disfrutando mucho con la situación a la que lo estaba sometiendo.

Danilo dio media vuelta al tiempo que sacaba un arma que tenía oculta en la cintura y le apuntó a Menares, que a su vez ya estaba haciendo lo mismo con un revolver.

Se retaron con la mirada, amenazándose con dispararse en la cabeza, era un duelo en el que solo uno iba a salir vivo. Danilo estaba firme, la mano no le temblaba y sus ojos estaban clavados en los de Menares, que le devolvía la mirada con cierto regocijo.

El hombre de los encargos empezó a retroceder lentamente para escapar de aquel lugar. A él no le interesaban las rencillas ajenas, su objetivo había sido alcanzado con creces.

No tenía nada qué hacer ahí.

Dio media vuelta y sus pasos empezaron a ser más rápidos, retornando por el mismo camino de donde vino. La pareja que estaba poniendo el candado hacía unos minutos, ahora tenían cara de terror, y la mujer nerviosa empezó a tironear a su acompañante para que empezara a caminar y escapar. El hombre pasó por su lado, la mujer intempestivamente le sujetó el brazo de tal forma que, sin darse cuenta, estaba arrodillado en el suelo con un dolor indescriptible.

El hombre, desorientado, no sabía qué diablos estaba sucediendo, su mente trabajaba a toda velocidad hasta que sintió el frío metal de una pistola pegada a su sien.

—Si te mueves o hablas, no vivirás para lamentarlo —amenazó con un grave y mortal susurro el hombre que acompañaba a la mujer.

El hombre levantó la vista hacia el frente, Danilo y Menares todavía se retaban a ver quién jalaba el gatillo primero. Apenas podía respirar, empezó a sudar profusamente y sentía que el tiempo se volvía eterno.

—Te... tengo. —Tragó saliva—. Tengo dinero... cuatro millo...

—Dije que no hablaras, hijo de puta —interrumpió la voz grave y le enterró el cañón todavía más en la sien provocándole un agudo dolor.

—No nos interesa tu sucio dinero, cerdo asqueroso —bufó la mujer y torció solo un poco más el brazo del hombre provocándole un inenarrable dolor. Estaba a punto de dislocarle el brazo—. Además esa plata es más falsa que la mierda, idiota.

La pareja se miró de soslayo y esbozaron una sonrisa y dirigieron su vista al frente…

—La plata, dámela —exigió Menares—. Ya sabía que andabas con maricadas cuando desapareciste, *gil culiao.*

—Ahí *tení.* —Danilo accedió con facilidad, sacó la bolsa negra que evidenciaba su contenido, una buena cantidad de fajos de billetes.

Sin dejar de apuntar, Menares se acercó y rozó con sus dedos la bolsa, pero Danilo intempestivamente la lanzó al oscuro cauce del río Mapocho. Menares con movimientos torpes intentó alcanzar la bolsa que se le escurrió cruel entre sus manos.

—¡Ups! —exclamó Danilo derrochando cinismo y con gesto burlón alzó sus cejas y se tocó las mejillas, como si fuera Macaulay Culkin en «Mi pobre angelito»—. ¡Se me resbaló!

La oronda figura de Menares se abalanzó con cólera sobre Danilo lanzando un gruñido, pero un fuerte brazo le rodeó el cuello y un pecho duro se apegó a su espalda.

—Suelta el arma —susurró una voz conocida y fantasmal para Menares. El cañón de un arma se hundió en su voluminosa espalda.

Menares abrió los ojos. Sorpresa, miedo, incredulidad e ira corrieron en partes iguales por sus venas

—No… no… tú *estái…* —balbuceó evidenciando su perturbado estado. Tragó saliva e inspiró profundo.

No podía ser posible, él estaba…

—¿Muerto? No, Menares, y no *sabí* lo cabreado que estoy contigo, hijo de puta.

—Yeison, Danilo fue el que te disparó, no yo —acusó mirando al aludido que le devolvía una sonrisa torcida y negaba con la cabeza.

—Danilo me salvó de seguir viviendo rodeado de lacras como tú…

—No *vai* a ser capaz de dispararme, *rati culiao* —desafió Menares, riendo con un tinte de desesperación, al mismo tiempo que forcejeaba hasta poner, con inusitada rapidez y agilidad, su arma por el costado apuntando a ciegas hacia Jason.

Danilo apenas pudo reaccionar…

—¡Jason, no!

Dos disparos reverberaron en medio del puente Pío Nono.

Jason perplejo sintió un golpe en el pecho y casi a la vez un ardor en un punto entre la cintura y la cadera, la bala entró justo en aquel lugar donde el chaleco antibalas empezaba, soltó el cada vez más pesado cuerpo de Menares para intentar detener la hemorragia. No le importaba nada, ni siquiera el hecho de que ese sujeto caía inerte sobre el pavimento.

Se llevó la mano al costado que ya empezaba a sangrar profusamente. Miró a Danilo que estaba petrificado e hiperventilando, todavía estaba apuntando, luego desvió sus ojos al cuerpo de Menares que se quejaba y escupía sangre. Una herida justo en el centro del pecho.

Jason instintivamente se tocó en ese mismo lugar, había un pequeño agujero en su camiseta. El objetivo de esa bala no era él. Probablemente la bala atravesó el cuerpo de Menares y el chaleco cumplió su función de detener su debilitada trayectoria.

En ese momento apareció Sandro Larenas hablando por celular solicitando una ambulancia y a detectives de la PDI. Miró a Menares que ya no respiraba y tenía los ojos abiertos, con la vista perdida en el estrellado firmamento santiaguino.

—¿Estás bien? —interrogó Sandro a Jason al tiempo que se inclinaba a examinar la herida sin pedirle permiso.

—Supongo… No me siento morir… pero ni cagando me atrevería a estornudar ahora —declaró Jason socarrón.

Sandro sonrió, si Jason bromeaba mientras sangraba era una muy buena señal.

—Solo es un roce —determinó enarcando las cejas—, siempre tan impaciente, Jason, por eso Isidora te patea el trasero en los combates —regañó pensando en que su amigo había decidido bien al salir de la PDI, seguir órdenes y la paciencia no era uno de sus fuertes en momentos críticos—. Quítate la camiseta y el chaleco antibalas, y presiona la herida para detener la hemorragia —ordenó.

Jason asintió y empezó hacer lo que Sandro indicaba, pero el sonido de un objeto pesado que golpeaba el suelo le llamó la atención.

Danilo miraba ensimismado el cuerpo de Menares.

—Danilo, ya terminó… —afirmó Jason caminando con lentitud hacia su amigo, el condenado roce sí que dolía.

—Está muerto —susurró—. Lo maté… vi que te iba a disparar y yo solo… —La palabras morían en sus labios, siempre se preguntó qué se sentía quitarle la vida a alguien. Y se sentía horrible, a pesar de que Menares se lo merecía… él no era nadie para ejecutar a otra persona.

—Era él o yo… o tú… hiciste lo correcto, Danilo —aseveró Jason tranquilo con un tono paternal, y poniéndole una mano en el hombro intentaba reconfortarlo—. No tenías alternativa.

—Pero igual la cagué, *estai* herido de nuevo por mi culpa.

—No, mocoso… Me volviste a salvar. Métetelo bien en esa cabeza dura que tienes. Esto va a sanar, solo es un roce.

Sandro le tomó los signos vitales a Menares y luego miró la hora en su reloj de bolsillo.

—Definitivamente, está muerto… ¿Dónde está Arturo? —Sandro se irguió y miró hacia atrás. Arturo estaba junto Isidora y su esposo Manuel, la pareja que se hacía pasar por tortolitos, y en ese momento le devolvían la mirada expectante a sus señales. El autor intelectual de los robos yacía inconsciente a sus pies…

*****

Apenas unos minutos antes…

—¿Por qué? —interrogó Arturo observando incrédulo al hombre que lo quería ver acabado. Después de todo, Jason siempre tuvo la razón—. ¿¡Por qué, Humberto!?

Humberto Díaz…

—Don Arturo te está haciendo una pregunta, contesta, cerdo —presionó Isidora haciendo un leve movimiento que se traducía en dolor en el hombro de Humberto.

—¡Porque te odio, hijo de perra! —bramó Humberto con la voz teñida de rencor. Ya no tenía nada que perder, nada que aparentar.

Arturo apenas lo reconocía, no lograba entender. Intentaba hacer memoria buscando un motivo plausible para ser merecedor de todos esos sentimientos.

—No entiendo por qué lo haces —replicó Arturo con seriedad y un inusitado miedo.

—¿Acaso nunca te lo dijo Sofía? —interrogó Humberto esbozando una mueca que pretendía ser una sonrisa sórdida.

—¿Qué tiene que ver Sofía en esto? ¿Qué tenía que decirme? —replicó Arturo desconcertado.

—¿No te dijo nunca por qué no era virgen? —atacó Humberto, regodeándose de ese momento, esperaba ver la cara de sorpresa de Arturo.

Pero Arturo estaba impertérrito. Nada, ninguna emoción ante esa aseveración.

—Eso en realidad, nunca me importó, asumí que eso pasó en alguna otra relación antes de que me conociera —respondió relajado, pero por dentro estaba absolutamente confundido sin saber a donde quería llegar ese tipo.

—¡Yo la hice mujer! —reveló como si estuviera escupiendo veneno—. ¡Fue mía antes que tuya!

Arturo frunció el ceño, ni ahora, ni en ese entonces le molestó de que su esposa no hubiera sido virgen. Lo que sí le molestaba era la forma en que Humberto se vanagloriaba de ello como si fuera algo digno de recompensa.

—¿Y qué hay con eso? Sofía tampoco fue mi primera mujer. Todavía no entiendo el punto de todo ese odio —dijo Arturo sereno, sin caer en el juego de Humberto.

—¡Esa perra me puso los cuernos contigo! Y luego me dejó para continuar al lado tuyo —siseó con rabia, una enferma rabia producto de su orgullo de macho herido, tan herido que nunca se recuperó.

Vaya, eso sí era una revelación para Arturo, venir a enterarse más de treinta años después que fue «el amante» sin saberlo. Mucha razón tenía esa frase que dice que las mujeres son un océano de secretos.

Pero francamente ese secreto no le afectaba a Arturo. Sofía estaba muerta, vivió una etapa hermosa, llena de felicidad con ella. Ese secreto desliz carecía de importancia ni manchaba su memoria. Amó con locura a su esposa, pero nunca la puso en un altar, era tan solo una mujer, no una santa. Y en ese momento de su vida, importaba mucho menos ya que tenía a su Carmencita firme a su lado.

Ella era su segunda oportunidad.

—¿Y por esa estupidez me odias? Francamente estás loco, Humberto —desestimó Arturo, dejando en claro que no era importante, que nada de lo que sucedió en el pasado importaba realmente.

—Me había comprometido con ella…

—¿Y qué? —interrumpió harto— ¡La vida sigue! No es mi problema que tú no hayas podido superarlo. —Y de verdad Humberto no lo había logrado, nunca se casó ni tuvo hijos. Todos sabían que era un hombre solitario—. No me digas que esperaste más de treinta años para vengarte.

«Está completamente chiflado», concluyó Arturo para sus adentros. Pero chiflado o no, debía hacerle hablar y terminar esa pesadilla de una vez.

—No, iba a hacerlo de otra forma… Pero Sofía murió y eso no me confortó, verte deprimido durante años por su pérdida no ayudó en nada… ¡Era a ti a quien quería ver hundido!, pero no sabía cómo hacerlo. Pronto descubrí que esa librería de mierda era lo único que te mantenía en pie, y de algún modo te iba a quitar la razón de vivir como me la quitaste cuando Sofía te eligió a ti. Te quería ver morir en vida… hacerte miserable de a poco. —Rio con sorna, ya no tenía nada que perder—. Primero haría miserable a tu hija… Joaquín fue fácil de manipular y solo era tocar la tecla adecuada. Esa mulata con la que la engañó, trabajaba para mí, es seropositivo… tiene VIH. —Rio a carcajadas—. Probablemente vas a perder a tu hija en unos años más cuando tenga SIDA.

Ante esa declaración a Arturo le recorrió un escalofrío por toda la espina dorsal. Su corazón empezó a latir frenético, le dieron unas ganas locas de correr hacia su hija, todo aquello era horrible y perturbador. Una furia intensa corrió por todo su ser, no lo pudo tolerar más. Tomó del cabello a Humberto y le propinó el golpe más fuerte que haya dado en su vida y luego le pateó los testículos. Quería huir, correr donde estuviera Ana y tomarle un examen de sangre y salir de esa angustia.

Inspiró profundo, no podía perder el control.

Humberto ya rayaba la locura, no le importaba el dolor intenso de sus genitales ni la sangre que manaba de su boca, la cara de terror de Arturo era su mayor recompensa.

—Entre los robos y el dinero que le sacaba la mulata transexual a tu yerno, iba a ser cuestión de meses en que te fueras a la quiebra. Pero ese idiota fue descubierto por tu hija mientras follaba con esa ricura…

Arturo perdió de nuevo la compostura ante esa revelación, volvió a golpear a Humberto una, dos, tres veces, manchándose los nudillos con sangre.

—Ahora eres igual de infeliz que yo —balbuceó Humberto, sin dejar de reír como desquiciado—. Quebrado y con tu hija condenada a muerte…

—¡No soporto escuchar más a este hijo de puta lunático! —exclamó Manuel, y le dio un fuerte culatazo en la cabeza para noquearlo—. Me tenía harto.

Isidora coincidió asqueada dejándolo caer sin preocuparse siquiera de que Humberto se golpeara la cabeza contra el pavimento. Se lo merecía.

—Tenemos todo grabado, no te preocupes, Arturo —aseguró Isidora deteniendo la aplicación de grabación de sonido de su móvil, del cual tenía conectado un micrófono para poder captar hasta el más leve murmullo.

Dos disparos rasgaron el ambiente y los paralizó.

—Pero qué mierda…—susurró Isidora adelantándose unos pasos—. ¡Jason! ¡Danilo!

—¡No, espera, mujer! —Manuel detuvo el impulso de su esposa tomándola del brazo antes que se pusiera a correr—. Quédate aquí hasta que Sandro de la señal. Lo sabes.

—Pero…

—¡Te quedas y se acabó, Isi! ¡Estela y Eliana nos esperan en casa! —recordó Manuel a sus hijas, calmando el golpe de adrenalina de su impulsiva mujer.

Miraron nuevamente hacia donde estaba Jason que dejaba caer el cuerpo de un hombre rubicundo y al instante Sandro se hizo presente.

Pasado un minuto les hizo una señal con su brazo…

—Ángel no nos va a perdonar habernos divertido sin él —comentó Manuel para distender el ánimo de su esposa.

—Menares conocía a Ángel, mejor que ni se acercara, no le convenía para nada y a Rossana no le hubiera hecho ninguna gracia. Basta con un resucitado al día —bromeó Isidora—. Por favor, llévense este pedazo de mierda… cómo me encantaría lanzarlo al río, pero para qué lo vamos a contaminar.

Arturo no entendía mucho de lo que ellos decían, su cerebro estaba en modo automático, pero no le importaba. Asqueado, pero estoico ayudó a Manuel a llevar el cuerpo de Humberto a rastras. En su mente solo había un objetivo, debía hablar con su hija apenas pudiera… y con Jason.

Sirenas estridentes irrumpieron a lo lejos.

No obstante, Arturo sentía que nada había terminado.

Capítulo 31

Eran las tres de la madrugada. El sueño finalmente había vencido a Lidia y a Bernardo que dormían abrazados en el sofá. Carmen y Ana tomaban un café esperando a que Arturo y Jason dieran alguna señal de vida.

Estaban en un cómodo silencio que no era necesario rellenar, cada una se dedicaba a sus propios pensamientos y conjeturas y dejar que el tiempo pasara.

Lo único que sabían era que todo había terminado, y cuando era medianoche, Jason se los informó en un escueto llamado telefónico que sembró solo dudas. Solo había una innegable certeza.

Todo volvería a la normalidad.

El sonido del tictac del reloj mural era lo único que indicaba que no estaban sordas, la ciudad afuera estaba prácticamente muerta.

La puerta abriéndose rasgó ese tenso momento, tazas chocaron contra platillos, pasos acelerados se dirigieron hacia el encuentro de ellos... Se detuvieron en seco, divididas, Ana y Carmen no sabían a quién abrazar primero. Esa indecisión solo tardó una milésima de segundo, cuando cada uno de ellos eligió abrazarlas al mismo tiempo.

El sollozo de ambas ahogado en ese par de torsos masculinos, despertó a Lidia y a Bernardo que fueron al encuentro de Jason que no soltaba a Ana, se saludaron con una mezcla extraña de relajo y alivio en el corazón, para luego saludar a Arturo con calidez, cada vez se acostumbraban más a ver a su madre en los brazos de alguien que solo le brindaba amor y respeto. De a poco Arturo se ganaba el cariño de los hijos de Carmen.

Luego del saludo, Ana miró en todas direcciones. Faltaba alguien.

Danilo.

—¿Dónde está Danilo? —interrogó Ana mirando a Jason. El semblante de Jason pasó de la sonrisa al pesar.

—Está detenido… Mañana veré si puedo asistir al control de detención. Ahí el juez determinará si procede abrir una investigación o desestimar el caso.

—¿Crees que salga libre? —preguntó esperanzada.

Jason negó con la cabeza, el caso tenía demasiadas aristas como para que el juez de garantía lo dejara pasar así como así. Los últimos sucesos tacharían a Danilo como «un peligro para la sociedad» y para cualquier juez que tuviera un grado de sentido común, no desperdiciaría la oportunidad de sentar un precedente en un caso mediático en el que estaba involucrada la muerte un narcotraficante relativamente conocido y peligroso a manos de otro delincuente con un prontuario relativamente abultado. Indudablemente era un jugoso caso donde estaba involucrado el asesinato —sea cual sea el motivo—, lucha de poderes, venganza, pandillas y drogas. Cualquier juez estaba dispuesto a aprovechar un caso en el cual se le garantizaba ganar reputación para su propia carrera.

—Haré todo lo que esté a mi alcance para que no sea demasiado tiempo.

—Ojalá. Espero que no sea tan duro para él. —«Y que no salga peor de lo que ya es», prosiguió Ana en su fuero interno. La cárcel por lo general era la universidad de los delincuentes, cualquiera que pasaba por ahí estaba lejos de la rehabilitación.

Se sentaron en la sala de estar a relatar lo sucedido en las últimas horas. Primero Jason, ante una expectante Ana, detalló el esperado, pero no deseado encuentro con Menares. Danilo y él tenían la secreta esperanza de que solo se presentara el hombre de los encargos, pero en realidad, sabían con absoluta certeza de que el obeso narco se iba a presentar a cobrar lo suyo. El solo hecho de que el hombre de los encargos lo usara como una forma de presionar a Danilo ya indicaba que no vendría solo.

Cuando Jason habló sobre los disparos Ana de inmediato le subió la camiseta y cayó en cuenta que no era la misma con la que se había ido esa noche. Con cuidado miró el parche de gasa que era bastante escandaloso para lo que era la herida en realidad. Solo un roce que, en una primera instancia, sangró bastante, pero con presión se detuvo la hemorragia. En el centro asistencial apenas le pusieron cinco puntos y le recetaron analgésicos.

—Suertudo —dijo Ana con alivio, cuando se convenció de que en realidad no era grave.

—No fue suerte —declaró Jason convencido—. Danilo, en cierto modo, ayudó a que no me diera de lleno, él disparó primero, y con ello hizo que Menares errara su tiro.

—Entonces más suertudo aún, tienes un amigo que está siempre hace lo necesario... incluso matar —señaló con pesar.

Arturo con aquellas palabras evocó la esmirriada y encorvada figura de Danilo cuando fueron a su encuentro. El chico lo conmovió, en ese momento se dio cuenta de por qué lo defendía tanto Jason. En el fondo era un buen muchacho, pero no tuvo lo esencial. Y así era tan fácil desviarse del buen camino.

Había personas que abrazaban vivir en aquel círculo vicioso, donde no importaba el prójimo, ni las consecuencias de sus actos sobre los demás. Donde los valores, la moral, las leyes, no existen y les da lo mismo, donde todo, excepto ellos mismos da igual. Pero había otros, como Danilo, que prácticamente estaban resignados a vivir lo que les tocó, que ansían salir de ese hoyo, pero siempre hay algo, alguien —incluso ellos mismos— que les impiden ver las oportunidades, levantar cabeza. Personas que a pesar de todo, todavía les queda humanidad y dignidad.

Arturo tenía fresco en la memoria, cómo Danilo temblaba, y miraba con los ojos enrojecidos el cuerpo de Menares, como si no pudiera convencerse aún de que ese hombre estaba muerto, que él le quitó la vida. Porque sea como sean las circunstancias, había matado, él había jalado el gatillo.

Era un asesino.

—Cariño... Arturo... ¡Arturo! —llamó Carmen—. Anita te está hablando.

—Perdón estaba pensando, disculpen —se excusó parpadeando, y volviendo al momento se dirigió a su hija—. ¿Me decías, Anita?

—¿Quién era el tipo que *dateaba* a Danilo? —interrogó Ana.

Arturo suspiró, aún no podía creer que Humberto albergó sentimientos tan negativos por tantos años. No había alma que pudiera resistir aquello sin quebrarse y lanzarse a la locura. Para Arturo no tenía sentido, y nunca lo iba a tener.

Pero a decir verdad, Humberto y su venganza no le preocupaba en absoluto, había solo una cosa que le inquietaba. No obstante, debía esperar un poco para hallar el valor y el momento para preguntarle a Ana aquello que lo estaba matando por dentro; a propósito iba a omitir del relato la parte en que Humberto le revelaba que la mulata tenía VIH.

Arturo inspiró hondo y tomó su turno de narrar los hechos en los que participó, y la confesión de Humberto. Ana intentaba mantener el control de sus emociones al enterarse del gran secreto de su madre —a ella sí le sorprendió, lógicamente— y de todas las maquinaciones y motivaciones de ese hombre que, por muy poco, estuvo cerca de lograr su objetivo. Incluso en ese momento sintió un poco de lástima por Joaquín, se preguntó cómo estaría, era la primera vez que lo hacía desde que terminó con él.

Lo más importante era que Humberto estaría al menos durante la noche detenido, lo más probable era que el juez en su caso diera orden de investigar, pero le daría medidas cautelares suaves mientras durara ese proceso dada a su conducta anterior intachable, tal vez —y como mucho— una firma semanal en gendarmería y arraigo nacional.

Pero su reputación en la cámara chilena del libro quedaría hecha un desastre para siempre.

Cuando todo estuvo dicho, Arturo se dio cuenta de que no soportaba la duda y que si se ponía a buscar el momento adecuado nunca lo haría.

—Ana, Jason… Necesito conversar con ustedes en privado, acerca de algo que me confesó Humberto. Es importantísimo —exhortó a la pareja.

—Pueden hacerlo en mi dormitorio —indicó Carmen con gesto interrogante, pero ella era paciente, tarde o temprano se enteraría de todas formas—. Está al fondo del pasillo.

Ana y Jason con la intriga instalada fueron a la zaga de Arturo que internamente bregaba consigo mismo para encontrar la forma adecuada de plantear su inquietud. Su monólogo interior cesó con brusquedad al escuchar el sonido de la puerta al cerrarse.

—¿Qué es lo que pasa, papá? —interpeló Ana con profunda preocupación.

Jason estaba en silencio, sabía que algo andaba mal. Arturo estuvo ido todo el rato sin hablar demasiado. Tomó a Ana de la mano y esperó.

—Humberto me dijo que la mulata tenía VIH —soltó sin más rodeos. Era una necesidad física sacar la duda que tenía dentro de él.

—¿Cómo? —interrogó Jason incrédulo.

—VIH —susurró Ana—. Vaya, eso sí que es una sorpresa —manifestó con soltura.

—¿Es que no entiendes, hija? Joaquín puede estar contagiado y pudo contagiarte a ti… Y tú a Jason —expresó con un terror atroz. Decirlo en voz alta era más perturbador de lo que imaginó.

Ana entornó sus ojos, un poco azorada. Entendía el gran miedo de su padre pero era bastante vergonzoso hablar de su vida sexual con Arturo.

—Papá… papito. Es imposible que Joaquín me haya contagiado.

—Pero, hija… No soy tonto, es un hecho que ustedes hacían… tenían… Y ahora con Jason… también… —balbuceó incómodo por tocar ese tema tan delicado e íntimo con su hija. Para un padre había límites que no eran agradables de traspasar.

—Tenemos una vida sexual activa —finalizó Ana por él, tomando el toro por las astas, haciendo a un lado su timidez. Debía ser clara y directa, tanto por su padre como por Jason—… Bueno, con Joaquín no era tan activa —pensó en voz alta y se quedó unos segundos en silencio—. Papito, con Joaquín siempre, y en todo lo que hacíamos, usábamos preservativo —explicó rememorando con cierto desagrado que hasta el sexo oral era de esa manera. Nunca fue aficionada al sabor del látex, por mucho que entendiera que era por seguridad. En ese momento comprendía el verdadero motivo de ese afán de Joaquín de preferir ese método adicional de anticoncepción—. Nunca, nunca lo hicimos sin esa protección —continuó—. Cuando lo descubrimos con la mulata, al día siguiente me hice todos los exámenes de enfermedades e infecciones de transmisión sexual, y todos salieron normales. No tengo nada, papito. Joaquín fue un cerdo, pero al menos tuvo la delicadeza de ser consiente… —«Será mejor que le mande un correo para hablarle de la mulata», pensó Ana. «Ojalá no se le haya ocurrido hacerlo alguna vez sin protección, será imbécil, pero no merece contagiarse».

—¿Entonces, no tienes nada? ¿No hay de qué preocuparnos? —preguntó Arturo sintiendo que el alma le volvía al cuerpo. Nunca había sentido tanto alivio y alegría a la vez.

—Nada, papá. Jason lo sabe también, incluso él me dijo que me hiciera exámenes apenas vimos el video de la cámara de seguridad —explicó zanjando el asunto para no dar más detalles y miró de reojo a Jason comunicándose sin palabras, ella sabía que él estaba más que limpio, hacía un tiempo él le confesó a Ana que, aunque estaba seguro de no tener nada sospechoso, se hizo exámenes médicos cuando ella lo besó la primera vez… por si las moscas.

Ese fue uno de los motivos por los cuales él aguantó tanto sin ponerle las manos encima.

«Y cuando lo hizo fue la gloria», pensó Ana libidinosa. El celibato se estaba convirtiendo en una tortura últimamente.

—No sabes la alegría que me da saber eso —admitió Arturo soltando todo el aire que retenía en sus pulmones. Abrazó a su hija con fuerza y le besó con ese infinito amor que solo un padre le puede prodigar a su hija—. Sentía que me moría, mi niñita preciosa. —La abrazó más fuerte aún y Ana correspondía a ese abrazo con vigor, para convencerlo y darle seguridad. Un minuto completo duró aquel contacto hasta que Arturo pudo respirar con normalidad—. Bien, entonces estamos bien —declaró secando la humedad de sus ojos con el dorso de la mano—. Mejor volvamos a la sala de estar antes de que Carmencita se vuelva loca con tanto secretismo.

Y así lo hicieron. De pronto, todo el cansancio se apoderó de todos ellos, Lidia y Bernardo se habían vuelto a quedar dormidos en el sofá. Carmencita, aunque moría de la curiosidad también cabeceaba.

Con ese paisaje se encontraron los tres, y Arturo súbitamente también fue presa de un cansancio que apenas lograba dominarlo para mantenerse en pie.

Carmen se desperezó viendo los semblantes agotados de todos y decretó que fueran a dormir, envió a sus hijos a sus habitaciones porque daban lástima y a Arturo lo mandó a su dormitorio, lo cual le hizo alzar las cejas sorprendido. Pero obedeció sin rechistar, es más, había una sonrisa bobalicona en sus labios.

Ana y Jason también alzaron las cejas, sorprendidos, mas supusieron que, tal vez, mucho no iba a pasar entre sus padres, porque ni ellos que estaban en la flor de la juventud tenían muchas ganas de hacer algo con ese cansancio.

Lo más seguro sería que al día siguiente él despertaría a su Ani con un buen y vigoroso sexo mañanero… eso sin falta, se dijo Jason.

*****

Ana y Jason caminaban de la mano a paso lento, cansado, pero relajado por el rellano que los guiaba al departamento de él. Estaban callados, pero con una sonrisa en los labios.

El tintineo de las llaves abriendo la puerta rasgaba esa tranquila atmósfera, entraron, y sin encender las luces se fueron directamente al dormitorio.

Se desnudaron con pereza, se besaron con ternura. Ella puso su cabeza en el fuerte y sólido pecho de él y empezó a acariciar ese suave vello masculino que tanto le fascinaba sentirlo al tacto.

—Así que terminó todo, ¿no? —externalizó esa pregunta que siempre se hacía, quería saber lo que vendría.

Jason frunció el ceño y empezó a acariciar el brazo de Ana para perderse en la suavidad de esa piel nívea que le encantaba.

—El caso, sí. Solo quedarían los asuntos legales y nada más. Lo más seguro es que tengamos que ir al juicio a testificar en los dos delitos en los que está involucrado Danilo.

—Es una lástima…

—Él sabía perfectamente el riesgo que estaba corriendo, sobre todo si intervenía Menares. —Inspiró entrecortado y tragó saliva evidenciando que estaba reprimiendo sus rebeldes lágrimas—. Se ha comportado como todo un hombre. Pudo haber huido en cualquier momento y no lo hizo. Pudo volver a consumir y no lo hizo… Lo que se le viene, mi Ani, va a ser más duro de lo que imaginas. Espero poder ayudarle en lo que más pueda.

—Es lo mínimo que esperaba de ti… ¿Ya no vendrás más a la librería? —interrogó ya sintiendo nostalgia por aquella rutina en la que él estaba siempre presente. Sin duda, durante ese breve tiempo él se convirtió en una parte esencial de su vida. Pero debían avanzar, era absurdo, pero ella sentía que era una especie de despedida a la época más reveladora de su vida.

—Mantendremos el tema de la escolta para los depósitos, e invertiré para que repunte la librería. Pero el resto de mis servicios ya no los necesitan. Tengo una inesperada y eficiente reemplazante, mi mamá está contenta con ese trabajo, le ha hecho tanto bien —determinó Jason reafirmando que no se desligaría del todo de su rutina, pero finalmente ya no volvería a ser lo mismo.

—Te echaré mucho de menos —admitió Ana acurrucándose todavía más a esa morena piel que adoraba.

—Te iré a buscar todos los días que me sea posible para que *pololiemos*. Este hombre tiene que trabajar y ganar su sustento —prometió e intentó alivianar el humor de Ana, la notaba sensible.

Lógico, si le habían disparado por segunda vez en el mismo año. Jason era como un imán de pólvora.

—Prométeme que no volverás a arriesgarte, amor. Te quiero entero, Jason. Esta última semana ha sido horrible.

—No lo haré, mi Ani… puede que cambie de rubro.

Jason besó a Ana con ternura, quería aplacar sus temores, no permitir que ella sufriera de algún modo. Tenía que darle una vida tranquila y feliz. Se juró a sí mismo que haría lo humanamente posible para lograrlo.

Ana acarició la mejilla de Jason. En la penumbra podía percibir cómo él cerraba los ojos y se entregaba al suave toque de su mujer.

—¿Por qué no pintas? —preguntó de pronto, sorprendiendo a Jason.

—¿Por qué me dices eso? —replicó desconcertado. Intuía de lo que ella hablaba, pero prefería hacerse el loco, eso era una tontería que hizo mientras estuvo aburrido pensando qué hacer cuando se retiró, ¿cómo sabía ella?...

—Esos cuadros de personajes de animación japonesa que tienes en tu sala de estar... los pintaste tú, lo sé —aseguró con un leve tono acusador.

—Solo son réplicas que hice de ocioso —confirmó a la defensiva lo que ella afirmaba. De hecho, estaba sintiendo la cara caliente.

—Pero debes reconocer que ahí hay un gran talento con mucho potencial y que no debe ser desperdiciado —aseveró Ana convencida. Según su criterio, esas réplicas eran un trabajo de gran calidad—. Imagina, incluso puedes ser ilustrador o algo por el estilo, solo debes perfeccionarte. Apuesto que si haces una exhibición en alguna embajada asiática encontrarás más de un comprador... —propuso entusiasmada, ella ya se lo imaginaba y sentía un gran orgullo por él—. Nuestra generación está llena de ñoños por la animación como tú y con poder adquisitivo.

Jason rio a carcajadas, esa mujer se atrevía a decirle ñoño sin ningún asco. ¡La adoraba!

—No soy ñoño —negó riendo.

—Claro, y esa monstruosa colección de *bluray* de animación japonesa ¿qué significa? Acéptalo, eres un ñoño... uno muy divertido y adorable. Mi niña interior adora a tu niño interior... Debo confesarte que aparte de leer a mí me gustaba ver *Sailor Moon* y *Card Captor Sakura* incluso coleccioné unas muñecas —admitió Ana evidenciando que aunque no fuera tan explícita en sus gustos como Jason, sí disfrutaban del mismo placer culpable.

Les quedaba tanto camino, tanto por descubrirse, y tenían toda la vida para ello.

—Ahhhhh... eres una en un millón, Ani. Te amo.

—Yo también, Jason Holt.

Epílogo

Como todas las semanas, Jason pasó por el exhaustivo control de revisión y se dirigió al sector de visitas del centro penitenciario Colina II, uno de los más peligrosos y con peores índices de hacinamiento del país. Danilo ese día cumplía un año de condena, le quedaban seis años... y un día.

Esos 365 días habían transcurrido demasiado rápido para Jason, interminables para Danilo. Pero él ya estaba resignado y estaba aprovechando cuanta oportunidad se le presentaba en el recinto penitenciario para ser algo más en la vida.

Se lo había propuesto, una vez que saliera de ahí no iba a volver, cada día empezaba con esa declaración de principios, y su amigo que no faltaba nunca a sus visitas semanales, reafirmaba esas ganas de ser cada día mejor.

Ahí estaba Danilo esperándolo sentando en una de las bancas dispuestas para aquellos menesteres. Se le veía más repuesto, sus adicciones totalmente controladas, e incluso había ganado un poco más de musculatura y peso. Hacía calor, Danilo vestía solo una camiseta y pantalones cortos exhibiendo su morena piel tatuada en brazos, cuello, torso y piernas. Fueron su adicción antes de recaer en la pasta base, y ahora eran su recordatorio de la vida que había dejado atrás.

Ambos hombres se divisaron al mismo tiempo y se saludaron con un gesto con la mano.

—Llegas tarde —regañó Danilo evidenciando de a poco su cambio en su manera de expresarse. Todavía había cierto acento marginal, pero con el tiempo se iría borrando. Él había entendido que si algunas cosas no cambiaban para mejor, seguiría siendo discriminado cada vez que abriera la boca, y ya con pasar por la cárcel era suficiente carga para su mochila de antecedentes.

—Ani estuvo vomitando toda la mañana, le sentó pésimo el olor a huevos revueltos.

—Pobrecita. Tienes que aguantártelas calladito, ¿no te gustó hacer ese engendro?

—Ni te lo imaginas —afirmó con una sonrisa, pero la borró al instante, a veces se sentía culpable por ser tan feliz cuando visitaba a Danilo.

—Dale mis saludos a la Anita, ¿ya supieron si es niña o niño?

—Todavía es muy pronto, Ani no quiere saber hasta el parto, es una aguafiestas. «Quiero que sea una sorpresa» —parafraseó en un exagerado y agudo timbre de voz con el que intentaba imitar el de su esposa.

Danilo rio ante la cara de tedio de Jason por no saber antes el sexo de su futuro bebé. Era la cosa más frustrante del mundo para su amigo.

—Trata de hacer que cambie de opinión —propuso Danilo guasón alzando sus cejas—. Supongo que tienes tus trucos.

—He intentado de todo. Es muy dura.

—No sería tu mujer si no fuera dura, te tiene que soportar, ¿no?… ¿Me trajiste mi encargo? —preguntó cambiando de tema, si seguía por ese sendero solo hablaría de bebés y relaciones amorosas.

—Ah, sí. Ani los eligió para ti. Están un poco manoseados y maltrechos, ya sabes, por la revisión. Pero todavía cumplen su propósito. —Le entregó una bolsa de papel pesada.

—¡*Bacán*[56]! —exclamó contento—. Ahhhh, por lo menos no se soltaron las hojas esta vez.

—Sí, estos sobrevivieron. Nunca más traigo los de tapa dura. Me los hicieron pebre[57] la otra vez.

—No te preocupes, los empasté de nuevo —comentó mientras revisaba el contenido de la bolsa. Eran varios libros de todos los géneros, incluyendo el favorito de Ana, el romance. Danilo debía reconocer que eran muy entretenidos, pero a veces le causaban horribles y duras incomodidades. A Jason le gustaba ver la sonrisa de Danilo al revisar los nuevos títulos.

Gustoso inhalaba el aroma del papel. Aquello era su único escape a esa agobiante y hacinada realidad. Al principio le costaba leerlos, porque no entendía muchas palabras, pero se propuso no claudicar, un libro no se la iba a ganar. Todos los días anotaba las palabras que no entendía y las buscaba en el diccionario de la pe-

---

56 *Bacán: bacano, maravilloso, estupendo.*
57 *Hacer pebre: expresión que significa dejar algo bueno para nada.*

queña biblioteca que había en el lugar. Con el pasar de los meses y de los libros, empezó a consultar menos y a comprender mejor lo que leía.

Eso para Danilo fue como si el mundo se le abriera dentro de la prisión. Incluso ya no se consideraba tan estúpido como para volver a estudiar. Se inscribió en el programa para completar sus estudios básicos y medios. Tal vez en unos años rendiría la prueba de selección universitaria. Se planteó como desafío sacar el mejor puntaje posible.

También se inscribía en los programas de trabajo y cursos para aprender oficios. Hablaba lo justo y necesario con los reos que eran compañeros de estudio, e intentaba aislarse y abstraerse del resto de la población penitenciaria.

Un ermitaño en la cárcel.

Todas las semanas Jason le llevaba libros y diarios que Danilo devoraba con avidez y lo conectaba con el mundo exterior. Prefería aquello en vez de ver televisión.

Conversaron un rato más, hasta que el tiempo —como todas las semanas— se terminó.

Se despidieron con un abrazo fraterno y sentido, prometiendo verse en siete días más.

Jason al traspasar las puertas de Colina II inspiró profundo y soltó el aire lentamente. Siempre tenía sentimientos que se traslapaban unos con otros. Si hubiera torcido su camino un día más, si no hubiera tomado la oportunidad cuando la tuvo, probablemente sería un reo más de ese lugar.

Estaría viviendo el mismo destino que Danilo, pero con la gran diferencia de que no contar con el apoyo de nadie.

Su madre estaría sufriendo por su causa, sería un delincuente, un drogadicto… Un paria, pasaría más tiempo ahí adentro que en libertad.

Sí, se sentía satisfecho por tener lo que siempre deseó… Tardó, pero su destino que tanto buscaba con afán, llegó sin más, entregándole generoso todo lo que él anhelaba. Y más.

Caminó al estacionamiento y se subió al automóvil que parecía un horno por el calor reinante. Encendió el aire acondicionado, puso su música japonesa y emprendió rumbo a su departamento.

Sí, lo ñoño no se le había quitado, y Ana se lo fomentaba, por lo que Jason empezó a tomar casos más pequeños y que no significaran algún riesgo para su integridad física y le dio prioridad al arte. Después de todo, se lo podía permitir y hacía cuadros por encargo, ya había hecho un par de ilustraciones para las cubiertas de unas novelas de su amigo Ángel.

Tarareaba esas letras que trataban de amor, y golpeteaba el volante con sus dedos, haciendo chocar la alianza de oro que llevaba en su anular izquierdo. Volvió a sonreír satisfecho, estar casado con su Ani y tenerla todos los días en su cama y en su vida era lo mejor que le había pasado en toda su existencia. Pretendían tener hijos en un par de años más, pero una indigestión provocó una mala asimilación de las hormonas de las pastillas anticonceptivas, sumado a la hiperactiva vida sexual de ellos y ¡pum!, embarazo.

No llevaban ni cinco meses de matrimonio y ya habían agrandado la familia. Ani estaba por la duodécima semana de gestación, apenas se le abultaba el vientre y vomitaba como la niña del exorcista, pero eso eran solo detalles. Jason estaba pletórico de felicidad, a veces pensaba que era un sueño y por eso le hablaba todas las mañanas a su pequeño engendro, como le llamaba de cariño a su retoño.

Su feliz rutina era acompañar a Ani a la librería, asegurarse de que desayunara apropiadamente, saludaba y conversaba un rato con su madre y su suegro, y a la postre, se iba a hacer lo que tuviera planificado para ese día ya sea avanzar en un caso, pintar, e incluso, colaborar como consultor para la PDI en casos muy especiales. A eso de las siete y media volvía a buscar a Ani a la librería y tomaban once con sus hermanos en familia… sin Carmen.

Ella llevaba un mes viviendo con Arturo, decidieron hacerlo de esa manera para probar cómo les iba avanzando un paso más en su relación. A juicio de Jason, se lo estaban tomado con demasiada calma, pero su madre y su suegro aseguraban que lo preferían de esa forma, total, nadie los apuraba. De todos modos, eso no le impedía a él bromear con que anduvieran con mucho cuidado, porque su madre todavía era joven y podía salir con un encargo a París o un repollo berrinchudo. Esa idea era rara para Jason, en ese caso hipotético, como le diría a ese bebé, ¿«hermañado»?, ¿«cuñimano»? Iba a ser su hermano y cuñado a la vez.

Iba a ser algo bastante loco, sí, mejor que se cuidaran… o que le llegara pronto la menopausia a Carmencita.

Así y todo tenía una sonrisa en los labios, no importaba nada de eso, su familia iba a apañar en todo… como siempre.

Aquel pensamiento le hizo tomar una decisión. Sí, hoy sería el día.

Se desvió de su destino final, sentía el apremio por hacer algo que tenía pensado desde hacía unas semanas, exactamente ocho, cuando se enteró de que iba a ser padre. Enfiló su rumbo hacia el Cementerio General.

Compró unas flores, lirios blancos, y se dispuso a caminar entre las históricas tumbas. De su billetera sacó un papel y verificó donde estaban escritas las indicaciones para encontrar el lugar que buscaba. Vagó entre las calles, pasó por el lado de la tumba de Violeta Parra y no evitó tararear su canción más famosa y que en ese preciso momento de su vida era el fiel reflejo de su realidad y de cómo la percibía...

—«*Gracias a la vida... que me ha dado tanto*» —susurró caminando—. «*Me ha dado dos luceros... que cuando los abro... perfecto distingo, lo negro del blanco...*»

Los versos de Violeta seguían en sus labios agradeciendo a la vida, por un par de minutos más hasta llegar a una intersección. Verificó de nuevo su ubicación, mirando en todas direcciones y releyó el papel para asegurarse. Sus luceros verdes empezaron a buscar entre las lápidas, sabía que estaba cerca. Su corazón empezó a latir más rápido, siguió tarareando la canción que no podía despegar de su cerebro, necesitaba tranquilizarse.

—«*Gracias a la vida que me ha dado tanto... Me ha dado la risa y me ha dado el llanto... Así yo distingo, dicha de quebranto... Los dos materiales que forman mi...*». —Sus palabras de pronto murieron.

Encontró lo que buscaba.

«Frederick Jason Holt Undurraga»

—«Amado hijo, sobrino y amigo» —leyó en voz alta—. «19 de Junio de 1945 - 12 de diciembre de 1985»... Nacimos el mismo día —murmuró sorprendido y emocionado—. Hubiera sido un bonito regalo de cumpleaños.

Se agachó sobre la abandonaba tumba, limpió una cuantas hojas secas y dejó los lirios blancos sobre ella y se alzó de nuevo. Sacó del bolsillo de su pantalón un paquete de pañuelos desechables y secó las lágrimas que emergieron de sus verdes ojos sin permiso.

—Soy Jason Holt... tu hijo... —declaró en voz alta, estaba solo, no había nadie cerca—. Nací el mismo día que tú, mi madre hasta hace muy poco todavía lloraba tu pérdida, pero se tuvo que casar unos meses después de tu muerte para poder conservarme.

Ese hombre no fue digno de ella, nos trataba muy mal, no era bueno con nosotros.

»He sido delincuente, un rebelde a causa de un padrastro que nunca me quiso. Iba directo a la ruina y me salvó un amigo, que fue casi mi padre. Me educó en muchos sentidos y enderecé mi camino. Fui detective, un narcotraficante infiltrado, me retiré en el momento justo y empecé mi negocio propio... Conocí a una maravillosa mujer, la amo con todo mi corazón, es preciosa por dentro y por fuera.

»Ahora soy pintor, no de murallas, de cuadros y esas cosas más artísticas... —especificó riendo por su ocurrencia, pero todavía estaba nervioso, se aclaró la garganta y continuó—... Mamá enviudó hace más de un año, pero ahora es muy feliz junto a un buen hombre... Arturo, ¿recuerdas a tu amigo? Él también enviudó hace muchos años, y mi esposa es su hija... El destino nos reunió a todos... Vas a ser abuelo... Espero ser un buen papá, quiero serlo. Pero a veces me da miedo porque en realidad... —Enjugó sus lágrimas, nunca imaginó lo duro que era enfrentar la última morada de su padre—. Solo vine porque lo necesitaba. Es raro, me hiciste falta de tantas maneras, pero sé que las cosas tenían que ser como fueron y nada fue en vano... Gracias, por ser feliz por mí aunque fuera por unos segundos. Ese breve tiempo en que tú supiste de mi existencia significó y significa mucho para mí. Hizo que aceptara mi destino, lo que fui, lo que soy... lo que seré.

Se quedó en silencio, asimilando lo que acababa de decir. Jason al fin sentía que había cerrado una parte importante de su vida de una manera justa.

Sintió que estaba en paz, con su pasado. Su presente era dichoso y su fututo, prometedor.

Desvió la mirada hacia la tumba que estaba al lado de la de su padre y se dio cuenta que era la de la madre de Frederick. Alzó las cejas sorprendido.

Había fallecido solo hacía dos años.

Sí, todo fue como tenía que ser.

—Me voy... Pero antes, hay que hacer un poco de justicia para ti. También vine por eso. —Sacó un marcador indeleble de color negro y tal como lo haría un pandillero escribió sobre la lápida de color gris—. Ahora sí resume de mejor forma tu paso por este mundo. Volveré un día de estos a retocarlo para evitar que se borre.

Jason sonrió satisfecho con su obra. Dio media vuelta y se fue al encuentro de su familia.

Ahora la lápida decía:

«Frederick Jason Holt Undurraga
»Amado hijo, sobrino y amigo... amante y padre»

Fin

Agradecimientos

Si empiezo a nombrar a cada persona que en mayor o menor medida me ha acompañado en este camino, sería una tarea titánica enumerarlos a todos, incluso, más difícil que escribir un libro. Así que he decidido cortar por lo sano. Quiero agradecer a cada uno de ustedes que me ha leído, y que con mis historias, han pasado por un sinfín de emociones y vivirlas como propias. Infinitas gracias por estar una vez más junto a mí.

Sé que no soy la mejor, ni la más extraordinaria escritora, pero intento dar lo mejor de mí para salir del cliché —o reinventarlo al menos para que no sea tan rancio—, y dibujarles una sonrisa en el rostro y llenarles el corazón con el final feliz más empalagoso y cursi del mundo, ¿por qué no?... ¿por qué no soñar con el «felices para siempre»?

Tal vez, algún día te toque... Nunca se sabe.

Gracias, por vivir el romance, apoyarlo, difundirlo y darle su lugar.

Un abrazo de oso polar.

Hilda Rojas-Correa

Sobre la autora

Hilda Rojas Correa, es el seudónimo de Pamela Díaz Rivera, nació en julio de 1980, en Santiago de Chile. Es la mayor de tres hermanas, casada con un «hermoso marido, follador y bueno» —según las propias palabras de él—, madre de dos hijos —«la mejor del mundo», según ellos cuando les da golosinas—, y dueña de casa semi profesional. Se autodenomina una romántica «sentimentaloide» empedernida.

La primera novela que escribió fue, «Yo, tú, ellos... Nosotros» en el año 2013. Nunca antes había hecho nada igual en su vida, y un día solo se puso a escribir a modo de exorcismo, y el resultado gustó tanto a los demás, que simplemente siguió sin mayores pretensiones.

Recién en el año 2015 se tomó en serio el hermoso oficio de escribir y desde entonces ha publicado: «Libertad» en abril, «Un paso a la vez» en septiembre del mismo año. «Pide un deseo» en enero del 2016, en mayo «Te encontré en el olvido». En enero del 2017 publicó «Ángel, camino a la redención», en julio, «Contigo Aprendí» y en noviembre, «Enséñame». Abril del 2018 publica esta novela «Buscando un destino». Se espera que en el segundo semestre vea la luz su primera novela histórica titulada «Una relación inapropiada».

Todos los títulos, a excepción del último, también están disponibles en papel directamente con su autora.

Puedes seguirla en:

www.hildarojascorrea.com

@HildaRojasC

@hildarojascorrea

www.facebook.com/hildarojascorrea
«Novelas y algo más - Hilda Rojas Correa»